金斗纪事·命运

乔典运 著

乔典运全集

长篇小说卷

河南文艺出版社
·郑州·

图书在版编目（CIP）数据

金斗纪事;命运／乔典运著. —— 郑州:河南文艺出版社，
2025.5. ——（乔典运全集）. —— ISBN 978-7-5559-1779-3

Ⅰ.I247.5

中国国家版本馆 CIP 数据核字第 2025TL9552 号

总　策　划　　许华伟
选题策划　　陈　静
责任编辑　　陈　静　张　娟
责任校对　　赵红宙
装帧设计　　吴　月

出版发行　　河南文艺出版社
社　　址　　郑州市郑东新区祥盛街 27 号 C 座 5 楼
承印单位　　郑州新海岸电脑彩色制印有限公司
经销单位　　新华书店
开　　本　　700 毫米 × 1000 毫米　1/16
印　　张　　21.25
字　　数　　247 000
版　　次　　2025 年 5 月第 1 版
印　　次　　2025 年 5 月第 1 次印刷
总 定 价　　980.00 元(全 7 册)

印厂地址　　中国河南省郑州市管城回族区南曹街道金岱工业园鼎尚街 15 号
邮政编码　　450000　　电话　　18695899928

　　乔典运（1929.3—1997.2），河南省南阳西峡县五里桥乡人。当代著名作家，曾任河南省作家协会副主席，南阳市文联副主席、南阳市作协主席，西峡县文联主席。国家有突出贡献专家，河南省优秀专家。

　　1955年开始发表作品，共计二百余万字。代表作有短篇小说《满票》《村魂》《冷惊》等，中篇小说《黑洞》《小城今天有话说》等，长篇小说《金斗纪事》《命运》，其中《满票》荣获第八届全国优秀短篇小说奖。多篇作品被译成英、德、日、法、阿拉伯文。

1972 年冬，乔典运（前排右一）与家人在西峡县五里桥镇北堂村老家

1980 年秋，乔典运（右）与夫人郭月亭在老家

1975 年冬，乔典运（右二）与家人在老家

1985 年夏，乔典运夫妇回老家麦收

1986 年，乔典运夫妇在西峡县文联院子里跟人聊天

1987 年春节，乔典运（前排右）与家人大团聚

1986 年夏，乔典运（左）与儿子乔琰在西峡老界岭下象棋

1995 年，乔典运（左）与孙子乔长河下跳棋，家人一旁观战

1983 年春，乔典运夫妇在老家菜园劳动

1995 年春，做完第一次手术、身体康复中的乔典运（左）和夫人在菜园散心

1986 春节，乔典运夫妇在老家过年

1995 年夏，乔典运（右）与儿子乔琰在灌河大堤

1995 年夏，乔典运（右二）与孙子、外孙、外孙女在一起，享受天伦之乐

目　录

金斗纪事

长篇小说卷

人，这个字好写极了：一撇一捺。一岁的娃娃都会写个人，可见世上数人最简单了。

活个人像娃娃们写个人一样简单。

啥树底下出啥苗。这话从古说到今，说了几千年还在说，便很有点真理了。这真理到了二十世纪六十年代就登峰造极了，先是龙生龙凤生凤老鼠生儿会打洞，后是红五类黑五类，再后是可教育好的子女，这真理就不仅是真理而成了钦定的律条了。

胜算什么？是龙？是鼠？是红？是黑？早晚市价不同，目下一言为定。说他是龙他真是龙，说他是鼠他真是鼠；说他红他也真红，说他黑他也真黑。胜和水一样，盛在什么容器里就是什么样子。

胜这时还小，才十八九岁，在县里读高中，眼看就要毕业，忽然兴起了革命。胜是革命后代，就自自然然地跟着很革命了一阵子，走南闯北大串联，威风了一阵子，神圣了一阵子。后来，又忽然不得威风了，不得神圣了，因为最新最高指示来了，叫红卫兵都下去接受贫下中农再教育，胜就回到老家金斗村当社员了。这是个依山傍水的村子，离龙头镇不远，镇上的革命东风不时吹来，吹得胜心里直痒痒。胜读了多年革命书，立志要当革命人。胜不安心修理地球，不想当小人物，一心想和他爹一样当个大人物，胜就想着怎样才能当一个报效祖国的大人物。

胜的爹是个大人物。胜的爹要不是被张镇长活埋，要是活到现在，少说也能弄个省长当当，说不定还是个比省长更大的首长哩。胜的爹有一个很响亮的名字，叫吴子东。吴子东在龙头镇教学，人们就不叫他的名字而称他吴先生。吴先生的祖上留下了一份很大的家业,吴先生本可以坐享清福,吃金喝银一辈子也吃不完喝不完,可是,吴先生看不起浪荡公子,吴先生不爱吃喝嫖赌,吴先生就爱读书。吴先生的爹爹吴老先生也肯下大本钱供吴先生读书。吴先生把本地的学上完了,吴先生又到北平去读,读的是大学。乡里人原来不明白吴先生为啥爱读书,读书是很苦的,又费心又费脑子,又不是没福可享,还读那么多书干啥?吴先生上了大学,乡里人就明白了。吴先生祖上辈辈都是白丁,有钱财没势力,豪绅们常常欺侮吴老先生,官府里常常敲诈吴老先生,镇公所有一次还把吴老先生拉去打了四十马棒,打得吴家威风扫地,吴老先生差点羞死了气死了。听说上了大学就能当县长,乡里人就肯定吴先生是为了当县长才拼命读书的。吴先生只要当上县长,就成了坐山虎,就能说杀就杀说砍就砍了,就能报仇雪恨了,就没人再敢说吴家一个破字,没人再敢动吴家一个指头了。说吴先生能当县长,吴先生还没当县长可就不一样了,乡里的豪绅们可就怕了,就把吴先生的爹爹吴老先生当爷敬了,都提前来拍吴老先生的马屁了,三天两头请吴老先生赴宴。吴老先生去了,人们就长揖不起请吴老先生上座,争着给吴老先生敬酒,吴老先生不稀罕这酒,吴老先生稀罕这份光彩。喝了酒吴老先生没醉,人们硬要扶着吴老先生回家,说怕吴老先生摔了碰了,比亲儿亲女还敬几分。吴老先生明白,这份荣光是看儿子的面子。吴先生读完了大学,吴老先生卖了整整一百亩地,卖得了一大堆白花花银圆,送到北平叫吴先生活动活动弄个县长当当,也好光宗耀祖,长长吴家威风。吴先生收下白花花的银圆,吴先生没买县长就回家了。吴先生说银圆叫抢了,还差点送了命,说得很像很像,说出了一个很惊心动魄的故事。吴老先生也就信了,干气硬鼓也没办法。吴先生没当上县长,在镇上中心小学当了个教员,教国语的教员。吴先生没当上县长,乡里人都说吴家坟上没有风脉,祖上没有积德。吴先生的大学白上了,眼看到手的县长没当成,当了个教书匠。豪绅们本来很怕吴先生当上县长,怕吴先生砍了自己的脑袋。吴先生没当上县长,豪绅们就笑了。不光不怕了,还觉着过去请了吴老先生吃亏上当了,觉着过去像亲儿亲女一样孝敬吴老先生是叫当猴耍了。豪绅们就很气,就要出出这口恶气,就又请吴老先生去赴宴。吴老先生去了,吴老先生坐惯上席了又坐到了上席。大家说,喝酒也该换换盅了,把吴老先生从上席拉下来强按到下席。吴老先生虽说是个财主没有面子却很要面子,吴老先生就很气,气是气也不敢离席而去。自己的儿子没当上县长,得罪了这群恶鬼以后更不得安生,吴老先生就忍气吞声坐下了。到了喝酒时,吴老先生没有酒量,三杯下肚就不能再喝了。往常别人都争着替吴老先生喝,这一次没人替了,吴老先生不喝,人们硬逼着他喝,吴老先生怕喝醉了就死活不喝。人们说,不喝也行,少喝一杯学一声狗叫。吴老先生不叫,人们就揪住吴老先生的耳朵捺住他叫,吴老先生只好汪汪汪地叫,人们听了就拍手大笑,笑得流出了眼泪,吴老先生也流出了眼泪,只是眼泪和眼泪不同。吴老先生侧侧歪歪回到家里,当天夜里就上吊死了。

吴先生是吴老先生的独苗,吴老先生死了,吴先生就当家理事了。吴先生还没结婚,虽说没当上县长,可是吴先生家大业大,来给吴先生提亲的踢烂了门槛,说的都是门当户对的大家闺秀,吴先生都一一谢绝了。吴先生说,是找太太的,不是找钱的,要找就找个称心如意的、情投意合的。吴先生自己看中了一个村姑,姓王,叫桂桂。桂桂长得清秀苗条,两只眼像落在两汪清水中的两轮弯月,说话又柔又脆,特别是那笑容笑声看一眼听一声就会叫人甜一辈子。桂桂家里很穷,是吴先生家的佃户。桂桂和吴先生小时候在一起玩泥巴,捏一个桂桂,捏一个吴先生,然后揉成一团,再捏一个桂桂,再捏出一个吴先生,桂桂身上便有了吴先生,吴先生身上便有了桂桂。吴先生和桂桂常常在一块儿玩,有时候玩恼了,桂桂哭了,吴先生就捉住桂桂的小手打吴先生自己的脸,啪啪打了几下,桂桂就不哭了就笑了。吴先生还常常给桂桂偷馍吃,偷肉吃,偷糖吃。吴先生念小学了,吴先生叫桂桂和他一块儿去上学,桂桂也想上就跟爹说。爹说,上学是有钱人家娃子的事,咱穷,没有上学的命。桂桂只好在家放牛。在河边树林里,吴先生和桂桂靠着柳树坐下,吴先生教桂桂识字写字。吴老先生发觉吴先生和桂桂好,就打吴先生,骂吴先生犯贱,不想想自己是啥人,桂桂是啥人,也不怕失了自己的身份。吴老先生打了吴先生,又叫来桂桂的爹,说,要再见桂桂和吴先生一块儿玩,就不叫他们种地了。桂桂的爹害怕了,就不准桂桂再和吴先生在一起玩了。桂桂怕了,吴先生不怕,吴先生常常想念桂桂就常常去找桂桂,桂桂就躲着不见,总是等吴先生上学走了才出去放牛。吴先生逃了一次学,找到桂桂放牛的地方,桂桂吓坏了,推着吴先生要他快走,吴先生不走,桂桂就给吴先生跪下求他快走,说吴老先生讲了,再看见了就不叫他们种地了,一家人就要饿死了。吴先生就很恼吴老先生,也很不服气吴老先生,就说,等我长大了,我非把俺们的地给你们几十亩不可,你们有了自己的地咱们就能天天见面了。桂桂说,你快走,你快走,俺不要你们的地,俺只要现在饿不死就行。吴先生说,桂桂,咱们不见就不见,你天天到房后柳树洞里去拿馍,你要不去拿,我还要来找你,叫你爹打死你。桂桂点点头答应了,吴先生才恋恋地走了。桂桂听话就天天去老柳树洞里拿馍,桂桂吃着馍就哭,哭了就笑,笑了就等着放学的时候远远地偷看吴先生一眼。后来吴先生到省城上初中走了,桂桂明知道柳树洞里没馍了,还是天天去柳树洞里看看,把手伸到洞里摸摸,看着摸着桂桂就流出了眼泪。吴先生去北平上大学了,桂桂也长大了,桂桂还不时想起小时候的吴先生,想想就不由摇摇头叹口气。桂桂知道,那是个不懂事的年龄,分不清高低穷富,别说吴先生读大学了,将来要干大事了,就是还在家里不读书,也门不当户不对,只怕那份感情早就没影了。桂桂想,人要是不长大该多好,人为什么要长大呢?吴先生假期里去看过桂桂一次,桂桂的爹好像接圣驾一样,胆战心惊地殷勤着,桂桂靠墙规规矩矩站着连一句话也没敢说,吴先生看着看着也摇头了叹气了,吴先生说,桂桂,你把我们小时候在一块儿玩的事都忘完了,好像我成了老虎了!桂桂没敢回话,桂桂的爹妈说,小掌柜,种你们的地种了几十年,你对俺们的大恩大德俺们一辈子也忘不了。吴先生说,啥大恩大德?你们只要记住我还是小时候的我就行了。吴先生想和桂桂单独说说话,总是没有机会。桂桂一直记着吴先生这句话,天天夜里睡在床上品味吴先生的话,猜不透吴先生这句话是啥意思。后来,桂桂的爹妈给桂桂找了婆家,桂桂死活不干。桂桂的妈知道桂桂的心思,就说桂桂,桂桂,你别瞎想了,咱们穷,你又不识字,咱们和吴先生不是一路人,人家城里有女洋学生,乡里有千金小姐,咱们高攀不上,吴先生又不憨又不傻又没喝醉酒,咋也轮不到你头上。桂桂脸红了,桂桂说,妈,我知道,我不是想吴先生,我是说,爹妈刚把我养活大才能做活,你们就叫我尽尽孝心,再给爹妈做几年吧。说着噗噗嗒嗒流下了泪。桂桂的爹妈就依了桂桂,把找婆家的事拖了下去,桂桂也常常自己劝自己,自己和吴先生是一个在天上一个在地下,何苦想着摘月亮摘星星,可是又忍不住要想吴先生。桂桂不死心,就想,要是万一吴先生心里还有着自己呢?桂桂就下了决心,等吴先生结婚了自己再找人嫁掉,哪怕是找个火坑跳下去也于心无愧了。

桂桂没有白等,吴先生到底要娶桂桂了,吴先生央人来说媒了。桂桂的爹妈听完愣怔了傻了,媒人说,这可是打着灯笼也找不着的好事,过了这个村就没有这个店了,你们好好想想。媒人走了,桂桂的爹妈就好好想想了。桂桂的爹说,她妈,这太不般配了,这不是做梦吧,吴先生会真心要桂桂吗?我咋越想越想不通,这里面会不会有啥文章?桂桂的妈说,她爹,你就别三心二意了,吴先生从小就对桂桂好,吴先生是咱们从小看大的,吴先生从小就心好,重情,再说是他自己要桂桂的又不是咱求他的,他能把桂桂怎么了?桂桂的爹说,这事太好了,我怕呀!桂桂的妈说,怕啥?桂桂的爹说,我也不知道怕啥,我总觉着太好了怕没好结果,可别把桂桂送到火坑里。桂桂的爹妈愁坏了,桂桂知道了,喜得心里像有个兔娃跳个不停,就悄悄求妈,妈,你们就答应了吧,是坑是崖叫我跳一回吧!你们放心,吴先生不会亏待我的。桂桂的爹总觉着经受不了这么大的福分,总影影绰绰觉着不对劲,想来想去又想不出坏在哪里,桂桂的爹就答应了。

花烛夜里,吴先生很高兴,桂桂也很高兴。桂桂说,多少有钱的有学问的你都不要,为啥偏偏要我?吴先生说,你比有钱有学问的人好。桂桂说,我又穷又不识字,哪一点好?吴先生笑笑,说,桂桂,你不懂,你有许多好东西他们没有,从今往后不许你想着自己比别人低一头,要想着自己也是个人,和别人一般高一般粗的人,比有钱有学问的人还高贵的人!桂桂听了弄不明白,再想也想不出比别人高贵在哪里。吴先生说,现在不明白,将来就会明白了。吴先生说不说这个了,吴先生就说小时候的事,说两个人捏泥巴的事,说偷馍的事,说挨打的事,说柳树洞的事,说得桂桂又哭又笑,桂桂就忘记吴先生高高在上了自己低人几头了,两个人好成了一个人,便欢欢乐乐抱成一团成了好事。结了婚,吴先生又去教书,桂桂在家闲着。吴先生星期天回来,就教桂桂识字写字,两个人十分恩爱。到了秋天,吴先生说,桂桂,你在家闲着怪着急的,闲长了身体也不好,咱们收回二亩地你种吧,我星期天回来了帮你种。桂桂说,可行。吴先生就从佃户手里收回了二亩地,桂桂种着,吴先生回来了就和桂桂双双下地,两个人做着活说说笑笑倒也十分快活。村里人都很奇怪,都远远看着吴先生和桂桂种地,说,享福享腻了想吃点苦,像白馍吃够了想吃红薯面馍一样,有钱人玩的花样。等到收租子了,从前,吴老先生催租催得火起,佃户们习以为常了,缴起缴不起都主动去缴。吴先生改了规矩,吴先生说,我不得闲,我家还有吃的,租就先不用缴了,都先存各自家里,等我吃上了用上了再去要。佃户们都很高兴,高兴过了又怕,想着吴先生是有学问的人,有学问的人门道多,现在说先存到佃户家里,到时候会不会要利钱,要来个驴打滚可不得了。再说,家家日子过得紧巴,饿极了吃了怎么办?佃户们就一定要缴,说早缴早安心。吴先生就气,说,都是些扶不起的井绳,谁要缴了就不要再种我的地了。佃户们怕了,只好先不缴了。

　　吴先生去学校了,桂桂就在家种种地,地不多用不了多少工夫,闲了就认字写字。桂桂知道和吴先生差得很远很远,想拉短一点距离,就半夜半夜读半夜半夜写,半年工夫就能看吴先生给她拿的高小课本了。吴先生回家看桂桂有了进步,就喜欢得很,就搂住桂桂亲个没完没了。吴先生说,桂桂,我说你比有钱人家千金小姐聪明,你还不信,你看看才几天工夫你就能读高小的书了,你要不是家里穷,你比我还强哩。桂桂听了这话很高兴,就更加拼命地读拼命地写。吴先生回家时,常常有朋友来找吴先生,桂桂很贤惠,对吴先生的客人很殷勤,吴先生和客人说话,桂桂不听,桂桂忙着做菜煮酒,打发客人吃得很香,客人们就夸桂桂。客人走了,吴先生就感谢桂桂,说桂桂懂事,有礼貌,给了他面子。桂桂说,你对我这么好,不嫌弃我,你的客人就是你,我把心扒出来炒炒叫你们吃了,我都还嫌不够心意哩。

开春,到了一九四二年,日本鬼子占了河南大半;时局越来越紧,逃难的人塞满了镇子,到处都人心惶惶,吴先生的学校也不安生了。吴先生常常领着学生们演剧,宣传抗日救国。在一次募捐大会上,有钱的人都往后缩,不肯拔根汗毛,吴先生登台高呼,国将不国,要家何益? 不愿当汉奸亡国奴的站出来! 吴先生呼叫着捐出一百亩地。吴先生的义举,震惊了四乡八邻,穷人们叫好,财主们暗暗骂娘,说吴先生害得他们不得不出血。国民党的大报小报都登了吴先生的壮举,吴先生成了有名望的爱国人士,也成了官府的座上客。慕名来和吴先生交往的人多了,吴先生的社交活动也多了,三教九流的人都成了吴先生的朋友。

吴先生和桂桂恩恩爱爱,两年过去,桂桂就生了个白白胖胖的小男孩。吴先生喜得满屋子乱转,转一圈亲桂桂一下,转一圈亲桂桂一下,亲得桂桂眼里流出了蜜水。桂桂说,给孩子起个啥名? 吴先生说,我早想好了,叫个胜吧。桂桂说,啥胜呀? 吴先生说,胜利的胜,胜过你我的胜。桂桂说,好极了,不愧你是教书先生。到了第三天,奶水还不下来,胜饿哭了。桂桂急了,就用手挤奶头。吴先生不让她挤,吴先生说,别挤痛了。桂桂说,不挤奶水不下来。吴先生说,我吸。桂桂不让,吴先生不管她让不让,真伏下身噙住桂桂的奶头吸起来，桂桂羞得脸上红个净，桂桂说，你呀，你呀，也真好意思。吴先生狠狠地吸，吸通了吸了一口奶。桂桂说，吐了，吐了，快吐了。吴先生笑着看看桂桂咕噜一下咽了，吴先生说，你的奶水我咋舍得吐了。桂桂好感动，眼里又溢出了幸福的泪水。胜有奶吃了，就不哭了。

　　胜满百天了，乡亲们都来祝贺，来了很多客人，客人们除了送礼，还说了许多吉祥话，说胜长得天庭饱满，将来一定大富大贵。吴先生招待客人们好吃好喝一顿。客人们刚走，镇上的张镇长来了，张镇长是吴先生小时候的同学，还插过草盟过誓，是换过帖的结拜兄弟，说过不愿同日生只愿同日死的话，很是兄弟过几年。张镇长跑得满头大汗，连连说了几个对不起，说小弟来晚了。吴先生请张镇长坐，张镇长不坐，张镇长径直走到桂桂卧室里，大喊大叫说叫我看看咱们的儿子。张镇长抱起胜看看亲亲，亲得啪啪响，胜没哭还对张镇长嘻嘻笑，张镇长说，看看，看看，给我笑得多甜，一点也不生分。桂桂接过胜，张镇长说，认给我当干儿子，咱们来个亲上加亲。桂桂看了吴先生，吴先生只是笑，不说中也不说不中。张镇长从提包里拿出个银项圈给胜戴上，张镇长对胜说，咋样，我这个爹比你亲爹还亲你吧。桂桂说，我替胜谢谢你了。张镇长说，谢啥，这样说我就不是他爹了。桂桂说，是的，是的。吴先生请张镇长到客厅里坐，两个人说着话，先是喝茶，又是喝酒。张镇长说，吴哥，你念了一肚子书，如今成了细人，老弟是个粗人，不论粗细咱们是弟兄，以后还要多多来往才好。吴先生说，我少去拜望实在是教学忙。张镇长说，这我知道。张镇长说，你忘记了没有？吴先生说，什么？张镇长说，咱们上三年级时，王九老的儿子欺侮我的事？吴先生说，我早就忘了。吴先生说忘是假，吴先生记得清清楚楚，王九老是个恶棍，是县里团总的女婿,别看家里财产不多,在乡里跺跺脚就山摇地动,常常仗着丈人老子的势力,横行霸道。王九老的儿子四书,在学校里伸手就打开口就骂,连老师也怕他几分。四书常常嘲笑张镇长是杀猪头的儿子,骂张镇长的妈是个翻猪肠子的娘子,张镇长忍气吞声不敢回口。有一次,四书逼着张镇长回家给他拿猪肝吃,说不拿就要宰了张镇长,张镇长不肯,四书就骑在张镇长身上,还用棍子打着当马骑。吴先生出来尿尿看见了,吴先生大吼一声,说,小舅子竟敢欺侮到我兄弟身上,看老子的。吴先生上去一脚把四书踢下去,踢得四书满嘴流血,还吐出了两个门牙。这一下闯了大祸,王九老气歪了眼,要抓人杀人,吓得吴先生的爹吴老先生下跪赔罪,央了好多人说和,卖了十亩地送给王九老二百银圆才算了结。吴先生想起这件事就说,小时候的事多少年了,亏你还记得。张镇长余怒未消地说,你忘了,我可记得谷种一样,叫你和吴伯受了牵连,这块病一直搁在心里。君子报仇,十年不晚,老子没忘记这笔账。王九老的团总丈人死了,王九老没了后台,我歪歪嘴下边就三年派他三个兵,他的家业就瓢干碗净了,又问了个四书通匪的罪,如今还押在监里,叫他们也尝尝滋味。张镇长说得扬眉吐气哈哈大笑,吴先生听得张口结舌。张镇长又喝了一满杯,抹抹嘴说,吴哥,你待小弟的恩情小弟忘不了,往后谁打你啥主意,只要说一声,小弟就叫他不得好死。吴先生苦笑了笑,说,老弟,你的情我领了,不过对人还是宽厚一点好,多往远处想想,好花不常红,该罢休的就罢休,王九老要是当初多做点善事,留点后路,如今咋能落个如此下场?张镇长说,吴哥到底是细人,小弟听你的。吴先生一直赔笑陪喝,两个人喝到酒遮住了脸,张镇长仗着几分醉意,拉住桂桂说,嫂子,你过来,陪着我们喝一杯!桂桂说不会喝,张镇长不依,桂桂看看吴先生,吴先生示意她坐下,桂桂就坐到吴先生身边,张镇长又从桂桂怀里抱过小胜,转交给吴先生抱着。张镇长斟了三杯酒,说,来,咱们也来个桃园三结义。张镇长先一饮而尽,吴先生跟着喝了,桂桂也喝了。吴先生和桂桂看着张镇长还有什么节目,张镇长却一言不发了,两只发红的眼死瞪着吴先生和桂桂不放,看得吴先生和桂桂浑身发毛,吴先生受不住了,就问,张镇长,看什么?张镇长像才从梦中惊醒,慌乱地说,我看你和嫂子是郎才女貌,还有儿子小胜的一脸富贵相,小日子可真是美满幸福。吴先生和桂桂都不好意思地笑笑,说张镇长这话是夸奖。张镇长忽然把话头一转,说,吴哥,你把我当不当亲兄弟看我不管,我可是把你当亲哥看,滴水之恩当涌泉相报,你听小弟一句话,人活在世上谁亲?啥国家啥百姓到难时谁都帮不了自己,和自己一心的还是自己的婆娘娃子,以后少管些烂闲事,心只有扑到桂桂嫂子和小胜身上才是上策!吴先生不由一怔,问你听到了什么闲话?张镇长迟疑了一下,哈哈一笑,说,没啥,没啥,我是心疼你捐的那一百亩地,招风惹事何必呢?吴先生放心地笑笑也不辩驳。三个人就这样喝着谈着,张镇长谈兴很浓,天南地北地胡扯八道,说到了吴先生当教员是猴子王没有出息,干一辈子也干不出啥名堂。吴先生无可奈何地说,我这也是穷途末路,上了多年学总不能白闲着。张镇长来了劲,说,我有个亲戚在汉口又做官又做生意,缺少人手,到那里跟着他干,保你又升官又发财,你要愿去,我现在就给你写个信。说着就掏出钢笔要写。吴先生看看桂桂,说,孩子还小,桂桂一个人在家,我怎么能远走高飞?停两年再说吧!张镇长只好又把钢笔捅到口袋里,遗憾地叹了口气,说,要真是这样也只好由你了!一直谈到日落西山,张镇长才走,临走时又嘱咐桂桂道,嫂子,你可要好好管住吴哥,别再让他胡思乱想了,再捐两回你可要拉棍要饭了。张镇长走后，吴先生把张镇长的话又从头到尾想了几遍，没有品出别的味道，认为还是捐地的事引起的风波，也就没放在心上，该怎么还是照前如后的怎么。

隔了几个月，一天夜里张镇长请吴先生，吴先生想都没想就去镇公所了。张镇长说，咱们好久没在一块儿玩了，今儿黑咱们好好打几圈麻将，玩个痛快。张镇长是镇上有名的牌神，都说他能呼风唤雨，想要啥牌就来啥牌，从来没有输过，打一回能赢二亩地。吴先生不善于此道，就笑道，你知道我是牌桌上的常败将军，你这不是找着叫我给你进贡哩。张镇长笑笑说，一百亩地都不心痛，还在乎这仨核桃俩枣，况且输赢全靠一时运气。吴先生说，你想打我就只好奉陪了。张镇长叫来了李师爷和王营长，李师爷和王营长都是麻将场上的高手，吴先生看这架势就知道没有自己好吃的果子，暗暗下了决心，赌注要下小一点。桌上有炮台烟，有香片茶，还有瓜子糖果，地下还放着一盆熊熊炭火，屋里暖洋洋的，暖得恰到好处。四个人落了座，就吃三喝四地打起来。勤务员很是殷勤，又是添茶沏水，又是送烟递火。吴先生是张镇长的下手，吴先生的牌技很差，吴先生怕输，出手就出错了牌，吴先生开头就输了。吴先生说，怕处有鬼。李师爷看看张镇长，说，这不叫输，胜败兵家常事。王营长看看张镇长，说，这不叫输，这叫投石问路。张镇长干笑笑，说舍不得娃子打不住狼，输就是赢，赢就是输。吴先生又输了两局，吴先生沉不住气了，吴先生说，算了吧。都说，不行不行。吴先生只好继续打，吴先生赢了。吴先生又赢了，吴先生连着赢了。李师爷说，吴先生时来运转了。王营长说，吴先生准是摸了大闺女的奶头手气好极了。吴先生很高兴，也真认为自己运来了手气好了。吴先生打出了精神，一圈又一圈地打下去了。吴先生在兴头上一心只看自己的牌，吴先生赢得多了,就有点奇怪,自己缺啥牌,张镇长专出啥牌,张镇长是个打牌老手,怎么老出错牌?吴先生看看张镇长,张镇长一脸不自在,很是后悔的样子,张镇长说,上午喝酒喝多了,他妈的,手不随心了。李师爷说,啥手不随心?是张镇长的心跑了,又想那个卖凉粉的小娘儿们了。王营长说,那小娘儿们白脸细腰真是个狐狸精,把张镇长的魂勾去了。张镇长脸红了,张镇长说,别胡扯淡,再打,我就不信我会老输!又打,吴先生还赢,吴先生面前满是钞票了。吴先生不想打了,吴先生打了个哈欠,吴先生看看手表,吴先生说,下一点了,都后半夜了,收场吧,我明天还要上课哩。张镇长说,咋了,你赢美了,不叫我多少捞一点了!李师爷说,吴先生打哈欠了,吴先生困了。王营长说,勤务员,端酒来,叫吴先生提提精神。勤务员端来了四杯酒,王营长给每人递一杯,四个人一饮而尽,然后又打。一圈没打完,吴先生说,嘿,我咋突然肚子痛。吴先生越痛越厉害,痛得头上冒汗。李师爷和王营长说,是不是要紧病,我们去找个大夫来看看,李师爷和王营长说走就走了。吴先生痛极了,顺嘴角流血了,吴先生突然明白了,吴先生指着张镇长叫,你、你——张镇长扑通一声跪到了吴先生面前,张镇长说,这是上峰的命令,小弟也是不得已呀!上边早就怀疑上你了,我给你打了保票,叫你走你不走,叫你不要再胡思乱想你不听,你们要暴动的情报叫截住了,人也抓住了。上峰怪罪下来,本来要公开处决你,念你是有名望的爱国人士,怕风声太大,才决定叫你走这条路。为了你的家小和我的家小,你就放心走吧,桂桂和小胜我会好好照顾的。说着连连给吴先生磕头。吴先生瞪着火红的眼还要说什么,没说出口就倒下去了。

吴先生死了,桂桂不知道。张镇长去跟桂桂说,吴先生有急事出远门了。桂桂问,啥紧事?张镇长说,吴先生要去做一笔大生意!

桂桂问,啥时候回来?张镇长说,得个三年五载。桂桂哭了,说,什么大生意那样紧,走时也没打个招呼。张镇长说,吴先生是干大事的人,干大事的人都顾不上家小,你守住小胜好好过吧,吴先生临走时都托付给我了,从今往后,我会常来看你们的。吴哥小时候为我受了大罪吃了大亏,猫狗还识恩情,我一辈子也报答不完吴哥的恩德,你也别把我当外人看待,有啥难处了只管找我。桂桂只顾流泪说不出话来。张镇长把吴先生麻将桌上赢的钱都交给桂桂,张镇长说,这是吴先生走时留给你的钱,花完了我再送来。张镇长又抱起小胜亲了又亲,小胜才一岁,张镇长亲他他就笑,笑得张镇长眼都酸了。张镇长说,桂桂,千万看好小胜,这是吴先生的骨血,要是万一有个闪失,将来就没法向吴先生交代了。桂桂泪流满面不住点头,张镇长才恋恋不舍地走了。

桂桂回娘家跟爹妈说了,哭得和泪人一样,说往后还咋活呀。爹妈都说不出个长短,爹闷了半天劝道,不会有啥事的,吴先生还叫张镇长给送了钱,张镇长还说叫看好小胜,怕万一出了事将来没办法跟吴先生交代,说明吴先生没有事。妈说,没出息,自古以来有本事的男人,有几个守着女人转的,都是走南闯北满天下跑,人家薛平贵一走十八年,王宝钏不也等了?况且张镇长说了,吴先生三年五载就回来了,真要混成个大事,你也能跟着享享荣华富贵。桂桂没话可说,只好把苦咽到肚里。桂桂听爹妈的解劝,不叫自己想吴先生,谁知越不想越想,抱起小胜吃奶,想起吴先生吸奶的细节,拿起书想起吴先生教自己认字,吃饭想起吴先生给自己夹菜,睡觉想起吴先生的亲热,眼里时时出现吴先生的影子,耳朵边时时响着吴先生的声音,想起吴先生就哭。有人问起吴先生,桂桂说出远门了,还强装笑脸做出没事人的样子。桂桂过一天算一天,只恨日子太慢了,巴不得三年五载一闪就过去,等着吴先生突然回来。桂桂守空房也就慢慢惯了,每天把心思都用到小胜身上,闲下来就逗小胜嬉笑,教小胜唱儿歌,给小胜缝花衣服,倒也少了一些对吴先生的苦思。张镇长倒也有情义,隔一阵子就来走走,给桂桂送点时令穿的吃的,问寒问暖,说几句宽心话。村里人看张镇长常来常往,张镇长又是大官,张镇长说吴先生出去做买卖了,人们也就相信吴先生真是出去干大买卖了。桂桂从张镇长言谈举止中看着吴先生也不像有啥事,也就信以为真不再日日夜夜担惊受怕了,倒也放下了心。

天长日久,没有不透风的墙。村里有个无赖刘满囤,本来家大业大,父母早亡,没人管教,吃喝嫖赌把一份家业花个精光。三十多岁了,还是光棍一条,天天吃了上顿没下顿,就三天两头去族叔刘三爷家要帮助。刘三爷是个小财主,知道刘满囤穷凶极恶,杀人放火都干得出来,刘满囤来要东西不敢不给,给了又心疼得像割了身上的肉。一天,刘满囤又来借钱借粮,刘三爷对刘满囤说,吴先生是共产党,叫活埋了,你真有能耐去把桂桂弄到手里,老婆有了,家业也就有了,你还怕没有好日子过!刘满囤听了如获至宝,去河里洗了洗脸,想想不够,又跳进河里洗了个澡,这时已是阴历十月,水很凉,冻得他上牙下牙打架,洗了澡穿上衣服,又在水里照照影子,自我欣赏了一番,就去找桂桂了。桂桂问他来干啥,他嬉皮笑脸说不干啥,来串串门子。桂桂知道他不是好人,又不敢撵他走,只好任他坐着。刘满囤盯着桂桂看个不够,看着看着就嘻嘻地笑个不住,桂桂问他笑啥,刘满囤反问,你看我有多大岁数?桂桂板起了脸,说,我管你多大岁数!刘满囤说,我三十一岁,咱们同岁,说着捋起了袖子,展开了胸膛,露出了疙疙瘩瘩的肌肉,说,你看看,我比犍子牛还壮实,可比吴先生有劲多了。你年轻轻的守寡能熬得住?我来给你做伴咋样？桂桂吓坏了气坏了，叫着搡他走。刘满囤冷笑一声，说，吴先生是共产党叫活埋了，你守个死共产党不嫁犯杀头之罪。说着就动手动脚。桂桂宁死不从，挣脱刘满囤跑出了大门跑回了娘家。桂桂的爹妈听了又气又恨又怕，不知刘满囤说的是真是假，桂桂的爹就去找张镇长想问个明白。这时，时局有了变化，重庆各界人士都攻击国民党杀害爱国人士，蒋介石十分恼火，矢口否认。张镇长听桂桂的爹说了，冷笑几声，笑得阴森森的，十分怕人，劝桂桂的爹说，放他妈的屁，根本没这回事，你放心，我会为桂桂出气的。说了又叫勤务兵领着桂桂的爹去馆子里吃饭。

张镇长领了几个护兵到桂桂村里，召开了保民大会，当场把刘满囤抓来，问刘满囤咋知道吴先生是共产党。刘满囤说是刘三爷讲的。刘三爷吓得跪下叩头叫屈，说，大家都说共产党和穷人穿一条裤子，别说我不知道吴先生是共产党，我就是知道也不会和穷光蛋刘满囤说呀！刘满囤还要分辩，被张镇长大喝一声镇住，张镇长说，刘满囤一定是共产党，才造谣惑众，攻击国府杀害忠良，妄想挑起百姓聚众闹事，破坏抗日大业。刘满囤有口难辩，当场被打了一百皮鞭，打得皮开肉绽，刘满囤叫唤得猪嚎一般。张镇长在大会上又声色俱厉地说，以后谁再敢动桂桂的想头，谁再敢造吴先生的谣，下场不会比刘满囤好了。散会了，张镇长又把刘满囤五花大绑带回镇上，以通匪罪下到大牢里。从此，村里再也没人敢说吴先生的是是非非，也没人再敢打桂桂的主意了。

桂桂虽说躲过了刘满囤的祸事，日子也平安了，可刘满囤的话却入了心。桂桂想起了很多叫人犯疑的事。吴先生来了客人，在书房里嘀嘀咕咕小声说话，桂桂进去了就不说了。有一次，桂桂说起收租的事，说不该叫佃户欠着，都是缺吃少穿，万一给吃了花了，到时候用啥还咱？吴先生吃惊地看看桂桂，说，你也是穷人，怎么一到有钱人家就有了富人心肠？以后要穷人惜穷人。吴先生捐了一百亩地抗日，桂桂心疼得很，桂桂知道吴先生轻财的脾气，不敢埋怨，夜里睡到一起才柔柔地说，你就不怕咱们也穷了？吴先生说，怕啥，我教书你种地，自己还养活不了自己？家大业大就是福了？三十年河东，三十年河西，还是穷穷地过着好，将来你就明白了。桂桂还想起吴先生的很多很多话，桂桂越想吴先生越像共产党，只有一点不明白，世上人亲不过夫妻，吴先生亲自己亲得很，吴先生要真是共产党能瞒着自己？桂桂害怕得很，就去跟爹妈说了。妈说，不会，不会，吴先生要真是共产党，张镇长还敢对吴先生那么好，吴先生走了张镇长还敢来看你？爹摇着头长叹气，对桂桂说，这些话你沤烂在心里，可不敢对外人说，吴先生是不是共产党还说不清楚，张镇长说不是，咱也死咬住不是，别自己去找个匪属的帽子往自己头上扣。桂桂想想也是这个理，就唉声叹气地回去了。桂桂走了，桂桂的爹扒住门往外看看没人，就说，桂桂说吴先生的那些事，我咋也想着吴先生是共产党。桂桂的妈一听愣怔了，哭了，说，桂桂可咋办呀？桂桂的爹说，压根我就不让桂桂嫁给吴先生，我就说啥事太好了一定没有好果子吃，你还不信。桂桂的妈说，谁知道桂桂的命这么硬，她往后咋活呀？桂桂的妈哭得十分伤心，哭过了也就听天由命了。

桂桂熬了一年又一年，桂桂不相信吴先生还活着，桂桂又盼着吴先生会回来。桂桂的心一会儿死了，啥也不想了，一会儿又复活了，又想得很多很多。白天还好过，忙这忙那能忘了吴先生一会儿，到了夜深人静就不中了，想起和吴先生有过的种种恩爱，浑身就燥热就麻就酥，桂桂忍不住就狠劲亲小胜，亲得小胜直叫脸疼；又紧紧地搂住小胜，搂得小胜直叫身子疼。小胜慢慢长大了，五岁了，桂桂不叫他上学;六岁了,桂桂还不叫他上学。桂桂不放心,生怕小胜离开自己会出个啥事。小胜七岁了,张镇长来了。张镇长生桂桂的气,说桂桂不该耽误了小胜,说桂桂对不起吴先生,说吴先生临走把桂桂母子交给了他,说小胜不上学将来见了吴先生他没脸交代,说桂桂是妇人心肠。桂桂被说哭了,桂桂只好送小胜上学了。

小胜去上学了,小胜的性情很孤僻,小胜不跟别的娃们玩,小胜就想妈。桂桂天天晌晌亲自送小胜到学校门口,回家转一圈又到学校门口等着小胜放学,常常等很长很长时间。桂桂等急了,就凑到教室外隔着窗子一眼一眼偷看小胜,看小胜端端坐着,看小胜跟着同学们念书,桂桂心里就甜甜的、苦苦的,就忘了吴先生,就想起了吴先生,希望小胜和吴先生一样有学问,有学问的人仁义,知道心疼人。也希望小胜不要像吴先生那样有学问,有学问的人不安分,不顾家,吴先生要是没学问,老老实实在家待着,她也不会一个人守空房了。桂桂这样想又那样想,两种思想常常打架,想到底也不知道咋想才是对的。桂桂被吴先生缠得左右不是,除了小胜就啥也没心顾了。自从吴先生走了,佃户们说,吴先生走了,别叫人说咱们欺侮个妇道人家。佃户们就又来缴租,她也不问多少,佃户们叫称称,她不称;佃户们叫量量,她不量;佃户们叫算算,她不算。她说,放下就是了,你们心里只要还有吴先生就行了。桂桂给缴租的佃户们烧菜做饭,啥好叫吃啥,佃户们过意不去。桂桂说,种点地打点粮也不容易,你们把粮食主动送上门就是心里有我们娘儿俩,我承情不过。佃户们说,不是谁家人不进谁家门,桂桂和吴先生一样心好,积阴德,后辈一定大富大贵。桂桂听了一阵酸甜,说,借你们金口了。佃户们感激不过,回家便逮个松鼠捉个鸟什么的,送给桂桂让小胜玩。再不就是送点时令鲜菜或打个野物送给桂桂娘两个吃,桂桂就承情得流泪,说,大家待我真好,吴先生早晚回来了我叫他报答你们。

小胜刚读小学二年级,这里就解放了。这里没解放过,是新区,国民党原来宣传共产党共产共妻,是杀人不眨眼的妖魔,老百姓都怕。谁知解放军对老百姓好极了,又是大伯又是大娘地叫,又是帮着挑水扫地做活,不叫帮也要帮。老百姓见坏的见惯了,突然见好的又好得很就犯心病,就在心里嘀咕,这些兵好得不像兵了,总是想打咱啥主意哩,要不凭啥对咱这么好?正经老百姓躲躲藏藏不和部队上的人接头,还要等等看看是不是真好。桂桂看见解放军就想起了吴先生,吴先生要真是共产党要真活着也该回来了。桂桂半死半活的心又全活了,天天都想说不定吴先生今天就回来了,立在门口看,坐在屋里等,外边有个脚步响就跑出去看是不是吴先生回来了。桂桂等了一天又一天,一直没见吴先生回来,刘满囤倒是回来了。刘满囤从国民党牢里放出来了,刘满囤大摇大摆回到村里很是威武很是气壮,像是载誉而归的大功臣大英雄,在村里大喊大叫,说,老子回来了,反动派说老子是共产党,一点也没说错,老子真是共产党,老子住了几年监,是老子的光荣,血债要用血来还,老子要报仇雪恨了。别人躲着当兵的,刘满囤不躲,刘满囤找上门和兵们接头,刘满囤很积极很热情很革命,约了几个地痞给兵们跑腿,兵们有啥事早叫早到,不叫也到,给兵们筹粮草传开会,黑夜白天地跑,熬红了一双眼睛。刘满囤建议兵们先拿刘三爷开刀,说刘三爷是大地主大恶霸,是国民党的奸细,是刘三爷把他这个共产党送到了监里。斗争刘三爷时,刘满囤又哭又叫,说别看都姓刘,别说一个刘字掰不开,亲不亲阶级分。刘满囤想起挨的皮鞭想起住的大牢就满腔怒火,就振臂高呼口号,拳打脚踢刘三爷还不解恨,就一口一口咬刘三爷的皮肉。兵们说刘满囤阶级觉悟很高,刘满囤就当了农会主席。

不久,兵们往前线打仗去了,刘满囤就成了村里的头头,村里的天下
就归刘满囤了。

刘满囤天天革命,忙着抓这个地主,忙着斗那个恶霸,分田分地
真忙,忙得晕头转向,地主们忙着挨斗,佃户们忙着斗人。只有桂桂
不忙,桂桂不斗人,也没人斗她。有人看中桂桂家的房子,说桂桂也
是地主,是地主都该分她的房子分她的财产,不能漏网。刘满囤说,
桂桂是贫农。有人说,不是,政策上规定到地主家三年就是地主了,
桂桂都进地主家七八年了。刘满囤说,你们懂得?生成的骨头长就
的肉,贫农一百年一千年也是贫农,你们说说,桂桂对待穷人咋样?
哪一点像个地主?人们知道刘满囤贼心不死,还在打桂桂的如意算
盘,再加上桂桂平常体贴穷人,谁家有了三灾八难,总是找上门帮一
点,从来没使过厉害,没一点民愤,大家也就不再说什么了。刘满囤
捂住了群众,就去桂桂面前讨好,说,桂桂,你知道不知道为啥没斗
你?为啥没分你家业,连一根针头线脑都没动你?桂桂看着村里一
天到晚斗地主分田地,算算自己的家产足够个地主。吴先生到底是
不是共产党,是不是还活着,也不能替自己遮风挡雨,天大的事都落
到了自己一个妇道人家头上,早早晚晚都提心吊胆地等着来抓她去
挨斗争。桂桂一想到斗争,浑身就瘫软成一堆泥了。刘满囤来表
功,桂桂就想起了他调戏自己的事,心里又气又怕又不敢得罪他,就
苦笑笑说,我知道,都是刘大哥说了好话,我承情不过。刘满囤笑得
没了鼻子眼,刘满囤说,你知道了就好,跟你实说,斗不斗你全凭我
一句话,只要有我在,你放一百条心,保你平安无事。刘满囤这一回
没动手动脚,做出干部的气派,只是对桂桂笑,笑得神气鬼气,桂桂
比受了调戏还怕,只巴着刘满囤快走。刘满囤说,桂桂,你要好好想
想,我如今很忙,村里的事样样都得靠我,离了我天都要塌了,一会

儿都不得闲,我没空陪你,你想好了咱们再说。刘满囤做出很忙的样子走了。桂桂知道刘满囤在想什么,桂桂就想,万一刘满囤要强按牛头喝水怎么办?桂桂想想头皮就麻了。刘满囤离开桂桂家又去桂桂娘家,刘满囤很谦虚,自己给自己降了一辈,过去管桂桂的爹妈叫大哥大嫂,如今叫叔叫婶。桂桂爹妈因为刘满囤调戏桂桂还记着仇,又听刘满囤改了称呼,气就不打一处来,只是碍着刘满囤如今有权有势不敢发作。桂桂爹堵门站着,不让刘满囤进屋,话比冰还冷,说,我们可是贫农,你来干啥?刘满囤愣了一下突然哈哈大笑,说,贫农也不一定不斗争,你看看地主恶霸的狗腿子哪一个不是贫农?桂桂的爹被噎得半天说不出话,刘满囤却嘻嘻地笑道,我来叫叔叫婶放心,村里不斗桂桂,我说不斗就不斗,谁敢动桂桂一指头看我活喝了他。桂桂的爹冷笑一声,攒了攒劲说,你不是不知道吴先生是共产党,谁敢欺侮她可没好下场。刘满囤问,你咋知道吴先生真是共产党?桂桂爹说,听你说的,你可忘了。刘满囤哈哈大笑,说,吴先生是共产党?笑话。共产党是干啥吃的,共产党是穷人的党,专打家大业大的人,吴先生家大业大会是共产党?你别做梦接媳妇吧!早跟着国民党跑台湾了!你们好好想想,我这是为你们为桂桂好,你们想好了,我这头好说。我忙得很,我先走了。桂桂的爹冲着刘满囤的脊梁狠狠吐了一口唾沫,狠狠骂道,想你妈那个屁,也不尿泡尿照照自己是啥人!

　　刘满囤原来心里没有桂桂,刘满囤动过很多女人的念头,从来没有动过桂桂的念头。桂桂是吴先生的太太,吴先生有钱有学问有面子,自己是个啥?是泡臭狗屎,自己和桂桂一个天上一个地下,就像叫花子不会为皇帝的娘娘得相思病一样。自从刘三爷一说,自从去桂桂家动手动脚摸了桂桂的奶头,心里就满是桂桂了。就是挨了张镇长一百鞭子，就是住几年大牢，刘满囤也觉得值得，原来桂桂的奶头摸着那样光滑，那样有弹性，虽说隔着衣服只摸一下，就叫人醉得美得入心入骨终生难忘。刘满囤在监里住着时，就天天做桂桂的好梦，梦醒了才知道是梦，只想着一辈子再也不能碰桂桂一下了，心里老是空落落的。解放了，张镇长跑到北山为匪去了，刘满囤从监里出来了，就又想着如何把桂桂弄到自己怀里，哪怕只搂着桂桂睡上一夜，就是死了也心甘。刘满囤回到村里，恨不能马上就和桂桂成亲，只是接受上次教训，不敢贸然从事。自从当上了农会主席，他把自己掂量了又掂量，觉得自己如今是一村之王，谁不巴结？桂桂虽没挨斗，可也没少陪着地主们参加斗争会，她不会不知道挨斗是啥滋味。每次斗争会，刘满囤都盯着桂桂看，桂桂都吓得脸上蜡黄蜡黄，还满头出虚汗。刘满囤看见桂桂害怕的样子，就添了信心。心想权在自己手里攥着，等于桂桂也在自己手里攥着，不怕她不自己送上门来求告自己。刘满囤等了好久，实在等急了，才去找桂桂和桂桂的爹妈，谁知道桂桂和桂桂的爹妈不识抬举，把自己顶了回来。刘满囤不死心，又央人给桂桂说，说只要她答应了，保她原封不动过原来的日子，还一辈子不叫她做活，叫她一辈子吃香的喝辣的。桂桂死不透口，说，我生是吴家人，死是吴家鬼，吴先生就是真有个三长两短，我也不活了。现在刘主席有权有势，还愁找不来个女人，就死了我这条心，我今生来世都忘不了他的大恩大德。刘满囤又央人去给桂桂的爹妈说，说只要他们答应了，保证分房子分地时给他们分好的，还会多分。桂桂的爹妈气坏了，对媒人说，也不尿泡尿照照自己的影子，哪块地里泥巴捏的谁还不知道？我们当了几辈子佃户，宁可不分房子地，还辈辈给别人当佃户，也不敢高攀。癞蛤蟆想吃天鹅肉，没门。

　　刘满囤好气,气过了又想不通,水往低处流,人往高处走,桂桂当初嫁给吴先生还不是图的吴先生家大业大,还不是为了攀高枝? 如今吴家站到了低处,自己站在了高处,自己说句话村里就山摇地动,谁敢不听,我哪一点不比当年的吴先生,桂桂为啥还不干? 刘满囤气上来骂娘了,刘满囤说,狗眼看人低,还把老子看成当年的刘满囤了,你们不仁,就别怪老子不义了。不怕你们不吃敬酒,老子叫你们吃罚酒。刘满囤是啥人,啥做不出来? 刘满囤要来硬的了。

　　刘满囤天不怕地不怕,决心要对桂桂来个先斩后奏,只要和她强着睡了就生米做成熟饭了,不怕她不从。刘满囤刚和几个狐朋狗友计谋好,要动手还没动手又不敢动手了,刘满囤又怕张镇长了。解放这里的部队往前边去解放别的地方了,逃得无影无踪的张镇长又钻出来了,收拢了一群国民党的残兵败将在北山又闹起来了,到处算变天账,常常黑更半夜从山上下来抢粮抓人,谁和共产党来往就砍头活埋,杀人不眨眼。人们天迎黑就躲到树林子里庄稼地里,吓得人心惶惶,谁家娃子哭了,只要说声张镇长来了,马上就闭住气了。张镇长不知怎么晓得刘满囤又在纠缠桂桂,就给村里捎来一张条子,说只要刘满囤敢动桂桂一指头,就要把刘满囤碎尸万段,还要血洗整个村子。村里人认为刘满囤给带了灾,都恨刘满囤恨红了眼,商量着要除了他。刘满囤吓成一堆泥,黑夜白天躲来躲去,还央人给桂桂的爹妈说好话,说他没动过桂桂一指头,过去的事都是刘三爷挑唆的。桂桂的爹就吓唬刘满囤,说他只要再登桂桂的门,就捎信叫张镇长来宰了他。刘满囤老实了一阵,桂桂也平安了一阵。后来,剿匪的部队来了,没多久就把山里的土匪消灭净了,把张镇长也活捉了。张镇长血债累累,枪毙那天人山人海,桂桂想起张镇长对自己的好处,想去给张镇长说句话,哪怕再去看张镇长一眼都行。

桂桂没去，不敢去，桂桂好可怜，靠吴先生，吴先生没影了；靠张镇长，张镇长叫枪毙了。桂桂无依无靠了，越想命越苦，在家哭了整整一天。到了夜里，桂桂在院里悄悄给张镇长烧了纸。枪毙了张镇长，刘满囤不怕了，又出来英雄了，乡里开大会，刘满囤就登台诉苦，说张镇长是自己的冤家对头，说自己如何如何反对张镇长，张镇长如何如何压迫他，自己如何如何苦大仇深，说得声泪俱下。刘满囤又说，对敌人不能手软，对敌人的探子也不能手软，村里也有人通匪，有人威胁干部，说要给张镇长捎信，叫张镇长下来把干部碎尸万段。谁通匪，赶快坦白自首，别认为大家都不知道，不坦白查出来了也要枪毙。刘满囤没指名道姓说桂桂的爹，说的时候就瞪着桂桂的爹，桂桂的爹妈吓瘫了，回到家里，桂桂的妈就哭得像马上要枪毙桂桂的爹了，又埋怨道，你当时疯了，咋会说要给张镇长捎信，这不是找死，这一下只怕活不成了。桂桂的爹也后悔八百年，说，都怨咱没长前后眼，在气头上不该说气话，咱知道张镇长在北山哪里？只说吓唬吓唬刘满囤，谁知道成了罪恶。如今后悔也晚了，只好等死了。老两口天天在家待着，吓得连门都不敢出了。

张镇长叫枪毙了，桂桂的爹也被划成了通匪分子，刘满囤就啥也不怕了。这天夜里，刘满囤叫弟兄们胡吃海喝了一顿，吃了喝了跟弟兄们说了，说他想和桂桂成亲，说桂桂害羞，不好意思说个行字，其实心里早就愿意了，请弟兄们帮帮忙。弟兄们早就知道他的心事，都很义气，都愿为朋友两肋插刀，都满口酒气地说，这还不是小菜一碟好办得很，张镇长都叫枪毙了，一个地主婆还敢说个不字？要她是高抬她了，只有咱不愿意的哪有她不愿意的！弟兄们说着就去找桂桂了。刘满囤把屋子扫扫，把床铺铺，换了一身从地主身上剥下来的衣服，在家里急得团团转，想着马上就要和桂桂亲亲了，想着想着美得上下流水。桂桂被推推搡搡抓来了,桂桂披头散发,哭天抹泪地挣扎着。弟兄们气愤地说,叫她来她还不来哩,牛大还有捉牛法,不怕她不来。刘满囤说,叫你们去接桂桂,怎么是抓来的?刘满囤让桂桂坐,桂桂不坐。刘满囤说,还不好意思呀,从今往后是一家人了,还有啥磨不开脸的?说得嘻嘻的。桂桂放声大哭,桂桂说,你们积积福放我回去吧,我下辈子变牛变马报答你们。桂桂说着转身死命往外冲去。刘满囤的弟兄们拦住她,把她又扭到屋里,找来绳子动手动脚要绑她,说,你也不睁眼看看,如今是谁家的天下,守住地主不走,只有死路一条。又说,不服教的只有挨打,火星爷不放光不知道火星爷的厉害。刘满囤说,算了,算了,看在我的面上就饶了她吧!弟兄们大声大气吆喝:真是反动极了,你底下那个东西能叫地主使唤为啥不叫穷人使唤,轮也轮着穷人使使了。实话跟你说,今天叫使也要使,不叫使也要使,由不得你了。弟兄们认为这话说得精彩,不由一阵大笑,笑过之后互相使个眼色都退了出来,把门从外边锁上,又冲屋里叫道,满囤,你该咋美就咋美吧,别客气谦虚,这事一回生二回熟,只要开个头,下回就顺当了。笑得嘎天嘎地。桂桂又转身拼命拉门,使尽全身力气也拉不开,桂桂就哭就叫,叫人们讲讲良心行行好。刘满囤嘿嘿干笑,上去捉住桂桂的手,说,桂桂,别磨不开了,我不信你年轻轻的能忍得住,旱了几年你就不急?咱们这已经结婚成夫妻了,填到灶里的柴火退不出来了,别再脸皮薄了,我知道自己不识字,没有吴先生斯文,可我的身子比吴先生壮实,你试试,我保你比吴先生那个得美!刘满囤说着就把桂桂硬往床上拉,桂桂不从,桂桂乱踢乱咬乱骂。刘满囤急了气了,一口气吹灭了灯,嘿嘿冷笑几下,说,你是我婆娘了还不和我睡,天下哪有这号理,我就不相信那个不了你!黑地里没有了脸,只听屋里拉拉扯扯碰了桌椅,撕来打去。桂桂长得杨柳细腰,不是刘满囤的对手,搏斗了一阵,就响起了床上的吱吱声,响起了桂桂嘶哑的哭声,响起了刘满囤的喘息声。屋外的人笑了,笑得很野很狂,说,满囤得手了,这婚算结成了。人们笑着走了。刘满囤想,女人家说不中不中只要那个过了就中了,就死心跟着过了。刘满囤很高兴,要不是解放,就是生神方①吴先生的老婆也搂不到自己怀里。桂桂一直哭,一直挣扎,挣扎不动了,刘满囤又强那个了几回,刘满囤才心满意足,才瘫了才安生了才睡了。刘满囤睡得好香,还做了许多好梦。刘满囤一觉睡到天亮,刘满囤醒了,刘满囤直起身一看,吓蒙了,桂桂吊在梁上自尽了。

桂桂的爹妈知道了,桂桂的妈哭死了几回,桂桂的爹气疯了,不依要闹。刘满囤的弟兄们说,桂桂已经和刘满囤成了亲,是刘家的人了,又不是谁害了她杀了她,是她自己上吊的,这号事多了,能犯多大个法?你别忘了自己是啥人。通匪分子,要闹也行,先把通匪的事闹清了再闹桂桂的事。说了恶的又劝好的,桂桂已经死了,再闹也闹不活了,刘满囤是农会主席,你们只要不闹,他能不知道好坏,他到上边说句好话,把你们的通匪帽子摘了,你们也能平平安安过日子了。桂桂的爹妈想闹不敢闹了,只好忍气吞声把小胜领回家过日子了。刘满囤从地主家弄了个上好棺材把桂桂装了,把桂桂埋了,刘满囤在坟上还大哭了一场。人们不敢明说就暗地里说,说好人没有好报,吴先生和桂桂一辈子行善,落个啥下场?又骂刘满囤不是人,活活把桂桂逼死了,说刘满囤将来也不得好死。

这时候已经稳住了局势,区上知道了刘满囤和桂桂的事,区长说

---

① 生神方:豫西南方言,指想尽方法。

乱弹琴,说叫查查,查刘满囤有啥历史没有。查了没有,清清白白,没干过伪事,是自己人,还多少有点功,才解放时别人都不出头他出头,给部队上办过好事。再说他搞死的是地主婆娘不是穷人的婆娘,算不上阶级上的事。区长说,地主婆娘也不中,影响太坏,把他撤了,叫副村长石老三干。刘满囤就不得干了,又成了平头百姓,也不得再横行了,刘满囤垮了,人也呆了,成天恍恍惚惚地游荡,逢人就说,这桂桂也真迷,吴先生那东西上长有花? 跟吴先生睡和跟我睡不都是一样美,为啥想不开去死? 死了不是跟谁都美不成了? 人们不怕他了,拿他不当人看,把他看成了癞皮狗,听他说了就哼他几声,吐他几口,他也不知道生气,只是嘻嘻笑笑,笑过去了逢人又说。都说,刘满囤疯了。

　　这时候正式土改了,吴家没大人了,没大人也要划个成分,划的是地主成分。家里的浮财全没收了,只给小胜分了一份土地,便把他扫地出门了。封他家的时候,小胜的外婆指着墙上挂的吴先生和桂桂的结婚照片,给土改工作团的人说,别人要这也没益,给我们留个纪念吧! 小胜长大了也好看看他爹妈啥模样。土改工作团的人研究了又研究。有的说,不行,留下个照片就是留下个反攻倒算的证据,将来是个后患。这样说的人就恶声恶气整桂桂的妈,说她没立场,问她想干啥,威胁她要给她划个二地主。有的说吴先生没民愤,桂桂又死得可怜,一张相片又不好吃又不好喝,给她算了。村长石老三说,她要是想反攻倒算,没这张照片也照样反攻倒算,谅她也不敢,蒋介石八百万军队都叫消灭了,她吃豹子胆了? 有的是子弹,她敢就镇压她。给她,这个家我当了。石老三说了,别人不敢再说什么。桂桂的妈千谢万谢才捧上照片走了。桂桂的爹妈不想反攻倒算,只想安安生生过日子。桂桂的爹妈守着外孙小胜,一家三口常常抱成一团哭天哭地,还不敢明哭,怕外人听见了说他们不满,哭也不敢哭个痛快。桂桂的妈说,还叫小胜上学吗?桂桂的爹说,上,吃糠咽菜也得叫他上,咱得对得起吴先生和桂桂。

　　小胜又去上学了。小胜家里是地主成分,小胜的外爷是通匪分子,小胜成了罪恶的化身。学生娃们欺弱,拿他当个玩意儿玩,问他,小胜,你几个爹?小胜说,一个。学生娃们说,不对,你的爹多,吴先生张镇长刘满囤,你都三个爹哩。小胜脸红了,哭了,哭得很伤心。学生娃们就哈哈大笑,就刮鼻子刮脸,说他是杂种。还有,那个疯疯癫癫的刘满囤,穿得破破烂烂,脸也不洗,头发披散着,和老妖婆一样,常常在学校门口等他,见了就嘻嘻着塞给他个糖,塞给他个花生,他不要,把它扔了,刘满囤就一脸失望地说,儿啊,这世上只有咱俩才是亲人啊!说着就呜呜哭起来。学生娃们在一旁看着大笑,说,小胜,你野爹多亲你,你野爹给你的你咋不要?小胜去报告老师,老师很有阶级立场,黑着脸子,说,这是真的又不是假的,一点也没冤枉你。小胜憋着一肚子委屈,回到家里一头扎进外婆怀里哭得上气不接下气,外婆陪着哭,外婆就说,不上了,不上了,没见你爹读了一肚子书落个啥下场,到如今还不知死活,害得你妈也不得好死。外爷看小胜哭哭啼啼怪可怜,想想就摇头叹气,说,不上就不上,学着做庄稼也行,看看戏上唱的,自古以来官都是读书人当的,罪都是读书人受的,有几个不惹祸生事,有几个太太平平一辈子?

　　小胜不上学了,外爷外婆忙不过来,就叫小胜跟着邻居家女孩芳芳放牛割草。芳芳的爹眼瞎了,里里外外全靠妈妈,芳芳上不成学,得在家里帮妈妈做活。芳芳比小胜大一岁,小胜管芳芳喊芳姐。芳芳原来独自一个放牛割草,没人一道玩,想说句话都没人听。芳芳家里穷得很，又天天放牛割草，没有开过斗争会，也不像学生娃们懂得贫农的地位，不知道自己比小胜高一头。小胜给她做伴，她一点也不歧视小胜，还像姐姐一样帮小胜。小胜没割过草不会割，芳芳割草割惯了，会割，自己的箩头割满了就给小胜割。芳芳会上树，常常上树给小胜摘柿子吃，芳芳还会在小河里摸鱼，把鱼用树叶子包包用野火烧熟了，喷香喷香，芳芳自己不吃叫小胜吃。小胜挨打受气挨惯了，不知道天底下还有爱，就感动地哭，问，芳姐，你为啥这么亲我？芳芳好生奇怪，反问，我为啥要不亲你？小胜和芳芳还不明白人和人要恨。小胜觉得天宽了，地宽了，自由自在了，比上学快乐多了，也就安心放牛割草了。

　　不久，县里突然派人下来，说吴先生是地下党，还是个中心县委书记，叫张镇长下毒药毒个半死活埋了，是个革命烈士。又说，中央赵主任是吴先生的老战友，要来看望桂桂，已经到县里了。村里人吓了一跳，吓得迷迷瞪瞪。吴先生是个啥人，村里人没少议论，明里不敢说，背地里没少说。吴先生是个谜，人们一直猜不透，看他又像共产党又像国民党，不论对国民党还是对共产党都不敢说他好说他坏，怕说错了惹下祸。要说对穷人的恩德劲，对钱财的看得轻劲，吴先生像个共产党。可是，共产党咋会又和国民党和张镇长好？还不是好得轻，张镇长送给小胜个多大的银项圈，值好多好多钱哩。吴先生不见了，是张镇长活埋的，为啥张镇长又常常来看桂桂？吴先生要真是共产党，为啥刘满囤说吴先生是共产党，张镇长就把刘满囤打了个半死又抓起来？张镇长跑到山里当土匪死到临头为啥还写条子护着桂桂？要说张镇长是为了霸占桂桂，一点也不像，张镇长每次来看桂桂都找人陪着，对桂桂都是恭恭敬敬，还说老嫂比母，没有过眉来眼去勾搭之事。张镇长是国民党,国民党真心实意护着的人能是共产党?现在又说张镇长杀了吴先生,张镇长和吴先生好成一个人了,张镇长能下得去毒手?村里人被弄糊涂了,糊涂了一会儿又全明白了,上级说吴先生是共产党就一定是共产党,上级闭着眼也比咱睁着眼看得清。上级还会弄错了?上级肯定错不了。人们就三三两两去看桂桂的爹妈,念诵吴先生的好处,把吴先生夸成一朵花,夸了吴先生又骂刘满囤,把刘满囤说成一堆臭狗屎。桂桂的爹妈一直哭一直摇头,末了桂桂的爹说,好人当啥?好人死了,还不如坏人哩,坏人总还活着。说得人们都哑口无言。村长石老三没顾上去看桂桂的爹妈,石老三怕了,当初刘满囤想霸占桂桂时,问过石老三行不行。石老三看不起刘满囤,嘴里没说心里想,这世道真是变了,沟里石头也想滚上山了,平地猪娃都想背豹子了。也不看看自己啥鼻子啥眼,就做梦接媳妇了。石老三想是这样想了,可是看刘满囤大权在手,不敢得罪他,就没敢直说,再加石老三心里窟窿多,看刘满囤红得不像人样,在村里横行霸道,他出个差错把他捏了,这天下就是自己的了。石老三就跟着人们起哄,半真半假地哈哈笑道,可行,皇帝都轮着坐哩,何况个婆娘,地主干过了轮也轮着你了。石老三说的是个搪塞话,不想刘满囤当成真的了。刘满囤请客和派人去抓桂桂时,石老三怕背良心怕久后出事就推故远远躲了,从始到终没有参加。没想到事情会闹大了,连中央首长也来了,不知道会问个啥罪,刘满囤要是供出自己说的玩话,自己也少不了干系,只怕不死也会脱层皮。石老三稳住县里来的人,推故出去尿尿,跑回来对老婆嘀咕了一阵,回来就有了主意,对民兵说,刘满囤新旧社会都不是个好货,把坏事做绝了,可别叫他跑了,快去把他抓起来,中央首长来了咱们也好交代。民兵们飞快地去了,又飞快地回来了,说,刘满囤跑了,找不着了。石老三听了怒气冲天破口大骂,说,找! 日他个妈,挖地三尺也要找着他。石老三立时去敲了钟,全村人紧急集合起来。石老三激昂慷慨地历数了刘满囤逼死桂桂的滔天罪行。人们本来就恨刘满囤,现在听说他的事犯了,都很高兴,就跟着石老三满山遍野地嗷嗷叫着到处搜捕刘满囤,白天没找着,夜里又点着火把找,一直找到天明也没见刘满囤才收了兵。

　　第二天,中央赵主任来了,是县委书记、县长陪着来的。赵主任说,吴先生在北京上学时就参加了党,把吴老先生给他买官的钱交给党了。还说,吴先生在北京上学时,好多女大学生追他,他不干,一心要回家发展地下党,开展革命工作。赵主任到了桂桂爹妈家里,给桂桂爹妈鞠了个躬,检讨自己,说,都怨我来晚了,我要是早来几年就好了,桂桂就不会出事了。我对不起吴先生,对不起桂桂,对不起你们老人家。赵主任说着哗哗流下了眼泪。桂桂的爹妈本想说几句气话,看赵主任哭了就说不出气话了,就陪着赵主任哭泣,还劝赵主任,说,算了,你也别难过,啥事都过去了,哭也哭不过来,你来看看我们就啥都有了。说得在场的人眼都红了。小胜过去也见过很多人来到家里,是来抄家的,是来整妈妈的,是来逼外爷外婆的,都是恶眉瞪眼大呼大叫,每次小胜都吓得乱抖。这么多人来到家里还这么和气这么亲热,没一个人高声大气说话,小胜没见过这种场面,小胜躲在外婆怀里奇怪地看着。外爷拉过他,指指赵主任,说,叫赵伯伯。小胜怯生生地叫,赵伯伯。赵主任把小胜搂到怀里,亲了又亲,说,以后好好学习,继承革命遗志,将来为国家做一番大事。记住了没有? 小胜点点头。赵主任拉着小胜给桂桂上坟,桂桂的爹妈也跟着去了,县委书记县长区里乡里村里的大小干部也跟着去了,不是干部的老百姓也跟着去了,坟上围了好多好多人,比埋桂桂时威风多了。赵主任对着桂桂的坟鞠了三躬，大家忽然间忘了桂桂是地主婆，见赵主任都鞠了躬也跟着鞠躬。赵主任说，桂桂虽说不是共产党，桂桂是个为革命做过贡献的人，我来找吴先生，同志们来找吴先生，桂桂给大家做很好吃的饭，从来没有烦过，从来都笑着欢迎。吴先生不论做什么，桂桂从来没有反对过打听过，也没有对外人说过。赵主任当着人们的面对书记县长说，国家要把小胜养起来，供他上学，从现在开始。书记县长赶快点头，说，没问题，没问题，我们一定安排好，请首长放心。赵主任又说，一定要找到吴先生的尸体，和桂桂合葬在一起，立个碑，写上吴先生的功绩。书记和县长又连忙点头。

多少年了没人把自己当人看，忽然又有人把自己当个人了，桂桂的妈感动得一直流泪，弯下腰给小胜咕叽了几句又推推他，小胜便跑过去给赵主任跪下，哭着说，感谢赵伯伯的大恩大德，我不上学，我们也不要立碑，只求不要再斗我外爷外婆，不要再打我骂我，叫我们活下去就行。小胜说到伤心处泣不成声，连连给赵主任磕头，头碰在石头上碰破了，满脸血水和泪水交流。赵主任没想到会连累到一双老人和一个小孩，环顾左右质问道，这是怎么回事？为什么斗争大伯大娘？这里到底是谁的天下？是共产党掌权还是国民党掌权？岂有此理！县长书记过去不了解情况，看赵主任怪罪，就大眼小眼瞪石老三，石老三吓得浑身打战，结结巴巴地说，是这，是这……赵主任喝道，我不听你解释，你说说是不是小胜说的这样？石老三吞吞吐吐地说，是的，是的。赵主任哼了一声又狠狠看了书记县长一眼，书记县长也不敢再说什么，就理亏地说，这个事我们马上调查，查出来是谁干的，一定严办。书记县长看赵主任怒气不消，忙上去扶小胜，小胜不起。赵主任推开书记县长，亲自扶小胜起来，掏出雪白的手绢给小胜擦血擦泪，痛心地说，小胜，别哭了，都是赵伯伯不好，来晚了，叫你们受苦受屈了。赵主任又对着书记县长和一群大大小小干部说，以后谁再欺侮大伯大娘和小胜，就是欺侮我姓赵的，人总得有点良心，大家分了田分了地，转过身就这样对待烈士对待烈士家属！叫人心寒啊！赵主任说着流下了眼泪，又弯下腰对小胜嘱咐道，不要怕，以后有党给你做主，不会再有那种事了。听赵伯伯的话，好好上学，学好了本领将来为国家干番大事，不要辜负你爸你妈对你的期望。小胜连连点头。赵主任消了消气，拿过铁锨，往桂桂坟上添了几锨土，书记县长区长乡长也跟着添土，原来很小个土包子，添成了一个很大的土包子。赵主任又对着坟头鞠了三躬才恋恋不舍地走了。

上完了坟，赵主任才到了村公所。石老三忙搬了把椅子，用衣襟拂了拂灰尘，放到赵主任屁股后面请赵主任落座，赵主任不坐，憋了许久的气突然大发作，脸红成了关公，吼天吼地说，桂桂是咋死的，你们说得出口吗？丢共产党的人，丢革命的人，桂桂没死在国民党手里，竟然死在解放以后，又是这样死的，你们就没有一点羞耻之心？还有脸当干部吗？别说桂桂是吴先生夫人，桂桂就是个普通老百姓就容许被奸污吗？听说，把那个坏蛋撤了职就没事了，这是谁家的王法？混账王八蛋，拿革命当玩意儿玩，自己的老婆被奸污致死也会这么宽大吗？在座的干部都吓得面目改色。县长说，我们一定从严处理。赵主任一瞪眼，说，屁话，不从严就可以这样处理？县长张口结舌出了一身冷汗。县委书记忙检讨，说，我们右倾，我们有严重错误，我们一定重新处理。赵主任的气才消了。

赵主任回北京了，县里把区政委撤了。区政委一肚子冤枉，到处诉苦说，当时有人说吴家成分不好，刘满囤成分好，死个地主婆算不了啥大事,我硬着头皮把刘满囤撤了,个别领导还说我同情地主屁股坐歪了,是立场不稳。没想到首长又嫌轻,我到底是右倾还是左倾?反正理都在上级手里,上级说咱倾了咱就倾了。县里又派人催村里抓刘满囤,石老三说,还轮着你们来催,要是没跑我早把他抓住送给政府了。县里逮不住刘满囤,为了将功补罪,千方百计找到了吴先生尸体,装了个柏木棺材。这棺材是没收一个大地主的,漆过好几十遍,漆一遍贴一层绸子再漆,老百姓说是响过堂,埋到地下千年不朽万年不烂。吴先生和桂桂合葬在一起,生不能白头到老,死了才永远团圆。坟头上立了个大石碑,刻着吴先生的丰功伟绩,把吴先生说成了救星。落葬这天人山人海,来了许多大小干部,鞭炮响得炸天炸地炸耳朵,喇叭吹得鬼哭狼嚎,坟堆得很大很大,花圈把很大的坟都盖严了。热闹极了,光荣极了,各级领导讲了很多很多歌功颂德的话,又叫烈士家属讲话。桂桂的爹妈头天就说不讲,上级轮番动员,说是光荣事,又不是斗争,不讲别人会误会是不满意非要叫讲,桂桂的爹看着不讲不中才答应了。一个干部教他上台了如何如何说,教了几遍,一句一句叫他背,教得他烦了又不敢烦不好意思烦,总算背了个大概。谁知桂桂爹上台一看底下那么多人,又想起斗争他通匪时台下也是这么多人,心里一酸把教他的话全忘了,憋急了才憋出几句话,说,吴先生革命,吴先生没好死,还连累得桂桂没好死,还连累得我们活不成,我们不求别的,只求将来我们能落个好死。说到这里就哭得讲不成了。各级领导尴尬地互相看着,一个个摇头叹气。区委书记只好硬着头皮替桂桂的爹圆场,说,老伯的意思大家听懂了吧,老伯是说,吴先生和桂桂为革命献出了宝贵生命,为了什么?就是为了活着的人永远幸福。桂桂的爹不知怎么走下台的,又和老伴坐到了一起,两个老人哭不是哭笑不是笑,脸上笑心里哭,心里淌血,迷迷瞪瞪光荣了一天,热闹了一天,迷瞪过了热闹过了,屋里和心里又空空落落啥也没有了。

小胜不是地主娃了,小胜成烈士子弟了,还是大烈士的子弟,政府特殊照顾,一下每个月给三十块钱补助。一角钱买十二个鸡蛋,大肉才两毛钱一斤,三十块钱可真不少,多得叫乡里人乱咂嘴,都说,吴先生没白死,死得值得,一家三口不吃一粒粮食,光吃鸡蛋吃肉也吃不完,吴先生就是活着该能吃个啥? 还说桂桂的爹妈沾了小胜的光,没白养桂桂一场,人真说不了,不知从哪个地方能得到福气。

小胜不放牛了不割草了,又叫他上学了。小胜不想上学,想起在学校里受的欺侮就怕,没有和芳芳在一块儿放牛快乐。可是不上不中,非上不中,校长和老师都来给桂桂爹妈检讨说好话,说过去不对,以后再不会有人欺侮小胜了,还说烈士子弟怎能不上学? 小胜只好又去上学,小胜心里舍不下芳芳,临上学的前一天跑到放牛草场,跟芳芳说,芳姐,你也去上学吧! 芳芳说,我可想上,我妈说俺们穷,上不起,我要上学就要吃风喝沫了。芳芳说着眼红了哭了,小胜抬起胳膊用袖头给芳芳擦眼泪,说,别哭,别哭,我放了学来教你。芳芳还是抽泣,小胜急了,说,别哭嘛,你要还哭我也哭了。芳芳不哭了,说,我爹要是和你爹一样该多好! 小胜哇一声哭了,说,我爹好是好就是没有了,你爹再没本事你总还有个爹。小胜说到伤心处哭个不止,芳芳反过来劝他,说,我都不哭了你咋哭起来! 别哭,等到星期三你来,咱们还逮鱼吃。小胜不哭了,说,真的? 芳芳说,谁要骗你就是个小狗。小胜玩一会儿走了,走多远回头见芳芳还站在原地看他,小胜又跑回来看见芳芳长道短道流泪,小胜心里很不美,小胜说,别哭,等我干大事了也叫你上学。芳芳笑笑,笑得干巴巴的,芳芳又想哭强忍住不哭回头跑了,小胜看不见芳芳了怔怔地走了。

小胜又上学了,这一回不比上一回,小地主变成了座上客。山里人没见过大世面,中央的赵主任亲自叫小胜上学,就把这当成个又伟大又神圣的政治任务去完成。小胜入学的这一天,县里区里乡里都来了人,县里给小胜送来了学生制服,小胜的外婆要给小胜穿,区长不叫她给穿,区长亲自给小胜穿,穿好,区长拉拉小胜的前襟,乡长拉拉小胜的后襟,支书石老三没啥可拉就蹲下去把小胜的鞋带解了又绑绑。小胜被打扮得齐齐整整,像神前站的童儿一般。区长退几步看看,说,对嘛!这才像老领导的儿子。乡长退几步看看,说,是呀,这才像烈士子弟。石老三退几步看看,说,这一打扮才和别的娃不一样嘛。区长乡长支书亲自送小胜到了学校,学校里开了全体师生大会,欢迎小胜重返学校。区长讲话,说吴先生是革命的大功臣,吃水不忘打井人,以后要爱护小胜。乡长讲话,说吴先生是壮烈牺牲的大英雄,对小胜好就是不忘本。支书石老三讲话,说,咱们村里几百年才出了个吴先生出了个小胜,咱们要当成传家宝一样看待小胜。校长讲话,说小胜来上学是学校的极大光荣,全体师生要关心爱护小胜,把小胜培养成吴先生一样的大人物。然后把小胜叫到台上,让大家鼓掌欢迎,学生娃们就拼命拍巴掌。末了,还给小胜戴上了红领巾,封小胜当少先队的大队长。小胜受过欺侮,小胜没受过香火,忽然间受了这么大香火,小胜被烟熏火燎得晕晕乎乎了,做梦一样腾云驾雾上天了。小胜换了个人,小胜换了个心,小胜把以前的自己忘个干净,只有现在的自己了。小胜高高兴兴回家给外婆外爷说了,外婆喜哭了,外婆说,这都是上级的恩典,可得好好学,将来干个大事,也好给上级挣个脸。外爷说,人得讲个良心,从今往后你是党的孩子了,要听党的话,党说一你不能二。小胜说,我都当大队长了,我还能不知道。

　　小胜重返学校时,已经十一二岁了,虽说当上了少先队的大队长,读的却还是小学二年级,往队伍里一站,比别人高出几头。学生娃们背地里悄悄笑他,说他是羊群里冒出了大西驴。村里人过去不把他放在眼里,如今发觉了他的金贵,都争着夸他,说,小胜,当大队长啦,不简单啊,小小年纪就当上了大官。小胜受够了人下人的气,忽然间一步登天了,便有种让人们看看的得意劲。小胜认为这就是赵伯伯说的干大事,觉得自己真的高了大了。便摆出了干大事的样子,走路一步一步的,看人一眼一眼的,说话一句一句的,很是大人,很是神气。学生娃们再也不敢欺侮他了,见了他很恭敬地看他,只敢看一眼就不敢再看了,就赶快背过脸伸伸舌头。小胜见学生娃们怕他,就很是得意,就把这个大队长很当回事,干得很是负责。放学的路上,学生娃们像出了笼的小鸟像出了圈的羊群,走出校门没多远队伍就散了乱了,学生娃们乱惯了还乱,小胜就狠狠地喊个立正,狠狠地喊个向后转齐步走,学生娃们吓了一跳,看看小胜黑着脸瞪着眼,就老老实实地立正向后转齐步走拐回校门排队再走,再走就不敢再乱了,队伍就规规矩矩。老师们就很高兴,就说,真是将门出虎子,小是小,从小就有帅才,将来一定是国家的栋梁。小胜听了夸奖,就忘了自己是个读书的学生,就全心全意当大队长了,学生娃们的事他都管。那时生活困难,娃子大人的肚子都像饿狼掏过的一样,经常空空如也,学生娃们就偷掰玉谷穗偷扒红薯,生产队告到学校,老师们不得不敲打批评,敲了批了还不改,老师们不想管不忍管,就说,小胜,少先队想方治治。小胜月月有钱,小胜不饿,小胜听老师说了就认为这是党的话,就像领了圣旨,就去睡到地里,用绿叶子盖到身上，学生娃们又去偷掰玉谷穗偷扒红薯，看看四下没人才下手，刚掰下来扒出来，小胜就呼隆一下从身边站起来，任凭学生娃们磕头求告，小胜也不松手，其中还有个地主娃。小胜把贼娃们交给校长。校长夸小胜对革命忠诚，是小英雄。校长把小胜的事迹汇报到区里，区里派人下来调查，一听说贼娃里头有个地主娃，马上来了革命警惕，把地主娃的父亲抓来，斗他，说是他对革命充满了仇恨，指使儿子破坏集体生产。开头他还不承认，革命自有办法叫他承认，他到底还是乖乖承认了。他一承认，小胜的英雄行为就升华了，说他看透了阶级敌人的阴谋诡计，在阶级敌人面前大义凛然，赤胆忠心足智多谋，保卫了集体财产。区里整了材料上报县里，县里又上报省里，秀才们把这事写成了文章，在大报小报上登了。大师们又根据这材料编成了戏，在大小城市上演了。小胜成了轰轰烈烈的英雄人物，一时之间小小的山村成了革命圣地，来参观的，来学习的，来深入生活的，来慰问的，小胜的外爷外婆喜坏了，一天几拨人来他们家里，向他们致敬，夸奖小胜，说小胜能这么英雄是受了吴先生和桂桂的影响，是他们两个革命老人辛勤教育的结果。外婆外爷是苦命人，旧社会过得不如人，解放后戴个通匪的帽子做的不是人，没想到一朝之间宾客盈门成了人上人，才开头听了恭维话喜从心中来，笑在脸上笑得自然，恭维话听多了，不想笑了还得笑，谁来说好听话都得给人家笑，到了后来真是笑不动了还得攒住劲笑，笑得实在累人实在苦，老两口才知道哭不好受笑也不好受。小胜也忙坏了，来的人都要看看小英雄长的啥样，他都得接见。小胜觉得当英雄真光荣，小胜常常做英雄梦，心思都放在当英雄上了，对读书也就没了兴趣。读书啥益，读得再好也当不了一回英雄，考个一百分也没有当英雄光荣。天长日久，小胜的学业便成了白瓢，考试常常不及格,老师想劝劝小胜,叫他少管点闲事多读点书,想想不敢说,怕打击了小胜的革命性,给自己戴个白专帽子,就问校长怎么办。校长说,新社会的学生不能光看考试成绩,主要是政治觉悟,只红不专总还是个革命派,光专不红可成了反动派,这是新旧社会学校的根本区别。老师听了也就不再管小胜的学习了。小胜的考试成绩一回不如一回,觉悟却一回比一回高,到了学期结束,学校敲锣打鼓把奖状送到小胜外爷家里,当场给小胜戴上红花,外婆外爷也高兴得很,认为小胜在学校里学得真好,也就像老师一样夸奖小胜,小胜高兴坏了。

小胜高小毕业了,没考上初中,管事的人说,吴先生要不死,至少是省里大领导了,革命的学校不叫革命的后代子弟上叫谁上?小胜是小英雄,英雄还不能上个初中?就保送小胜上初中了。小胜还是当干部,还是积极得很,还是期期当模范,还是光荣。小胜初中毕业了,没考上高中,管事的人说,吴先生要不死,早升到中央了,小胜还不能上个高中?又保送小胜上高中了。小胜一路绿灯一路顺风。咋能不开绿灯不刮顺风呢!小胜当了英雄去了北京见了赵主任,赵主任见老战友的儿子成了气候,心里很高兴很激动,就给县里写信,把县里区里乡里领导着实表扬了一番,县里为这封信很骄傲很自豪,向全县干部群众作了传达。县里区里乡里就说,小胜的爹要还活着,小胜咋还能在咱这穷山沟里待着?早去北京了。小胜能和大家待在一起,大家就光荣得很幸福得很,光荣了幸福了就事事顺着小胜了。

小胜本来还会永远英雄下去光荣下去,保送上个大学什么的,谁知"文化革命"开始了。革命,革命,到处都革命,除了革命还是革命。学校被革零散了,学生们走南闯北大串联,到处参加大批判写大字报,很是振奋人心,很是激动,红红火火闹了一阵子革命,又忽然间不叫革命了,叫都回去接受贫下中农再教育。小胜的家本来在农村,小胜就回去了。小胜在城里闹革命开头闹得还高兴,斗争别人总是件快乐的事,小胜英雄惯了到处冲锋陷阵,可是斗着斗着就不高兴了。很大很大的干部都挨打挨骂游街,连他们的子女也成了小黑帮,也在劫难逃。听说有个省委书记都自杀了。一次,小胜们冲击省委,揪住个副书记,说他是特务,旧社会在北京上大学时混入地下党,等等,等等,把他打得好苦。小胜忽然想起了自己的爹爹也是在北京上大学时参加的地下党,小胜的心猛一凉,爹爹要还活着会不会也被揪斗了? 小胜想想头皮就发麻了,不等斗完那个副书记就悄悄溜走了,小胜不想革命了,就想回家了。

小胜想外婆外爷都老了,老得腰都弯成弓了,也该回家报报恩了。小胜又想起芳芳,过去还没咋想,在城里闹腾了一阵之后就很想了。小胜原来就没忘记芳芳,每逢假日回家都要去找芳芳玩一会儿。小胜大了,芳芳大了,小胜越长越英俊了,芳芳越长越漂亮了,小胜去了,两个人也没话说,就是坐一会儿。芳芳低着头拧自己的衣裳襟,拧得非常非常动人,像拧着小胜的心,小胜看着就走了神,小胜怕神走远了,就站起来说,我走了。芳芳也站起来说,下次回来了再来。芳芳说得很轻很柔,偷偷看了小胜一眼,小胜看见她的眼红了,小胜心里就涌上来一股酸酸的滋味,就不走了站住了,站了一会儿还是走了。

这时候乡下也乱了套,破四旧立四新闹得翻了天,看见谁端的饭碗印有个花,就不由分说夺过去砸了。看见谁家女人穿个花布衫,就不由分说当场上去撕了,那女人便在人们的狂笑中光着身子哭叫着跑了。看见谁家房顶上有脊兽，就不由分说立时上去扒了，踩得房坡上的瓦全烂了，主家不敢说个不字，还得笑脸相迎热情接待。黑夜白天锣鼓喧天，女人们脖子上挂着破鞋，男人们头上戴着高帽子，被人押着走村串户。人们不是忙着去制造痛苦，就是忙着去看痛苦，不是斗人，就是被人斗，世界成了无王之蜂，到处乱咬、乱蜇。庄稼没人做了，地都荒了，人们都疯了。

小胜从外地回来，人们认为他见过大世面，就去找他打听消息，问城里是不是也乱，说再这样下去就没人过的日子了。小胜乱摇头，摇过了说，没想到乡下也是这样。小胜问支书石老三也不管事了？小胜把石老三看成亲人，石老三每次进城开会，都要挤空去看看小胜，给小胜买点小东小西。有时发的饭票多了，还领上小胜去招待所吃一顿。小胜相信石老三是好人。生产队长老木扯他一下不让他说下去，等人们散了就很贴心地说，你才回来不了解情况，以后对石老三别说长道短，这人鬼得很，面上说自己的权叫摘了，不管事了，暗地里不但管还管得紧哩，村里这些红卫兵都是他的人，大小事都是他一手导演，你千万别指手画脚说三道四。小胜迷糊了，他回来那天，亲眼看见红卫兵们批判石老三，口号喊得震天动地，叫他坦白，叫他认罪，说他不该让大家当奴隶，当驯服工具。小胜说，不会吧，要是真的，怎么还批判他？老木笑笑，说，石老三能就能在这里。小胜半信半疑，回家问外婆外爷是咋回事。外爷外婆当年叫斗争斗怕了，虽说这些年乡里县里区里都把他们当神敬，处处受敬重，可是越敬他们他们越怕，心里总不踏实，由鬼变成神格外怕再变成鬼。"文化革命"一开始，上级叫他们表态，红卫兵叫他们支持，面上他们坚决拥护坚决支持，心里却发虚，看见批斗别人，就怀疑下一个会不会轮到自己。小胜刚问村里的情况，外爷看看门口，外婆赶忙把大门闩死，外爷才说，你打听这啥益，运动这么大，谁知道下一步咋走？咱们好不容易从地狱里爬出来，你可别把咱们再推进去了，没病别嫌瘦，村里的事千万不要管，没事少出门，在家里待着，装聋装瞎装哑巴装傻比烧香求神还强。外婆说，你外爷的话都是为咱们好，你可不要当耳旁风了。两个老人絮絮叨叨说个没完没了。小胜听不进去想辩驳几句，又想外爷外婆没有文化，不懂得事理，和他们说不清，见不着高低，也就忍住不说什么了。

小胜在外面闹腾惯了，英雄惯了，在家里待不住，急得乱转，一要出门外婆就拦住他说，又去哪里，在家里看看书也好，别出去惹是生非。小胜只好强按着性子在家读书，也没有什么能引人入迷的书好读，就一遍一遍读语录，读得头痛，想找个人说个闲话解解心焦，想来想去又想到了芳芳。小胜自从重新上学，不论哪个假日都要先去找芳芳玩玩，见了面也没什么正事好说，两个人就回忆一同放牛的情景，河边的青草，牛背上的喜鹊，明朗的阳光，浓浓的树荫，还有下水捉鱼，上树摘柿，说了几百遍，从小说到大，百说不厌，每次说起这些就会忘了世上还有万事万物万种烦恼，要多愉快有多愉快。小胜在家里憋得实在难受了，就去芳芳那里找快乐了。

芳芳家正在吃饭，不防小胜来了，芳芳家吃的野菜煮糁子，又黑又稀，全不像人吃的饭食。小胜看见了好生奇怪，说，怎么还吃这饭？是不是在吃忆苦饭哩？芳芳羞得脸红了，芳芳的妈妈倒很坦然，说，啥忆苦饭？只要天天能有这稀糊叫喝着都谢天谢地了，总比吃食堂时强到天上了。小胜多年没受这样苦了，也不知道老百姓还过着这样的日子，听了芳芳妈的话不由心里一酸。芳芳的瞎爹倒是一肚子牢骚，说，经是好经，都叫和尚娃们念歪了。毛主席老了跑不动了，不知道老百姓死活。底下的奸臣们没一个好货，光说好听的，总哄他老人家，在下边胡倒腾，我要是识得字，我要不是双眼实瞎，我就给毛主席写封信，说说老百姓的苦处，我不信毛主席不管。芳芳的妈赶紧打岔不让他讲，黑着脸责怪他，说，就你能，你多少年连个会都没开过，你懂个啥，成天胡说八道，总有一天一家人要坏到你这张嘴上。小胜听他们顶了一会儿嘴，心里忽然涌动出一个念头，就坐不住了。小胜要走，芳芳送他到门口，说，我们过得不像个人，叫你见笑了。小胜听了更不是味，说，看你说的。小胜还想说什么说不出口就走了。

小胜回到家里坐立不安，一会儿想起芳芳家比猪食还差的饭，一会儿想起芳芳瞎爹的话，一会儿想起赵伯伯要他干大事的嘱咐，想来想去想了一天，终于灵机动了，决定要干大事了。小胜关上门在屋里奋笔疾书，写了一页又一页，写了二十多页，写了又改，改了又抄，整整熬了三天三夜才写好抄好，又从头到尾看了几遍，越看心里越兴奋得意，想着这一回要当上英雄就不会是小英雄了。外爷外婆看小胜闭门不出，在家读读写写，认为他收心了安心了，给他做了好吃的，夸他说，往后就像这几天一样，少出门多读书多写字，我们就放心了。

这天吃了早饭，小胜说，想去找芳芳玩玩。外婆想着和个女娃家在一块儿不会出啥事，就叫他快去快回。小胜找到芳芳，一脸喜气，说，芳芳，咱们一块儿去镇上转转吧。芳芳可想和他一块儿去，好说说心里话，只是不好意思，怕别人说闲话，就犹犹豫豫，看他眼巴巴地看着自己，就硬着头皮答应了，说，你先头里走，我停一会儿就去追你。小胜明白芳芳的意思，就先走到村外等她。一会儿，芳芳赶来了，问他，去镇上干啥？小胜说，去寄两封信，芳芳心里一动说，给人家寄恋爱信，叫我来干啥？小胜笑了，说，我和谁恋爱？是我写了个国策。芳芳问,啥叫国策?小胜给她解释,说,就是治国的办法。就像你爹说的,现在这样弄法不中,中央出了奸臣,人在事中迷,毛主席叫坏人给糊弄住了。我得给毛主席说说,国家该咋治,人们才能过好日子,你们才能不吃那样的饭。芳芳看他当真,就说,你别听我爹瞎说,他是个瞎子,连日头都看不见,听他的话年都过差了。小胜说,你没学过毛主席著作,毛主席说,没读过书的老百姓才最聪明。芳芳说,你可真胆大,敢给毛主席写信,就不怕犯法?小胜看芳芳不懂,又背了几段语录,还讲了李鼎铭给毛主席提意见的故事,说,毛主席可欢迎批评了。毛主席看了我的信,一定马上派人来接我去北京商量国家大事。芳芳是山里姑娘,不知道水深水浅,好像小胜真的要去北京当大官了,就说,你去北京还回来吗?小胜说,回来,安置住了我就回来接你也去。芳芳的脸红了,笑笑,说,别哄我了,到时候恐怕你记不得我了。小胜赌咒发誓,说,你把我看成啥人了,我谁都能忘也忘不了你。小胜又说起在一起放牛的事,说,你逮鱼给我烧烧吃,到现在我嘴里还有那个香味。两个人说说笑笑到了镇上,把信送到了邮局,小胜像买好了去北京的车票,心里很轻松。就和芳芳去到餐馆里吃饭,吃的肉包子,芳芳只吃了一个就不吃了,小胜劝她再吃,她说拿两个回去叫我爹我妈也尝尝。小胜叹了口气,又买了十几个叫芳芳都拿回去了,还说,只要毛主席接住了信按我说的办,大家以后就能天天吃肉包子了。

自从发走了这封信,小胜就伟大了许多,好像自己主持国家大事了,再听见谁唉声叹气,再听见谁发牢骚,就说,别急,马上就会过好日子了。人们问他咋知道?小胜很有把握地说,我还能不知道。小胜一天一天算着日子,过了十来天,约莫毛主席收到信了,小胜又等了半个月,没见回信,也没见来接他,下边该咋乱还咋乱,老百姓该咋苦还咋苦。小胜迷瞪了,小胜迷瞪了一会儿就灵醒了。小胜想,毛主席手底下奸臣当道,奸臣能把我的信交给毛主席?小胜断定自己的信被奸臣扣住了,急了愁了一会儿,便有了好办法,给赵伯伯赵主任写信。小胜飞快地写了,写得很动情很激昂,说,不得了啦,国家变成疯人院了,工人疯得不做工了,农民疯得不种地了,学生疯得不读书了,到处鸡飞狗跳墙,你斗我我斗你斗得天昏地暗,斗得老百姓吃不饱肚子,像是世界末日到了。光写这些还怕赵主任不信,还举了芳芳家喝野菜汤的例子,说得凄凄惨惨,叫赵主任赶快给毛主席说说,又把上次寄的国策抄了一份,叫赵主任面交毛主席。还说,信上讲不明白,叫毛主席赶快派人来接他去北京面谈。为了保险,这一次双挂号寄出去。小胜认为这一次万无一失了,信心就更大了。想着毛主席看了这么好的国策,知道早寄来了,知道被奸臣们压住了,一定会大发脾气,把奸臣们一个个好好整整,不杀头也会法办。毛主席发了脾气,一定会接着说,小胜这娃这么大本事,还不快去把他接来,我要和他好好谈谈。当然也会有人打岔,说年轻娃们懂个啥?毛主席会说,小甘罗十二岁就当宰相,有志不在年高。小胜尽往好处想,就又扳着指头算路程了。这信第二天到县里,第三天到地区,第四天到省里,第五天就到北京,第六天就到赵主任手里了。这么大的国家大事,赵主任不会耽误,会连夜送给毛主席,第八天毛主席就会派人下来接他了,第九天来接他的人到省里,第十天接他的人到地区,第十一天接他的人到县里,第十二天接他的人就到村里。小胜天天算着,天天想着去见了毛主席该说些什么该怎么说,一定要想周全,别到时候见了毛主席一激动把大事落下了,想起一点记一点,记了厚厚一本子。等到第十天,要说的都写了,再也想不起别的了。到第十一天,小胜就把衣服全部洗了洗。到第十二天，小胜就收拾行李，也没啥好收拾，就一个绣有“为人民服务”的书包，把干净衣服和牙具装进去，当然，还有那个记满了准备进言的笔记本。第十三天一早，也就是算着要来接他的这一天，小胜才给外婆外爷说，我今天要到北京去，你们好好注意身体。外爷吃了一惊，说，你去北京干啥？小胜说，我给毛主席献了国策，毛主席派人来接我去商量国家大事，今天就要来了。外爷吓了一跳，瞪大眼看了他半天才说，你是不是疯了？小胜说，毛主席叫关心国家大事，我听毛主席的话，关心了，毛主席能不来接我？外爷愣愣怔怔地又说，你别给我戳祸[①]了，现在乱得没天下了，你只要能保住你自己就行了。小胜给外爷讲了一通大道理，看说不服就叹惜外爷没读过书没知识，便摇头叹气，说，你不懂得，将来你就知道了。

吃了早饭，小胜就去村口大路边等着。这是条从县城通往北山的土路，过往车辆不少，每过一辆车就卷起一阵灰尘，使人眼难睁气难出。小胜看着大路上的车辆出神，每过来一辆小车他都要激动一次，心想这辆车肯定是来接他的，他便迎上去，想着人家会停下来问他吴小胜住在哪里，谁知那些小车都飞快驶去。小胜失望了一次又一次，但不绝望，这么大的事这么好的国策，毛主席怎么能不派人来接我，一定会来的。不知从面前过了多少辆车，已经过了吃午饭的时间，还没等到来接他的小车。小胜饿了，就喊来芳芳，说，我回去吃饭，你先在路边替我等一会儿，别叫人家来了找不着我。芳芳就替小胜守候在村口。小胜回去急急忙忙扒了几口饭就又来了，问芳芳，还没来？芳芳说，没有。小胜说，准是路上耽误了。芳芳说，可敢。芳芳得做活，没有闲空陪着等。小胜又在等，一时坐下，一时站

① 戳祸：豫西南方言，指招祸、惹祸。

到土堆上往远处看。人们问他干啥，小胜说，北京来人接我，算着今天该到了。村里人知道北京有个赵主任就当成真的，都很羡慕小胜，都说，赵主任是你爹的老战友，能看着你在家翻坷垃①? 还不是接你去北京吃香的喝辣的! 小胜好像受了屈辱，涨红了脸分辩，说，我可不是为了个人享受，我是为了国家。人们听了哈哈笑笑走了。小胜不被人们理解，憋着气还得等，等到天黑也没人接他，小胜不明白为啥没来，小胜很是不满，小胜说，这么大的国家大事也不急，中国算没治了。小胜回家睡了，睡不着，分析着没来的原因，走到半路车坏了? 哪里发大水过不来了? 还是哪里招待喝醉了? 耽误了也该来个信打个电报呀! 天刚明，小胜就去找支书石老三，打听有没有打给他的电报。小胜不愿去石老三家里，小胜敬重石老三，却十分讨厌石老三的老婆王改花，见了王改花就像吃了蝇子，恶心。王改花年轻时长得白生生水灵灵，那脸那身段那说话的声音都很迷人，谁见了她都忍不住要多看她几眼。当年土改工作队的焦队长被她迷得走了魂，培养她当了积极分子，黑夜白天都跟着焦队长积极。石老三家本该划个富农，至少也得划个上中农，结果划个贫农。后来焦队长被开除了。人们说都是为了王改花，不知是真是假，反正王改花不爱见石老三。石老三长得又短又粗，走路一摇一晃的，长满了络腮胡子不说，胸口还长了一堆毛。王改花对人说石老三像个杀猪头，和他睡一块儿浑身就出鸡皮疙瘩。王改花恶心石老三，只好在外边风流，风流惯了，三四十岁的人还风流。都说她爱吃童子鸡，常和年轻小伙儿们偷偷热闹，石老三不管她，人们说，石老三不敢管，石老三在外边也没闲着，石老三也没少那个。小胜去过石老

---

① 翻坷垃:豫西南方言,意为耕地、犁地。

三家几回,小胜十六七了,十八九了,一二十的人了,每次去王改花都亲热得小胜受不了。不是捏小胜的胳膊,说,噫,光得和细瓷一样,就是摸摸小胜的脸蛋,说,看长得和画的一样。小胜怕捏怕摸很不想去,今天却不得不去,村里有信有电报都送到石老三家里,有没有打给自己的电报只有去问石老三了。石老三在外边摆出一副堂堂大队支书的架子,很有点神圣的样子,一回到家里马上就大降价,沦落成王改花的奴隶。王改花常说,有钱难买天明觉。王改花这样说也是这样做,天天早晨日上三竿还不起床。石老三天天早上起来给王改花烧一碗荷包鸡蛋茶,端到床头哄着王改花喝,王改花很会撒娇,只哼哼不睁眼,石老三就一匙一匙喂她喝。石老三端着鸡蛋茶正要往里间走,见小胜来了就把碗放到当间桌上,亲亲热热招呼小胜。石老三从心里亲小胜,小胜在外上学,石老三三天两头就要到小胜外婆家站一会儿,问小胜回来了没有,问有啥困难没有,很是关心。石老三常常想起桂桂的死,常常想起自己对刘满囤说的那几句玩话,就常常梦见吊死鬼桂桂,血红血红的舌头伸得老长老长向他走来,闹得睡不好觉,吓得一惊一乍,出了一身冷汗又一身冷汗。石老三想起了当时常喊的一句口号:血债要用血来还。石老三害怕自己也没有好报,就想积点德,想方设法待小胜好些,补补心里的亏欠。石老三不仅自己对小胜好,在会上会下也常说,小胜不是没爹没妈,他的爹妈为了咱们翻身过好日子惨死了,咱们都要将心比心,从各方面关心小胜才是。石老三说得很是动情,连眼都红通通的。石老三见小胜一早跑来,很是稀奇,就让小胜坐,小胜不坐,小胜急急地问,三叔,有打给我的电报没有?石老三说,没有。小胜又问,有寄给我的信没有?石老三说,也没有。小胜大感失望,小胜怔怔地说,这才怪哩。石老三问,啥事?小胜说,我琢磨这两天要派人来接我去北京啦！石老三没问什么事就替小胜不平了，说，早该接你去北京了，活着的人能比死了的人贡献还大？把你搁到这穷山沟里活受罪就不管了。小胜还没回话，只听里间甜甜地问，是胜娃来了吧！话音还没落王改花就匆匆走了出来，衣裳还没扣，敞着怀，冰一样的胸脯，还有两个精粉白馍一样的奶头，颤颤悠悠地塞进了小胜的双眼。小胜只觉得面前一片白花花的，顿时觉得头晕眼花。王改花一边扣着衣服一边叫着，咋不坐呀？说着伸手拉住小胜和自己一起坐到了沙发上，两只丹凤眼死死地盯住小胜看个不够，说，噫，娃子越长越耐看。小胜挣扎着站起来，王改花说，急啥呀，蜂蜇住你了？捉住他胳膊又强拉他坐下。王改花急急地问，你烧的茶哩？站在一旁的石老三指指桌上就上厨房了。王改花起身端过茶递给小胜，亲昵地说，娃子还没尝过婶子一口水，今天可喝一口。小胜推开碗，不接，说，我不喝。王改花不依，把碗伸到小胜嘴边，夹住鸡蛋往小胜嘴里塞，小胜的头摆来摆去，躲着已到嘴边的鸡蛋，王改花笑得嘻嘻的，说，咋啦，婶子能害你？这碗里真是"3911"农药，你就是想喝，婶婶还舍不得叫娃子喝哩。小胜还不肯喝，烦烦地说，我不喝，说不喝就不喝嘛。王改花笑个不住，说，你不喝了我今天就扣你一天不让你走。王改花又冲厨房吆喝道，喂，炒两个菜叫小胜在这里吃饭。小胜看不喝走不开了，心里急得像失了火，想着说不定接自己的车子已经开到村口了，只好接过碗像喝药一样喝了。王改花看着小胜喝茶，心里比自己喝了还甜几分。小胜喝完放下碗，说，可叫我走吧，我真有点紧事哩，小胜害怕王改花再纠缠他，说了就大步往外走去。王改花看真留不住，快步送到门口，恋恋地说，看把你吓的，婶子还能吃了你！小胜也不回话，头也不回地跑了。

小胜没有回家，直接去了大路边，继续等着来接他的小汽车。小胜穿着白衬衣,下边扎在皮带里,很是整齐很是威武。一辆一辆小汽车开过来了,又一辆一辆开过去了。小胜不断希望着,不断失望着,就是不肯绝望。小胜越想自己写的国策越好,能使天下太平,能使老百姓吃饱饭,这么好的国策天下少有,赵主任看了会喜欢坏了,毛主席看了会喜欢坏了,怎么能不来接他?根本不可能。小胜天不明就去大路边等,顶着能烤熟鸡蛋的日头等到天黑,才开始几天,还知道回家拿个馍端碗饭,来路边吃着等着,后来就常常忘了吃饭。一天、两天、三天……一连多天了,小胜瘦了黑了。外爷一天几次去大路边叫他回家,说,你别胡思乱想了,中央能人多了,能轮到你献国策?小胜不服,又给外爷念了一段毛主席语录,相信党相信群众,是两条基本原理。你怎么老是怀疑党怀疑群众?外爷气得直跺脚,连连说,我看你是真愚了,是真疯了。外婆看小胜走火入魔了,就去求芳芳,说,你去劝劝他吧,我看他是迷了。芳芳就去了,小胜看见芳芳来了,想说什么刚开口又看见远处一辆小车开过来,就说,芳芳,你看,说不定这辆车就是来接我的。芳芳看见小胜眼里充满了希望,一脸激动的神色。谁知这辆车又过去了,小胜有点不好意思,叹了口气,说,咋弄的,还不是。芳芳说,我想了,一定是你赵伯伯没在家,出远门了。小胜忽然灵醒了,说,或许是哩,赵伯伯管的事多,全国跑,他要在家说啥也会来接我的。赵伯伯说过叫我干大事,这国策就是大事,他能不管?芳芳说,谁说他不管了,也不知道他啥时候才回家,你就别在路边等了,你想想,要是来接你还能不到你家里找你?回去等吧。小胜想想也是,就无奈地跟着芳芳回村里去了。

小胜天天在家等着,等得心焦火燎。小胜的信没有白写,小胜也没有白等,终于有了下文。这天,军管会来了一伙人,对石老三说,来过县里的北京那个赵主任,是个叛徒走资派,在他家里抄出了小胜的信。说小胜勾结叛徒走资派,恶毒攻击红太阳,妄图复辟资本主义,罪该万死。石老三吓坏了,心里直打哆嗦。石老三想,吴先生死了,桂桂死了,都不是好死的,只剩下这一根独苗,再有个三长两短,这家人就算绝了。石老三可怜小胜,就想保小胜,试摸着求情,说小胜不懂得王法,又是烈士子弟,这是初犯,就饶了他吧!军管会的人说,小都反革命,大了才不得了,烈士子弟还反革命,说明反动透顶了,包庇反革命绝没有好下场!石老三见过世面,想了想笑笑说,他要会反革命也算个人了,他神经不正常,是个疯子,政府能和疯子一般见识?军管会的人听说是个疯子,想着抓个疯子怪没劲,就追问是真疯假疯。石老三说,真疯。军管会的人不信,就派人去叫小胜当面验验。小胜听说上级来人叫他,就兴高采烈地到了大队部了,小胜当成是来接他的,认为可盼到了,进门就冲着来人说,我想着你们早该来了,可把我等坏了,是不是路上出啥事了,怎么走了这么多天?说了又嘻嘻地笑道,总算等着了,叫你们辛苦了!军管会的人听得摸不着头脑,大眼瞪小眼地审视着他,都不说话。石老三指着小胜对军管会的人笑道,看看,看看,我就说他是个疯子,你们还不信,没有骗你们吧!小胜不知道船在哪里弯着,也不知道石老三的心思,像受了奇耻大辱,冲着石老三叫道,谁是疯子?我咋是疯子?石老三嘿嘿冷笑道,你不是疯子你是啥?你还能是没病没疾的好人?小胜糊涂了,不认识石老三了,平常口口声声说我早该上北京了,怎么到了关键时刻忽然变性了,上级可来人接我了,竟然诬赖我是疯子,这不是想坏我大事是啥?以往人们说石老三心毒手狠,小胜不信,还和别人争辩,没想到真坏。小胜想到这里,气得浑身发抖,指着石老三吼叫,谁疯了?凭啥说我疯了?你才疯了,你才是个疯子!石老三也不回话,一脸得意的笑容,看看小胜,又看看军管会的人,好像在说,咋样?可该信了吧!小胜被石老三扬扬得意的神色激怒了,上去拉住军管会的人委屈地叫道,叔叔,你们别信他的,我没疯,我正常得很,咱们走,咱们快走,别叫毛主席等急了!军管会的人猛推了他一把,大喝一声,给我滚出去!小胜被推得踉踉跄跄差点跌个嘴啃泥,挣扎着站稳了,迷迷糊糊冲着军管会的人大呼小叫道,我没疯,我真不是疯子呀,石老三一贯好说谎话,石老三哄你们的,你们上当受骗了,我能去,我真能去呀!小胜还要说什么,便被人拉着出去了。小胜踢跳着不走,眼都气红了,声嘶力竭地大吵大闹,说,叫你们来接我的,你们敢不听毛主席的话,敢不叫我去,我看你们都疯了,我非上北京告你们不可!小胜的声音越来越远了,听不见了,石老三哼了一声,摇头叹气说,和喝酒的人一模一样,越是醉了的人越说没醉。军管会的人一阵大笑,说,天下啥稀罕都见过了,还没见过非要去蹲班房的人。他妈的,真是个疯子,还硬说别人疯了。笑过了就告别走了,石老三送到村口,看着军管会的小车走远,才发觉出了一身虚汗,顿时轻松了许多,心里想,好了,总算搭救了小胜一命,欠桂桂的账可还清了,桂桂再也不会夜夜来缠自己了。

小胜回到家里还嗷嗷叫,大骂石老三不是人,说石老三怕自己去干大事压住了他,说石老三怕自己上北京说他坏话,跟来接他的人说他是疯子,叫石老三哄走了,说这世界颠倒了,没疯的人被说成了疯子,真疯了的人反而都说没疯。外爷外婆看他胡言乱语不知出了什么事,就去问石老三。石老三板着面孔,说,小胜犯了杀头之罪,今天要不是我急中生智,差一点点他的小命就没有了。外婆外爷吓昏了,忙问出了什么事。石老三说了前后经过,外婆腿一软就跪下去给石老三磕了个头,说,你救了小胜的命,我们一辈子也忘不了你的大恩大德。石老三扶起小胜的外婆，让他们坐下，才卖乖地说，军管会叫我看小胜的信，要说也是实话，说得也在理，你们也不是外人，说句不该说的话，如今这世道有理的不见得不被杀头，没理不见得不会当官。我是担着坐牢的风险救了他这一回，再犯事我可就没办法了。你们回去好好劝劝他，叫他别再认死理了。小胜的外爷外婆又千恩万谢了一番才走了。

外爷外婆回到家里，腿还软着，见小胜还在骂石老三，就埋怨说，你别不识好歹了，这一回要不是你石三叔使个计策，你已经叫绳捆索绑拉去枪毙了。小胜冷笑一声，说，你们也叫石老三日哄了，上级凭啥来抓我？我犯了啥法？按你们说，毛主席真是老糊涂了。外爷气得倒噎气，喝道，你还胡说八道，就凭你这句话叫别人听见了汇报上去，就要砍头，我看你真是活够了，刀架到脖子上还嘴硬。外爷说着不忘指指大门，外婆磕磕绊绊忙去大门口，伸头往外看看没人，才把大门闩死，又战战兢兢回到屋里，流着泪求告道，好爷娃，你就积积福吧，别再疯了行不行？你们吴家只留下你这一条根，你要有个三长两短，我们咋给你的死爹死妈交代呀！小胜还要辩白，外爷脸一黑，对老伴说，算了，算了，看着他先死不如咱们先死算了。外婆可怜巴巴地说，你别忘了，你爹就是写啥信写得叫活埋了，你还要写！外爷接着又恨恨地说，你犯法杀头是自己找的，你把你北京的赵伯伯也送到了死地，连累得他也叫抓了起来！小胜当头挨了一棒，急问，你说这是真的？外爷说，这还能是假的？你的信就是在你赵伯伯家里抄出来的，要不上级咋知道，上级说你们上下勾结，阴谋反对毛主席！小胜这才吓得目瞪口呆跌坐到了床上，口里喃喃地说，这不可能，这不可能！外爷说，不可能军管会就来抓你了？小胜无言答对低下了头，外爷又祷告道，以后少操闲心，只管自己吃饭做活睡觉就行了,除了这三件事老百姓有份,管别的事就是去找死。外爷外婆看小胜瘫了就搁下他走了。

小胜还是想不通,想得很深远,李鼎铭是个党外人士,就提个"精兵简政"毛主席都说好,自己是烈士子弟,献的国策比李鼎铭的还大还好,为啥会犯法?小胜想得憋气想得头痛还想不通,就去找芳芳,想倒倒一肚子苦水。

芳芳的妈听见小胜喊芳芳,看了芳芳一眼,示意芳芳快躲起来,芳芳不情愿地钻进了里间,芳芳妈才神色慌慌跑出去,堵住门口冷冷地说,芳芳不在家。小胜问,去哪里了?芳芳妈说,上山割柴去了。小胜站了站失神地走了。芳芳的妈咚一声关上门又上了闩,长出了一口气,然后回到里间,见芳芳隔着窗子往外张望,就对芳芳说,以后不许你再搭理他,看看多险,要不是你石三叔门道多,随机应变,咱们还不早成了法院的客?芳芳只流泪不说话,芳芳同情小胜,知道小胜没疯,知道小胜没做坏事,芳芳想说,我不怕,要住法院①我和小胜一块儿去住,芳芳不敢说也不忍说。芳芳不知道该怨谁,就只好抽泣着听妈妈的埋怨了。

小胜来晚了,支书石老三先来过了,刚走。石老三来给芳芳一家表功,说,小胜犯法了是他搭救了小胜。石老三还说,小胜的信上写了芳芳吃糠咽菜,是丑化社会主义,是恶毒攻击红太阳,军管会的人要捉拿芳芳问罪。是他石老三日哄了军管会的人,说小胜是个疯子,信上全是疯话,村里就没有芳芳这个人,村里也没人吃糠咽菜,村里的人天天吃白馍面条大米干饭。军管会的人信了,才说,既然没有芳芳这个人就算了。芳芳的妈听了头皮一紧一紧地直咂嘴,一

---

① 法院:意指监狱,豫西南农民口头上并不严格区分法院和监狱。

眼一眼剜芳芳,芳芳吓得低头不语,什么也不敢说。芳芳的爹妈对石老三说了成筐成箩的感谢话。送石老三走时,芳芳的妈又说,石三哥,你放心,我们知道好坏,我们一定不会忘了。送走了石老三,芳芳的妈狠狠看了芳芳一眼,说,看看,人家对咱多好,人得知恩报恩!芳芳听了这话心凉个净,芳芳知道妈妈说的啥意思。石老三有个儿子,叫高升,可能爹妈太能了,轮着他就憨不憨奸不奸的,是个标准的二百五。有一天半夜高升起来尿尿,看见石老三趴在王改花身上搞事,高升就拿起鞋底打石老三的屁股,打着还说,我叫你压我妈,我叫你压我妈。第二天,高升在村里炫耀他打了石老三。人们常常背过石老三和王改花,就拿高升开心取笑,说,高升,你爹又压你妈了没有?高升就嘻嘻笑,很得意地说,他敢,他怕我打他屁股。人们就哈哈大笑。高升比芳芳小三岁,石老三看芳芳长得像朵花,人又温柔善良,成天不言不语死做活,就想要芳芳当儿媳妇。石老三有心计会办事,知道自己的儿子拿不出手,配芳芳好比癞蛤蟆要吃天鹅肉,没敢一箭上垛,就先刮东风。芳芳家贫寒,每逢上边发来救济粮救济衣救济款,石老三就要给芳芳家一份,还要亲自送上门。去冬,一场大雪下了二尺厚,人们都被捂在屋里出不了门,石老三踏着齐腿肚的雪,跑到芳芳家问寒问暖,屋里灶里到处翻翻看看,心里有了底,转身走了,停一会儿又转来,送了一条被子,送了二斤盐、一斤煤油,还有二斤羊肉,对芳芳的瞎爹说,大哥,天冷,弄点羊肉你炖点汤喝暖和暖和。芳芳的爹妈是人下人,新旧社会没人理睬,不说被人高看了,连低看也没人看一眼,只有石老三眼里有自己,下这么大雪,人们都钻在屋里烤火,谁去想别人冷不冷?没想到石老三会雪中送炭。芳芳的爹妈感动得流了泪,说,这一辈子报答不了,来生变牛变马也得报答。石老三说,咱们是谁和谁,还说外话。石老三走了,芳芳的妈摸摸送来的被子,说,还是三面新的。芳芳的爹摸摸挂着的羊肉,说,可肥了。两个人又同时说,人心换人心,咱们咋报答人家啊。不久,春节到了,石老三请年客,到场的都是大小队干部,只有芳芳的爹是个群众。入座的时候,芳芳的爹自知地位低下,就自觉坐到了末位。石老三说,今天夜里咱们不论干部大小,也不论干部群众,按岁数大小就座。石老三发了话,干部们争着遵命,死拉活扯硬是把芳芳的爹推到了上席,坐到了第一把交椅。芳芳的爹心里明白,这是石老三为了高抬自己才叫论岁数就座的。这是芳芳的爹第二次坐上席,当新女婿时坐过一次,从此再没坐过,没想到在支书家又坐一次。能和干部们坐到一个桌上喝酒就有了面子,还叫坐上席,叫干部们陪着自己,芳芳的爹很看重这件事,觉着是一生中最大的荣耀,回到家对老伴和芳芳说了一遍又一遍,说,不在喝啥酒坐在啥位上,在于石支书把咱真当个人看。坐上席的事虽然已经过去了很久,心里的得意劲却长久不散。

石老三刮了几年东风,觉着差不多该下春雨了,才央人找芳芳的爹妈说媒,媒人说,你们两家大人成了一家,干脆来个亲上加亲,把芳芳给高升吧。芳芳听说了,高升的影子立时就出现在眼前,早早晚晚憨笑着,鼻涕涎水顺嘴流。媒人在当间坐着,芳芳把爹妈叫到里间,哭得泪人一样,说,我不,嫁给个石头也比高升强,是块石头还干净些能暖热,高升算个啥东西,一堆臭肉。芳芳是村里姑娘伙里的人头,高升是村里男娃们里头的人尾,发高烧做梦也不会想到他们两个会成亲。芳芳的爹妈没想到石老三会走这步棋,心里也不情愿,要论家庭石老三家可真美,要论情分把命给了石老三也还不完情,就是高升有点太那个了。爹妈说,一家女百家提,我们心里有主。芳芳怕,说,我先说到前头,你们要答应了,我就死了算了。爹妈没理她,走到外间也没敢给媒人直说不中,只说,女比娃大三岁,不合适,亏了娃,要是女比娃小三岁,我们巴不得结这个亲。媒人去去又来,说,石支书讲了,两家爱好①做亲,只要你们不嫌弃他们,他们不嫌女大。芳芳爹妈的嘴被封住了,芳芳的妈心疼闺女,打了退步,推辞道,我们嫌弃啥呀,芳芳要去了算一脚踏到了福窝里,只是芳芳大了,等给她说说,好事不在忙中取。石老三听了媒人回话虽不死心,也没再逼婚,这事就不长不短拖下来了。

小胜犯了反革命罪,还连累了芳芳一家。多年来芳芳家吃石老三的,喝石老三的,用石老三的,这次石老三又救了自己一家大难不死,恩重如山。妈说要报恩,屋里没一样值钱东西,用啥去报?芳芳怕爹妈把自己当成供品供给高升,那自己还有个啥活头?芳芳心里怕极了,不由又想起了小胜。要不是小胜出了事牵连住自己,也就没有救命恩人这一说,就不会再提说报恩不报恩的事,也不会再提和高升成亲的事。爹妈埋怨小胜惹祸连累了她家,芳芳不这么看,芳芳认为是小胜看她家可怜,想为她家说说好话,想拉扯她家跳出苦海,是为了她家小胜才写了那封信,才惹下了杀身之祸。芳芳觉着做人不能这样,人家为自己出了事,自己就赶快摆脱人家,能算个人吗?爹妈不叫见小胜,芳芳心里很不是味,认为这才是忘恩负义。芳芳想了,就是拿自己去报恩,也是石老三有救命之恩,和高升不相干,为啥要把自己送给高升?再说,小胜为自己犯了法,现在落难了,要报恩的话也该把自己给小胜才算正理。芳芳知道小胜和自己一个在天上一个在地下,差十万八千里,根本不沾边,有时候小胜说些露三不露四的话,自己都当成玩话,从来没放在心上。芳芳和小

----

① 爱好:豫西南方言,指关系和睦,互相满意。

胜好,不是那种好,是小时候的朋友,好得纯真无邪。小胜在县里上学没在家,芳芳也爱上小胜外婆家串门,去了就帮着洗洗补补担水摘菜,还给小胜的外婆捶腰捶腿。天数长了,小胜的外婆就爱见芳芳了,说芳芳像小胜的妈桂桂,说芳芳没上学亏了,说芳芳要是也上了学,就说芳芳当外孙媳妇。芳芳听得脸红心跳,红了跳了之后又觉得是白红白跳,小胜外婆说的是"要是",自己没上学就不算"要是",没有"要是",小胜的外婆就不叫自己当她的外孙媳妇。芳芳为没有"要是",常常半夜里偷偷地哭。现在小胜犯了法出了事,芳芳忽然有了那种想法,小胜的学白上了,干不成大事了,也和自己一般高一般粗都成种地的了,自己和小胜也就般配了,不知道小胜愿意不愿意,小胜要是愿意就好了。

小胜犯法的事村里人都知道了,村里人本来很是敬重小胜,很是佩服小胜,想着小胜是大官的儿子,虽说大官爹死了,吴先生的老朋友老同志老战友还都是活着的大官,只要这些大官不忘旧情,歪歪嘴小胜将来一定也是大官,断定了小胜将来要当大官,就越看小胜越是当大官的坯子。小胜走路,人们说,看,龙行虎步,生成当大官的架子。小胜说话,人们说,听,小胜说的话多有骨头,生成的大官的口气。说到小胜的爹妈,人们就想到了神,说,大官都是天上的星星。人们敬过去的大官,没处可敬,就一个心思敬将来的大官,敬小胜。小胜只要往里一站,看着四下没人,人们好像从地下冒出来的一样,马上会围过来一群人,和小胜说说笑笑,讨小胜的喜欢。夜里,小胜往外一站,人们就指着满天星星,议论着哪颗星星是小胜。平常,小胜去谁家串门,谁家就光彩,就招呼小胜吃点什么喝点什么,然后就出来夸耀,说小胜今天在俺家玩,说小胜和别的孩子就是不一样,小小娃家说的话可有学问了。小胜只要在家,人们吃个蚂蚱也要给小胜送条大腿,天天都有人给端点什么好吃的东西。眨眼工夫,人们就变了脸变了腔,小胜说话,人们说,听听,声如破锣,不死便绝。小胜走路,人们说,看,仄仄歪歪,立不是立样,站不是站样,一点也不稳重。背地里小胜成了扯闲话的材料,说,他是吃肉吃腻了,脑子叫油糊住了。还说,也是不像话,爹革命娃又没革命,也享自来福?这不是和皇帝的儿子也当皇帝一样。都是把他娇惯的,不知道天高地厚,也不尿泡尿照照自己影子,还写国策哩,一点也不亏,也该尝尝苦是啥滋味。说啥话的都有。

小胜成了扫帚星,身上带有蜇驴蜂,人们正在说说笑笑,见小胜来了立时不说不笑了,哗啦一下散了,玩小胜个长脸。偶尔有几个青年和小胜在一块儿说说话,大人马上叫回自己的孩子去干这干那,当着面就骂,你活烦了,想跟着去死哩。小胜看了听了头蒙了眼黑了心绞痛了,就问自己怎么了?自己就写了个国策,是想叫大家过好日子又不是坑害大家,大家为啥把自己当成了妖魔鬼怪?小胜的外爷外婆在外边看了冷脸就气小胜,回家就埋怨小胜,你咋和你死爹一样,放着安生日子不过,去写啥国策,写得可好,啥时候把头写掉了就美了。小胜多少年没哭了,小胜想起爹妈哇的一声哭了,钻到小屋里用被子包住头哭得好痛好痛,三天三夜不吃不喝,想了三天三夜,想来想去,便有点迷迷糊糊了,自己也怀疑自己是不是真疯了。

这时候斗人斗得红了眼,地富反坏右全斗完了,和地富反坏右沾亲带故的人也斗了,干部也批够几遍了,贫下中农的资本主义尾巴也割了,运动还要不断深入,天天都要深入,没人斗就对毛主席不忠就赶不上大好形势了。村里红卫兵已经改名叫卫红战斗队了,意思是保卫红太阳,他们的翅膀硬了,原来石老三说一不二,现在还听但不全听了。他们的火眼金睛就盯上了小胜,地主成分,又写信恶毒攻击社会主义,罪该万死,为啥不斗?卫红战斗队找到石老三,说要斗小胜。石老三早料到有这一天,不想叫斗,怕小胜脸皮薄受不住,万一想不开走了他妈桂桂的老路,自己背不起那个良心。一个桂桂都叫自己常常做噩梦了,再添个小胜一辈子都别想睡个安生觉了。共产党说没神没鬼没来世,谁知道到底有没有?老一辈不知作了啥孽,报应个高升二百五,自己再不积积阴德,只怕下一辈连个二百五也没有了。战斗队提出来了,石老三就推说他是个疯子,斗他没意思。卫红战斗队的人说,上级叫横扫一切牛鬼蛇神,没说疯子可以不斗。再说,他不是疯子,是疯狂。石老三没话说了。战斗队又说,要不,我们去县里军管会问问,听听人家意见。石老三知道小胜不疯,包得太紧了,事弄大了会连累住自己,没有好果子吃,就不管下一辈不下一辈了,沉默了半天才说,算了,去问个啥?小胜的事和我平常教育不好也有关系,你们真要斗了,还是按老办法办。战斗队的人心领神会,就先写大字报揭发批判石老三,说他是资产阶级温情主义,对反革命分子吴小胜心慈手软,丧失无产阶级高度警惕性,号召人们宜将剩勇追穷寇,不可沽名学霸王,等等。

生产队长老木一见大字报,知道坏了,石老三已经同意斗争小胜了。老木知道石老三的能处,石老三要斗谁不愿得罪谁,就叫红卫兵们先写大字报批他不该包庇谁,好像是他不愿斗,红卫兵们不依,结果人也斗了,好也落了,被斗的人不但不怪罪他,还觉着连累了他,欠他一笔债,对不起他。老木看不起石老三的又阴又阳,觉得这个人活得不地道,不算个君子。老木和石老三没仇,和小胜也没恩,就是上过几年学,平日爱看闲书,看得多了就有了自己的看法想法。

老木的爹爹没死时当保管,当得不好也不坏,很是一般。有一次,县里来个官座谈,他爹自我表白,随口说,挂在保管门上的不是锁,是我的一颗心。这个当官的认为这句话很好,就在各种会议上引用这句话,大加表扬。县里的秀才们看当官的对这个人高度评价,就来村里访问搜集材料,开了大大小小的座谈会,叫人们说老木他爹的好处,挤来挤去挤了好多天,没有娃子也硬挤出了奶水,真真假假弄了一大堆闪闪发光的事迹,写出了材料写出了文章,又登报又当模范,去县里地区省里开模范会,光荣得不可一世,光荣得连自己都不好意思。后来,保管室失盗了,查了很久查不出是谁偷的。平日里就有人不服气,说他模范事迹有不少是假的,借着这个机会说了他不少闲话。公安局来人还是开各种座谈会,还是深入群众,号召大家提高觉悟,擦亮眼睛,不叫硬挤叫自觉,也挖出了一大堆罪恶,说老木的爹伪装积极,骗取了要害部门的要职,监守自盗,人证物证样样俱全,老木的爹便自自然然由劳模变成了犯人,住进了法院。不久,逮住了一个惯偷,叫他坦白,他坦白了曾偷过老木他爹的保管室,时间数量完全吻合。老木的爹被无罪释放,队里还叫他当保管,他死活不当,还说,我算知道了。别人问他知道啥了,他不说,一直到病重要死时才跟一家大小说,我光荣过也罪恶过,这世上人不值钱了,说咱光荣咱就光荣了,说咱罪恶咱就罪恶了,来来回回都是根据上级需要编的,当初要没有光荣,后来咋有罪恶?花没日日红,人无代代穷,千万别把人看死了,要往远处看看。你们要记住,不要背着良心说人好说人坏,活个人要活个心里干净。

老木忘不了爹的话,对人对事都讲个良心,不愿做不干净的事。老木看了写石老三的大字报,心里一阵冷笑,狼又来了,说不定过几天就又变成羊来了。老木越想越愤愤不平,吴先生叫反革命杀了,再看着小胜叫革命给害了,毁人家两代人,未免太惨了,就决心拉扯小胜一把。老木手底下也有个战斗队,叫抓革命促生产战斗队,虽说人数不多,可多是三四十岁的人,都是养家糊口的家长、棒劳力,在村里也不是好惹的主。老木找到他们,商量了一阵,找到了主意,就说卫红战斗队会写大字报,你们也写。抓革命促生产战斗队就写了老木一张大字报,说老木不该叫小胜还当公子哥儿,勒令他给小胜派活派重活,彻底改造小胜,不得有误,如若不然,就要砸老木的狗头。

大字报贴在村头墙上,许多人围观,老木也去看了。老木脸上没有表情,问,大家说这大字报对不对? 都说,可对,不说派他重活了,总也得叫他出来做个啥,叫他看看麦米是不是天上掉下来的。老木说,大家说对就听大家的,我这就去给他派活。

老木到了小胜家里,见石老三正在和小胜的外爷外婆说话,就坐在一边听。石老三见老木也来了,就从头说起,石老三满脸苦相,说,老木,贴我的大字报你看了没有? 老木说,看了。 石老三叹了口气,一副无奈的神态,说,战斗队要斗小胜,我不说你们也知道我的态度,我好话说了一堆也不中,还贴了我的大字报。看样子不斗过不去这一关,你们给小胜好好说说,他一个小娃家的脸算个啥? 人家要斗就乖乖去叫人家斗吧。毛主席说,要经风雨见世面,经经风雨也好。老木,你说哩? 老木笑笑,说,你问我算问到石头上了,我不管这事,人家也贴了我大字报,我是来派小胜做活的。老木撇开了石老三,对小胜的外爷外婆说,叫小胜今天下午就去小沟放牛。外婆不明白老木的心思,问不是王老七在那里放牛吗? 老木说,王老七老婆有病,才叫小胜去换他回来。小沟离村里二里路,有三间房子,队里种了秋就把牛赶到那里山上放牧。放牛的人就在那里吃住,平日不回队里。牛离不开人,人要走了牛跑失了谁负责任?

　　老木是想把小胜打发走,断了卫红战斗队要斗他的想头。石老三是聪明人,一听就知道老木使的调虎离山计,连说,好,好,我咋就没想起这个主意。老木看石老三识破了自己的计谋,就正经地说,我不知道啥主意不主意,小胜小时放过牛,叫他放牛合适。老木说了就站起来,问,小胜哩?外爷指指厢房,说,在屋里。老木对石老三说,你坐吧,我去给小胜说说。石老三也站了起来,说,我也去看看他。

　　一天,镇上的红卫兵斗争恶霸分子刘芬。刘芬是国民党张镇长的老婆。张镇长叫枪毙了,刘芬是个家庭妇女,平常不抛头露面,查不出多少罪恶,就对她管制生产。刘芬是张镇长老婆,不会不漂亮,才三十多岁,年轻轻就守寡,好像夏天里的一块肥肉,不会不招苍蝇,每天不住有人来串门子,来问东借西,或是来训话,或是来叫坦白。刘芬见了来的人,笑也不是,不笑也不是,有的胆大的还动手动脚,她吵也不敢吵,闹也不敢闹,满眶的眼泪也不敢流,搅得守寡也守不成。刘芬是大家闺秀,读过几年书,识得几个字,自从男人叫毙了,就看淡了人生,认为万事万物不论好坏都是场梦,本不想改嫁,最后还是咬咬牙眼一黑改嫁了。刘芬的新夫是个木匠,叫王三,王三是贫下中农,人老实得很,少言寡语死做活,三四十岁了还没成家,也曾提过不少亲,女方和他见了面谈了话就吹了,说,嫁给他和嫁给块木头有啥两样?刘芬听说了,就托人去说合。王三见过刘芬,媒人一说,王三就乱摇头,说,人家是个白馍,咱是个黑馍,摆不到一个盘子里,不中,不中。媒人说,刘芬就是看中你是个黑馍,才要嫁给你的。王三经不住媒人一张巧嘴,不中不中到底还是中了。

　　刘芬和王三结婚了。王三过去见过刘芬,是离老远偷偷看的,现在面对面一看,刘芬漂亮得使王三心惊肉跳,想着这不是卖炭的配仙女了?顿时觉得自己比刘芬矮了半截子,连再看一眼也不敢看了。王三忘了张镇长是恶霸叫枪毙了,只想着刘芬在张镇长家过惯了好日子,怕她吃不了粗茶淡饭,就天天千方百计讨刘芬的欢心。王三在外边给人家做活,不在家吃饭,拣好吃的拿回点叫刘芬吃,有时候没活做了,王三就割点肉,吃饭时,王三把肉都夹到刘芬碗里,刘芬又把肉夹到王三碗里,夹来夹去都不肯多吃。刘芬当初是为了躲祸事找清静才嫁人的。刘芬是个有心人,嫁给了贫下中农也没忘记自己的身份,在队里做活就死做活,从不多言多语,和人说话总是不笑不开口,还主动帮助妇女们做个针线活,很是讨人喜爱。回到家里更是勤快,把屋里收拾得干干净净整整齐齐,一尘不染,早晚都亮亮堂堂。每天王三回家,哪怕到半夜,刘芬也不睡还在等着,王三踏进家门,刘芬就端来洗脸水洗脚水,拿着毛巾让王三擦脸擦脚,刚一洗完,就端来了茶水,伺候得王三不知说啥才好。两口子和和睦睦,谁也没对谁瞪过眼红过脸高声说过话,左邻右舍都夸他们是模范夫妻。男人们眼馋地说,王三是个好人,积德个好老婆。女人们眼红地说,刘芬心好,积德个好男人。这都是外表,内里的事就难说难讲了。

　　刘芬对王三处处都好,只有一点不好,就是不叫王三那个。结婚头一夜就不叫王三那个,王三要那个时,刘芬给他跪下了,刘芬说,王三哥,从今往后你就是我的亲哥哥,你就开开恩饶了我吧。这辈子不说了,下一辈子咱们再做夫妻,我一定给你铺床叠被生儿育女。王三心里老不是味,只说几十年光棍没有白打,总算走了桃花运,找了个仙女做老婆,前几天就心焦火燎等不及了,恨不得立时把她搂到怀里好好亲热一番，解解光棍的苦处，没想到结了婚还不叫那个，这算个啥夫妻？王三空欢喜一场，王三就想发火，想说，你不叫那个和我结婚干啥？刘芬跪在地下死死抱住王三的腿摇着，一句一个三哥，哭得凄凄惨惨，哭成了个泪美人，王三的心软了，也没有了那个的情绪，就长叹一声说，算了，算了。王三把她拉了起来，两个人睡在一张床上，却是两个被窝。王三咋也睡不着，王三是个老实人，老实人有老实人的想法。王三想，刘芬不是不愿意和他那个，是脸皮薄，一男一女突然滚到一起不好意思。天数长了熟了就好了。王三心烦意乱翻过来翻过去，把床弄得吱吱响。刘芬知道王三心里的不满，又不敢吐露自己的心思，就装作睡着了没听见。关于男女间的事，张镇长被枪毙那天刘芬的心就跟着死了。刘芬和张镇长是恩爱夫妻，两个人好成了一个人，美中不足的是刘芬一直不开怀，张镇长的父母等了一年又一年不见孙子，就常常给刘芬黑脸看。刘芬自知理亏，明里不敢发作，就偷偷哭泣，心里老觉着对不起张镇长，便劝张镇长买个小老婆，张镇长贵贱不同意，说，自从我见你第一面后，我再也看不见别的女人了。张镇长越不同意，刘芬心里越不安生，就天天地劝，说，别说我不生孩子，人家儿女成群的还买小老婆哩，你放一百条心，我不会争风吃醋惹你生气的。劝得张镇长不耐烦了，张镇长就板了脸子，说，你是不是嫌弃我了？你要再说这号话，我就去出家当和尚。刘芬看张镇长不听自己的，就把这个心思对婆婆说了，婆婆早巴不得刘芬有这句话，就喜笑颜开地说，你是个明白人，你有这个心意，我们一定成全你。刘芬听了这话心里又酸又甜，也就不再劝张镇长了。

　　不久，张镇长的爹妈花一百大洋买了一个下路贩上来的年轻女子，长得水灵灵白净净，身段也很苗条。刘芬原想给张镇长买个会生孩子的小老婆,一看这女子长得这么美丽,又比自己年轻,想到后事不由掉到了醋缸里,由心里酸到了眼里。生米已经做成了熟饭,刘芬还是强按着酸楚强装笑脸,让这女子脱去破布烂衫,拿出自己最好的衣服首饰把她打扮得花枝招展,又给这个女子说,从今往后咱们就是亲姐妹了,你小我几岁,你是妹妹,姐姐有言差语错的地方你要多担待。这女子也不反抗,任她摆布任她说话,一直不言不语地低头无声哭泣。刘芬以为她是嫌当小老婆不高兴,就说,张镇长和我不会为难你的,啥大啥小,保证不分高低大小,过上一年两年你有了喜,我会感谢不尽,到时候你就是大了。刘芬说着一遍一遍给她擦眼泪,这女子看刘芬不像恶人,抱住刘芬叫了声姐姐,就放声哭了。

张镇长不知道家里办了这事,夜里回来才听说,见过了这小女子,就去埋怨爹妈糊涂,爹妈说,你不想要儿子,我们还想要孙子哩。张镇长说,你们是想要孙子不想要儿子了。爹妈恼了,骂他不孝,说他想叫张家绝后。张镇长不敢再说什么。爹妈说,今天就是黄道吉日,买来的也不用待客,张扬出去也不好,你们今夜就同房算了。张镇长回到自己屋里,刚要数落刘芬不是,刘芬强装欢笑抢先问他,你见过那个女子了没有?张镇长说,见了。刘芬又问,漂亮吧?张镇长说,漂亮。刘芬又问,比我年轻吧?张镇长说,年轻。刘芬就劝他说,你要真对我好你就该认了,有了儿子,爹妈才能放笑脸,我的心病才能好了,要不,我黑夜白天心里都不安生。张镇长捧着刘芬的脸看了又看,问,你真的愿意?刘芬点点头。张镇长又说,你不怕我被这小妖精迷住了,从今往后不再理你了?刘芬又点点头。张镇长叹了口气追问,我去和别的女人睡到一起,你心里真是一点也不难过?你真舍得下我?刘芬又点头时,两行眼泪淌了下来。张镇长哈哈一阵大笑,说,好吧,你既然真这样我就去了。

到了三更时分,张镇长又回到了刘芬屋里,刘芬忙点上灯,奇怪地问,你怎么过来了? 张镇长笑笑,说,我过来看看。刘芬问,看什么? 张镇长说,看看你心里到底好受不好受。刘芬说,好受,好受,我求你的有啥不好受? 张镇长含笑不语,伸手拿过枕头,刘芬去抢没有拦住,张镇长把枕头在灯下一照,枕头被泪水浸湿了大半,刘芬低头不语了,张镇长把枕头放回床头,叹了口气,说,我把她放走了。刘芬吃了一惊,说,什么? 张镇长说,我让护兵连夜把她送走了。刘芬愣住了,说,那是一百大洋买的呀。张镇长淡淡地说,我又送她二十大洋的路费哩。刘芬再也装不下去了,虎生①站起来紧紧搂住张镇长失声痛哭起来。这后半夜,张镇长和刘芬又新婚了一次,从此天天新婚。枪毙张镇长那天,刘芬没去,刘芬准备好了,把绳子挂到了梁上,不能同生就同死,在家等着枪响时要和张镇长一同去。可是忽然想到自己也死了,谁给死去的公婆和丈夫上坟烧纸? 没人烧纸钱了,他们在阴间就成了穷鬼。她不忍他们当穷鬼,除了过年过节,每月初一十五她都要偷偷给公婆和男人烧很多纸钱。她不是为了自己活着,是为了死了的公婆和丈夫能当个富鬼,她才活下来了。

刘芬嫁给王三,就是看中了王三老实好说话,和王三结婚只是为了逃个活命,能给公婆和丈夫多烧几年纸,压根就没有和王三成夫妻的意思。她不能做对不起张镇长的事,她要为张镇长守节,将来有一天自己死了,不会没脸见张镇长。刘芬也知道不和王三那个对不起王三,每隔几天,约莫王三性起了又想那个时,不等王三开口动手,就自己先哭了,哭着骂自己不是人,不该害了王三,拉住王三的

----

① 虎生:豫西南方言,指猛然、猛地。

手,叫王三打自己的脸,说,三哥,我知道你生我的气,你心里憋得难受,你就打我一顿骂我一顿吧,打了骂了你也好散了气,别憋坏了身子。王三只好咽口唾沫忍了。刘芬来王三家带有个小箱子,一直锁着,里面装有两张照片,一张是张镇长和吴先生的合影照,一张是刘芬和张镇长的合影照。刘芬常常趁王三不在家,打开箱子取出和张镇长的合影偷看,看着看着就想起了两个人的天天新婚,不由泪流满面,哭着亲吻着相片,还把相片贴在心口上紧紧捂着。王三有一次不该回家时回家了,刘芬慌乱地锁上了箱子,却来不及擦去满面泪痕,王三不知道箱子里装的什么,会叫刘芬这么伤情,就趁刘芬下地时偷偷打开箱子一看,原来是刘芬和张镇长的相片。王三的头蒙了,气得乱抖,怪不得她不和自己那个,多少年过去了,原来刘芬心里还在想着那个恶霸张镇长,原来拿我当个招牌,自己对她好算白好了。怪不得上级说,土地没收了,人叫镇压了,心还不死,一点也不假!王三很气,要去找上级检举揭发她。王三刚走了几步又不忍心了,又想,多少年过去了,刘芬还不忘和张镇长的夫妻情分,这样的女人才真是个好女人,揭发个有良心的人自己就没了良心。王三长叹一声,又将箱子锁上原封不动地放回原处,对刘芬也不点破。刘芬又打开箱子看相片时,发现王三动了箱子,又发觉王三的神色和往常不一样,不由一阵心惊肉跳,又怕又愧,想问问王三,怕撕破了脸皮会闹起来,也就装作不知道,只是对王三更加殷勤了。王三自叹自己命不好,找个老婆到底还是假夫妻,再想想,只要能照顾体贴自己,假的总比没有好。这样想想也就像朋友一样糊里糊涂过下来了。

王三和刘芬面上和真夫妻一样,刘芬在家挣工分,王三在外边挣活钱,不愁吃喝花销,逢上庙会还换上干净衣服一同去逛逛,还下馆子吃点好东西。镇上的人过得都很紧巴,都愁眉苦脸,看见他们比自己富裕,比自己高兴,就有点愤愤不平,常在背地里议论,说,狼走天下吃肉,狗走天下吃屎,这话一点不假。张镇长叫枪毙了,可该刘芬受受罪了,谁知道还是比穷人美。王三和刘芬听到了风言风语有点害怕,就千方百计讨好人们。王三帮邻居做个小东小西不但不叫管饭,还不收工钱;谁家孩子过生日了,刘芬精心做双绣花鞋送去。人们太穷了,针尖大一点小恩小惠就收买住了人心,扑灭了人们的阶级义愤,王三和刘芬得到了暂时太平。

　　"文化革命"越演越烈,一双双眼睛不由盯上了王三,说他做木匠活挣活钱是资本主义尾巴,大会小会割他。这天下午,又批斗王三,查找他走资本主义道路的原因,很容易就挖出了根子,是张镇长阴魂不散,刘芬这个地主婆妄图为夫报仇,操纵王三复辟资本主义。人们就斗王三忘本,和阶级敌人合穿一条裤子,是叛徒内奸,内外勾结想叫贫下中农吃二遍苦受二茬罪,口号声喊得山摇地动。刘芬没参加会,她是地主不够格,她从高音喇叭里听得清清楚楚,越听越怕,越听越觉得对不起王三。刘芬老早就隐隐约约想着会有这一天,没想到这一天会拖到现在才来。刘芬知道这一关过不去了,一阵胆战心惊之后倒也想开了,总算多活了这些年,总算给公婆和丈夫多烧了这些年纸,也算尽到了心,也算对得起他们了,只是亏了王三的情义,这债得还,这恩得报,要不,死了也是个背良心的鬼。和王三怎么诀别,该怎么还债怎么报恩,刘芬早就想好了,准备好了。

　　王三窝了一肚子死血,真和刘芬睡了挨批挨斗也值得,结婚多年了有名无实,等于找了个做饭婆,这话对谁说?就是说了谁信?白担了勾结地主婆复辟资本主义的罪名,越想越冤枉。散了会王三回到家里,要发牢骚还没发,要埋怨还没开口,刘芬就抢先哭声哭气说,三哥,叫你受苦受气了,都怨我连累了你,都是我不好,你气我吧！王三看她可怜巴巴的样子,把一肚子冤气压了下去,只不满地哼了一声,就坐了下去。刘芬忙给他端来了洗脸水,说,三哥,你洗洗脸。王三不动,翻她一眼,愤愤地说,我没脸了。刘芬把盆中毛巾拧干,递给王三,说,三哥,你就擦一把吧,我知道好坏,麦米都有个心,我歪好①是个人也有个心,我知道好坏。王三看她流出了眼泪,长叹一声接过毛巾胡乱擦了一把。刘芬劝道,三哥,你可要想开一点,国家主席都叫斗了打了。王三的气消了大半,说,算了,算了,黄巢杀人八百万,在劫难逃。挨批挨斗的也不止我一个。刘芬说,你想开就好。刘芬端上了饭,四个菜,还有酒。王三看着酒菜,奇怪地说,咋啦？刘芬淡淡笑道,给你压压惊,醉了就啥也不想了,醉了就啥也不气了。刘芬给王三倒酒,给自己也倒了一杯,刘芬陪着王三喝,两个人都不会喝,没几杯都蒙住了脸,匆匆吃过了饭。刘芬拿出一身新衣服,说,三哥,这是我给你做的,你试试。刘芬帮王三穿上,拉拉前襟拉拉后襟,退两步端详了一番,脸上露出了满意的神色,又把王三拉到穿衣镜前,说,三哥,你看看,你还不老。王三看看镜里的自己,说,不老又该如何？刘芬突然呜呜咽咽地哭了,说,三哥,多年来我沾了你成分好的光,救我过了一个又一个难关,我不能再连累你了,咱们离婚吧,你还不老,咱们离了你再找一个,也算上正经夫妻。再说,离了婚你也算和地主划清了界限,也能落个清白。王三没想到刘芬会这样,一时愣住了。刘芬掏出了两个金戒指和一个银元宝,说,三哥,这些东西我也用不上了,你拿去卖卖也够说个人了。说着扑通一声跪下,双手捧着戒指和元宝伸到王三面前,说,三

① 歪好:豫西南方言,意为无论怎样、无论好坏。

哥，你就收下吧，我耽误了你多年，连累了你多年，我对不起你啊！王三看刘芬满面的泪水，自己也忍不住流泪了。王三扶起刘芬，说，别说了，就这样过吧，反正恶名已经落了，也批了也斗了，还能咋样？你成分不好，离了婚你出去一个人过更没好果子吃，虽说我不能给你遮风挡雨了，咱们在一起互相总还有个照应，就是住法院也有人送碗饭吃吃。这几年我也看清了，你是个好人，你重情分，我不会怪你，我不会再为难你强迫你！王三句句动情，刘芬心头一热哇地放声哭了，上去搂住了王三，说，三哥，这些年我错待了你，我给你，我都给你，今儿黑就给你！再不给你我就不是人了！王三说了声真的？就双手紧紧搂住了刘芬。两个人结婚了多年，一直隔着一层纸，没想到一批一斗便把假夫妻变成了真夫妻了。

这时，突然响起一阵嗷嗷叫声，不待王三去开门，大门就被撞开了。一群人冲进来，不由分说上去扭住了刘芬，要抓她去斗争，另外一些人抄家，挖地三尺到处搜查，搜出了金戒指和银元宝，抄出了刘芬的小箱子，当众打开，拿出了两张相片，来的人质问和刘芬合影的是谁，刘芬看看瞒不住，说，是我的死鬼男人。人们一阵怒吼，说人还在心不死，多少年了还念念不忘反革命男人，保留相片是为了将来有一天反攻倒算时向人民讨还血债。接着又指着另一张上和张镇长合影的人，问刘芬是谁。刘芬知道吴先生是烈士是共产党的中心县委书记，镇上的人县上的人都敬重吴先生，刘芬知道吴先生小时候对张镇长好，也知道吴先生抗日时毁家纾难，也知道吴先生死得惨，刘芬也敬重吴先生，本来不想点破，可是忽然生出了歹毒的念头，想借吴先生的威名来压压活人，就冷笑一声，说，这个是共产党的吴先生。人们愣了一下，惊疑地互相看看，接着便一阵吼叫，说刘芬污蔑吴先生，吴先生是共产党的大干部，是专门和国民党反动派做斗争的大英雄,怎么会和反动派张镇长在一起照相? 真要是吴先生,你个地主婆早把它撕了,还能保存到现在? 刘芬一口咬定是吴先生,说,不是吴先生杀我的头。人们一边把刘芬押往会场,一边拿着相片去叫老年人认认,问了几个老人都说是吴先生。造反派的头头们像发现了军国秘密,一个个神色紧张,马上开会研究分析。他们吸了很多烟,费了很多脑子,三个臭皮匠,胜过一个诸葛亮,会开得十分激动热烈,你一言我一语终于分析出来了。

原来吴先生是个隐藏得很深很深的叛徒,和伪镇长是拜过帖盟过誓的干兄弟! 两个人臭味相投,狼狈为奸。解放前,张镇长三天两头去看桂桂,桂桂长得那么漂亮,张镇长是反动派,反动派有几个不玩女人,张镇长找桂桂干啥? 还有解放了张镇长逃到山里当土匪,自己都顾不住自己了,还写条子吓唬贫下中农,说谁要动动桂桂就要血洗整个村子! 张镇长对桂桂好得不要命了,一定是和桂桂睡了,才有这份感情。刘芬的男人叫共产党枪决了,吴先生要不是叛徒,刘芬要不是和吴先生睡过,会把吴先生的相片一直保存着? 眼下的这一切,足以证明张镇长和吴先生好得换老婆睡,和反动派换婆娘睡的人能不和反动派一心? 共产党有啥机密,吴先生肯定都给张镇长说了,坏了共产党很多大事,杀了很多地下党,血债累累。没有不透风的墙,共产党火眼金睛发觉了吴先生的罪恶,要除奸要惩治吴先生,张镇长为了保护吴先生,为了迷惑共产党,就活埋了一个无辜百姓说是活埋了吴先生。张镇长对吴先生说,你快跑吧,家里的事我包了。张镇长亲自把吴先生送走了,临走时还给吴先生一百块银圆当路费。吴先生跑去找蒋介石领功,蒋介石说,你出生入死为党国立了大功,以后就跟着我吧。吴先生现在还活着,还在台湾当大官,是蒋介石的红人,天天陪着蒋介石吃喝嫖赌,享尽了荣华富贵,白面蒸馍都不吃,顿顿吃油馍,吃得红白大胖。住的房子和金銮殿一样,还说了五个老婆,可美极了,睡了这个睡那个,生了七个儿子,个个都当了大官,最小的儿子才十几岁,蒋介石也封他当了个团长。吴先生不忘旧情,有五个婆娘还一直想着刘芬,前不久还派特务来看过刘芬。白天怕人不敢见,是一个风雨交加的黑夜和刘芬接的头,给了刘芬好多钱,怕台湾的钱在大陆不能用,给的金子银子,就是抄出来的金戒指和银元宝。要不是吴先生送金送银,只靠王三做木匠活挣的那几个钱,刘芬能吃成红白花?不光给金给银,还跟刘芬说,吴先生黑夜白天都在想念她,叫她耐心等待,国民党马上就要反攻大陆了,到时候给她报仇雪恨,欺侮过她的人统统杀了,穷鬼们分的房子全部还给她,她就能扬眉吐气了。刘芬感动得都哭了,对特务说,她等着吴先生,叫吴先生放心。还说,共产党干的啥事,她都记有变天账,到时候叫穷鬼们连本带利一齐还清。刘芬给特务炒了一大碗肉,特务害怕被逮住只吃了几口就走了,剩下的肉刘芬自己吃了。

　　人们又分析又推理,一时三刻就分析出来了一大篇文章。这文章生动具体,分析来分析去自己也当成真的了,连自己也害怕了,不说不知道,一说吓一跳,蒋介石直接勾着手的大反革命分子,就在自己的眼皮底下藏着自己还没看见,刀都架到了自己脖子上自己还没发觉,看看多么危险!大家咂着嘴,说,得亏"文化革命"擦亮了眼睛,要不头掉了还不知道是咋掉的。庆幸自己没叫刘芬和吴先生杀死的人们愤怒了,个个摩拳擦掌,拥向会场去向刘芬讨还可能欠下的血债,把王三也叫来了,叫他陪斗。人们满腔怒火熊熊燃烧,如同雷鸣般地呼喊着叫刘芬坦白,刘芬不知道坦白什么,刘芬不坦白。人们就说,你休想瞒住革命群众的火眼金睛,你干了什么反革命勾当,革命群众清清楚楚。刘芬还不说,人们说,你是不想叫从宽想叫从严,看你是反动透顶了,不见棺材不掉泪。人们就大胆揭发,把吴先生派特务来的事从头到尾说了,说得有根有秧有鼻子有眼有时间有地点有人证有物证,连吴先生在台湾的第五个小老婆包了三个金牙都说了,刘芬听得张大了嘴合不住,王三听得心惊胆战直看刘芬。刘芬很反动,刘芬冷笑了一声,刘芬说,我知道了。人们说,你知道了什么?刘芬说,不外是个死。刘芬一句话,等于在火上浇了油。人们愤怒上面加上了愤怒,像狮子般疯了,说刘芬对抗,说刘芬顽固,说刘芬死心塌地反革命到底。大家念了几段语录,说,你不打它就不倒。敌人不投降就叫它灭亡。吼叫中把刘芬五花大绑起来,嫌绑得不紧,又在脊梁上绳索的缝里揳上劈柴,又卷起她的裤腿,按她跪到锋利的石子上,膝盖上顿时鲜血直流,染红了雪白的石子。人们把愣愣怔怔的王三叫出了会场,对他个别教育,叫王三赶快立功赎罪,说,你霸占了吴先生的姘头,吴先生恨死你了,蒋介石反攻过来第一个杀头的就是你。你也是穷人,刘芬对你好是想利用你掩护她,进行反革命活动,刘芬是披着羊皮的狼外婆,你上了她的大当,你和赫鲁晓夫睡在一张床上,你死到临头了,革命群众才是为了保护你。人们说了很多很多,叫他觉悟,叫他赶快反戈一击,赶快和革命群众站到一起共同对敌,才有生路一条。王三听得头发一乍一乍的,王三想起了刘芬不叫那个,原来不明白为啥不叫那个,现在明白了,是等吴先生杀回来。王三想起了刘芬的金戒指和银元宝,不是特务送的她从哪里弄的?王三把这些事和人们揭发的一对照,王三就信了,原来刘芬是想变天,原来是刘芬和特务有联系。王三这样想了就想着吴先生领着反动派杀回来了,就想着自己被反动派逮住了,就不由摸摸脖子,好像脖子已经被割了大半,头快掉下来了。王三想到了死，不由哇的一声哭了，王三说，我说，我说，我都说。王三全说了，人们都说他回到革命路线上了，叫王三回到会场和刘芬对质，叫他勇敢杀个回马枪。王三答应要勇敢，可是一到会场面对刘芬又不勇敢了，王三不敢看刘芬，只是低着头喃喃地说，我都说了，你就招了吧。刘芬对着王三看了看，王三低下了头，刘芬看不见王三的脸了，刘芬一阵心痛，想大叫几声，刘芬没叫，刘芬想哭，刘芬没哭。刘芬笑了，笑得阴森森的。刘芬说，我招，我都招，大家说的都是真的，来的特务说吴先生马上就要杀回来了，第一个先杀王三，接着再杀全镇的人全县的人全国的人，统统都杀，杀个寸草不留。刘芬坦白了，交代了，和大家要说的一模一样，大家胜利了，放王三和刘芬回去了，说要老老实实，等候处理。刘芬和王三回到家里，刘芬很是坦然，王三很是尴尬。王三说，你恨我吧！刘芬摇摇头。刘芬说，我谁都不恨，你保我过了多少年安生日子，我感激还感激不完哩。王三听了刘芬这么说，羞愧得恨不能找个地缝钻进去。王三低下了头喃喃地说，今天这事，我对不起你。刘芬淡淡笑笑，刘芬说，该说对不起的是我。王三不言语了。刘芬又说，我招供的那些话你都相信吧？王三低声下气说，我也不知道。刘芬冷笑一声说，看样子我的罪恶大极了，不会让我在家里待下去了。我不求你别的，只求你记住我是个罪大恶极的坏女人就行了。我走了，你不要再想我，你是个好人，这阵风过去了，你赶快找个女人，也有个给你做饭洗衣服的人。王三听她说得伤情，偷偷看了刘芬一眼。刘芬也不再说了，就去做饭。刘芬做了年饭一样的饭，把家里好吃的东西都做了，摆了满满一桌。王三看看，说，你……刘芬笑笑，刘芬说，吃吧。王三说，我吃不下去。刘芬说，吃吧，千不念万不念，念起咱们一起过了多年，这可能是我陪你吃的最后一顿饭，说不定不等吃完就来

抓我了。王三心里一酸流下了眼泪,只得端起碗拿起了筷子。刘芬
不住给王三夹菜,王三实在吃不下去,刘芬自己则大吃大喝,没一点
忧伤的样子,还笑着说,你不吃我可要吃了,早晚都有这一天,早来
早安生,总算等到了。王三勉强陪刘芬吃完了饭,刘芬说,早点睡
吧。王三和刘芬进里间吹了灯睡了。王三睡不着,想着白天的事,
本来刘芬说过她今天都给自己,王三明白给自己什么,王三很感动
很高兴,可是出了今夜的事,王三没心思也不好意思再去求刘芬,就
睁大两眼想着今夜的斗争,想着刘芬的话,想想心里乱成一团麻。
王三听刘芬呼呼噜噜的,似乎睡得很熟。一会儿,刘芬忽然醒了,折
身下床自言自语说,我去解个手。王三装着睡着了,没有回话。刘
芬说,你睡着了?王三还没回话。刘芬就去了,刘芬开开堂屋门走
出去,脚步声很响,咚咚的。王三听着刘芬往南墙角的厕所走去。
刘芬去了好长好长时间不见回来。王三想,就是屙井绳也该屙完
了。王三又等了一会儿还不见刘芬回来,王三心里忽然动了一下,
刘芬会不会出啥事了?王三就赶忙下床去找,跑到厕所一看没有
人,王三急了就喊,小声喊,刘芬!刘芬!不听答应,王三就大声喊,
刘芬!刘芬!你跑哪里了?大门外监视的人听见了,就冲进院里,
大惊小怪地吆喝,什么,刘芬不见了?刘芬偷跑了?人们立时进入
战争状态,到处搜索,用手电把院子照了个遍,把院墙一寸一寸照个
遍,看她从哪个地方翻墙跑的。照了半天也没找到脚印,难道她能
插翅飞了?跑了个很大很大的敌人这还了得?人们围住了王三,叫
王三坦白交代,是他使的缓兵计,说王三放虎归山把刘芬放跑了,叫
刘芬去台湾找吴先生告黑状了?是去台湾叫蒋介石赶快发兵反攻
大陆?王三说不是的,人们说,可是的。王三就赌咒发誓说他真没
放她,也真没叫她去台湾搬兵。人们不信,就推他,扇他,打他。同

时,拨出一哨人马,四面八方搜查,又通知县里封住交通要道,严查过往车辆,别叫刘芬跑到台湾了。一直闹腾到天明,才在王三家院里北墙角井里找着了刘芬,活人已经变成了死尸。王三看见尸体突然号啕大哭,说,你怎么走这条路啊,我听得清清的你是往南墙角厕所走的啊,怎么会死到北墙角井里呢? 你要走为啥不给我说一声啊! 人们喝住王三,不让他哭,说反动派死了是人民大喜的日子,逼着叫王三笑。王三由哭变成了笑,笑得不像笑,人们不依,叫他不停地笑,王三只好嘻嘻哈哈笑,一直笑下去。

刘芬畏罪自杀了,死有余辜,死了也不能算了,还有特务送的金戒指和银元宝为证,证明吴先生的烈士是假的,叛徒是真的。吴先生没死,吴先生还在台湾,吴先生现在还天天陪着蒋介石吃油馍。于是,向四面八方寄揭发信,和吴先生有关系的人都是叛徒内奸,都通过吴先生和蒋介石勾着手,都是蒋介石安插在大陆的特务。挖出了这么大一个特务集团真了不起,战无不胜的又战无不胜了,这可是个天大的功劳,要没这一功,内奸特务和蒋介石串通起来就会亡党亡国。上级表扬了,省报也登了。上级表扬了,上级多英明,假的还能表扬? 报纸登了,报纸啥不知道,假的能登? 一定是千真万确了。小镇的人感到了从来没有这样光荣过,一个个都浑身自豪,只有王三不会不笑了,一天到晚嘻嘻哈哈,人们说他是高兴疯了。

小胜的村里人知道吴先生的底细了,知道了就炸了。日他奶奶,咱们咋都眼瞎了,叫哄了十几年一点都没发觉,天天把吴先生当成革命烈士敬,把小胜当成烈士子弟敬,要不是"文化革命",咱们还蒙在鼓里,多危险呀,这不是替蒋介石养刀斧手吗! 恍然大悟的人们愤怒了,把小胜从放牛的山沟里揪回来了,把小胜的外爷外婆揪出来了,当着他们的面把光荣烈属的牌子砸了,把墙上吴先生的相片扯下来撕个粉碎。人们还不解恨,又拉小胜去吴先生坟上,让小胜扒开吴先生的坟墓,把吴先生的尸骨扔给狗吃。沤了十几年的骨头早没有肉味了,狗不吃,狗连闻都不闻,人们就说,连狗都不吃他的骨头,足以证明他反动透顶了。大家把吴先生的墓碑推倒了,抬到小河上作为桥板,千脚万脚踏来踏去,每踏一步就骂几声,叫你天天陪着蒋介石吃油馍!叫你天天陪着蒋介石吃油馍!还有,吴先生能派特务给刘芬送金戒指送元宝,能不给小胜送?一定送了,送的比给刘芬的还多,就逼着小胜和外爷外婆交出来。大家对这事充满了希望,想头很高很大,队里一个劳动日八分钱,穷得十家有八家没盐吃,真要交出来一箩头金戒指和元宝,队里就发了,每家每户也能分个啥,也能救救饥荒。小胜说没有,外婆外爷也说没有,人们不信,咋会没有,不是没有是不老实,是想独吞。人们就在小胜外婆家挖地三尺,找不着就打,问藏在什么地方。打也没有。找不到金戒指和元宝,大家气不过,就叫小胜吐出十几年的补助,月月三十块钱喂条狗也能给人民看个门,狗老了还能杀杀吃,人民的血汗钱不能叫反动派白吃白喝了,就把小胜外婆家值钱的不值钱的东西都抬走了,都充公了。

小胜哭了,外婆哭了,两个人抱成一团哭得死去活来,哭足哭够了,小胜眼泪巴巴地说,我爹真没死?外婆说,你还迷呀?外爷气红了眼,外爷没哭,外爷浑身乱抖,外爷狠狠地说,还说你爹,俺们好好个贫下中农算叫你爹给送到杀锅上了!外爷把柴火屋给了小胜,把小胜撵出来单独过了。

小胜没吃没喝,外婆心软,背着外爷偷偷给端碗稀饭。小胜常常饥饿不说,还天天被拉去斗争,又打又骂还往脸上吐口水。小胜受不了就叫天叫地,天不应地也不应。小胜想不通,爹是啥样自己不记得,爹的阴魂为啥死缠住自己不放? 小胜已经不是献国策时的小胜了,像个叫花子,五黄六月穿个破棉袄,没钱剃头,头发很长很长,脸上很脏很脏。小胜饿成了皮包骨头,小胜本来要饿死没有饿死,小胜天天出去挨斗做活,回到柴屋里,床上破被子里不是塞个红薯面馍,就是塞几块生红薯干。小胜吃了才保住了活命。小胜不知道是谁塞的,心里想着有朝一日要有了出头之日,一定要报这个大恩。有一天回来早了,碰见了塞东西的人,是芳芳。小胜一下子哭了,说,芳芳,我咋报答你呀! 芳芳神色慌慌,说,你都成啥了,还说这啥益? 小胜,我想了,你装疯吧,只有这一条活路了,你就跟着庚寅学吧! 芳芳说完就匆匆闪身跑了。小胜吃着芳芳给的红薯面馍,想着庚寅,庚寅的成分不好,当年天天斗他,斗得他的老婆跟他离了婚。庚寅疯了,一年四季穿个破袍子,成天念着咚咚锵、咚咚锵,十几年只说一样的话。看美可不美,看不美可美。看好可不好,看不好可好。看活可不活,看不活可活。庚寅还敢在大路上拦当官的小车,司机急刹车,呵斥他,你想干啥? 庚寅说,我想向你喊声爹。司机哭笑不得把车开走。庚寅也不做活,吃饭时就到饭场里乱抢乱抓,抢来了抓来了就往饭里吐几口唾沫,还嘻嘻着对被抢的人说,你吃,你吃。庚寅就这样活着,再也没有人斗他了。

又一场斗争下来,小胜也疯了。小胜常常把头伸到饮牛的恶水缸里大口大口喝水,常常像牛一样吃东西,到麦地里吃生麦穗,到玉谷地里吃生玉谷,见人就嘻嘻傻笑。他疯疯癫癫不像个人了,人们见了他就不再凶了,就笑着说,小胜,坦白坦白,你到底有几个爹? 小胜嘻嘻笑,说,可多了,你就是我爹。人们又问,小胜,你有几个妈? 小胜还是嘻嘻笑,说,可多了,你就是我妈。人们哈哈大笑,比看样板戏还开心。有一次,社员们在出牛圈,小胜也在担粪。人们做活做累了,没啥开心取乐,就放下活叫住小胜,叫他头伸到槽里和牛一同吃草,还问他有几个亲爹。大家好不快活,笑得嘎天嘎地。生产队长老木看见了,大喝一声吼道,笑?你们笑,不做活来玩人,每人扣三分。当时凭工分吃饭,听说要扣工分都傻眼了,就一肚子不满地去做活了。老木又喊住小胜,训道,你还算个人不算?别人叫你吃草你就吃了,再做下三烂事小心着!小胜嘻嘻傻笑。老木对着众人又训小胜,谁再叫你吃草,你叫他吃个样子你再吃!滚!小胜嘻嘻着去担粪了。老木对吴先生和小胜的身份来回变看不惯,认为和唱戏一样,一会儿把他们抹成白脸当奸臣,一会儿又把他们抹成红脸当忠臣,一会儿又抹了白脸,说不定下一场又叫他们唱红脸了。这戏法也变得太快了,不要说唱戏的来不及换脸了,连看戏的也看迷瞪了分不清红脸白脸了。老木嘴里不敢说心里可敢说,拿鸡巴个小胜开刀算球啥本事?打倒小胜就共产主义了?开大会喊口号时,别人都喊打倒吴小胜,老木不喊,老木振臂高呼,打到台湾去,活捉蒋介石。

　　老木扣了要笑小胜的社员的工分,有人不服就去找革委会主任石老三告状,说老木没立场,和反革命站到了一起,包庇小胜,打击贫下中农。石老三听他把详细过程讲了一遍,低着头想了半天,才问,你们到底笑了没有?来人说,笑了。石老三不疼不痒地说,你们笑了,等于看了场戏,你们看戏能叫生产队掏票钱?来人还要争辩,石老三板起了脸子,训斥道,阶级斗争是你死我活的大事,你们竟然笑,我看你们是吃了天胆,敢把阶级斗争当玩意儿玩,这是对毛主席的极大不忠,就凭你们的哈哈大笑也该斗争你们三天,扣你们工分算便宜了你们!来人被大帽子吓走了。石老三会心地笑了。

　　王改花一直忘不了那个白白净净的小胜,自打听说吴先生还在台湾,面上不敢再接近小胜,对小胜的非分之想却总是抹不掉。今天看男人偏向小胜,心里好高兴,就又问,把小胜炮治①成这号样,吴先生是不是真在台湾?石老三烦烦地说,跟你说几百回了,报纸上说在台湾就在台湾。王改花追问,我是问你信不信,不是问报纸上咋登的。石老三说,报纸就是上级,上级咋说咱就咋信。王改花出于对小胜的那份想法,想叫石老三说是假的,石老三偏不说,王改花气呼呼地说,当球个大队干部,对自己婆娘也老奸巨猾,你别当我就不会老奸巨猾了。石老三看看改花气了,就笑道,我也真不知道是真的假的,当初活埋吴先生的人都枪毙了,谁知道到底埋的是谁。石老三知道女人的嘴没贴封条,怕说了真心话她会传出去招惹祸事。石老三一直当干部,又能得头发梢都是空的,对吴先生死了没有和在不在台湾说不准,可是不信吴先生天天陪着蒋介石。吴先生算多大个人物嘛,在共产党里不过是根汗毛,蒋介石败了总还是个皇帝,能把吴先生看在眼里拾在篮里?球,会编一亩地产几万斤小麦,还不能编个吴先生和蒋介石称兄道弟?石老三肯定这一条是假的,往下便认为全是假的了。光棍不吃眼前亏,石老三想是这样想可是从不说破,就睁只眼闭只眼,任去抄家斗争,自己总是推故不到场不参加,只是再三再四交代造反派,说,上级说了,报纸也登了,吴家的事越闹越大,看样子吴小胜成了国家要犯,谁要把他打死了逼死了,万一上级来要人没人了,小心问你们个杀人灭口的罪名,你们可就得去蹲大牢了。石老三这话很革命,镇住了造反派,不敢叫小胜灭亡。小胜做梦也没想到自己没死是因为牵涉到蒋介石,罪名太

――――――――――――

① 炮治:豫西南方言,指摆治、整治。

大了。

小胜常常在村口大树下走来走去,嘴里总咕咕哝哝自言自语着什么,不住向大路上张望,好像在等什么盼什么。有时,脱光衣服靠树坐着逮虱,没人了逮住就挤死了,有人了逮住一个就填嘴里嚼嚼吃了,吃得咯咯嘣嘣响,吃得很香,吃得挤鼻子弄眼,向人们炫耀。小胜就这样人不人鬼不鬼地活着,一天到晚疯疯傻傻嘻嘻哈哈,人们看他真疯了就不斗他了,就没人管他了。小胜谁也不怕了,就怕芳芳。几次,芳芳从村外回来,远远看见小胜在大树下站着,伸胳膊伸腿做天兵天将的样子,芳芳急急忙忙跑过来,小胜见了芳芳就像老鼠见了猫,哧溜一下钻到附近庄稼地里藏得没影了,惹得芳芳好心酸,呆站了一会儿失神地走了。

小胜住的柴火屋没有门,也没有床,睡的地铺,地下又硬又潮湿,小胜原来不习惯,后来慢慢习惯了。小胜原来睡下胡思乱想睡不着,开头想国家大事,后来不想国家大事了,想个人的事,再后来连个人的事也不想了,小胜被改造好了,没有思想了,躺下就能睡着了。一天半夜里,小胜正睡得迷迷糊糊,突然有人轻轻推他,轻轻叫他。小胜醒了,小胜吓了一跳,虎生坐了起来说,我坦白,我坦白。一只手捂住了小胜的嘴,悄悄说,别吭气,别怕,我是芳芳!小胜愣了,摸摸真是芳芳坐在身边,小胜不叫了。芳芳轻轻说,小胜,你装得真像,都说你真疯了,我知道你没疯,是吧!小胜不言语,小胜不知道芳芳半夜跑来干什么。芳芳塞给小胜几个小包,说,小胜,你吃,你吃,这是饼干,这是卤肉,你吃呀!小胜呆呆坐着不动也不吃,芳芳拆开纸包,一块一块往小胜嘴里填着,说,你苦坏了吧,吃呀!屋里没灯,小胜看不见芳芳的脸,只听见芳芳话里带着哭音,感觉到芳芳浑身在颤抖。芳芳把一包饼干喂完了,把一包卤肉喂完了,小胜好久没吃这样好的东西了,也好久没想过能吃这样的东西了,心里又感动又难过,问,芳芳姐,你在哪里弄这么多好东西?芳芳说,小胜,你别问行不行?芳芳说着就搂住了小胜,搂得很紧很紧。小胜慌乱了,叫,芳姐,你!你!芳芳松开了小胜,脱光了衣服,钻进了小胜的被窝,拉住小胜哭声哭气地乞求道,小胜,睡吧,快来睡呀!小胜挣脱了芳芳,赤身坐到被窝外边,说,芳芳,快别这样,我不算个人了,我不配你了,我不能糟蹋你!芳芳抽泣得十分伤心,说,你别说这样的话好不好?我明天就要结婚了,是石老三家的高升啊!我求你了,你就睡吧!小胜啊了一声,喘得像老虎出气一样呼呼哧哧,恨恨地说,你、他、你就同意了?芳芳哭得很扎心,说,小胜,别说了,咋都不中了,咋都晚了,我今儿黑来就是为了都给你,你就睡吧,你要不,我就不活了。芳芳拉住小胜躺到了一起。小胜和芳芳哭着哭着就睡了,睡得别有滋味,是痛苦的滋味,是快乐的滋味。小胜和芳芳睡完了,像是完成了对整个世界的报复,两个人都轻松了。芳芳穿上了衣服,说,我该走了。小胜拉住芳芳,不舍得叫芳芳走,说,芳姐,你待我这么好,我该咋报答你呀!芳芳说,你怎么说起外话了?好弟弟,我一辈子都是你的了,你以后要有了出头之日,别忘了姐就行了。小胜点点头,叫了一声好姐姐,就说不下去了,又紧紧搂住了芳芳,在芳芳的脸上啃着。芳芳摸摸小胜的头,摸摸小胜的脸,才掰开小胜的手,说,叫我走吧,别叫人看见了,我反正没脸没面了,他们会把你往死处炮治的。小胜松开了手,芳芳临走时给了小胜二十块钱,嘱咐说,饿极了,偷偷去买点吃的,不论咋着你都要活着,只要你活着,我也活着,你要有个三长两短,姐是不活了。两个人哭着分手了。

　　芳芳走了,把小胜的魂也带走了。小胜呆呆地坐在地铺上,两只眼睁着,屋里漆黑什么也看不见,还是瞪着大眼看着。小胜一阵一阵悲伤气愤,自己沦落到这个地步,就说是为了有个不明不白的爹,芳芳成分可好,为啥也饶不了她?这世界还算个什么世界?芳芳像是清风明月,明月被扔到了大粪池里,清风被臭气污染了,可怜了多么美好的清风明月呀,人世间最美好的姑娘会被憨憨傻傻的丑八怪占有,老天爷也太可恶了。小胜又恨自己,眼看着自己爱的和爱自己的姑娘受屈辱,自己不能拉她一把,咋还有心活着有脸活着?小胜刚想到了死,又想起了芳芳叫活着的话,就不知道该死该活了。小胜一直呆坐到天明,又到了半上晌午时分,听见了鞭炮声,听见了人们的欢叫声,小胜知道是芳芳出嫁了。小胜仿佛看见了芳芳在哭,小胜要出去看芳芳一眼,小胜走了几步又站住了,小胜愤怒得举起拳头狠狠打自己的头,打了还不解心中的愤恨,又把头往墙上一下一下碰撞。小胜痛苦得要疯了,又一次一次把痛苦咽到肚里。小胜一整天没吃没喝没有出门,煎熬到半夜,想到芳芳入洞房了,小胜的心上像扎了许多许多刺,痛得再也忍不住了,小胜终于出门走进了茫茫黑夜。

芳芳出嫁时没有哭,只是一阵一阵冷笑,笑得瘆人。爹妈怕了,就苦苦相劝,想开一点,人活着是过日子的,高升是不咋着,可是人好算啥,家好才是真好。石家多美,你去算是跳进福窝了。芳芳烦极了,大叫一声,别说了,我啥都知道!芳芳啥不知道?石家有权有钱,爹妈收了石家多年的礼,爹妈不敢得罪石家,得罪了石家爹妈往后就没活路了。胳膊扭不过大腿,再踢跳也不中了。爹妈养活了自己一场,自己没啥报答,只好拿自己给爹妈换碗饭吃了。芳芳不怨天不怨地只怨自己命不好,芳芳一直没哭,临出门时鞭炮一响却不由哭了,哭得很痛很伤心。芳芳想到从此自己就成了石家的人了,再也不能和小胜常来常往了,小胜多可怜呀,从今往后谁关心他?小胜听见鞭炮响了没有?他会不会寻死觅活?昨天夜里为啥没和小胜一块儿死了?芳芳哭着哭着到了石老三家里,石老三笑,王改花笑,高升更是笑。芳芳看他们一家人喜欢坏了,芳芳就恨得咬牙,恨过了想想也笑了,笑得自得其乐。芳芳想,石老三恁能的人也叫自己哄住了,真的昨夜已经给了小胜,留给高升的是个假的。芳芳再看看高升嘻嘻傻笑,心里不由一亮,嫁给高升比嫁给个能人强,连假的也不给他龟孙。

芳芳这样想想就笑得自自然然了,王改花看芳芳没有眼泪了,看芳芳笑得无忧无愁了,以为芳芳想通了,就给芳芳灌迷魂汤,说,我知道你是个明白人,咱们家里只有高升这个独苗,你来了这个家就是你的了,往后你想要啥想吃啥只管说,你爹和我不会错待你的。王改花说着掏出了两把钥匙,说,这是大门的这是堂屋门的,从今天起你就是咱们石家的顶门柱子了。芳芳收下钥匙,眯眯一笑,叫了声:妈,我知道了,你放心。王改花本来还怕芳芳来了闹别扭,听见芳芳叫了声妈,就完全彻底放心了,笑了。

石家办喜事,全大队的人都来了,真是宾客满堂,人们争着奉承他们命好福大,接了个好媳妇。热闹了一整天,打发客人走了,芳芳和高升才进了洞房,芳芳往四下一看,墙是新抹的,雪白雪白,黑漆家具透明发亮,床上太平洋单子,缎子被子,干干净净,整整齐齐,富贵舒适。芳芳不由想起了小胜睡的地铺,心里顿时一沉,该睡好处的人睡到猪窝里,该睡猪窝的人睡到了好处,老天爷真是瞎子。芳芳只顾想心事了,高升可等不及了,拉住芳芳嬉皮赖脸流着涎水催道,快嘛,快嘛,把人都急死了。芳芳看他这个熊样,恶心得要吐,狠狠推了他一把。高升说,咋,还不叫睡哩,再犟我去喊我妈。芳芳叹了口气,厌烦地说,好,好。高升喜了,吹灭了灯,撕抓着脱了芳芳的衣服,芳芳就和高升睡了。芳芳把两条腿并得紧紧的。高升当成这就是那个地方,高升饥不择食就对着芳芳的腿缝干起来了,干得如狼似虎。王改花在前墙窗外边偷听,王改花听见了床响,听见了高升美得嗷嗷叫唤,王改花喜坏了,转身撒腿就跑,回去给石老三报喜,说,成了,成了,别看咱们高升憨,憨是憨干这事可不憨,咱们还怕高升不会哩。石老三笑了,石老三担心芳芳不叫高升那个,还怕高升不会那个,石老三满腔忧愁,熬煎坐着等着,本来打算芳芳要反抗了,叫王改花进去帮高升那个,现在听王改花说弄成了,石老三怕了多天的心才算放下了。石老三和王改花喜出望外,石老三心里一喜就拉住了王改花,说,咱们也那个那个,来个父子齐出征。王改花立时不喜了不笑了,沉下脸说,你想得倒怪美。王改花怕和石老三那个,只要挨住石老三胸口那堆毛,只要挨住石老三那络腮胡子,就浑身扎得慌,就想到了和猪睡到一起,那个时一点都不美还直犯恶心。王改花不愿和石老三那个又不得不和石老三那个,王改花就推故说自己有病不敢多那个,定了个规矩,一个月只叫石老三那个一回。今天虽说在兴头上,王改花还不愿意,王改花说,这个月都那个过了还想那个。石老三求告说,我才理过发刮过脸,不扎。王改花说,不扎也不中。石老三的性已经上来了,控制不住了,死拉活拉非要那个。王改花想着今天是大喜的日子,怕惹恼了石老三闹起来,就只好由他了。王改花说,这可顶下个月的那一回了。石老三说,行。王改花找了本闲书看着,任石老三那个了。

小胜也在偷听,芳芳新房的后墙外边是条阴沟,长有野草,很深很深的野草。天很黑很黑,黑得世界很静很静。小胜藏在野草里,耳朵贴在后墙上使劲听着。小胜想冲进去杀了高升,拉起芳芳远走高飞,小胜没有那个胆量,就只有偷听了。小胜的心揪得很紧很紧,想着芳芳一定会挣扎厮打,想着芳芳一定会呜呜地哭,小胜听了很久很久,没有听见芳芳挣扎厮打,也没有听见芳芳呜呜地哭,只听见高升美得叫唤。小胜心里像喝了碗山西老陈醋,高升每叫唤一声,小胜的心就扎疼一次。小胜失望了,小胜愤怒了。小胜来时还以为世上只有芳芳这一个好人了,谁知这个好人眨眼工夫也没有了,小胜心中的明月落了,清风息了,小胜的头蒙了,蒙得没有了自己没有了世界。不知过了多长时间,小胜才醒过来了不听了,小胜恨恨地走了。小胜在茫茫黑夜里走向茫茫。天明了,下地的人们发现小胜睡在黑龙潭边,浑身上下都湿透了。黑龙潭的水很深,年年都有洗澡的人淹死,年年都有含冤的人跳水自尽,村里人都说潭里住有很多鬼,常常缠人当替身。人们看小胜睡在潭边,就踢了他几脚。小胜醒了,奇怪地看看人们,人们乜斜着眼看看他。人们过去看小胜比自己强,就心里恨他,现在小胜不如自己了,就又看不起他,讥讽他,说,行啦,你还想死哩。好像小胜连死都不配了。也有可怜他的,说,这娃命真硬,罪还没受够,连鬼都不要他当替身。人们七言八语笑着走了。小胜看人们走远了才坐了起来,愤愤地瞪着人们的背影。小胜明白了,这世上只有自己心疼自己了,只有自己才是自己了。老子不死,老子偏要活着,小胜嘻嘻哈哈疯着走了。

隔了不久,县革委会门口贴了一张大字报,说石老三强娶民女,说石老三强奸民妇,说了石老三很多很多肮肮脏脏的下流事。石老三刚成了新生的大队革委会主任,才红了几天突然被抹黑了,石老三气得一天没吃饭,石老三羞得几天没出门,派人去把大字报偷偷撕了拿回来。石老三想着是谁写的?石老三的头都想痛了,痛得像锥子剜的一样。村里谁识文断字？就那个张思国。张思国是县中的教师，家里成分不好，学校停课闹革命了，张思国被弄回来劳改了。一定是这货，对革命怀有刻骨仇恨，才攻击革命领导干部。石老三想清了，石老三就开了革委会，石老三笑笑，笑得很阴很冷，石老三说，我看这不是对我个人的，这是对新生的革委会，对新生的红色政权的。大家说，可是的。大家就很革命很义愤。石老三又进一步分析，说，大队革委会是谁批准的？是县革委。县革委是谁批的？是省革委。省革委是谁批的？是毛主席。攻击大队革委会，就是攻击伟大领袖毛主席！好个张思国，想翻天哩，不能轻饶了他娃子！革命群众又燃起了革命烈火，谁不想开斗争会斗人？开斗争会可以不学大寨不做活，可以美美歇几天，于是嗷嗷叫着再掀革命高潮，张思国就叫斗了，打了，吊了。张思国经不起吊打斗争，张思国屙稀屎了，下软蛋了，投降了。张思国拿着自己的备课本，去给石老三跪下，张思国说，石支书，石三叔，你对对大字报和备课本上的字，看看是我写的不是？石老三把两样字对着，对得很认真。张思国跪在地上哭着流泪，张思国说，石三叔，你平常对我没有说过个不字，对我家里也没动过一指头，你还表扬过我，说我不是贫下中农胜似贫下中农，你对我家恩重如山，我也是吃饭长大的，麦米都有个心，我再狼心狗肺也不会说你坏话呀！

　　石老三对完了字，看样子真不像张思国写的，又对张思国察言观色了一番，石老三就说，起来吧，起来吧，跪到地上啥样子，本来就没咬住是你写的嘛！张思国起来了，张思国拍拍膝盖上的灰恭恭敬敬站着，石老三说，你坐下。张思国说，我站着怪美。石老三瞪了张思国一眼，又冷冷哼了一声，说，我叫你坐下你就坐下。张思国就小心坐下了。石老三说，你说不是你写的，你说说是谁写的？张思国看石老三有点怀疑自己,还怕再收拾自己,想赶快洗净自己,马上又站起来说,这、这……石老三说,这什么? 张思国吞吞吐吐说,我也说不准。石老三说,对我说的你还怕啥? 张思国神色慌慌地走过去扒住门口看看没人,拐回来低声下气说,我看这字像吴小胜的字。石老三没有想过吴小胜,吴小胜是个疯子,怎么会干这种事? 石老三怀疑地"啊"了一声。张思国摸不透石老三"啊"的啥意思,怕石老三还不相信自己,就从石老三手里拿过来大字报,看了又看,还皱紧眉头,很认真很严肃地说,是他,是他,一定是他,我见过他写的字,一点也不错。石老三看看张思国的熊样,对他的检举揭发不想承情,也不愿当他的面认可,心里飞快地三回六转转了几圈,就哈哈一阵冷笑,说,你咬小胜咬得这样死,你们是不是有仇? 张思国顿时吓得变脸失色,说,没、没有! 好三叔,老支书,你想哪里去了,我是看不惯小胜背良心,你过去对他好得像亲爹,他对你还反目成仇反咬一口! 石老三哼了一声,说,你别蒙我,你们的根根秧秧我啥都知道,你们都是地主阶级,解放后把你们当地主看,没把小胜当地主看,你们心里吃醋。石老三没有说错,解放后把小胜当地主娃对待时,村里的地主们认为小胜和自己是一类人,把他当自己人看,就觉着他可怜,叫自己的孩子们常和小胜一起玩,有了啥好吃的忘不了叫小胜吃一口。自从证明吴先生是共产党的烈士后,地主们忽然发现自己的被打倒,吴先生也出了力卖了命,便在自己和小胜之间垒上了一道墙,再加上小胜当上了烈士子弟,为了表明自己革命,见了地主娃不是不理就是恶言相向。特别是地富们挨斗挨打,小胜不但不同情还笑得很开心。地富们不敢对贫下中农怎么着,把仇恨都记到了小胜身上,明里不敢说,暗里都巴着小胜出个凶事。张思国听石老三说破了他们内心的秘密,差点吓瘫,连连矢口否认,石三叔,我要有这个心就不是人生父母养的,你老人家也没把我当地主看呀,就是为了报答你的恩德才对你说了心里话。石老三看看张思国脸色蜡黄,知道把他捏到手心里了,才嘿嘿一笑,说,既然这么说,你就写个证言吧!张思国心虚了,说,这……石老三瞪了张思国一眼,说,咋了,是假的?是诬告?还是拉稀了?石老三不等张思国回话,拿来了笔和纸,指指小桌,说,写吧!张思国被逼到墙根没有退路了,只好硬着头皮写了。石老三又拿来了印泥叫张思国摁指印,张思国忽然想起《白毛女》中杨白劳卖喜儿摁指印的事,一颗心颤抖不止,但还是乖乖摁了。石老三收起证言,说,没你的事了,你回去吧!张思国出了大门像逃离了虎口,走了好远才敢回头看看,见石老三没有在后边盯着他,才发觉浑身上下叫汗湿透了,就狠狠骂道,我日你祖奶奶了,成天大喊大叫号召革命,叫大胆斗争,叫写大字报,原来是光叫革别人的命!

石老三不信张思国的话,可是张思国的话又总搁在心里,不由得犯疑。石老三翻箱倒柜找到小胜早先写给他的信,和大字报上的字对来对去,才对照时觉着有点不像又有点像,因为心里犯疑对照时就越看越像了。石老三气了,直骂自己好心换个驴肝肺。十几年了,自己没有错待过小胜,不说次次进城看他了,单说有一年寒假,一天半夜里小胜肚子痛了,痛得就地打滚,村里没医生,又下着大雪刮着大风,小胜的外爷外婆急得没一点办法,只好去找石老三。石老三二话没说,背起小胜就走,摸着黑泥里水里走了五里多路,把小胜送到了公社医院,看着小胜输上了液,石老三才放心了,自己忽然散了劲也瘫到地上了,害得也住了几天医院。石老三想起这件事就一阵委屈,自己家里有什么重活脏活有什么危险事,都是别人争着干,自己从来没有插过手出过力。老子平常伺候过谁?老子还想叫别人背着走哩！这都不说，就说这一回他写什么球国策，要不是自己从中日哄，他娃子早成法院的客了，他竟然写大字报给自己脸上抹屎！石老三想起对小胜的种种好处，就生出了对小胜的万般仇恨。石老三想来想去终于想通了小胜为啥忘恩负义，上级早都说，地主阶级是野心狼，毛主席早就讲过东郭先生的故事，都怨自己不放在心上，日他妈，一点也不假，从小养虎，虎大伤人，得好好炮治炮治他，叫他娃子知道知道背良心会落个啥下场。

石老三跑到了军管会，做了一番自我检讨，说，都怪我阶级觉悟不高，丧失了革命警惕，叫吴小胜的假象给迷惑住了。原来他一点也不疯，都是装的，通过学习毛主席著作，才发觉了他的狐狸尾巴。石老三又把吴先生和蒋介石的亲密关系说了一遍。军管会的人说，我们早就知道了。石老三继续讲了小胜的现行反革命活动，说他在村里装疯卖傻逃避劳动改造，还胡说八道破坏革命扰乱人心，就是只字不提贴他大字报的事。军管会的人表扬了石老三，说，你能主动向上级揭发反革命活动，表明你觉悟了，擦亮眼睛了，站到毛主席革命路线上了，值得大家学习。石老三很是虚心，后悔自己觉悟觉得晚了，使革命受了损失。军管会的人说，晚觉悟总比不觉悟好，你先回去看住他，我们研究研究就去处理。

隔了两天，军管会通知叫召开群众大会，说他们要去公开逮捕小胜。吃了早饭，军管会的人开着警车来了，先在大队部里给大小队干开了个会，说了小胜的罪恶，问大家有什么意见。石老三把军管会捍卫红色江山的功劳很歌颂了一阵，又为难地说，是不是宣布个管制劳动就行了，他还年轻，能不能给他留条生路？军管会的人一点也不客气，当着大小干部的面，怒形于色地批评他说，你怎么还讲温情主义？对敌人的仁慈就是对革命人民的残酷。石老三连忙检讨自己,说自己一贯心慈手软,以后坚决改正。大家看石老三碰了钉子,都同情石老三,悄悄议论说,人真看不出来,平常看石老三整人和喝凉水一样,没想到了紧要关头还知道护人,眼看着都不中了,还敢为小胜说话,他可真胆大。大家看石老三都叫整了,谁还敢说话?军管会的人看都没有意见了,就把小胜叫到大队院里,小胜进去看桌子旁有个椅子,就不客气地一屁股坐了下去。军管会的官喝道,起来!小胜嘻嘻笑笑,说,咋呼啥,你想坐你坐。小胜站了起来。官问,你是想从宽呀从严呀?小胜早学会了庚寅那一套,嘻嘻说,看宽可不宽,看严可不严。官恼了,吼道,说!最近台湾又派特务来和你联系了没有?我们都掌握得清清楚楚,你老老实实坦白!小胜还是嘻嘻傻笑,说,看联系可没联系,看没联系可联系了。军管会的人气坏了,上去踢他一脚,把手枪在他面前晃了晃,说,老实坦白,不老实现在就毙了你。小胜一点都不怕,照旧嘻嘻道,坦白就坦白,谁怕坦白就是个狗。小胜说着看看一院子看热闹的人,在裤腰里摸了半天,掏出个竹筒,说,好像谁还怕坦白,你们看吧,都在这里面哩。军管会的人接住要看,另一个人提醒道,小心,是不是装的定时炸弹?一句话吓得人们哗地四散,躲得远远地盯着。拿竹筒的人好像是个官,自己也有点心虚,对一个兵说,来,你来看看里面装的啥。兵不情愿地接过竹筒,心惊胆战地把竹筒横看看竖看看,小心翼翼地从里边掏出一卷纸。这纸卷得很紧很紧,外边用乱线缠得密密麻麻。人们想一定是啥惊天动地的重要机密东西,都悄声闭气地睁大眼看着。官嘱咐道,小心点,别弄烂了。兵说了声是,就慢慢解着,拆了一圈又一圈,费了好长时间才把外面的线拆完,展开一看是一张旧报纸,兵把报纸交给了官,官细看了一遍,全国江山一片红。四版上登着全世界还有三分之二的人仍在水深火热之中。官发觉被小胜戏弄了,气急败坏地吼道,妈的,这上面有啥? 竟敢日哄无产阶级专政。小胜委屈地说,谁日哄了,这是密码电报,是暗号,你们看不懂能怪我? 官听了又细细看看还是看不出破绽,就说,你说说是什么暗号。小胜嘻嘻道,连这都看不懂还当军管会哩,把你们能的! 这上边说了,蒋介石老了,叫我去登基当总统哩。军管会的人气白了眼,把桌子拍得啪啪响,吼道,你不要装疯卖傻! 小胜也瞪大了眼,叫道,谁装疯了,你们才装疯卖傻哩。军管会的官冷笑了一声,对大家说,大家都看清了吧,敌人多么狡猾阴险呀,他认为说自己不疯,革命人民就会认为他一定疯了,上一次他就是玩的这个把戏,用毛主席著作武装起来的革命群众洞察一切,看穿了他的阴谋诡计,再也不会上反革命的当了。官说完了又一声命令,还不把他绑了! 一群人就冲了上去,按头的按头绑的绑,眨眼工夫就把小胜扎扎实实地绑了,拉到大队外边的大场里,在震天动地的口号声中历数了小胜的滔天罪行,狠劲地斗了一番,就装上军车拉走了。

小胜被捕后,石老三叫大队革委会组织了大讨论大批判,声讨小胜的反革命罪行。大家又得歇几天了,为了对得起不做活白给的工分,都使劲革命,使劲义愤,很是轰轰烈烈了几天。人们心里对小胜气不顺,是因为小胜解放后过的日子太好了,比自己强得太多了,斗斗小胜是为了叫小胜不如自己,看着比自己强的人忽然不如自己了心里快乐。小胜没有坑害过谁,大家对他也没有深仇大恨,也不相信他真能翻了天,叫大家再吃二遍苦,斗斗就达到目的了就够了,把他抓走,人们就认为太过分了。会上没一个人不说小胜罪该万死,散了会背地里都说一个字:球!

小胜的外爷外婆想气不敢气,想哭不敢哭,逢人还得笑,说,抓走了好,我们家里可没有吴家的灾星了,这张反革命皮可脱干净了。

话是这样说,老两口没几天工夫就弯腰弓脊了,不像个人样了。

最伤心的是芳芳,背过人就哭,哭得两只眼整天红通通的。一天,在队里做活,别人问她怎么了,她苦笑笑说,害红眼了。生产队长老木听见了,看她一眼淡淡笑笑,摇摇头叹了口气,说,芳芳,走,跟我去挖地角。芳芳知道老木了解她和小胜有情,过去对小胜也不错,想着老木要对自己说什么,就跟着老木去了。地角离人群很远,芳芳一眼一眼偷看老木,等着老木先开口,老木在等着芳芳先开口,两个人默默挖着,老木忍不住了,说,芳芳,你没话和我说?芳芳哇一下哭了。老木淡淡地笑,说,把小胜抓去了你该笑才是。芳芳怔住了,说,老木哥,人家心里难过死了,你还开玩笑。老木说,谁跟你开玩笑了!小胜住了法院有两大好处,一个是总有口饭吃吃了,在家里吃了上顿还不知下顿在哪里,要不了两年饿也把他饿死了。一个是法院里关的都是犯人,一般高一般粗,谁也不会看不起谁,在村里他是人下人,三天两头斗他,耍弄他,要不了两年他就会被折磨得真成疯子了。留得青山在,不怕没柴烧,你要和他真好,就该高兴才是。芳芳想想也是这个理,可是忍不住还是抽泣不止。老木说,哭吧,把苦都哭出来心里就好受了。芳芳哭够了,说,老木哥,我求你办件事。老木说,你说吧。芳芳说,我给他弄点钱,你受个劳给他送去。老木说,我陪你去多好,你也能再见他一面说几句话。芳芳说,我不去。老木说,怕石老三知道了?芳芳又哭了,说,我为啥怕石老三?我是怕他见了我心里更难过。老木想了想,说,好吧,反正我也得去看看他。芳芳又说,你把钱拿去给他,千万不要说是我给的。老木问,为啥?芳芳说,他已经够苦了,要再想我就更苦了。老木一阵感动就答应了。芳芳瞅了个空子,把石老三和王改花给她的钱,一共九十多元,连整带零一分不留都给了老木,老木第二天就给小胜送去了。

　　老木回来说，小胜被捕后，法院问什么他承认什么，法院说他能老实坦白，从轻发落，判了五年徒刑，三两天就要送外地劳改了。芳芳听了，回到家就卧床不起，咬着被角哭得死去活来，两天水米不进。王改花一天几遍问她怎么了，她一直不吭不响。石老三当成芳芳不满了想闹离婚，吓得提心吊胆。石老三明知道高升不配芳芳却硬叫配了。石老三常常叮嘱王改花，说，都说是鲜花插到牛粪上，球，插到牛屎上咋了，只要殷勤周到照样能开花结果，过上一年两年生个娃子她就安心了。为了稳住芳芳的心，石老三和王改花把她当小奶奶敬着，好的尽她穿，香的尽她吃，对她百依百顺，看着她的脸色行事说话。隔上三天五天，还给芳芳娘家送点小东小西，走动得十分亲热。芳芳回一次娘家，爹妈就说芳芳一次，可要给人家好好过日子，人家对咱们好得没法说了，打着灯笼上哪儿找这么好的亲戚！人都讲个天地良心，你千万不要和人家别扭。芳芳想吵想闹，看看爹妈一脸可怜相就咽下眼泪忍了。芳芳不想叫爹妈为她带灾落不是，回到婆家便放个笑脸。石老三和王改花见芳芳笑一下，就喜得像发了外财。从前，天不明石老三就起来给王改花烧鸡蛋茶，现在王改花不但不喝了，还天不明起来给芳芳烧鸡蛋茶，才开头芳芳不喝，不好意思喝，总要推推让让，推让几回就不推让了，就喝习惯了。芳芳从小家里穷，没有受过宠，石老三和王改花天天宠她，芳芳便有点心活了，可是只活一会儿就心死了。不是芳芳心肠硬，是确确实实见不得高升，一见高升就不由恶心想吐，一见高升就马上想起了小胜。当初，说吴先生在台湾和蒋介石怎么怎么，村里人不信，芳芳也不信，红卫兵都是年轻人，嘴上没毛，说话不牢，红口白牙想说啥是啥，说过去就一阵风吹了。芳芳爱小胜，从小就有感情，知道小胜不是坏人,早晚还有出头之日,才半夜跑去把自己的身子给了小胜。谁知,小胜被抓走判刑了,村里人乱咂嘴,说,国家可不是红卫兵可不是年轻人,国家啥不知道,天下是共产党的,吴先生要真是共产党,共产党还能冤枉共产党?没想到吴先生还真在台湾。村里人都信了,芳芳想想有理,芳芳就跟着也信了。芳芳的心凉了,芳芳心灰意冷了,什么都不想了。自己上一辈子总是杀人放火造了大孽,这一辈子嫁给高升算报应。小胜就是五年期满释放回来也还是个反革命。芳芳知道反革命是什么,别说这一辈子不是人了,就是死了也脱不了干系,到阴曹地府里阎王爷也不会叫再托生成人了。小胜没指望了,还留个清白身子啥用?石老三和王改花对自己这么好图啥哩,算了,给他们生个娃子,跟娃子过一辈子算了。

芳芳想是这样想了,可是临到睡时一看见床就想起了小胜,想起了在小胜家柴火屋的那个夜晚,芳芳就咬不了牙黑不成眼了。第二天芳芳又喝了王改花烧的鸡蛋茶,就又劝自己和高升那个那个生个娃子算了。

芳芳只是这样想还没实现,石老三和王改花就给想法吹了。这天,大队又斗争人,对象是个伪兵叫刘永东,平常胆小怕事,奉公守法,和王改花娘家还沾亲带故。石老三不知道芳芳在家睡懒觉,就吵了起来。芳芳躺在床上使劲听着。王改花的火很大,训斥道,不叫你得罪人不叫你得罪人,才逮了小胜你今天又得罪人,刘永东怎么反革命了?怎么你了?你们凭啥斗人家?给人家戴那么大的帽子!石老三嘿嘿笑了几声,说,就说你不懂吧,你还不服。实给你说了吧,上级不光需要革命分子,也需要反革命分子,不经常弄几个反革命分子人们咋革命?都弄成革命的谁还怕谁?都不怕了天下还咋治?这么大的运动没人当反革命能弄球得成?弄几个反革命才能证明上级的号召正确,咱要不弄几个你就不怕上级说咱们是反革命了?王改花哑了好大一会儿,才大梦初醒,说,这样说,小胜也是被"需要"进去的?听到说小胜,芳芳忙跳下床光着脚走到里间门口隔帘子听着。石老三愤愤地说,你别提他,他还算个人?不知道屎香屁臭的家伙,咱把心叫他吃了他还嫌腥!你知道县里贴咱的大字报是谁写的?王改花问,谁?石老三说,谁?就是他这个地主羔子,你当他是个好人!王改花说,说了半天,原来是你把小胜送了进去!石老三说,怎么是我?是他自己。当初我说他是个疯子,才保他没有进去,谁叫他反过来戳咱一刀?不叫他去住住尝尝滋味,他还敢翻天哩!芳芳听了只觉心里被捅了一刀,疼痛难忍,嗓子眼里涌上一股腥味,哇地吐出一口鲜血,一阵眩晕便失去了知觉。石老三和王改花听见里间咚的一声,忙进里间去看,只见芳芳躺在地下,两只眼翻白瞪得圆圆的,口吐白沫,已经不省人事了。石老三和王改花不知出了什么事,慌得乱了手脚,忙把芳芳抬到床上,王改花掐着人中,一声一声呼叫:芳芳!醒醒!又恶声恶气支使石老三,你守在这里等死,还不快去请大夫!石老三一路小跑去找来了大夫,芳芳已经醒转过来了,不声不响躺着,闭着的眼里搁满了泪水。王改花问她怎么了,石老三问她轻了没有,大夫问她现在有什么感觉,再问芳芳也不开口,大夫只好拉过她的手摸摸脉,就摇摇头走了出去。石老三和王改花跟到当间里,眼巴巴地看着大夫问,是什么病,要紧不要紧?大夫知道芳芳的婚事不顺心,说,没有什么大病,下边想说怒气攻心,想想不好出口,就改说,可能是痰气上涌,吃剂药就没事了。石老三嘱咐道,不要怕花钱,该开啥药开啥药。大夫说,我知道。大夫开了处方,石老三去买了药,回来让芳芳吃了。

芳芳变了,过去时不时还阴转晴一天两天,给石老三和王改花个笑脸,从此就只阴不晴了,连话也难得说上一句半句。石老三和王改花没话找话献殷勤,她哑了一样;过去叫吃不好意思吃叫穿不好意思穿,现在主动要吃要穿要钱,稍晚一步就摔碟砸碗,闹得石老三和王改花见了她心里先怯了几分。芳芳知道了小胜是革命需要的假反革命,是为了大字报的事叫石老三给坑了,想着天阴不会老阴着,总会有出日头的那一天,决心把自己的身子保住留给小胜。芳芳也知道石老三只要掌着权,自己和高升就离不了婚,就巴着石老三早点垮台,也巴着高升早点死了,自己好落个自由。芳芳一肚子恨一肚子怨没地方出,就在高升身上撒恶气,天天夜里炮治高升,叫高升脱光了衣服站在床前,芳芳说,你身上一股臊气,跑跑气了再上床。夏天没啥,十冬腊月也这样,高升冻得直打哆嗦,高升受不住了,牙打着颤说,气可跑完了,可跑完了。芳芳抽抽鼻子,说,早着哩,急啥?高升站了一个钟头又一个钟头,高升好不容易上了床,芳芳不准他挨着自己。高升要那个,芳芳连假的也不叫高升那个了,芳芳狠狠蹬了高升一脚,高升不防被蹬下了床,跌在尿盆沿上,痛得一声惨叫。石老三和王改花被惊醒了,吃惊地喊叫,高升,怎么了?高升光着身子跑到爹妈房间里呜呜地哭,王改花忙给他找件衣服穿上,问他出了什么事。高升不清不白地说了半天,石老三和王改花脸都气白了,想说什么又怕芳芳听见,就叫他先去客屋里睡了。

芳芳的举止行为反常,石老三和王改花早就看不服了,一忍再忍,想着只要能给生个孙子啥都有了,谁知等了又等不见芳芳肚子鼓起来,心里一直犯病,认为是芳芳使的能处才没怀孕。没想到芳芳会这样虐待高升,石老三越想越气越不是味,悄悄和王改花商量了一夜,如何才能使芳芳就范,叫她别忘了自己是高升的老婆。芳芳也没睡着,想着石老三和王改花听了高升的话,也不敢如何自己。

第二天早上,芳芳睡着怄劲不起,以为王改花还会端来鸡蛋茶,还会来说好话。谁知等到吃早饭还不见王改花的影子。芳芳想,至多惹恼了两个老东西,叫高升和自己离了,巴不得走到这一步。芳芳正胡思乱想,当间里忽然吵了起来。王改花高声大气地叫唤,说,我不想嘛,你能强迫?石老三破口大骂道,我日你奶奶,买驴买马图骑哩,说婆娘图睡哩。王改花呜呜抽泣说,你也不尿泡尿照照你的影子,长得这个熊样,还想吃天鹅肉哩。石老三哼了一声,说,你咋不想想你花了老子多少钱? 把你杀了称称斤数,卖高价肉也值不了这么多! 不怕你贱,牛大还有捉牛法,几千人都叫老子治得服服帖帖,不信老子治不了你个娘儿们家。芳芳知道这是演给自己听的假戏,肚子气得一鼓一鼓,又不好站出来说什么,就拉拉被子捂住头哭了。

王改花在家里演完了戏,拿着报纸包的一个小包去芳芳娘家,芳芳妈看见亲家母来了,喜得嘎天嘎地,说,又拿的啥呀? 王改花捂住芳芳妈的嘴,悄声说,小声点,别叫外人听见了。王改花说着展开了报纸,露出了鲜红的猪肉。当时乡下人都很穷,一年中只有过春节才吃一回肉。芳芳妈喜得堆了一脸笑,埋怨道,又不逢年过节,破费这钱干啥? 王改花炫耀道,谁花钱买了? 是人家送的,俺们吃了一点,想着你们好久没动腥荤了,拿来也叫你们香香嘴。芳芳妈感动极了,承情不过地说,哎呀,你们吃个蚂蚱也要给俺们掰条大腿,叫俺们咋报答你们哩。王改花说,可别说外话,咱们是外人? 王改花起身探头往外看看,神色紧张地说,可别说我又来给你们送东西了,叫外人知道了又多了一条罪名。芳芳妈看她惶惶的也立时紧张了,问,怎么了,出什么事了? 王改花说,多大的运动,你还能不知道,现在清理阶级队伍,风声正紧着哩。芳芳妈脸子顿时变了颜色。

"文化革命"是个大运动,大运动里套着一个接一个的小运动,最近又搞什么清理阶级队伍,要横扫一切牛鬼蛇神,凡是当过伪兵的干过伪事的,亲戚朋友不清白的,做过小生意的,发过牢骚有过不满言论的,一个一个都清理了。芳芳的爹年轻时叫国民党拉过兵,在旧军队干过一年零三个月,后来开小差跑回来了。芳芳妈这几天看别人挨批挨斗,心里一直犯病,又想着石老三是自己亲家,或许会保芳芳爹平安过去。现在听了王改花一说就心惊肉跳,急问,咋了,有人说芳芳她爹了?王改花把椅子往芳芳妈面前移移,贴气①地小声说,别提了,说说气死人了。有人往上边告石老三了,说他丧失立场包庇亲家,说亲家是漏网的反革命分子。芳芳妈吓得要哭了,连连说,嘿,嘿,这可咋弄?王改花说,老三也没办法,再想想,亲家是个瞎子,身子骨也不硬棒,敢斗?你也见过斗人那个凶劲,只怕一斗亲家就没命了。芳芳妈听得头发梢一多一多,浑身凉个净。王改花看她怕得入骨入心了,才说,你放心,老三俺们想了,宁可不干这个大队革委会主任,宁可给俺们也打下反革命,也不能叫批斗亲家,谁敢动亲家一根汗毛,俺们就和他拼了。芳芳妈说,又连累你们了!王改花说,看看,又说外话了,是亲三分顾嘛,何况咱们是至近亲戚,你把心安安生生放到肚里,我说没事就没事了。

　　芳芳妈感激得很,恨不能把自己杀了叫王改花和石老三吃了,说,你们对俺们这样好,俺们帮不了一点忙。王改花把话题一转转到了芳芳身上,说高升惹芳芳生气了,说他们结婚一两年也该有了,说,哎呀,你不知道,老三和我想孙娃都快想疯了。芳芳妈听懂了她的意思,就说,芳芳的事我包了,她回来了我说她。王改花看达到目的了,才心满意足地走了。

---

① 贴气:豫西南方言,指关系贴近而亲切。

　　芳芳早上没吃饭,怄了半上午没人理她,越想越气就起来了,也不下地做活,径直回娘家去了,想跟妈倒倒苦水。芳芳进门见妈往墙上挂肉,就叫了声妈,下边的话还没出口,妈就嘴一撇长道短道流下了眼泪。芳芳一愣,说,妈,咋着了?妈呜呜咽咽说,妈知道你为爹妈亏了自己,妈这一辈子都对不起你,妈不配当你妈。芳芳不知出了什么事,正要问时,妈扑通一声又给她跪下了,芳芳最见不得这个了,忙拉妈妈起来,烦烦地说,有啥话你不能好好说?妈死也不起来,反倒失声哭道,妈再求你一回,你就救救你爹吧!芳芳气坏了,寒着脸说,你再不起来我就走了。妈只好起来了,泪水涟涟地说了要斗她爹的事,求她好好和高升过,给人家生儿育女。芳芳一听知道王改花抢先来过了,本想来诉诉苦,来了又加上一层苦,再看看妈的可怜相,想发火也不能发了,只好把苦都咽到自己肚里,沉默了一阵,说,我知道了。下边再不说了,扭回头就走了。妈追到门口,擦着眼泪看着她走远了。

　　生产队长老木在地里做活时,听说野牛坡的柿子叫人偷了。野牛坡没有人烟,只有一片很大的柿树林,归队里所有。柿子是木本吃食,虽说不准买卖,社员们也能填个饥顶个饱。柿子阴历八九月份才熟,现在才七月,怎么就有人去偷?真是饥不择食饿极了。收工时,老木绕道去看看,真要有人去偷,早点派人去护林。老木还没到野牛坡,就远远看见一个人。真是有贼!老木不动声响急急忙忙跑去,近了看背影像是芳芳,要喊还没喊出口,就看见了树上系着一根绳子,已经挽成了圈套。老木大吃一惊,喝道,芳芳!芳芳猛一回身见是老木,不由眼泪哗哗地流,哭得有泪无声。老木急得跺脚,说,出了什么事,也不说一声就走这条路!芳芳只摇头不说话,老木问得遍数多了劝得时间长了,芳芳才泣不成声地倒出了苦水,从大字报的事法办小胜,到今天要批斗她爹,末了痛不欲生地说,石家逼我,娘家求我,天大地大没个缝儿叫我钻进去。老木听得脸色铁青,说,你死了就完了?有你在他们还有想头,不敢动你爹一指头,你死了他们断了想头,能不拿你爹出恶气?还有小胜,你就忍心撇下他?老木说着从树上解下绳子,说,走,回去!芳芳站着不动,说,我就是死也不进石家门了。老木坐到一块石头上,想了老半天,不知想的什么,自己冷笑了几声,又站起来,说,走,回去,孙悟空一个筋斗翻十万八千里,还逃不出老佛爷的手心,我就不信石老三有多大能耐,能一手遮住了天。芳芳还是犹犹豫豫,老木生气了,说,死算个啥本事?世上最容易的事就是个死,想死早晚都能死。为啥要死?死了便宜谁了?光想着自己攥在别人手心里,为啥不能想个办法把别人攥到自己手心里?芳芳看老木胸有成竹,就默默地跟着老木回村了。

石老三和王改花很高兴,芳芳从娘家回来就变了个人,也吃也喝了,也说也笑了。背地里石老三跟王改花说,试试啥样,女人们生成的贱货,敬酒不吃吃罚酒。王改花嗔怪道,你不要连刺带挂,什么女人们,休想把老娘也捎带进去。石老三笑道,我怎么敢说你?王改花嘿嘿笑了说,谅你也不敢。石老三忙赔小心,笑说,老鼠再胆大也不敢舔猫屁呀。两个人笑过了商量往后如何对待芳芳,王改花说,都是你把她惯坏了,嬉皮笑脸不像个老公公,我看你没操好心,往后你给她板住脸子。石老三笑道,你可充好人,是吧!王改花说,反正也不能都好也不能都坏,没有黑脸,白脸也不值钱。这天一家人坐在一个桌上吃午饭,石老三在菜盘里夹了一块肉,刚夹起来被王改花打掉了,把肉夹给了芳芳,石老三黑着脸瞪了王改花一眼,芳芳看见了,把肉又夹到王改花碗里,王改花笑眯眯又夹给芳芳,两个人夹来夹去,石老三把碗筷叭地一放黑丧着脸走了。王改花见芳芳脸上不自在,看看石老三的背影,怪道,在外边落了王八蛋,回到家里撒恶气算啥球本事! 王改花端起盘子往芳芳碗里倒了半盘肉,解劝道,别理他,咱们吃咱们的。芳芳问,他怎么了? 王改花叹了口气,一副不愿说的样子却说了,还不是为了清理阶级队伍的事,有人说他犯了包庇罪。王改花说了一半故意打住,芳芳知道她想说什么,装作不知道也不往下追问,王改花就不好再表白了。吃了午饭,王改花又领芳芳去镇上玩了半天,给她买了些香皂雪花膏。回来的路上,王改花说了石老三许多不是,说石老三如何如何心毒手狠,翻脸无情,什么事都做得出来,劝芳芳小心行事别惹恼了他。芳芳知道是吓唬自己,想想队长老木的话也都忍了,说,都是我不好,以后我一定好好过日子,再也不生气了。

这天夜里,石老三和王改花只说制服了芳芳,大队的天下坐稳了,家里的天下也稳坐了,没想到天说变就变了。第二天一早,村里突然出现了许多大字报,有贴在大队部的,有贴在小学的,还有一张贴在石老三家门口,内容都相同,枪口都对准石老三,题目叫:石老三之谜。说石老三有三条人命,一是吴先生老婆,刘满囤抢吴先生老婆为妻,石老三是黑高参;二是上级要抓刘满囤,石老三最先知道,刘满囤突然失踪,至今没有下落;三是诬陷吴小胜贴了石老三大字报,吴小胜被送到了法院,想置吴小胜于死地。据此得出结论,石老三解放前和吴先生一定有不可告人的勾当,才杀人灭口。最后号召芳芳反戈一击,揭发石老三的滔天罪行。下边署名是广大革命群众。

里三层外三层的人围着看大字报,因为石老三还在台上,多数人不敢说长道短,只在心里画问号。少数平常对石老三有意见的人幸灾乐祸,不管三七二十一想咋说咋说。石老三平常教育别人正确对待大字报,轮到自己就正确不起来了,自己不敢出面,指使保自己的一派写大字报反击,说是地主阶级反攻倒算。村子里闹得沸沸扬扬,说啥的都有。

石老三对大字报的三条罪状都怕,最怕的是关于刘满囤的那一条,活不见人,死不见尸,人命关天,上级要认真起来会杀头偿命。石老三恨死了写大字报的人,是谁写的?猜来猜去也猜不出究竟,好不容易等到天黑,叫王改花撕了一张,和上次的大字报对照了一番,字迹竟然一模一样。石老三才发觉冤了小胜,就大骂上了张思国的大当,使自己多背了一条罪名。因为大字报号召芳芳反戈一击,肚里有气也不敢当着芳芳的面说三道四,只好把气窝在肚里,还得在芳芳面前低三下四强装笑脸。王改花每天早上又开始给芳芳烧鸡蛋茶了,说,前些天鸡不生蛋,这两天鸡又生蛋了。芳芳心里明白,嘴里也不说破。王改花还求芳芳,芳芳每从外边回来,王改花就忙问,听人家说啥了没有。芳芳在外边听了没听都说听了。王改花问她听了啥,芳芳说,还不是刘满囤的事,说咱们把刘满囤暗害了,说得有鼻子有眼,有的说,把刘满囤活埋了,有的说填在红薯窖里了,说的样数可多了,我不信,人家说我那时还小不知道。王改花听得脸上一阵青一阵白,说,都是人们瞎编的,你公公要是那号人,共产党还能叫他一直当干部,不早拉去枪毙了?芳芳说,我也说不会,人们说,不是死了,一个大活人快二十年了能没个音信?要说这事也好弄清白,叫刘满囤哪怕回来和大家见一面,啥闲话都没有了。王改花说,谁知道他跑哪儿去了,去哪里找他?芳芳叹了一声,说,要是找不着只好叫人们说了。王改花说不出什么,就埋怨石老三不该当干部得罪了人。

一天,芳芳从外边回来,沿着后墙走来走去,这里看看那里摸摸,王改花问,芳芳,看啥哩?芳芳说,人家说咱们的房子后墙垒在红薯窖上,我看看是不是真的。王改花愣怔了一下又马上笑了,说,又听说啥了?芳芳说,没啥。王改花说,没啥会说这个?芳芳说,人家说咱们的房子根基扎在红薯窖上不结实。王改花松了一口气,说,我想着也没啥可说的,没做亏心事,不怕鬼敲门。王改花对石老三说了芳芳的话,石老三说,毛主席讲,碉堡最容易从内部攻破。家贼难防,小心着她。王改花问,就这对她都不错了,还咋防?石老三说,多给她点甜头吃吃。石老三和王改花见了芳芳再不敢指桑骂槐了,再加上大字报的事使他们穷于应付,大会小会检讨解释,搞得焦头烂额,把高升的事搁到了一边,芳芳也就乐得自由自在了。

一天,芳芳在河边洗衣服,生产队长老木收工回来也凑到河边洗脚。老木对芳芳笑笑,问,这几天咋样?芳芳知道问的啥,就回他一笑,说,真灵,这一吓唬,两个老东西像热锅上的蚂蚁了。老木看看左右没人,压低声音说,怎么是吓唬,刘满囤不明不白没影了,说不了真是石老三把他给害了。芳芳头皮一紧,说,不会吧?老木说,你可别太天真了,多个心眼没坏处,你留个神,弄个水落石出,真要死在他手里,你就彻底解放了。芳芳点头称好。老木接着说到了小胜,说小胜给他来了信。芳芳听了心里喜欢得乱跳,却装着不在意的样子,问,信上都写的啥?老木说,也没说啥,说他在那里一切都好,争取立功赎罪早点释放。芳芳急着问,还有别的没有?老木看看她,笑了笑,说,还捎带问候了你一句。芳芳说,咋问的?老木说,信上说,石家是个革命家庭,生活很美,祝你和高升美满幸福。老木随口淡淡地说了,没想到芳芳听了如雷击顶顿时蒙了。老木看她神色不对,急问,芳芳,你怎么了?芳芳苦笑一下,说,没什么。有人来了,老木就搭讪了一句走了。

芳芳的衣服还没洗好就回家了,心里阵阵绞痛,咬着嘴唇不让泪流出来,浑身没了一点点劲,头也昏昏沉沉,眼也模模糊糊了,走得仄仄歪歪跌跌撞撞,步子很乱,不知走了多长时间,也不知怎么走到了家里。芳芳睡到了床上,眼泪才像开了闸的水滔滔流着。芳芳经过了多少磨难,伤过多少次心,都没有小胜这一句祝福使她伤心伤得这么深。我哪一点对不起你,到现在我还为你留着自己清清白白的身子。你气我,你恨我,这能怨我?你住监,你受罪,都在明处都能说出口,我过的啥日子你知道吗?你心里苦,我就比你甜了?只说活着还有个等头,没想到你会说出这样绝情绝义的话!什么石家是革命家庭,什么生活很美,好像我看中了石家变了心。什么和高升美满幸福,这不是说我把自己给了高升?你这是啥祝福,是拿刀杀我砍我,是和我一刀两断啊!芳芳伤心得忍不住哭出了声,哭得很痛。王改花听见了就跑过来解劝。问芳芳怎么了,芳芳只哭不说。王改花说,谁又说啥了?芳芳看见她气上加气,扭个脊梁给她。王改花想着在家里没人惹她,去洗衣服时还是欢天喜地,怎么回来就变成泪人了,一定是在外边有人欺侮她了,就自言自语说,你看看,就贴咱儿张大字报,你公公还没倒,人们可就狗眼看人低了。到底是谁怎么你了,拿你出气算个啥本事!别和人们一般见识,昨天夜里,你公公还和公社书记在一块儿喝酒哩。芳芳虎生坐起来,说,你少说几句行不行?谁欺侮我了?谁欺侮我有你们欺侮得狠!王改花被噎得出不来气,拉长了脸,说,谁咋欺侮你了?芳芳也不回话,蹬上鞋咚咚走了。

芳芳在村里转了一圈,把肚里的气散散,等眼不红了才去找到了老木,说,老木哥,小胜的信到底怎么说,叫我看看行不行?老木说,可行。老木从床头底下翻出了信给了芳芳。芳芳不识几个字,横看竖看读不下来,说,老木哥,你给我念念。老木念了,芳芳听得很认真。听过了说,你再念一遍。老木就一字一句又念了一遍,念得很慢。信很短,说在那里有吃有喝有穿,每个月还发两块钱零花,还说管教人员像父母老师一样,对他们很好。末了才说,石家是个革命家庭,生活一定很美,祝芳芳和高升美满幸福。芳芳听到后来就铁青了脸,牙咬得咯咯嘣嘣响,说,老木哥,你说说他这祝贺是啥意思?芳芳本来一肚子恨,一句话问完又忽然伤心了,眼泪止不住成串地滚下来。老木没想到这两句话会伤了芳芳的心,就呵呵笑道,你认为这是小胜的真心话?芳芳瞪大了眼看着老木,说,不是真心话为啥要写?老木说,这你就不懂了,他们写信可不是想写啥就写啥,寄的时候管教人员检查得很严,啥心里话都不敢说,说的不是反话就是假话,你可当成真的了,差点把你难过得又要去寻死觅活了。芳芳这才破涕为笑,说,我倒不是有啥想法,我只是气他不该往我伤口上捅刀子,只要是反话我就不气了。老木说,不气就好了。芳芳说,这信我拿回去再看看。老木笑着说,可行,反正这信本来就是写给你的,寄给我只是过个桥罢了。芳芳脸上红红的,就揣上信走了。

芳芳回到家里关上了门,想着这信是小胜亲手写的,就把信贴到了脸上,把信捂到了心上,好像小胜的手在抚摸着自己,便又想到了和小胜一块儿放牛,想到了那个又痛苦又难忘的夜晚,想来想去都是情都是爱,只觉身上一阵燥热,便又流下了泪水。芳芳用小胜的信在浑身上下摩来摩去,芳芳的心好久好久没有这样甜蜜过,就想着给小胜也写封信,小胜收到了信也会用信抚摸着自己浑身上下。芳芳想写的很多,想把心都掏给小胜,可惜,自己不会写。还有,老木哥说了,写给他们的信要检查,万一写出了事,会给小胜罪上加罪,就这他都够苦了,可不能再给他添苦。咋能啥都不写,还能叫他知道自己的心,知道自己还清清白白等着他?芳芳想了一夜,头都想痛了,痛是痛,心里美,还愿想。

鸡叫了,芳芳想出了门道,芳芳起来了,看看高升,高升还和死猪一样睡着。芳芳点了灯,在桌前坐下,芳芳先比葫芦画瓢写好了信封,又摊开了信纸,芳芳写了,开头写了个小胜,纸底下写了个芳芳,当中是空白什么也没写,雪白的纸雪白着。芳芳的心跳得很厉害,芳芳闭上了眼睛,芳芳咬破了指头,芳芳痛了一下,芳芳睁开了眼,芳芳看见了殷红的血从指头上流下来,芳芳用这血在雪白的纸上画了一颗心,一颗鲜红的心印在了雪白的纸上。芳芳看了又看满意地笑笑,一口气一口气把血画的心吹干,芳芳吹着吹着忽然捂住这信上的心哭了。芳芳悄悄哭了一阵,把信纸叠好塞到信封里,装进贴身的口袋。吃了早饭,芳芳对石老三和王改花说,我想上街玩玩。芳芳一脸笑容说的,芳芳好久没给他们笑过了。石老三很高兴,说,去,你去,你也好久没上街了。王改花有了讨好的机会就抓住讨好,掏出十块钱递给芳芳,说,去了想买啥了买个啥,想吃啥了就吃个啥。石老三不甘落后,石老三说,太少了,石老三又掏出十块钱递过去。芳芳口袋里本来有钱,芳芳也没客气笑笑就接住了。芳芳急忙忙到了街上,看看前后没人就溜进了邮局买了邮票贴上,芳芳手抖着发了信,芳芳又寄走了七十七块钱。芳芳很紧张,实怕被人看见了,慌慌张张逃出了邮局,咚咚跳的心才不咚咚跳了。

芳芳在街上转了几圈。得转转,立时回去了王改花会问,咋这么快就回来了?芳芳转得差不多了就回去了。路上人不多,很静,芳芳的心不静,想着小胜会不会猜着七十七块钱是啥意思。小胜要不猜,自己想了一夜算白想了,心算白费了。小胜会想的,小胜会猜的,为什么不多寄不少寄? 为啥有整有零? 小胜不会不想的,不会不猜的,只要念几遍就念出"妻是妻"了。芳芳想到了妻字,羞得脸红了,心里好甜好甜。

芳芳自从发了信,心里就有了巴头盼头等头,等小胜的回信。有了等头,人就有了活头,有了快活,虽说只能悄悄快活,也比没有快活要快活。芳芳原来成天愁眉苦脸唉声叹气;总觉着活着不如死了,人有了这种情绪吃龙肉也不香,身子便懒得动弹,常常在家里睡懒觉不出工。学大寨治山改地抓得很紧,尿泡尿都得经过领导批准,芳芳有个当权的公公,没人敢说芳芳个不字。芳芳突然天天出工,人们都说是贴石老三的大字报起了作用,芳芳也不辩驳。芳芳知道,小胜要是来信也不会寄给她,肯定还是寄给老木。芳芳不好意思天天问老木,就天天在老木眼皮底下磨蹭,拐弯抹角引逗老木说小胜。

一天,老木把芳芳叫到一边,问,芳芳,你给小胜写信、寄东西了? 芳芳脸红了,说,没有呀,我没有。老木逗她道,没有就算了。老木做出要走的样子,芳芳急了,一把拉住老木,说,怎么了? 老木说,小胜来信了。芳芳的心跳了,说,信上说的什么,叫我看看行不行? 老木从口袋里掏出信给她了。信上说,乡亲们的信和心收到了,将来一定还乡亲们个心。芳芳读着读着读出了眼泪,老木看着她叹了口气,说,芳芳,我还是那句老话,何苦跳到火坑里不出来,和高升离了算了。芳芳擦擦眼泪看看老木,说,我不敢。老木说,怕啥,谁能把你这个社员撤了罚你去当省长? 趁住石老三害怕说他有人命案,过了这个村可没这个店了,你好好想想。芳芳想想也是,说,老木哥,我听你的。

芳芳想了一天一夜,才拿定主意和高升离婚。怕啥? 离婚虽然丢人现眼,可高升是自己男人比离婚还丢人现眼。石老三不依,刘满囤生死不明,不是他杀的也是他杀的,没有不依他就排场他了。芳芳想了一肚子勇气,就回娘家和爹妈商量。芳芳一踏进家门,不得开口,妈就问,你公公不要紧吧?天天都想去看看没有敢去,哪个屙血的没良心羔子写的大字报,戴那么大的帽子,存心不想叫人活了,炮治人也不是这样炮治的,谁写的将来总是不得好死!妈说着说着眼红了哭了。瞎爹抢着插话,刘满囤干那事算个人?一刀一刀割了他也不亏,没想到还有人替他喊冤!这世界真是黑白不分了。妈抢着说,芳芳,你可不准信那些鬼话,好坏总是一家人,不管平常心里咋不美,可不能趁住人家在难时胡说八道,那样咱就不是人了。瞎爹又说,啥叫好人啥叫坏人,平常看不出来,到了难处才见真心。爹妈争着抢着说个没完没了,谁也没问芳芳心里美不美,来干什么。芳芳坐也没坐呆呆站着听了半天,憋了一肚子话出不了口,一气之下什么也没说扭头走了。

芳芳气爹气妈只知报恩,也不想想闺女,天下这么大谁亲自己,谁心疼自己,想说说心里话都没人听。芳芳觉着自己可怜极了,回到家里又被子蒙住头睡了,得好好想想该怎么办。刚想个头外面就来了客,是公社革委会副主任。副主任是个造反派,进屋就大声大气吆喝道,老三,还背包袱呀!看你这个熊样,一张大字报就把你吓趴下了。球,老子就不信这个邪,弄酒,老子今天要在你这里喝个一醉方休,叫人们看看,老子支持你石老三!芳芳听着听着眼就黑了,什么都不想了,老木给的那点勇气全没有了。

吴先生和蒋介石好成了一个人,小胜是吴先生的儿子,等于是蒋介石的儿子,逮住小胜是逮住了一条大鱼,为国立了大功,是无产阶级革命路线的伟大胜利。小胜成了钦犯,估计要押到北京住高级监狱,小地方盛不下。谁知材料报上去后,便没有了下文,上级没有传令嘉奖,也没来给开庆功会,官也没往上提提。催了几句,上级很不高兴,仅骂几声笨蛋,不为革命路线争气。天数长了,小胜由要犯变成了普通犯人。后来,劳改场失火,小胜救火不要命,砸断两根肋骨还不下火线。小胜立了功就提前释放了。

小胜回到村里,先去老木家里报到。老木很高兴,欢天喜地地大笑,小胜,你可回来了,坐,快坐。小胜不笑也不坐,小胜也不叫老木哥,小胜叫领导,小胜毕恭毕敬立正站着,脸色很严肃地报告了自己的情况。小胜报告完了又说,我的罪恶很大,保证接受领导和贫下中农的监督改造。小胜说得滚瓜烂熟,像学生娃们对老师背书。老木开头还以为小胜是开玩笑,装样子叫他看的,谁知小胜从始至终不放笑脸,完全是一副犯人的神态。老木心里酸溜溜的,心里想,专政真厉害,能把活人专成个木头人。老木也不笑了,老木说,小胜,别忘了,这里不是监狱,这里是你的家,从今往后要活得像个人,不要活得像罪犯。小胜马上又来个立正,大声说,是,我一定听领导的话。老木哭笑不得连连摆手,说,走吧,走吧,回去吧!小胜说,是。小胜就回家了。

外爷外婆很老了,见小胜回来了就哭哭啼啼,说不完的想念流不完的泪。小胜没哭,小胜说,有啥吃的没有?外婆赶快去做饭,也没好吃的,做的红薯干糊汤。小胜饿鬼似的狼吞虎咽了几碗。外婆看他的吃相不由又哭了。小胜放下碗,一声冷笑,说,哭啥,眼泪能当油吃?光咱冤枉?多少老革命大官都一个一个冤死了,咱算个球。我算看透了,人算个球毛,拨拉拨拉就掉几根。日他奶奶,我算叫哄了一二十年。小胜没说过这么凶的话,也没说过这么粗的话,也没有过这么可怕的神气。外爷看他说着说着两只眼冒火,就害怕地说,你还不服呀,你还想闯祸呀,你蹲大牢还没有蹲够呀! 小胜一脸不屑,恶狠狠地说,你们放心,从小上学把我上糊涂了,这几年劳改可把我改灵醒了。当个人有多难,球,好学得很,好当得很。小胜说着平躺到外爷外婆的床上睡下了,眨眼工夫又虎生坐起来,气汹汹地问,这几年都有谁欺侮了你们? 外爷怕他惹祸,说,咱一天到晚装鳖,大气小气没敢哈过谁一口,见了谁都叫爷,谁也没欺侮过咱。小胜半信半疑地哼了一声。外婆说,不知是谁对咱可好了,隔几天就从堂屋门猫洞里塞进来一包盐,或是一包糖,或是一包火柴,都是些只有开后门才能买来的稀罕东西,咱没钱买,有钱也买不来,逢年过节还塞过十块八块钱。想问问是谁也不敢问,咱是反革命家属,怕问问是谁会连累了人家,现在又不准烧香,报答也没地方报答。小胜听了立时想起了芳芳,想起了当年在柴火屋里住时芳芳给塞的吃食,想起了芳芳信上用血画的心,心里顿时一阵滚烫一阵冲动又一阵无奈,小胜低下了头,一双眼睛红了湿了。

小胜想芳芳,很想很想想极了,一夜没合眼。想着自己回来了,芳芳不会不知道,芳芳会来看自己的,白天不敢来,夜里会来的。风吹了,树叶飘了,一丝丝响动都使小胜激动得坐起来,以为是芳芳悄悄来了。等了一夜,芳芳没来。天刚明,小胜就起来出门扫地担水,想着芳芳会推故在村里走走,会来看他一眼,可是等到早饭时还没见芳芳。小胜想去石老三家门前转转,没敢去。小胜知道自己的身份,小胜也知道芳芳的身份,小胜就咬死了渴望,想着别为一时坏了长久,就狠狠心忍了。

小胜几年劳改没有白劳改,勤快了听话了有眼色了,会做人了。小胜在队里做活,早出工晚收工顶个壮劳力,队里有些人觉悟很高,很愿意监督劳改释放犯,争当专政先锋,争着和小胜一起做活。小胜很自觉,重活脏活都抢着做,一个人做几个人的活儿,做了还很高兴,还感恩不尽,说,感谢大家对我的改造。一次,老木派小胜出牛圈,还有三个很会斗争人的积极分子。四个人去了,这三个人互相挤挤眼笑笑,说,小胜,今天你好好表现表现,叫我们看看你到底改造好了没有。小胜说,是。小胜就又挖又担干起来了。这三个人抓了一堆牛草燃着,围火烤着,说说笑笑好自在。一会儿,老木来了,老木看看笑笑,说,不错啊,三个革命监督一个反革命,可不怕反革命翻天了。老木说完走了。三个人就催小胜,说,加点油,快点,拿出劳改时的劲头。小胜说,是。小胜甩了棉袄,往外担粪来来回回一溜小跑,三个人照样吸着烟,说到高兴处还嘎嘎大笑。快收工时,老木又来了。老木看见小胜只穿个衬衣还被汗水湿透了,老木也看见小胜做了四个人的活儿,一个人把牛圈也快出好了。老木又笑笑,说,好极了,抓革命还真能促生产。老木说完又走了。晚上记分时队里开会,老木读完了毛主席语录,接着是开会,老木讲了今天出牛圈的情况,说,我有两条建议,一条是今天给小胜记四个工,那三个人今天没做活不能记工。话音没落,三个人就跳起来吵了起来,说,我们没做活不假,可是我们干了革命,监督劳改释放犯一个人完成了四个人的任务,又没多要队里工分,凭啥不给记工?老木说,咱们是生产队,不是革命专业队,队里只记劳动工分。三个人吵吵闹闹不依,老木就念毛主席语录,相信群众相信党,这是两条基本原理。老木问在场的人,大家说该不该给他们记工分?大家说该记了就给他们记,大家说不该记了就不给他们记,我听大家的。大家讨论了半夜,人们讨厌口头革命派,都说,都要革命起来,都不做活,都监督小胜一个人干,大家吃风喝沫?都说,谁做活给谁记工,小胜做了四个人的活儿给小胜记四个工,不做活的不给记工。小胜吓了一跳,小胜知道拿了这三个人的工分没有好果子吃,小胜站了起来,立得端端正正,说,报告队长,我说几句行不行?老木说,说吧。小胜说,我能干四个人的活儿,真是他们抓革命抓出来的,功劳归于他们,工分给他们,我不能要,我不贪天之功。人们哄一声笑了。老木问,还有没有?小胜说,报告队长,完了。老木说,你坐下。小胜说,是。小胜坐下了。老木说,我刚才说了一条建议,还有一条建议,小胜多做了活儿,替别人干了,看着是好事,实际上是坏事,是想叫革命群众都当懒汉,是阴谋诡计,是在坑害革命,应当受罚,把他多得的三个人的工分全部充公,大家同意不同意?在场的人都说同意,还都笑了。老木又恶声恶气说,小胜,你听着,从今往后该你做的你做,你该做多少做多少,你敢在革命队伍里培养懒汉,一定从严从重处理。大家也听着,小胜犯法不犯法是国家的事,谁敢再找着上当受骗吃糖衣炮弹当甩手客官,我这个队长只要还干着,就不会轻饶他。

散会了,小胜走了一截,回头看场里只剩下老木一个人,就又拐了回去,说,老木哥,我明白了。老木看他一眼,问,明白了什么?小胜说,今天夜里你的苦心。老木哥,我对不起你,不该怕你,把你也当成了那号人。老木笑了,说,我就等着你叫我老木哥哩!我说小胜,你不要把天底下的人都看成恶人,有的人是心坏了,有的人心还没坏。小胜说,对。老木拉小胜靠麦秸垛坐下,老木说,我今天夜里也给你戴了不少大帽子,其实我心里是不想给你戴的,可是想想还是戴了好。过去是恶人装善人,如今是善人得装成恶人,不装成恶人你就成了不革命的坏人。我今儿黑伤了你,你不会怪我吧?

小胜听了心里一酸,住了几年法院,犯人们背着管教人员就骂娘,骂现在没有人了,只有吃人的狼了,越骂越觉得眼前一片漆黑,心里便装了仇恨。老木把心掏给了自己,看起来这世上还有人,还有好人,小胜感动得低下头哭了,把自己的心也掏给了老木。两个人坐到夜深,寒气打湿了衣服。老木才问,见芳芳了没有?小胜摇摇头,说,见了,离老远看见了一眼。老木叹道,你住法院受苦,芳芳没住法院比你住法院心里还苦,她还在想着你,我想办法安排你们见见,不过可不要胡来,别忘了,石老三还干着。小胜又叫了声老木哥,就说不成话了。

第二天,队里搪保管室的墙,老木派了三个人,李老大在屋里搪,小胜在外边和泥,芳芳往屋里提泥。小胜回来后见过芳芳,一天下午队里开大会,芳芳坐在场东边,小胜坐在场西边,当中隔着一个大场。小胜偷看芳芳,芳芳偷看小胜,两双眼睛相遇了,芳芳看见了小胜的渴望,小胜也看见了芳芳的渴望。芳芳赶忙低下了头,小胜也赶快扭头看别处去了。后来,小胜忍不住又大胆看了芳芳几次,芳芳都是低着头耷拉着眼皮,脸上全是愁苦。现在突然对面站在一起了,两个人愣了一会儿,恨不能立时抱住大哭一场,却又都强忍住了。芳芳脸红红地低声说,是小胜呀!小胜难为情地说,你也来了。下边就说不出来了,沤了多年的千言万语不知从何说起,门槛里面还有个李老大,就是想说也不敢说,只好不言不语低头做活。

小胜一个劲和泥,芳芳来来回回提泥,两个人只好用眼睛说话了,一眼一眼互相说着。芳芳一肚子的情都化成了泪憋在眼窝里,小胜看她不住擦眼泪,就像蚊子嗡嗡似的说,信和钱都收到了,叫你费心了。芳芳强噙的泪水又流出来了,委屈透了,说,没想到你还把我当成外人!小胜说,谁把你当成外人了?芳芳说,没把我当外人咋说我费心了,不是把我当外人是啥?小胜说,我要把你当外人我就不回来了,好多人都留场当工人哩。屋里李老大喊,快提泥呀! 芳芳擦干了眼泪赶快提泥去了。两个人说开了头,提一回泥就说三句两句。芳芳问,回来了还住柴火屋里? 小胜说,外爷外婆老了,叫我和他们住一起。芳芳一下子绝望了,心里凉个净,一言不发了。小胜看出来了,说,活人能叫尿憋死? 再想别的办法吧。芳芳叹了口长气。小胜问,你给我家塞了不少东西,我都知道了。芳芳说,我是替你的。两个人来来去去说的不多总算说了,芳芳看看日头,说,快收工了。小胜说,感觉着还没多大一会儿哩。芳芳又看看日头,问,你说咋办? 小胜说,你说咋办? 芳芳想想说,今儿黑演电影,你看吧? 小胜说,你看吧? 芳芳说,还记得河边那棵大柳树吗? 小胜说,记得。芳芳说,记得就行,别忘了。小胜激动得一个劲点头,说,你真好。收工了,两个人装得和没事人一样各回各家去了。

夜里,人们都去看《地道战》了。天黑定了,小胜偷偷跑到河边大柳树下,芳芳还没来,小胜就踮脚等着。当年小胜和芳芳常在这里放牛,后来小胜又要上学了,临走时,芳芳眼巴巴地哭了,问,小胜,你以后还来跟我玩吗? 小胜说,可来! 芳芳问,真的? 小胜说,不信我给你赌个咒。小胜说着扑通一声跪下了,芳芳叫了一声,哎呀,你咋当真了! 芳芳也跪了下去,和小胜并肩跪着。小胜说,我要说谎我就不得好死。芳芳扭头亲了小胜一口,说,你可真好。两个人正在嬉笑,过来一个放羊老汉,笑着叫道,你两个拜天地呀! 羞得芳芳和小胜起来跑了。小胜常常想起这一天,也常常想不会再有这一天了,没想到今夜就有了这一天。小胜正想着,芳芳来了。芳芳叫声,小胜,下边的话还没出口,小胜就上去搂住了她,呼呼喘气,小声催道,舌头、舌头,快、快! 芳芳把舌头伸给了他。这时候大场里传来了电影中的枪炮声,一阵紧一阵。芳芳要说什么,小胜说,别说,别说,啥也别说。两个人在枪炮声中做完了爱。芳芳哭了,小胜还紧紧抱着她,问,芳芳,你怎么了? 芳芳说,你试着了没有? 小胜问,试着了什么? 芳芳说,我还是原来的我,我可没有给过别人呀! 小胜不言语了。芳芳问,怎么,你不相信? 小胜说,我信! 我信! 两个人的舌头又搭到了一起。分手后才发觉,多少想说的话一句也没说,后悔死了。

小胜和芳芳同一个生产队,抬头不见低头见,又都有意往一块儿凑,天天都要见几回。只是总错不开人,两个人都装着很生分的样子,叫人看了像是路人,偶尔说一句半句,也都是板板正正的大路话,没一点点传情的味道。小胜受不了这种装假,觉着见了还不如不见,见一回就痛苦一回,劳改时想是想,知道远天远地想也白想,还能忍了。如今就在身边就在嘴边,伸伸手就能摸住,伸伸嘴就能亲住,却又不能不敢,成天像油煎心肝,做活吃饭睡觉没一会儿不想,特别是柳树下那个黑夜,想起来浑身就乱颤。小胜常常想得出神失神,别人喊他他也听不见,叫他去东他往西,人像没了魂,迷迷糊糊。小胜才去劳改时也想,不是这种想法,是忘不了芳芳的洞房花烛夜,芳芳没有反抗,高升美得嗷嗷叫唤。头天夜里还赌咒发誓以身相许,第二天夜里就顺顺当当投身到憨子怀里。小胜想起这个夜晚就气就恨,气芳芳不要脸,恨芳芳绝情绝义,常常气得恨得咬牙切齿。后来,芳芳去了信寄了钱,小胜也就慢慢想开了,自己沦落到了这个地步,人家和高升又是明媒正娶的正经夫妻,只要心里还有自己就高抬自己了。再后来想,自己吃的是第一口鲜桃,高升吃的是自己剩下的烂杏,芳芳对自己是自觉自愿,对高升是父母和石老三强迫的,芳芳对自己是真心,对高升是假意,还有自己危难时芳芳的情义,也就忘了那个洞房花烛夜,便一心扑到芳芳身上了。当时,想极了还能和同号的人说说,说了心里就能松散几天。如今心里再想也没处可说了,就是有听的人也不敢说了,只有闷在肚里。男女之情是活在肚里的蛇,专门吃心咬心,咬得痛苦难忍。小胜实在忍不住了憋不住了就写信,写自己的思念,写思念的痛苦,写自己的渴望与绝望,还说痛苦地活着不如一死了之。小胜怕芳芳识字不多看不下来,就尽量写常见的字,写得很白很直。小胜写好了就装在口袋里,等着有机会了给芳芳。

一天,风大雪大,学大寨的工地上还是人山人海,抓革命促生产掀起高潮。芳芳想着小胜一定在工地上就也来了。王改花不叫她来,说,天冷去凑的啥热闹?芳芳说,没病没疾,不去影响不好。工地上乱哄哄的,小胜和芳芳乱中取巧,你一眼我一眼看个没完没了。小胜看见芳芳上厕所,自己也推故上厕所,芳芳从厕所出来和小胜走个迎面,小胜飞快地把信塞给了芳芳。芳芳马上把信装到口袋里,顿时浑身烧起了一团烈火,烧得心焦火烤忍耐不住,跑到人堆里说肚子咋忽然痛了,说痛马上直不起腰了,哎哟哎哟叫唤。大家就围住她争着关心,问长问短,叫她赶快回去,还叫两个妇女扶着她回去。路上两个妇女说,山上又冷风又大,你也真是好积极,你们还缺那一点工分?你不去谁敢放个屁?放着福不享来找罪受,我们是不去人家不依才去的。芳芳只哼哼不回话。到了家里,王改花一看像出了人命,大惊小怪要去找大夫,芳芳说,不用,不用,痛得轻了,可能是受了风寒。王改花扶芳芳睡下,转身出去,一会儿端来了一碗热气腾腾的姜汤叫芳芳喝,还当着芳芳的面放了几勺红糖,说不苦,趁热喝了,出出汗就好了。芳芳咬着牙喝了,王改花拉过被子给芳芳蒙头盖住,还把四边掖了又掖,又说,睡一会儿看看轻不轻,不轻了找个大夫来看看,或是去医院打两针,咱们又不缺钱。芳芳也不回话,王改花就退了出去,还顺手把里间门关上了。

芳芳听听没动静了,就虎生坐起来要看信。芳芳拿出信,还没看心就要跳出来了。芳芳读着,有些字不认识,不认识也知道写的啥,不认识也能读出一片相思,芳芳读了一遍又一遍,百读不厌,读出了甜,读出了苦,读出了喜欢,读出了害怕,读得迷迷瞪瞪,整个人云天雾地了。芳芳读完了,把信藏到这里,想想不保险,又藏到那里,把一间屋子的角角落落藏了个遍,才终于藏好了,才睡了。石老三不干支书了,芳芳和高升离婚了,芳芳和小胜成亲了,还在那间柴火屋里,两个人合成一个人了,好痛快好甜蜜。芳芳还没甜蜜够,王改花轻轻进来了,悄悄坐到芳芳身边。王改花看芳芳一脸甜蜜的笑,笑得盈盈的,活像一朵桃花一朵荷花。王改花没见过芳芳梦中的笑是这样的美,美得王改花心惊肉跳,当初喝迷魂汤了,找了这个美人坯子,想勾引她的人一定不得少了,以后有一日老三要是下台了,就凭高升能保住她不跟别人飞了?王改花也是女人,知道女人的心思,王改花想,要是我,我也不会和高升正经过。王改花摇摇头叹口气,轻轻推推芳芳,轻轻喊,芳芳!芳芳!芳芳正在梦中美着,睁开眼一看吓得一怔,一脸笑意立时跑个干净。王改花讨好地问,肚痛轻了不轻?不轻了去找个大夫看看。芳芳心里好恨,醒着活在地狱里,梦里才活在天堂里,可做个好梦又叫你搅了,我算死到你们手里了。芳芳一脸不高兴,说,轻了,好了,就是浑身瘫,想睡。芳芳又闭上了眼睛,继续去圆那个好梦了。王改花说,早就跟你说,学大寨是去河里洗土坯,日哄日哄上级,不叫你去你偏偏要去,往后可别去出那二球力了。王改花说完没听回话,就轻轻走了。

隔了几日,有人传小胜,说石支书叫他马上去一下。小胜的脸唰地吓白了,石老三知道了我和芳芳的事?小胜不想去又不敢不去,只好去了。一路上小胜想，知道了就知道了，拼上了，死都不怕还怕啥，至多再去住回法院，反正自己已经戴着释放犯人的臭帽子，还怕什么丢人不丢人。只要他当支书的不要脸，敢说自己的儿媳妇和劳改释放犯睡觉，我就敢把根根秧秧都抖出来。真闹开了撕破了脸皮，说不定芳芳和高升还真能蹬了。小胜横下了一条心，就硬着头皮去了。

王改花在门口等着小胜。王改花保养得好，脸还红红的白白的，还没有发福，还有点曲线，是一棵春不老。今天又着意打扮了一番，要是老花眼或是离得远点，还能把她看成大闺女。小胜来了，王改花迎了上去。小胜说，石支书叫我？王改花一脸眯眯笑，是啊，走，去屋里。小胜跟着王改花走进屋里，小胜四下看看没见石老三，问，石支书哩？王改花指指墙角的洗脸盆架，上面放一盆水冒着热气。王改花嘻嘻笑道，去，洗个脸，看看成大花脸了，也好意思见人！小胜呆呆立着不动，王改花推了他一把，说，去呀，去呀！住了几天法院，能连脸都不要了？小胜被推到了洗脸盆架前，看见了镜子里的自己，一脸泥点，像长满了疮疤，便撩水洗了几把。王改花站在一旁，拿起香皂塞给他，说，用这个好好洗洗。小胜洗干净了，看见镜子里一张英俊的脸，回头看见了王改花盯着自己，就有点不好意思，不知说什么才好。王改花笑道，就是嘛，这才像个人嘛，为啥故意打扮得脏兮兮的，实怕别人发现你好看似的。小胜被说得脸红红的，王改花催道，坐呀，坐呀，傻站着干啥。小胜还是不坐，一眼一眼看着门外。王改花笑道，看啥，他快回来了。坐呀，还没累够，坐下蜷蜷腿呀。说着拉小胜坐到了双人沙发上。王改花也紧贴住他坐下，挑逗地说，你可真是个狠心贼，回来这么久了，不说来看看我了，也不来看看芳芳，我不信你就一点也不急？你就能吃得下饭睡得着觉？怕处有鬼，听口气王改花知道自己和芳芳的事了，小胜像被蝎子蛰住了，打个冷战，装作没有听见，往外看看，说，石支书怎么还不回来？他要有事，我改日再来。小胜说着就要站起来，王改花一把拉住他，脸子变了，腔调也变了，冷笑一声，说，走？今天是来得走不得，你给我老老实实坐下。石老三没脸见你，他进城去公安局了，这事交给我了。小胜知道大事不好了，对王改花强笑笑，说，三婶，没想到这么多年了，你还爱开玩笑。王改花讥笑道，好汉做事好汉当，过去看你是个汉子，敢给中央写信，怎么住两年法院碰上事就下软蛋了。小胜还是不认，说，我会有啥事？我哪一点不服改造了？王改花说，别假装迷瞪僧了，我看你是不见棺材不流泪。王改花从口袋里掏出小胜写给芳芳的信，在小胜面前哗哗抖几抖，几分得意地说，你看看，这是什么？小胜只看一眼就没魂了。

　　王改花那天看见芳芳梦中的笑，当时就勾起了心病。芳芳这一阵子大不一样。过去成天愁眉苦脸，唉声叹气，早晚都是懒洋洋的，吃饭有一顿没一顿，常常端起碗又放下了，白嫩的脸皮变得干燥黑瘦，王改花以为她得了什么大病，悄悄问了大夫，大夫说是阴阳不和。这些日子不知哪来的精神，天天出工，饭量也大了，脸皮又白嫩了。王改花是老玩家，从小卖蒸馍啥事没经过。王改花也做过好梦，也在梦中笑过，看着芳芳粉白红嫩的笑脸，就想到是阴阳和了，一定是梦见谁了和谁干好事了。王改花趁芳芳出工的空子，把芳芳屋里翻遍了找遍了，一寸也不漏，终于翻出了这封信。王改花好气好恼，堂堂的支书媳妇竟然和一个劳改释放犯勾搭成奸，成何体统？一个劳改释放犯竟敢勾搭上堂堂的支书媳妇，老虎头上搔痒真是翻天了。王改花对自己说，不行，不能饶了他们，得叫石老三好好收拾收拾他们。王改花一想到石老三的猪头脸，忽然泄劲了，又想起了小胜可人可爱的样子,多少年前涌动过的春心又涌动了。王改花就笑笑,笑得很鬼很神,压住了这事没和石老三说。石老三今天一早上县城开会了,说是要开三天,这是个空子,王改花就捎信把小胜叫来了。王改花亮出了信,小胜紧张了,就不再嘴硬了,心想,反正就这样了,进这个门就没打算平平安安出去,小胜就低下头等她发落了。王改花看小胜怕了低头不语了,就屁股移移靠紧了小胜,和声细语地说,年轻娃不长心,我不信你都不怕,我都不说了,石老三要知道了,不活喝了你。小胜的头越发耷拉得低了,低得夹在两个膝盖当中了。王改花长叹了一声,说,婶子气你们,可是婶子饶了你们,婶子心里也不比你们苦处小啊。王改花说着哭了,想起自己的身世就哭得凄凄惨惨了。

这里是个山区,旧社会人们很穷,王改花的娘家更穷,一年难得吃上几回饱饭。王改花的妈生了六个女娃,没生一个男娃,王改花的爹妈讨厌女娃气女娃,好像女娃们占了男娃的指标。王改花是老三,大的亲小的娇,吃苦挨饿在中腰,何况大的也不亲小的也不娇,王改花就像没娘的孩。王改花从小放牛割草砍柴,风吹雨打日头晒,营养不是不良,是没有营养,人瘦得皮包骨头,只有一双眼还挺胖。王改花没穿过新衣裳,都是姐姐们的旧衣服改的,山上刺又多,衣服挂得破破烂烂。再加上成年不洗澡洗脸,脸黑脖子黑手也黑,头上还长着黄水疮,叫人看了恶心。王改花长到十六七岁,还邋邋遢遢得不像人样,在家里谁都不喜欢她,都拿她当出气筒子,不是打就是骂。这一年春荒,王改花的一个姐姐饿死了,一个妹妹又饿死了,下一个不知轮到谁,王改花的爹妈就去石老三家借粮。石老三家给了王改花家一斗麦子,还有一斗豌豆。一斗都度三荒,何况还二斗哩,可真不少,王改花的爹妈就把王改花给了石老三,这不叫卖,叫许,许给了石老三。嫁她时，妈高兴得眯眯笑，妈说，可好了，娃子逃个活命了。

王改花没照过镜子，不知道自己长的啥模样。王改花也没有想过婚姻大事还得自己想想，王改花认为这是爹妈的事，和自己没干系。王改花听爹说石家有吃有喝日子殷实，王改花认为自己能去石家是占了便宜，就欢天喜地去了石家。王改花见了石老三，没有嫌石老三长得丑，王改花认为自己一定比石老三还丑，王改花和石老三成了夫妻，王改花就和石老三睡，睡得顺顺当当，睡得自自然然。回九天时，妈问咋样，王改花跟妈说，可美极了，人家尽我吃尽我喝，成天不知道饿是啥样。王改花顿顿吃饱了，吃得天数多了就有血有肉了，穿的也新了也整齐了，头上的黄水疮也没有了，也天天梳头洗脸了。这都不说，还用上了镜子，王改花天天照镜子，照着照着自己吓了自己一跳，原来自己的脸蛋这样水灵，原来自己的身子这样苗条，王改花心里说，这是自己吗？王改花发现了自己的美，王改花再看石老三时就觉着石老三是个丑八怪，咋看咋不顺眼了。王改花有点嫌弃石老三了，只一点点，王改花没有想到离婚，那时还没有离婚这个字眼，再说，还有嫁鸡随鸡嫁狗随狗这句老话。不过，王改花再和石老三睡时就有点腻烦了，就有点亏了自己的感觉，好像凤凰配了乌鸦。睡一头时常常给石老三个脊梁，睡两头时常常蹬石老三。石老三为了和她睡就给她说好话，求告她，好话说多了说惯了，石老三自己就软了一头，在王改花面前便成了儿子。石老三越低三下四作践自己，王改花就越看不起他，一来二去王改花连这个家也烦透了，天天串东家走西家，觉着在外边开心，在家里闷得难受。恰好这时解放了，工作队的焦队长发动人们起来闹革命，焦队长见了王改花一次，焦队长就大吃一惊，老天爷，现在要是还有皇帝，这女人准得选去当娘娘。王改花便成了焦队长的发动重点，没发动几回，王改花就觉悟了，就出去革命了，就跟着焦队长黑不黑明不明地疯跑。王改花成了焦队长的影子，村子里就出了闲话，说得死难听，王改花怕人们说长道短，焦队长更怕，就叫石老三也出来革命。石家的老人想着自己的日子比别人过得强，实怕给弄个地主富农，想着朝里有人好做官，就很支持王改花和石老三去革命。只要革了别人的命，自己的命就保住了。石家看王改花在焦队长面前吃得很开，说一不二，石家就百般宠她，一天三顿单另给她做好的吃。王改花跑的天数多了跑野了，不光知道了妇女解放，还知道了自己是包办婚姻，王改花也想自由自由婚姻了。不知道是石老三妻相好，还是王改花命好，王改花刚动了自由自由的念头，刘满囤就下台了，石老三就上台了。石老三成了全村最大的官，王改花就成了最大的官太太。石老三是村里的老大，王改花是老大的妈，全村的人都抬举她恭维她溜她拍她，王改花笑大家跟着笑，王改花气大家跟着气，王改花骂大家跟着骂，王改花到谁家都是高接远送。

王改花听不尽的好话，看不完的笑脸，王改花好荣光好得意。王改花从小当惯了人下人，忽然间成了人上人，王改花心里美得很，比吃肉还美，比弄那还美。王改花知道这美劲都是石老三当官换来的，要是和石老三离了，自己也就和这个美劲离了，王改花舍不下这份荣耀也就不离婚了。王改花不要自由了，可还是不想和石老三睡。人都说，那个时女的美七分男的才美三分，王改花和石老三那个时，石老三像下山猛虎捕食一样，嗷嗷叫唤，王改花连一分也不觉得美，还痛苦万分。石老三的胸毛和络腮胡子，像万箭齐发扎在王改花的脸上心上，王改花就挣扎着推他咬他，石老三败下阵了，王改花就哭了，哭得像刮西北风一样呜呜叫，呜得石老三很败兴。天数长了，次数多了，石老三饥饿难忍，村里几千人，有一半是女人，王改花不干有人干，石老三就打野食了。王改花发觉了，王改花按住屁股了，王改花就吵就闹。石老三说，你不干，你能叫人饿死？你闹吧，把我闹掉了，咱们都过不成。王改花想想就不闹了，王改花想，准你初一，不怕你不准我十五，王改花也就打野食了。

王改花早就把小胜列入了奋斗目标。这也怨小胜，谁叫小胜长得像《天仙配》上的董永，王改花家里贴有这张年画，王改花看了这张年画就想起了小胜。年画贴在屋里墙上，王改花一天不知看多少回，看几回就想小胜几回。王改花没少打小胜的算盘，想想不敢，想着小胜是洋学生，想着小胜是烈士子弟，不是一般百姓，想着小胜眼高，想着小胜把她拾不到篮里。王改花试探过，不中，王改花只要伸手摸他一下，他就飞快地闪开，好像火炭烧着了他。王改花很是悲观，怨自己生得太早了，要晚生二十年和小胜一般大，就凭自己年轻时那个长相，不怕吃不了他这个公鸡娃。王改花看着香喷喷的嫩肉吃不到嘴里，就叹息自己命不好，白活了。

王改花试探了几次都没得手，王改花对小胜也就淡了心。小胜住法院劳改了，王改花的这条心才死了。没想到小胜回来了，没想到小胜的这条小辫子攥到自己手里了，王改花死了的心又活了。王改花决心要吃这个"童子鸡"了，王改花就把小胜叫来了。王改花先玩硬的，亮出了王牌，小胜见了信就耷拉了头，王改花看小胜软了，王改花也就来软的，说自己婚姻上的不幸，说自己如何如何讨厌石老三，说自己如何如何可怜，说自己白当个女人，一辈子没有过一次当女人的快活，说得很是委屈，哭得很是凄惨。小胜便生出了几分同情，不断唉声叹气。王改花听小胜"唉"了，突然搂住了小胜。小胜吓了一跳虎生站起来。小胜的脸涨红了，正言正色说，三婶，三婶,你是长辈,我可是很尊重你的。王改花看小胜变脸了,王改花也板起了脸,王改花说,城里干部们买粮食,买十五斤细粮还得搭配十三斤粗粮哩,你说吧,你和芳芳的事怎么办?实话告诉你,你奸污革命干部的儿媳,啥下场你自己去想吧!哼,惹石老三恼了,他可是啥事都干得出来!小胜一时吓得愣愣怔怔,不敢走了,也不知该咋说了。王改花做出决绝的样子,推小胜一把,赌气地说,你走,你走,我不管了,石老三愿咋办他咋办。小胜呆住了,乞求地看着王改花,连连叫着三婶、三婶,你饶了我,我知道好坏。王改花看小胜动摇了,投降了,王改花就扑了上去。王改花激动得眼泪哗哗地滚,滚到小胜脸上,流到小胜嘴里,王改花紧紧搂住小胜叫唤,好小祖宗,你知道不知道我想了你多少年,你知道不知道我想你都快想疯了!小胜的脑子成了一盆糨糊,小胜的脑子停止了活动,小胜没有了自己。女人三十如狼,四十如虎。如狼似虎的王改花狼吞虎咽地吃了小胜这个公鸡娃,吃得很香很解馋,王改花吃得心满意足了才放小胜走了。

　　小胜恍恍惚惚地走着,想想不想活了。女人被强奸了还寻死觅活,自己歪好是个男人,能叫王改花强奸了,不死还活着干啥?往后,咋再见石老三?上学时,同学们的爹妈隔几日都去看看自己的孩子,自己没爹没妈没有亲人,石老三不断去问寒问暖送点东西,不少同学都把石老三当成小胜的亲爹。如今自己搞了他的老婆,自己还算个人?猫狗都不如。又想起了芳芳,想起了柴火屋,芳芳说,我把我给了你;想起了血画的心,想起了寄的七十七块钱;想起了柳树下,你试着了吗?我还是我。自己做出了这种事咋对得起芳芳?小胜羞愧难当,想来想去一肚子黄连苦柏,干了伤天害理的事只有死路一条了,只有死了才能一了百了。小胜要死了,小胜到了黑龙潭。

小胜抱着必死的决心要跳潭时,又忽然犹豫了。小胜想,要死也得给芳芳说一声再死,芳芳一心扑在自己身上,自己就这样不明不白死了,芳芳会怎么想,芳芳会难过坏的,说不定芳芳也不活了也会来跳潭。自己是实在没脸活了活不下去了,要是害得芳芳也走这条路,自己就更不是人了。小胜这样想了就暂时不死了。

隔了一日,小胜就见了芳芳,在芳芳屋里,是王改花安排的。王改花注意着小胜,看小胜抽头缩脑像霜打了,知道小胜为啥不高兴,才要立功补过。王改花没叫芳芳上工,打发人叫来了小胜。王改花在门口等着,小胜一看见她马上耷拉下头。王改花笑笑,说,婶子说话算数,说不吃独食就不吃独食,往后你心里只要有婶子,婶子就成全你们的好事。小胜脸红着一言不发,王改花推了小胜一把,说,还不进去。小胜踏进了大门,王改花从外边把大门锁上了。小胜本来攒足了劲,想着见了芳芳把肚里苦水倒个干净就去死。芳芳躺在床上正想着小胜,见小胜突然进来又惊又喜,叫了声,小胜,嘴一撇就哭了,忙下床去拉小胜。小胜闪开她,说,别挨我,我不配,我会脏了你。芳芳奇怪地看着小胜,见小胜无精打采一脸苦相,急问,小胜,你又怎么了? 小胜憋不住了,开口先骂自己不是人,是个骡马畜生,接着又打自己的脸,打得很凶,嘴里流出了血水。芳芳吓呆了,上去狠劲捉住他的手不叫他打,眼泪巴巴地问,小胜,出啥事了? 你说呀,你说呀!

小胜不打了,蹲下去抱住了头,低声下气说,写给你的信咋会落在王改花手哩? 芳芳"啊"了一声,脸上没了血色,忙去找信,翻了半天找不到。芳芳的魂都吓飞了,说,老天爷,这可咋办呀! 小胜抱着头不言不语,芳芳急得搓手拧指头,问,王改花对你咋说? 小胜抬头看她一眼,嘴张了张又合住,又低下了头。芳芳催他几次,他都是抬

头张嘴合嘴低头,芳芳看出了他有难言之苦,就求告他,说,小胜,都
怨我,对不起你!小胜听她这样埋怨自己,才忍不住吞吞吐吐说了
根根弯弯。小胜耷拉着脑袋说着,一眼一眼偷看芳芳,见她脸色铁
青嘴唇乱抖,就说,都怨我不是个东西,我对不起你,我该死!

芳芳听了浑身发颤,直骂王改花老不要脸。小胜看芳芳很生气
很痛苦,就说,我真想把她杀了算了,反正我也真不想活了。芳芳看
小胜双眼红得冒火,听他又说要杀人又说不活了就害怕了,便强咽
下气劝小胜,我不怪你,都怨我没把信藏好。是王改花这个老不要
脸强逼你的,又不是你自己找她的。为了她毁了自己不值得,你要
有个好歹,我还有个啥活头,我也不活了。两个人骂了王改花一阵,
又说了一阵无奈的话,肚子里的气都小了消了。本来机会难得,可
都没了寻欢作乐的心思,又都觉着应该表示表示。小胜想,自己做
了那样的事,要不亲热亲热,芳芳会不会认为自己变了心?芳芳也
认为应该亲热亲热,要不小胜会认为自己嫌弃他了。两个人想到了
一块儿,就抱成一团亲热起来了,只是王改花的事入了心,小胜想起
王改花的事就自惭,芳芳想起王改花的事就恶心,双方都使劲热烈
又都热烈不起来,只好强作欢笑强打精神,亲热得干巴巴的,亲热得
一点点也不欢愉了。

王改花认为小胜会瞒着芳芳,就和没事人一样,对芳芳只字不提
信的事。芳芳也不问,只是见了王改花就别别扭扭,黑脸来黑脸去。
王改花也不怪罪,对芳芳还格外亲热,又给芳芳做好吃的,又给芳芳
扯新衣裳,又给芳芳零花钱,再殷勤也换不来个芳芳的好脸。隔了
几日不见小胜来家,王改花就问芳芳,见小胜了没有?芳芳哼都不
哼一声,王改花吃了没趣就笑笑忍了。多日不见小胜,捎信也不来,
王改花心里犯病,认为小胜和芳芳背着她偷情了,就吃醋了,借着喂

鸡发泄了,指着一只小母鸡骂大街,日你妈,才几天的鸡娃翅膀可硬了,你偷偷吃饱了,就饱汉不知饿汉饥,能把别的都饿死。芳芳听了背地里哭了不知多少回。次数多了,芳芳实在忍不住了。一次,王改花又去喂鸡,芳芳知道王改花又要骂了,就跑过去夺过鸡食瓢,放了一回笑脸,说,我喂。芳芳撒了一地玉谷,一群鸡都来争食了,芳芳就追打一只老母鸡,骂,日你妈,老不要脸,快死了还和小鸡争食吃。王改花气得铁青了脸,装作听不出来,冷冷地笑笑忍了。中午吃饭时,一家人都围着桌子坐着,王改花嘻嘻笑笑,说,老三,前些天我拾了一封信,野男人写给野女人的,写得要多酸有多酸,一对住法院的料儿。王改花说时一眼一眼乜斜芳芳,芳芳的脸立时染成了一块红布,赶快低下了头。石老三说,拿来叫我看看。王改花说,忘记扔到哪里了,闲了找着了你再看,保你把牙都能酸倒。王改花安好了雷管炸药,做出随时想拉导火线就拉导火线的样子。芳芳害怕爆炸,就不敢再指鸡骂狗了。芳芳还听人说过,女人们为这种事连杀人都不眨眼。芳芳知道王改花不是吃素的尼姑,一惹她急了真敢狗急跳墙。芳芳想,王改花不会轻易捅破,捅破了她自己也成了一泡臭狗屎。芳芳又想了,小胜和王改花的事空口无凭,搞不好她还会倒打一耙子,说小胜搞反攻倒算阶级报复,问一个诬赖贫下中农的罪名。自己和小胜的事可是有信为证,白纸黑字,想赖也赖不掉,真捅出来自己没脸活人事小,只怕小胜又要进法院。芳芳怕了,就叫小胜再去和王改花好一回,想办法把信要来,不然会出大祸。小胜说,我不去,就那一次我都后悔死了,大不了再去住一回法院,法院不是拴驴的,我住过,没啥了不起的。小胜说得很决绝,小胜这话不是气话,真是想再去住法院。王改花和芳芳像一盘磨,自己夹在里面把心都磨碎了,黑夜白天都战战兢兢没一会儿安宁,要多痛苦有多痛苦,真不如住法院省心。小胜不去,芳芳苦苦哀求,我没有求过你,我知道自己好坏。小胜看芳芳说得凄惨,就想,去就去,日他奶奶,反正自己已经不是个人是条狗了,再去一回就再去一回,吃两回屎跟吃一回屎一样。小胜这样一想倒也坦然地去了。

小胜白去了,白亲热了,王改花多精的人,宁可把身上的肉给他割一块,也不肯把信给他,还嘻嘻笑道,咋啦,想断了这条路?你娃子使的啥能处,你当婶子不知道。小胜给芳芳说了,芳芳也想不出好办法,只好忍痛分爱,叫小胜两不误了。小胜从此成了石家床上的长工,虽说去一次痛苦一次,还不得不去。小胜来了,一家人都很热情都很欢迎。王改花和芳芳欢迎就不说了,石老三也欢迎。石老三不知道小胜和自己家里老少女人都不清白,王改花怕他吃醋,芳芳怕他不依,都装模作样瞒着他,外人有闻风的也不想跟他说,在一边看他笑话。石老三为大字报把小胜送进法院,后来又出现了类似笔迹的大字报,才知道错怪了小胜,便有点背了良心的感觉。小胜常来他家,石老三还认为小胜住住法院懂事了成熟了。小胜来了,王改花和芳芳都换了笑脸,家里充满了喜气,石老三看了跟着高兴,跟着欢迎,也想补补心里对小胜的亏欠。石老三一家三口待小胜都像亲人,有时在石家吃饭,三个人都争着往小胜碗里夹菜,只有小胜高兴不起来,心里和脸上都罩着一层冰霜,不敢看石老三一眼,再好的饭菜也噎得咽不下去,试着强吃下去也是从脊梁沟里下去的。

芳芳天天巴望着小胜来,小胜真来了,芳芳看到王改花对小胜亲热献好又有气,嘴上不怪,心里老是喝不下这碗醋,想叫小胜和王改花别来真的来假的,就像自己日哄高升一样,叫小胜也日哄王改花。芳芳就给小胜添言送语,说石老三和王改花串通一气逼婚,拆散了他们的幸福婚姻,说为了一张大字报,才把小胜送进了法院。小胜听了,发觉自己被石老三的假仁假义欺骗了,原来那种对不起石老三的惭愧心情顿时一扫而光,破口大骂道,日他奶奶,把老子送到杀锅上卖了,老子还把他当成救命恩人。小胜气了一阵忽然冷冷笑了,就怒气冲冲地去找王改花。芳芳看他雄赳赳的样子就很高兴,认为他是去不依王改花,是去和王改花一刀两断。

小胜也确实很恼火,小胜恨恨地想,日他妈,你坑害老子,你有权有势,老子不能咋着你,老子搞你老婆,老子叫你龟孙当肉头。小胜原来被王改花搞时,认为自己是被强奸的,不敢不搞才搞,没一点激情,搞得没精打采,为了转移恶心,就闭上眼想别的事,任她日摆,自己懒得出一点点力,总是匆匆收兵。现在认为是自己强奸支书的老婆,就化仇恨为力量,搞得十分疯狂。王改花如狼似虎地疯狂过别人,还没经过别人如狼似虎地疯狂过自己,王改花被痛苦和快感压榨得呼爹叫娘,眼窝里搁满了泪水,直叫,我的小爷,我的小爷。小胜听王改花叫唤就更加疯狂。

世上的事真难说清楚,爱和恨,苦和乐,沉重和轻松,胜利和失败,全是一念之差,就看你怎么想了。小胜把被强奸和强奸打了个颠倒一想,就没有了痛苦,没有了羞愧。石老三是全大队的王,说句话像打了炸雷,跺跺脚山摇地动,谁不怕,谁不敬,老子不光搞了他的老婆,还搞了他儿媳妇,小胜便觉着报了仇雪了恨,很是得意,认为自己很英雄很伟大。过去是王改花和芳芳叫他来搞,现在是小胜主动去搞。听石老三说了什么气壮山河的大话,看石老三做了什么伤天害理的坏事,小胜肚里憋了气就去搞,搞得心安理得,搞得扬眉吐气,天下没有比复仇更快乐的事了,小胜搞得快乐。天数多了,小胜就习惯了,当成家常便饭了,像生产队敲钟上工一样,隔些时就去石家出次工,劳动劳动,只是生产队不给记工罢了。不过,也没白劳动,每次走时都要向王改花要点零花钱,比在队里做活的收入强多了。

芳芳怀孕了肚子大了,吐酸水厌食。石老三当成是高升的功劳,心里很高兴,脸上笑开了花,叫王改花一天三顿给芳芳做好吃的,把芳芳当成了千岁娘娘一样伺候。王改花知道是谁下的种,也不生气,还喜。芳芳肚子越来越大,不能行房了,王改花趁势独占了小胜几个月。

王改花对小胜越来越亲。给芳芳做好吃的东西,只叫芳芳吃一少半,一大半留给了小胜。小胜来了,她总是拉着小胜的手先看个够,拉展他的衣裳,擦去他脸上的泥点,给他剪指甲,问他累不累,有没有不舒服。她做的说的都很自然,都很真情,没一点点邪意。小胜感觉到了一种从未享受过的母爱。王改花让小胜洗净了手,才拿出东西叫小胜吃。小胜吃得很香,王改花眼里就止不住淌泪,然后就默默地亲小胜,亲脸亲胳膊又蹲下去亲腿亲脚,亲得小胜身上麻麻的痒痒的,亲得小胜心里有了几分感动。小胜走的时候,王改花又默默流泪,往小胜口袋里塞钱塞烟。小胜不要,王改花就说,我知道我不配你,我知道你心里只有芳芳,我知道你恨我讨厌我,我不怪你。王改花说着说着泪水就止不住了,就打自己的脸,说,我也知道我不是人,我不要脸,可是我忍不住呀,不见你我就没了魂没了命,我真想死了算了,可又贵贱舍不得你!

小胜看看王改花痛苦的脸庞,突然发现王改花一点也不老不丑,比芳芳还多几分丰满,王改花一哭哭成个泪美人,格外多了几分妩媚,小胜的心就软了酸了,一肚子敌意化成了同情,又化成了怜悯。小胜捉住王改花的手不让再打,小胜不忍地看着她,说,三婶,你别这样,别这样。王改花就放下了手,也不擦眼泪,让眼泪任意流湿了脸。小胜才摇头叹气难舍难分地走了。一回两回，王改花的泪水湿透了小胜的心，王改花的狂热，王改花的哭诉，王改花的真情，王改花周到细心的关怀，小胜不由爱上了王改花，几天不见就心里着急想见，再和王改花幽会就真心投入了。

　　小胜再去看芳芳时，没有了往日那种焦急和那种热烈，只是觉得应当去才去，快见到时就有点怯场害怕，见了时就显得很不自然。芳芳看他表情冷漠，就说，老东西又强迫你了？小胜摇摇头，不说话。芳芳为了给小胜出气，就大骂王改花。小胜原来很喜欢听芳芳骂王改花，自己也骂，两个人争着骂，越骂越有劲，越骂两个人越情投意合，越骂两个人越亲热。现在小胜对王改花恨不起来，还有了爱意，听芳芳越骂越脏越不像话，心里就不是味，小胜就反感地说，算了，别骂了，她也是个女人嘛！小胜说着涨红了脸。芳芳吓了一跳，她没想到小胜会护着王改花，直直地看着小胜，说，咋了，是不是你叫她哄住了？小胜猛一冷惊，赶忙强作笑脸，抚摸着芳芳，嬉皮笑脸说，你想哪里去了，我能不爱嫩瓜爱老瓜？芳芳信了，芳芳就拉着小胜的手摸自己的肚皮，说，这里面的小东西可是你的。小胜淡淡笑笑，芳芳说，你笑啥？这还能掺假了？芳芳指天指地起誓，表白自己如何日哄高升，没叫高升尝过。还说，真叫高升挨过，几年了为啥都没有？小胜听芳芳讲的次数多了，耳朵里听出了茧子，也没有了感激和感动，小胜淡淡地说，我知道，我信。芳芳又说，等石老三不干了，我就和高升离婚，把孩子带过去，咱们就能正正经经过日子了。小胜说，谁知道石老三啥时候才能下台？芳芳说，兔子尾巴长不了，有人说他害死了刘满囤，只要是真的就饶不了他。小胜听了勃然变色，说，什么？什么？芳芳把大字报的事从头到尾讲着，说得津津有味。

　　小胜和刘满囤有奸母杀母之仇，从小就恨死了刘满囤，没想着有人为刘满囤喊冤叫屈，没想到芳芳说得这样得意。小胜实在听不下去了，骂道，我日你奶奶了！芳芳的话被喝断了，抬头看见小胜双眼像一对火球，愣愣怔怔地说，我怎么了？我怎么了？小胜愤愤地说，你好，你排场，你漂亮！小胜怒气冲冲说了就走，芳芳一把拉住他哭了，说，我怎么你了？你发这么大火，你得跟我说清。小胜板着脸子又坐下去，芳芳诉说无穷无尽的情义，说一声哭一声，小胜想起芳芳种种好处，不由心软了，叹道，我不信你不知道我妈是咋死的！芳芳才想起自己犯了忌，说，我又不是不恨刘满囤，我只是想着用刘满囤的事把石老三弄倒，咱们能正正经经成一家人，也算对得起妈了。小胜看着她大了的肚子，不忍再说什么，只是觉得像吃个蝇子，心里搁了块病。芳芳看小胜消了气，才又讲了自己的长远打算，说这几年她偷攒了三百块钱，有朝一日结了婚，把小胜家的墙搪得白白的，做个书桌，买辆自行车，两个人一同下地做活，收工回来，小胜看书写字，自己做饭做针线，碰上庙会，小胜骑着自行车带上她去赶会看戏。芳芳把想象中的小日子说得美满幸福，小胜听得也有了几分快活。芳芳说到高兴处，就抱住了小胜，因为肚子大了不敢那个，两个人就在嘴和舌头上下了一阵功夫。

　　王改花和芳芳为争夺小胜，都用尽了心机。这天，小胜早早吃过了早饭去上工，路过石家，便顺便拐进去了。石家正在吃饭，吃的红薯糊汤，王改花喝令高升爬一边去吃，让小胜坐下。石老三一脸不高兴，嘟嘟哝哝埋怨道，也不弄个馍，明知道我胃酸不敢吃红薯。王改花板个脸，说，我看这都不错，你胃酸别人胃就不酸了？你有本事不叫队里种红薯，叫大家都吃细米白面。王改花说个没完没了，石老三讨好地笑笑，说，我随便说一声，又没人不依你。王改花反唇相讥,说,你凭啥不依我,红薯是从我肚里生的长的? 王改花说着得意地乜斜着小胜。石老三不再接话茬,喝了一碗就匆匆去开会了。王改花对小胜露能卖乖道,饿死他才好哩,看我多爱见他嘛! 小胜不想插嘴,问,芳芳哩? 王改花说,她早吃过了,又去睡了。小胜要去看芳芳,王改花把他拉到厨房,从菜柜底层拿出一条鸡腿,说,给芳芳杀了个鸡,我给你留了条腿。小胜说,才吃过饭,我不吃。王改花说,这能撑坏你了? 说着把鸡腿撕成一块一块,硬往小胜嘴里塞,说,我用酱油卤的,你尝尝香不香? 小胜吃了一口,说,真香。小胜吃完了,王改花和他亲热了一阵,小胜才去看芳芳了。

芳芳真在床上躺着,看见小胜就坐了起来,说,我还怕你今天不来了。小胜问,有事? 芳芳嗔怪道,没事就不许想你了? 没事才想得很哩。芳芳下了床,挺着大肚子去打开立柜,取出一个塑料袋,从里边掏出了一条鸡腿,笑吟吟地说,老不要脸的给我端了碗鸡汤,说杀了个鸡,一条腿石老三吃了,我把汤喝了,这条腿给你留着。小胜笑了一下,想说不是石老三吃了是我吃了,话到嘴边没有出口,只说,你吃吧,我肚子饱饱的。芳芳翻他一眼,说,咋了,是不是老不要脸的又让你吃啥好东西了? 小胜赶紧否认,说,没有,真没有。芳芳说,真没有你为啥不吃? 吃了! 芳芳用命令的口吻说了,把鸡腿硬塞给小胜。小胜的肚子真是撑得饱饱的,又不敢不吃,只好把鸡腿撕成一丝一丝地强着吃,吃了好长好长时间。小胜吃着忽然想到了牛,自己就是两家人共有的一头犍子牛,都争着喂,喂有劲了两家都争着用。小胜觉着这是在吃草料,连一丝也难以下咽了。

一天半夜里,石老三跑去喊起小胜,说,小胜,走,去我家坐坐。小胜问,干啥? 石老三不阴不阳的一脸干笑,说,去了再说。小胜心虚了,半夜三更找我干啥?顿时出了一身冷汗,再一想,捉贼拿赃,捉奸拿双,石老三又没摁住屁股,怕个球!小胜本不愿去,又怕显得心中有鬼是不敢去,就大大方方去了。王改花正往桌上摆菜摆酒,对小胜窃窃一笑,石老三转身闩上了门。小胜想到了关门打狗,吓得愣愣怔怔,问,这是干啥?石老三说,没啥,咱叔侄们喝几杯。小胜更加迷惑,酒没好酒,筵没好筵,石老三到底要干啥?王改花看小胜迷瞪,就拉他坐下,笑笑说,坐呀,这里又没老虎,还怕吃了你?小胜呆呆坐下,心想事到如今只好听天由命了。石老三给他倒酒,王改花给他夹菜,喝了几杯,酒遮住了脸,石老三才说,娃子,你捂住心口窝说说,三叔待你咋样?小胜说,好呀。石老三嘿嘿笑笑,说,有你这句话就证明你娃子有良心,你从法院回来,要按造反派的意见早把你的骨头都斗酥了,为了保你,三叔没少挨批挨骂。

小胜也不回话,低头听着。石老三说完了对小胜的大恩大德,才说,三叔没央过你,今天央央你给三叔办件事。小胜奇怪地问,啥事?看我能给你办个啥事?石老三说,写点大字报。小胜一冷惊,问,写谁?石老三淡淡地说,写我。小胜只觉头猛地炸了,想起为大字报住法院的仇恨,血往上涌得脸变成猪肝了,冷冷地回奉道,你是看我喝多了,醉了不是?石老三笑笑,说,看把你吓得,不叫你用你的名字,是用造反派的名义写我。小胜越发糊涂了,不解地说,这……王改花在桌子底下狠狠拧了一下小胜的大腿,脸上对小胜使个眼色嘻嘻道,你三叔叫你写你就写,你三叔还能坑害你?三婶给你担保,你三叔亏待不了你娃子,听三婶的话。石老三看小胜不情愿,桌子下也踢踢王改花,说,先不讲这个,喝酒,喝,来!石老三端起杯要和小胜对饮,小胜迟疑了一下,端起杯和石老三碰了。小胜想,石老三为啥找人请人写他的大字报?心里老解不开这个谜。石老三和王改花使出浑身解数，又一连灌了小胜几杯，小胜晕了头，模模糊糊听石老三说，小胜，不是三叔没事找事找人写自己大字报，自己铲屎往自己头上倒，三叔难呀，有人动不动就骂我偏向造反派，为了搞个平衡，三叔才出此下策。王改花撂给小胜一顶高帽子，说，还用你啰唆，小胜啥不懂？小胜喝得昏昏沉沉，舌头也不听话了，说，懂，懂，啥都懂。王改花看看石老三，说，差不多了，写吧。石老三点点头，王改花拿来了笔墨纸张，放到当间大方桌上，小胜提起了笔，石老三口述，说石老三如何如何残酷镇压造反派，如何如何复辟资本主义，如何如何罪该万死，死有余辜。小胜趁醉一挥而就，借机发泄了自己的仇恨，真真假假，添油加醋，把石老三骂得狗血喷头。石老三看了连连叫好，夸小胜是文曲星下凡，又叫小胜抄了好多份。眼看鸡快叫了，小胜要回去，石老三拿出了一条白河烟，说，小胜，叫你辛苦了。小胜说，没啥，这比学大寨轻多了。石老三说，小胜，你不要对外人说大字报是你写的。小胜说，我没喝迷魂汤吧。骂了人出了气，还叫喝酒还给一条烟，小胜觉得占了便宜，很高兴地走了。

　　石老三和王改花十分称心，连夜把大字报贴到了县里乡里村里。第二天引起了一阵轰动，不了解内情的人都知道了石老三和造反派是生死对头，了解内情的人觉着奇怪，亲密无间怎么一夜之间不共戴天了，连造反派们也堕入了五里雾中。只有老木觉着不大对劲，才开头站在人群里看，人都散了蹲到地下看，细细地品味，久久不去。小胜来了，欣赏着自己的杰作，问，老木哥，这大字报写得咋样？骂得痛快吧？老木抬头看他一眼，问，你知道是谁写的？小胜得意地笑笑，说，不知道，过瘾吧？老木站起来愤愤走去，说，日他奶奶，只看又要玩啥鬼了。

没几日，上级公开了天大的机密，"四人帮"完蛋了。揪住走资派时敲锣打鼓放鞭炮普天同庆，逮住了"四人帮"还是敲锣打鼓放鞭炮普天同庆。村里在笑浪中开了大会，会场上挂着常用的巨幅红布横额，上边写着"声讨走资派大会"，只是把"走资派"三个字撕了换成"四人帮"三个字。石老三在会上声声血字字泪控诉了"四人帮"的滔天罪行，说他受了种种迫害，以大字报为证，要再晚几天他的人头就落地了。这时，人们才明白石老三早得着信了，抢先一步当上了受害者。小胜一时间呆若木鸡，只想着石老三早点垮台，芳芳就能离婚了，没想到自己帮他稳住了江山，事到如今也只好哑巴吃黄连了。

不久，北京的赵主任又下来旧地重游，后边还是跟了一群大大小小的领导。赵主任在村里开了个座谈会，说吴先生不是叛徒，说小胜不是反革命，说这都是"四人帮"制造的冤假错案。石老三抢着说，我们早就憋了一肚子气，吴先生叫国民党杀了还不解恨，还要再整吴先生的尸骨和后代，"四人帮"不是奸臣是啥？石老三又说自己如何抵制"四人帮"的罪行，说自己为了保小胜受了株连，说得痛哭流涕。赵主任听得连连点头，对大小领导说，别看石老三只是个大队干部，却是我们党最可靠的力量。有人不服气，给赵主任递了个条子，赵主任看了看马上变了神色，说，你们这里"四人帮"的流毒还没肃清，有人竟然想为刘满囤翻案，刘满囤奸杀了吴先生的夫人，死一百回也罪有应得，为刘满囤鸣冤就是为"四人帮"翻案。全场的人大惊失色，互相看看，心里都在骂写条子的人不识时务。老木费了几年工夫才解开了刘满囤生死之谜，听赵主任这么一说也就不敢多言了。赵主任又去看了小胜的外爷外婆。两位老人老得直不起腰了，赵主任说，叫你们受苦了，大难不死必有后福。赵主任说有福立时就来了福,赵主任给县里领导说,这么多年的补助都发了吗?县里领导说,发,发,回头就派人送来。外爷颤颤抖抖说,啥钱我们也不要了,只要以后别再有事就谢天谢地了。赵主任叫他放心,说,再也不会出啥事了。赵主任又到了吴先生坟上,坟扒了,碑搭桥了,赵主任眼红了,骂了一句法西斯。县里领导说,我们正准备修复。赵主任带着小胜走了,坐小汽车走的,小汽车的后边跟了一串小汽车,跟着的小汽车后边是几百双村民的眼睛。

小胜参加了革命,在县里当了工作员。小胜的外爷外婆也被接到了县里,住在民政局敬老院里。小胜和外爷外婆都穿上了新衣服,都吃上了白馍。小胜当了干部很高兴很新鲜也很忙,很久没回村里。芳芳扛着大肚子来县里找过小胜一次,小胜有点惊慌没让她进屋,叫她先到城边树林里等他,芳芳就去了。等了一会儿,小胜买了一盒饼干来了,小胜说,来找我有啥事?芳芳说,我来问问你,咱们的事怎么办?小胜说,我才参加工作,别弄不好把工作弄掉了,你别急,等等,慢慢想办法。小胜拆开盒子叫芳芳吃饼干,芳芳说,你会不会不要我了?小胜赌了个咒,说,看你把我说成啥人了。芳芳听他说得有理,就放心回去了。不知领导怎么知道了,就找小胜谈话,说,你如今是国家干部了,不是普通老百姓了,吴先生在人民中的形象非常非常光辉灿烂,千万要小心行事,不要给吴先生抹黑。

领导没有点明,小胜知道说的什么。领导又说,赵主任走时有指示,叫帮你成个家,我们有安排,你安心工作。小胜不敢说什么,只敢说我一定听党的话。不久,妇联就给小胜介绍个对象,是纱厂的女工小张,身段比芳芳苗条,脸蛋比芳芳白净,穿得比芳芳排场,嘴也比芳芳会说。小张第一次约小胜去散步,小胜心里还想着芳芳,不想和她真谈,就问,你知道不知道我住过法院?你不嫌弃我是劳改释放犯？小张一笑,笑得很甜,说,谁不知道你写过国策呀,二十来岁就写国策可真了不起,为这住法院住得光荣,别人想为这去住还没这个本事不得住哩。小张的话一下子入到了小胜心里,过去一直没人这样说过,村里人嘲笑自己写国策是疯子,外爷外婆埋怨自己写国策是找死,芳芳不懂得啥叫国策,连赵主任这次来还批评自己,说,国策能是什么人随便写的,神经病！从来没人理解现在有人理解了,还崇拜,小胜遇上了知音,心里很高兴,就无话不谈,越谈越投机,两个人便常常一同散步谈心,很快就谈出了感情。只是每次分手后,小胜不由得会想起芳芳,就有点心虚,觉着对不起芳芳,想起芳芳又连带想起王改花,接着又想起了石老三和高升。两个女人三个男人,想想就恶心,就后怕,就骂自己不要脸没出息,人不人鬼不鬼的算什么东西呀！小胜想想头痛了,心一横,就想去他妈的一刀两断算了。

　　小胜很久没回村里了。一天,老木进城找小胜,小胜把老木领到酒馆里,在一个单间里坐下,酒菜点了还没端上来,小胜很热情很知心地说,老木哥,说句心里话,咱们村里我就看你还是个人。老木听这话很刺耳,就说,我是人不是人没关系,芳芳是不是个人？小胜说,芳芳怎么了？老木说了芳芳的情况,说芳芳生了,是个男孩。说芳芳很想他,成天以泪洗面,才央他来看看他,问问他怎么办。又劝小胜,说人一辈子啥都可以日哄,千万不要日哄爱自己的女人。还批评小胜,进了城就把芳芳忘了,也不回去看芳芳一眼。小胜一直低头不语,老木又问,听说你又找了一个,真的假的？芳芳对你可是一心一意没一点点外心！老木逼紧了,小胜急了,说,芳芳对我的好处我忘不了,可是、可是……老木问可是什么,小胜憋得脸红,说,可是也不像你说的那样一心一意。小胜吞吞吐吐说了芳芳结婚那天夜里的情况,说芳芳没有一点反抗就叫高升那个了,证明芳芳对自己也不专一。老木听他说出了记仇不记恩的话,就动了火气,说,小胜,当个人可不能不讲良心。小胜也动了感情动了火气,就愤愤地讲了当年挨批挨斗挨饿的事,说人们把他当狗看当傻屌玩,末了质问道,我爹为大家死了,人们反过来又狠狠咬我,谁对我讲过良心?人们对我,一百次就有两个五十次不讲良心,为啥偏偏不准我没良心一次?何况我还不是不要良心!老木说,你这样说咱们就没啥可说了。老木说完就气冲冲站起来要走,小胜忙拉他,说,老木哥,有话好说,吃了饭再走。老木不理他径直走了,小胜追上去,掏出了钱,说,我不会亏待芳芳,我会加倍报答她,这是七百七十块钱,你捎给芳芳。老木不接,小胜硬塞到老木口袋里,说,老木哥,我求你了。

不久,县里给吴先生重修了墓,重立了碑。落成典礼这天,在村里开了很隆重的大会,大大小小的领导都来了,小胜也来了,还是坐着小车来的。小胜下车的时候,老木挤了过来,塞给小胜一张纸,什么话也没说。小胜脸一红,像做贼一样把纸装进衬衣口袋里。小胜是吴先生的家属,有人喊他上主席台就座,小胜就上去坐到了主席台上。小胜看着台下人山人海,心里怕看见芳芳,又忍不住一双眼睛扫来扫去找芳芳,到底也没有看见芳芳,只看见台下千百双眼睛都看着他,指指戳戳地说着什么。会议开得很是热闹,又是放鞭炮,又是奏哀乐,又是大小领导和群众代表讲话,小胜一心想着芳芳,讲的什么也没听清。轮着他表态了,喊他几次他才醒悟过来,慌慌张张地掏出讲稿念得结结巴巴,还没念完,台下忽然有人大喊,快去救人呀,芳芳抱着孩子跳到黑龙潭了!会场马上乱了,人们蜂拥着往黑龙潭跑去,把好好的大会搅散了。

喊叫声使小胜从座位上弹了起来,他又忽然一阵天旋地转跌坐到了椅子上,愣愣怔怔迷糊了。人们顾不上理他,人命关天,都跑去救人了。跑去时,芳芳和孩子早死了,潭里漂着一层撕碎的钞票。

人们从黑龙潭回来时,只有小胜还独自傻坐在主席台上,已经没有了知觉。领导说他是为吴先生悲痛过度了,把他用小汽车拉回城里送进了医院。到了半夜,小胜才醒过来,看看身边围了不少人,想了一会儿才想起来出了什么事,就说,我要上厕所。别人还要扶他,他不让,说,没事。他独自去了卫生间,把门关死后才掏出老木给他的那片纸心慌地看着,是芳芳写的,只有几个字:我不缠你,你安安生生好好幸福吧!小胜头一炸,咚的一声跌倒在地。人们听到响声,又是呼喊又是敲门,小胜在地上睁开了眼,赶忙把这片纸填到嘴里,嚼嚼咽进肚,才挣扎着开了门。人们把小胜又扶到了病床上,问他怎么了,哪里不舒服,小胜闭着眼睛什么也不说,只是长道短道流泪,流个没完没了。人们都劝他节哀,都说他是个孝子。

漓江出版社 1997 年 7 月出版

命运

长篇小说卷

1

　　我没有创作经验，只有创作体会。

　　我是一九五四年开始学习写作的。这一年我得了肺结核，住了几个月医院，就转业回家了，叫带病回乡复员军人。家里只有我一个人，后来找了个老婆。开始时日子还能过下去，因为有钱，复员费加上医疗费总共将近有一千块钱。现在一千块钱不算什么，当时可是一笔了不起的财富，一角钱能买十二个鸡蛋，盖瓦房的瓦才六厘钱一块，要买鸡蛋能买十二万个，够吃几辈子，要盖瓦房能盖几道院子。当时还年轻，不知过日子艰难，再加上是团员，觉悟觉得很高，村里修水利没有钱，我就捐了八百元钱。捐钱时很天真，没一点点邪念，上级叫我很荣光了一番。没想到这一捐却捐出了后祸，"文化革命"中为这件事没少挨打，为啥要捐？有啥阴谋？一百张嘴也说不清。这是后话就不说了。钱捐给公家了，自己成了穷光蛋，又有病做不了重活，生活便没了着落。想去教个小学，我上过简师，相当于现在的初中，又在部队当过文化教员，我就去找教育科，一位领导说得一点也不客气，说，你这个人咋这么不道德，自己患肺结核，还想把肺结核传染给下一代！这话很伤面子很伤感情，气过了想想也真有道理。没了出路又没了钱，生活越来越困难了，白天没盐吃，夜里没油点灯，再加上当时人们心目中的肺结核比现在的癌症还怕人，好像和谁说句话就会把死亡带给人家。捐钱的荣光劲亲热劲没有了，人们见了我就远远躲开。我很孤独，每天躺在麦地埂上晒太阳，浑身本来就瘫软，太阳一晒更软得像团海绵，不死不活地躺着，常常想到死。死不主动找我，自己又没有勇气自杀，就这样和死一样地活着。悲观厌世极了就看闲书,也没什么书好看,只有一本从部队里带回来的《钢铁是怎样炼成的》。不知哪一句打动了我,我就萌发了写东西的念头。我这个人一身缺点,只有一点长处,多少有点自知之明。我知道自己没文化,上简师时恰好跑"老日",从河南跑到陕西,说上学还不如说逃难准确,大字不识几个。开始学写作,就没想过当作家,也没有听说过"作家"这两个字,只知道有学问的人才写文章,自己没学问不敢冒充秀才,有了这点自知之明,就没敢写什么长篇,也没想过一鸣惊人,才开始只写民歌,四句四句的。这时已经一贫如洗,混得不像人样了,没纸没笔没墨水,找邻居家学生娃的旧练习簿翻个身当稿纸,一个鸡蛋换个蘸笔尖外加一包颜料粉,就这样开始了"写作"。也算命好,《河南文艺》发了我四句民歌,还给寄了三元稿费,这时才知道写稿还给钱。三块钱解了我的大难,当时我的大女儿才生下来十五天,得了肺炎,并因肺炎导致了惊风,没钱医治,只好找草药扎旱针,百扎不愈,才到人世上又要离开人世了,有了这三块钱,把她抱到街上打了一支盘尼西林,也就是现在的青霉素,大女儿才得活下来,

这四句民歌现在只记得两句:"高高山上一棵槐,姐妹两个采花来",现在看是上不了桌的,能够发表是当时整个社会有文化的人不多,写稿的人更少,我沾了这个光,才把二十八个字变成了铅字。我们这个山村没有人的名字上过书,我上了,乡里人就另眼看我了,好像多了不起了,原来不搭理我的人又争着给我说话了,我看到了笑脸就悄悄笑了,认为自己真有上书的材料了,便不知天高地厚地学写下去。现在回头想想,也多亏不知道当作家的苦处和难处,要是知道了以后会因为当作家受那么多磨难,说啥也不学着当作家了。话再说回来,当时我要没病没疾有盐有饭吃再有几个零花钱,我也

不会去学着写稿的,我完全是被贫困交加逼上文学这条路的。

2

自从发了四句民歌,活得有点滋味了,就到处找有关民歌的书,拼命读,拼命写。半夜里想起一句话,就爬起来记到本上。只几个字,划不着穿衣服,夏天还好,冬天冻得浑身打战,冷得情愿。想着发了一个下一个还会发,谁知再写就瞎火了,寄出一篇又一篇石沉大海了。这时才知道写稿不像上山割柴,担不回来一百斤也能担回来五十斤,万一脚扭了也能砍根棍子捣着回来。这玩意儿不中,可能十篇百篇一个字也发不了白费劲。天数长了,有人说了发那四句是瞎猫碰个死老鼠,我想想也许,可能是排版排到那个地方空了一小块,编辑为了补白,顺手拿出一个小稿填上了,我的四句民歌就是被顺手顺上的。这样一想就像皮球跑了气,再也踢跳不起来了,看胡子也不是杨延景,收兵卷旗,又去想肺结核又去想死了。

就在这时出了一件祸事。我在部队住医院时,同病房的有一个病员叫黄光,不断有大官来看他,从他们的谈话中知道他常跑香港,是个神秘人物。我对他很尊重,再加上比他年轻,倒茶提水我争着干。我临出院时,黄光说,咱们在一块儿住了几个月也算病友了,我看你是个老实人好人,送给你块手表做个纪念吧。我受宠若惊,嘴里说不要不要却伸手接住了,激动得心里乱跳,当场不好意思戴上,跑到厕所里看看没人才戴上。我兴奋了好久好久,常常半夜里把手表放到耳边听,伴着嘀嘀嗒嗒的响声美得直笑。不久,我戴着手表回家了。五十年代初手表是缺物,低级人不要说戴了,看看都很光荣,何况还是块英纳格名牌表,据说全县戴这种高级手表的高级人没有几个。当时还年轻,不会人生,不懂得活个人要想平安,得处处事事不如人,不可有一件事比别人做得强,也不可以有一件东西比别人的好。在村里,在人前,我故意卷起袖子炫耀炫耀,真是该烧不烧心里发焦,该露不露心里难受。我露了,也烧了,自己不发焦不难受了,却扎得别人发焦了难受了。有个叫老李的驻队干部,托人给我说,当个农民得像个农民,戴个手表影响多不好,也没益,叫把表卖给他吧。我说,这表是领导送的,我卖了不是把人家的心意卖了?我没答应。老李又托人说了几次,还出了高价,说给五十块钱。又说,是为我好,别人会说地主出身还不老实,戴个手表,是不是还想高人一头呀!我忘了针是铁打的,听了这话火了,不识时务地说,我就是不卖,看看谁能把我怎么样!

我错了,没几天就被怎么样一家伙。

3

这天刚吃晚饭,有人来叫我,说老李喊你。我去了,老李在邻居张家院里坐着,见我来了,就说,你现在去大队参加地主会。我头嗡地一大,很快又反应过来,说,凭啥叫我参加?我是转业军人青年团员。老李说,转业军人青年团员就不是地主了?我说,上级有政策,不按地主对待。我说完扭头就走。老李虎生起来拉住我,说,不按地主对待就不是地主了?咋了,写几句顺口溜就想翻案,我看你是吃了天胆。他死拉着我往北去大队开地主会,我死拉着他往南去县委问政策。当时,年轻气盛,再加相信党,晕胆大,打了一会儿拉锯战,很多人来看热闹。结果,他没拉去我,我也没拉去他,打了个平局。他去大队了,我回家了。

半夜,有人狠狠敲门,喊,乔典运起来!起来!我问,谁?对方说,民兵。我老婆吓坏了,说来抓你了。我起来开了门,四个背枪的民兵说,工作队梁队长叫你去。看架势是老李告了状,我心里咚咚跳,嘴里却挺英雄,说,去就去。到了大队,叫我站在院里,梁队长出来说,你和老李吵架了?我说,是老李和我吵架了。梁队长说,当着那么多群众的面顶撞老李,他以后还怎么工作,去给老李道个歉。我说,我不,当着那么多群众的面宣布我是地主,我以后怎么活人,他应当给我道个歉。梁队长再三劝我,我一直不干,还说了手表的事。梁队长是县委干部,有水平,通情达理,也没有强迫,无奈地说,你回去吧,好好考虑考虑。我回去了,老婆吓得还在筛糠,看见我哇地哭了,说,我当你抓去回不来了。我把经过说了一遍,老婆说,别考虑了,还考虑啥,你就低个头认个错吧。我说我给他认错,谁给我认错?后来,梁队长没再找我,我想,梁队长懂得政策,可能还批评了老李。

老李在队里逢人都说,跑了初一跑不了十五,早晚他得参加地主会。只要我还在这里驻队,他就得开会。我知道了,憋了一肚子气,不服气,我不想死了,偏要活。我想去开个会,去省里开个会,让人们看看我也是个人,是个革命人。于是为了争气,我又发奋了,黑夜白天学习,不写民歌了,写寓言。第一篇寓言叫《照前顾后》:

夜,漆黑。甲乙丙同行,经过乱葬坟。

甲问乙:"你怕不怕?"

乙说:"怕。"

甲说:"怕了你走前头。"

甲又问丙:"你怕不怕?"

丙说:"怕。"

甲说:"怕了你走后头。"

乙和丙问甲:"你怕不怕?"

甲说:"我不怕。我走中间好照前顾后。"

4

《照前顾后》寄给了《河南文艺》。这一回不是四句了,是十几句。这时候,我的日子越来越不好过了,急着想叫发表,好像发表了就能证明我是个革命人了。

老李是工作队员,老李说我是敌人,村里人就说,人家老李是国家干部啥不懂,人家还能说错了?原来有些胆大的人,不怕肺结核还敢和我说话,听老李一说,见我也远远躲开了。我才知道,地主比肺结核还可怕,死症。一天早上,老李找我训话,坐在干河砖修的桥栏上。老李说,你放老实点,要像个地主出身的样子。我说,什么样子才像地主出身的样子?这时,乔四炮来了。他是我远房的族兄,我叫他四哥。他也是个转业军人,解放西峡城时立过大功,一条又黑又壮天不怕地不怕的汉子。他坐到对面的桥栏上听我们谈话。老李问乔四炮,你看他像个地主不像?乔四炮没有回话,只是瞪着两只大眼。我气极了,我说,我知道了,把手表给你,我就不像地主了!老李气昏了头,他背的手枪耷拉在屁股上,不知为什么忽然把手枪从屁股上掂到面前。乔四炮猛蹿上去夺了他的手枪,喝道,你敢随便杀人呀?老李傻了,质问,谁要杀人?乔四炮说,你!老李说,啥证据?乔四炮说,我亲眼看着的。老李要手枪,乔四炮不给,两个人争斗了一阵,乔四炮拿着手枪回家了。老李对着乔四炮的背影说,你敢夺干部的手枪,你想反了!又回头恶狠狠地对我说,你串联人夺革命的枪,你等着吧!

这一回我可真瘫了,越想越怕,乔四炮是贫农,受蒙蔽无罪,定我个操纵谋反的后台可就没命了。老婆更怕,哭,哭个不断头,好像已经是寡妇了。我屙尿都不敢出门,在家里等死。隔了一日,乔四炮来我家了,嘎嘎大笑,说,没事了。原来,武装部的曹部长来了,乔四炮汇报了老李强买手表的事,曹部长很恼火,把老李调走了。当然,枪也交给了曹部长。乔四炮末了说,共产党可不是国民党,想胡球来没门。不过,乡下人都是看日头做活吃饭,你要个手表烧啥!想想也是,为这块手表差点掉了脑袋,再说啥人啥打扮,卖!我一狠心跑到街上卖了。老李给五十块钱不卖,结果三十块钱卖了,少得二十块钱,还多得罪了一个人,图个啥了?傻屌!

卖手表的第二天,《河南文艺》来了,上边登了我的《照前顾后》,还寄来了十块钱,没冤枉煞了我,又登了我的稿,共产党真好!我感激感动高兴得差点哭了。村里人又说开了,老李调走了,书上又登了人家的文章,看样子不是敌人。不久,工作队叫我去帮忙抄抄写写,从此,人们又和我说话了,还对我笑。我也笑了。

5

当时讲究觉悟,给工作队写写抄抄,白写白抄,不给一分报酬,我也高兴得像个落难秀才中了状元。后来,搞统购统销,工作队又叫我包了个村,我成了不拿工资的工作队员,家里活全部撂给了老婆。我去给群众开会,叫卖余粮,大家在旧社会饿怕了不愿卖,就搞评议,评议谁卖多少就得卖多少。卖了是爱国,叫你当模范,给你光荣。不卖,对不起,开会熬你,罚你站雪地,还有怎么怎么。人也真怪,身份一变心就变了,我忘了自己也是个老百姓,比拿工资的工作队员还积极,比最讲认真的共产党员还认真。有个姓张的远房姑父,在没人理时只有他理我,他有抵触情绪,说他家卖不了那么多粮食,随便发了句牢骚。我马上汇报了,他的党员预备期被延长了两年。后来想想,出卖亲戚朋友,我也不是个好东西。你说图个什么?什么也不图,当时兴这个,觉着应当,无事不可不对党说,瞒了党就良心不安得睡不着觉。

这期间我黑夜白天跑,把肺结核也忘了,没忘的只有一件事,就是写作。我知道我被当成个人,是工作队看我能写几句,我揣个小本,听到生动的话,见到生动的事,都要记下来,后来我才知道这叫深入生活,夜里回去得再晚,我也要写点东西。《河南文艺》又发表我几篇寓言,就来信鼓励,说我有生活,叫我写点小说试试。当时,来信署名都是编辑部,到今天我也不知道是哪位编辑发了我的四句民歌,感恩都找不到对象。

我开始写小说是一九五五年。当时好像敌人特别多,刊物上发这一类小说不少,说敌人如何如何破坏,人民如何如何识破,逮住了狼外婆和装成美女子的蛇。我也如此这般写了,第一篇《两张"告示"》寄去很快发表了,第二篇《捉狼记》又很快发了。每篇都一万多字,挣了二百多块钱稿费,多得吓人。我这人生就的小虫骨头,有了这几个臭钱就高兴疯了,常常约会村里的同龄人进城,下馆子吃饭,去剧院看戏,我掏钱。说心里话,真不是拉拢收买,工作组对我越来越好,拉拢收买个农民干啥?图个快活,也可能是好炫耀的毛病又犯了。

这时,合作化运动轰轰烈烈了,我给刊物写文艺作品,给《南阳日报》写通讯报道,稿子三天两头见报,名有了,钱有了,二十多岁就好像成个人物了，便有点忘了自己是何许人。村里办初级社，我也参加发动群众，说这是光明大道，是奔向天堂的桥梁，激动得热泪滚流。群众发动起来了，纷纷参加了，庆祝成立大会时敲锣打鼓，三眼铳的炮声震撼人心。我的心也被震撼了，不是为了庆祝，是我参加合作社的申请被拒绝了。别人光荣的时候，我流下了耻辱的泪水。

6

没入上社的也有人笑，他们庆幸土地和粮食还是自己的。我想的是脸和光荣，就深深悲伤。地富不准入社，这是政策，我给群众宣传过。当初想可能给我例外一下，谁知还在例内，我沉重了多天，思想斗争胜利了，把包袱扔了。给群众讲政策的人，怎么对自己就想不按政策办？想通了就照样给工作队抄抄写写，照样写自己的稿子，工作队长表扬我，说我是留在社外的合作化积极分子。我想到了党外的布尔什维克，耻辱感马上跑了。

批了小脚女人，社会主义的脚就大了，合作化运动立时起了高潮，初级社才没几天又要转高级社了。这是个天天都火红的年代，一天几喜。初级社分配是地四劳六，土地也分红是剥削，高级社全部按劳动分配，比初级社优越多了，是再上一层楼，离天堂更近了。还是敲锣打鼓，还是高呼口号，热烈得连牛头上都戴着红花。我被激动的社会激动了，一个早上写了一篇八千字的小说，歌颂人们向往高级社的热情，题名《送地》。这一回有了点野心，想往高处走走，送到了《长江文艺》。当时省里没有作家协会，中南大区才有，叫武汉作家协会，《长江文艺》是武汉作家协会的机关刊物。赶上合作化高潮，稿子送去就发了，还是个头条，接着全国十几家刊物也选载了。文学先辈姚雪垠写了一篇批评文章,郑克西写了一篇反批评文章,都在《长江文艺通讯员》这个内部刊物上登了,展开了半年之久的讨论。武汉作家协会给我来了信,我才知道还有文艺批评这一说,才知道还有作家协会这个组织。我颇有点小人得志的扬扬得意,就得意扬扬写得更勤奋了。

好事是坏事的种子,种下去就会结出苦果。武汉作家协会给我寄来了会员申请表,叫我填好让乡里盖个章再寄回去,我就成作家了。我喜坏了,送来的当天就填了,填好的当天又拿到乡里,想着盖个章当天就可以送邮局了。当时没有自行车,是一溜小跑去的,跑到乡里我报功似的说了,说得很开心。谁知乡里说,先放下,研究研究再说。我无可奈何地回去了,我想,研究就研究,又不是坏事。等了几天,我又去乡里问,乡里说,你不要再问了,这是组织对组织的事。我不知道如何个对法,托人打听。打听清了,乡里说,作家协会一定也是个革命组织,贫下中农都没有参加,怎么能叫个地主参加,岂有此理!以后要发稿子就发贫下中农的。

像判了死刑马上要枪决了,我顿时傻了。

7

爹死了,恨妈,咋给弄个地主?妈在贵州跟我哥住,没地方发泄,就憋得慌。十二亩岗坡地,年年春荒吃秕豌豆,天天不吃盐。冬天没穿过袜子,袄里没套过布衫。真享过福,当了也不亏。我恨爹恨妈不恨党,因为符合政策,十二亩地全部出租,哪怕只出租一亩,也是剥削。大地主和小地主一样,这理我服。

也有不服的。我是个带病回乡军人,躺着吃民政局补助是革命,站起来吃自己的劳动就地主了,这理通吗?还有,说团员是党的后备军,我这个团员怎么成敌人了?写稿也是革命,不叫写稿不是不叫革命了?做不了重活,又不叫写稿不是断了活路?团员不算了,命也不叫革了,也不叫活了,剩下的还有什么?我被子包住头睡了几天,老婆怕我愁犯了病,说,去街上玩玩散散心吧。我想也好,就约了同龄人去下馆子去看戏,谁知请吃请玩不灵了,都推托不去。工作队也变了,再不找我帮忙了,我发觉只有死路一条了。

我绝望了又不甘心,想来想去只有一条路好走:告状。不像现在,胆小如鼠。当时,懂得很少,不知道有屈死不告状这句老话,还有点胆。再加上对党相信惯了,相信党会给我生路,相信党就有了勇气和希望,我写了状纸,抄了好多份,送到县里,寄到地区寄到省里寄到北京。稿子是不写了,写也没用,不像现在,只要写得好,编辑部就发表。当时可不中,刊物发稿之前要调查,当地领导部门签上同意盖上公章才能发表。在等回信的日子里,为了解忧解愁,我读了不少书,可惜入心的不多,心全跑到猜测上级如何回信了。

一天上午,工作队的梁队长到了我家,我们已经很久没见了。他说,你的问题县委做个决定。他把文件递给我,上面只有半页字,不知是凶是吉。我手抖着接住急急看去,县委研究了我的情况,决定不按地主对待,按革命军人对待,下面盖着鲜红的县委公章。我又能活个人了,我差点哭了,差点喊出万岁!

梁队长走后,我又把决定看了几遍,老婆也看了几遍。这是叫活的圣旨,是护身符,是命根,千万不能丢了。放哪里?看遍了角角落落也没有个保险的地方,忽然灵机一动把文件塞进墙洞里,再用报纸把整个墙裱糊住,就是武艺超群的神偷也休想拿走我的命根子。

有了县委文件真能永保平安吗?

8

我终于参加了武汉作家协会。本来应当高兴高兴，可是经过重重磨难之后，我开始懂得了人想平安，你就不如人；想找死，你就比人强。我学乖了，这一次不欣喜若狂，变得像孙子了，这就是进步。

不久，《长江文艺》通知我去写稿。当时谁上省里一趟都很光荣，我上的武汉，面上不敢光荣就心里光荣。这是我初次为写作出门，又激动又怯生。到了编辑部，老师们很随和，把我领到小楼上的一个房间里，里面已经住了一个人，有点谢顶，穿着对襟布扣衣服，不像干部。老师们介绍，他是李文元。我知道李文元，唐河县人，读过他很多小说，听说有的被翻译到国外。是老师又是老乡，我就很崇敬他。我们住在一个屋里写稿，他给我讲他的经历，如何创作，还领我去参观长江大桥。当时不兴招待，我们在街上吃饭，很简单的饭，他掏钱的次数比我多。住了一个月，忘了他写的什么，我一篇还没写好，就接到了河南省文联的电报，叫我们去郑州写东西，说得很急，我们就马上去郑州了。这一去，李文元就用自己的笔把自己杀了。

我们下午到了郑州，住进省文联招待室里。李文元是个名人，又熟，都热烈欢迎。作家李準拿了十块钱，夜里在文联主席苏金伞家里摆了一桌，为李文元接风，我也跟着吃了喝了。他们都是老师，我是小学生，我睁大眼听他们谈话，听得似懂非懂，我佩服得五体投地了。

我们又被安排在一个房间里，各写各的稿子。我得庆幸我给工作队帮忙，每天听到的都是高级社的优越，都是新人新事好人好事。

因为我汇报我那个姑父,不满的话听不到了,满脑子都是高级社好。我写了个小说《和好》,说一个媳妇来婆家没带土地少分红,家里为这不和,高级社取消了土地报酬,一家人和好了,证明了高级社的优越。李文元写了一篇小说《柳暗花明又一村》,写一个统战分子在县里开了会,觉悟觉到天上了,回到村里召集有问题的人传达上级精神,说要调动一切积极因素搞社会主义。我们还没走,刊物就出来了,我的没发,李文元的那篇发了,还是个头条。作品引起了强烈反响,电台采访了他,广播了他的创作经验《从套子里走出来》。

我很沮丧,他很高兴。祸兮?福兮?

9

回家路上,想到李文元的小说轰动了省城,自己出来几个月一字未发,何颜见江东父老,想想就自悲自叹,暗暗下了决心,一定要追要赶,向李文元学习,将来要和李文元一样也来个轰动。

从家走时穿得很土很破,在武汉买了件蓝卡其呢大衣,还买件开斯米毛衣,没武装到牙齿,也武装了全身。还给老婆扯了许多花布,装满了新买的箱子。回到家里,老婆欢天喜地,说我换了个人。我却一点也不高兴,还唉声叹气。老婆问我又出了什么事,我说了大败而归的经过。老婆说,天也不能光晴,也总有下雨的时候,下罢了还会晴,这回不中还有下回。这话有理是有理,心里还是不快,人家是个人,咱也是个人,住的一样房间,吃的一样饭,为啥人家中咱就不中?

没等我闹完情绪,就听到了省里的广播,看到了省里的报纸,说《柳暗花明又一村》和《从套子里走出来》是两株大毒草。毒在哪里?

地富反坏会有啥积极性？有的只是反党反革命的积极性，调动他们的积极性干什么？司马昭之心，路人皆知，是推翻社会主义的新中国。在批判文章的照耀下，又读了《柳暗花明又一村》，小说写的是社会主义积极性，批判文章变成了反革命积极性，这一变就变成了毒草。还有《从套子里走出来》，这套子有什么不好？为什么要走出来？要走向何方？绕来绕去把人绕得迷迷糊糊，是非曲直难以分辨，也没想去分辨，听党的，党说对就对，党说错就一定错，天下还有谁比党英明正确？

这时没有了对李文元的羡慕，也没有了对自己的气恼，全是满心的庆幸。李文元是贫农，写了这样的作品都劳改了，自己成分不好，要是写了这样的作品一定罪加几等。还想，写文章真是危险，发不了是白吃苦，写错了就是想白吃苦也不叫吃了，得去住不掏钱的房子。从此，提起笔不是想着把文章咋写好，是先听见李文元对我说，可千万别走我的老路，别为一句话一篇稿子弄得家破人亡！为了保平安，我开始读理论读领导讲话，读得特别入心，时时拿区别香花毒草的六条标准来制约自己，一言一行一个字也不出格。

这时，县里才开始大鸣大放。一天，通知我去参加县人代会的反右斗争，我心里咚咚跳着去了。

10

我已经当了几年县人大代表，还是人民委员，每次去开会都无忧无虑，跑得很欢，这一次不由腿软得像面条，明知道自己没有反党言论，还硬是怕，怕惯了，怕去时容易回来就难了。

天黑了，我磨磨蹭蹭才赶到县城，会场在小学的宿舍里，地上铺着麦秸,我悄悄溜进去,一屋子烟味,不是炮火的硝烟,是喷云吐雾的旱烟纸烟味。人们正在激昂慷慨地战斗,没人注意我,我坐到墙角的地上看去,被斗的是刘校长,也是个人民委员。听了一阵,才明白他的罪恶。原来他说人民委员是花瓶是摆设。我没发言,不是同情他,是糊涂,对双方的论点都想不通。花瓶不好,粪桶才好?堂堂大厅里放的都是芳香扑鼻的花瓶,没见过谁在大厅里放个臭气熏天的粪桶。再听下去,才知道是刘校长嫌代表没权,这就是刘校长的不对了。我这个人可能浑身都是毛病,只有一样好处,就是没有野心,从来没想过混进革命队伍,更没想过混个一官半职,能当个代表就受宠若惊了,何况还叫当个人民委员,和书记县长一个屋里开会,一个桌上吃饭,心满得溢出来了,再没他求了,还要权干啥?这样想却没敢这样说,想到李文元的下场,一字之错毁了一生,三十六计,不说才是上计。再加上都争着觉悟,这个没说完另外几个就抢着发言了,自己也争不上,乐得当了一夜哑巴,眼睁睁看着刘校长再不是校长了,想权更没权了。

回到村里,又参加了高级社的大鸣大放,工作队一个劲动员叫写大字报,说写了是觉悟,是热爱党,开了几天会,很是轰轰烈烈了一番。我没写,不单是参加过省里反右斗争,真是没有不满的情绪,跑汉口跑郑州又有钱花,正在感恩戴德。群众就是有意见也不对我说,怕我汇报。自己没有不满,也不知道群众的不满,满眼都金光闪闪,挤到底一个字也没写。也有人写了,一个姓王的转业兵,贫农,写了一张大字报,说"端起碗照相馆",意思是饭如清汤能照见人影。也是他命中注定有灾,正在批他时,恰巧他老婆给他送饭来了,是很稠的玉米糁汤,有人把筷子扎到饭里,筷子不倒。大家吼天吼地,说这么稠的饭怎么是照相馆?批他造谣破坏恶毒攻击社会主义。面对稠饭,铁证如山,他只好低头服罪。农民不打右派,按照政策给他戴了个反社会主义分子的帽子,地富反坏右的队伍又多了一个人了。

我参加了三次大鸣大放,总算有幸一路顺风过关了。

11

和李文元一起写稿时,听他谈话感到开窍、新鲜,别人都说他有思想有独到见解。我自叹不如,自己懂的太少了,也想和他一样有自己的思想。通过反右斗争,通过政治学习,我才发觉那种想有自己思想的想法危险极了,也才知道了怎么才能做个正确的人,当螺丝钉,用老百姓的说法是,社员是块砖,哪里需要哪里搬。我铆定了一条守则,党叫怎么想就怎么想,党叫怎么做就怎么做,绝不能有一丝一毫自己的东西。

反右结束,我的《和好》发表了,想起没发时自己的懊恼,想起李文元作品发了时的红火,才几天工夫,哭的笑了,笑的哭了,世界变化可真快,命运可真会玩弄人。看来该忧的还是慢点忧好,该喜的还是慢点喜好,说不定眨眼工夫就变了,变了也不要忧不要喜,谁敢保险明天不会再变?这样想了,就没有往日发表作品时的欢乐了。

我还是写稿,只是不再黑夜白天专门写了。几年来有了钱吃得好些,整个心思又用在创作上,早把肺结核忘了,忘了它它就跑了。为了保证以后不犯错误,我决心投身到轰轰烈烈的社会主义建设高潮中,在劳动中改造自己的世界观。这时,高级社要在三里湾修水库,我就报名参加了。这是一种军事化的生活,集体住在工棚里,吹号上工,吹号下工,不准回家。每到开饭时,成群结队的婆娘娃子提着小桶小缸来送饭,大家在一块儿吃,都互相看看吃的什么,倒也十分热闹。当时还没有高音喇叭,铁皮做的喇叭筒,一天到晚哇哇啦啦响,表扬好人好事,说这个人是黄忠,说那个是穆桂英,根据不同身份赐给古代英雄好汉的名字。我笨,不会做别的,就挖基坑,一天夜里下着雪,基坑里结了冰还在挑灯夜战。我跳在冰水里,激得骨头里面痛得扎心,想跳出来又怕别人说是逃兵,想继续干又确实连一分钟也坚持不住了。正在这时,喇叭响了,夸我是赵云夜战马超,说来也怪,这一吆喝竟然把冷赶跑了,心里身上顿时热乎乎的,我一直干到天明,别人来换时才下火线,可见政治能挡饥挡寒威力无穷了。当赵云只当一会儿,却换来了终身关节炎,直到如今每逢天变,脚脖和膝盖都钻心地又痛又困,忍不住了叫老婆闺女给我捶。老婆说我是爱叫人戴高帽子,我说,天下有几个不爱戴高帽子的?只要帽子不大不小戴上有啥不好,反对戴高帽子的人是因为自己没戴上眼红罢了。

没有白干,在火热的生产高潮中,真正感受到了群众改天换地的热情和力量,我利用工余时间写了不少小说和散文,河南人民出版社给我出了个小集子《磨盘山上红旗飘》。

没有正经干几天,又要跑步进入共产主义了。

12

这时候刚刚一天等于二十年,人们都敢想敢干,聪明才智任意发挥,连开会也得花样翻新,造一个又一个惊天动地泣鬼神的奇迹。

一天,乡里开生产队长会,报产量,我不是队长也去了,叫我听听写个新闻报道。会议开始,领导动员,讲大好形势,讲超英赶美,讲人有多大胆地有多高产,讲得头头是道,人人心里烧着一盆火。接着报产量了,一个老打头炮的生产队长先报,他说他们今年鼓足了干劲夺得了大丰收,亩产小麦三百多斤。旧社会小麦品种老化,又没化肥,耕作技术落后,亩产小麦只有一百多斤;解放后党关心农业,推广优良品种,亩产年年递增,也不过二百多斤。大家听说他们亩产三百多斤,羡慕得不住咂嘴,连连称奇。领导却大失所望,批评他思想保守,是小脚女人,把一个硬纸剪的老母猪戴到了他的胸前。大家一听一看都傻脸了,谁都不敢开口了。领导又做了动员,说报产量不仅是看你打了多少粮食,更主要的是看你有没有冲云霄的雄心壮志,愿不愿意超英压美。老天爷,美英是头号二号帝国主义,恨不得彻底消灭他们,不愿超他压他不算中国人!接着又报,第二个报了四百多斤,直说可差不多了,谁知还不中,被戴上了老牛拉破车的牌子。大家你看我我看你,谁都不愿跟上去,可是不报又躲不过去,领导点名,不怕不开金口。第三个戴上奔马的牌子,第四个戴上了汽车牌子,第五个戴上了火车牌子,第六个戴上了飞机牌子,产量由二百多斤上升到八百多斤,直到一个姓王的队长戴了火箭牌子才算告一段落。功德还没圆满,不能不叫人觉悟,不叫人革命可不对,领导对后进的人说,别人能做到的你们为什么做不到?革命不分先后,欢迎大家认清形势,参加到革命的行列里来。会议从早饭后开到半夜,为了回家吃饭睡觉也得迎头赶上,于是老母猪老牛奔马汽车火车飞机一下子都变成了火箭,皆大欢喜,会才散了。领导交代我快点写个稿子,争取早点把喜报出去。

回家路上,我问队长,真产那么多粮食?队长是我那远房姑父,大概还记得我曾汇报过他对统购不满的事,冷冷地反问,咋,你不相信?我不敢往下问了。

这天夜里我一眼没眨,在煤油灯下熬出了一篇稿子,说我们乡里如何夺得了大丰收。天刚明，我就得意扬扬地把稿子拿到乡里，等着领导看了表扬我写得好写得快，谁知领导看都没看就把稿子撕了，黑着脸子说，日他奶奶，睡了一夜人家可亩产几千斤了。

我傻脸了。

13

小麦亩产一千多斤、两千多斤、三千多斤，一直到亩产七千多斤，套红的号外一天发几个，不等你想想新的号外又飞来了，信不信？报上登的还能假了？信。也没有不信这个贱毛病。再加日日夜夜战天斗地忙得轰轰烈烈，满脑子都是热情激情，谁有闲心去分真真假假。只要有了人，天下没有创造不出来的奇迹，相信这句话天下就没有不信的事了。

这时候公社化了，眨眼工夫到处办起了食堂，共产主义是天堂，人民公社是桥梁。食堂优越性很多还很大，可以解放妇女劳动力，共同架金桥，共同奔天堂。吃饭不要钱，不用自己操心，饭来张口，多美，多好。齐天洪福，有人还不愿享。不愿意？好办，叫你现身吃一下试试。这天在五里桥学校里开吃食堂现场会，我有口福也去了，餐厅设在教室里，摆了几十张八仙方桌，一桌八个人。一时三刻，端上了八大碗，牛肉猪肉羊肉鸡肉鱼肉鸭肉豆腐粉条，看了都流口水，饭是虚腾腾的白馍加大米干饭，比过年吃的还要香十倍。大家吃得直乐直笑，才知道吃食堂就是上天堂，为啥不上？没一个人想过吃完了怎么办，好像到时候天上会下粮下肉。参加会的都是干部积极分子都觉悟，饱汉也知饿汉饥，回去坚决把食堂办起来，叫大家也都尝尝天堂生活的滋味。

这时候青壮年都住在水库工地,第二天一早号声响了,大家紧急集合,领导做了简短动员,兵分多路各回各的村里,去破坏一个旧世界,建设一个新世界,把食堂办起来。当我跑步回到家里,把大锅小锅、盆盆罐罐、案板菜刀拿到村边坟园里时,那里已经堆满了做饭的用具。说来也怪,当时的人没有一点私心,没有一点杂念,没有一点恋旧,好像不是拿自己的,是拿敌人的,都是欢天喜地拿去的。坟园里堆满了,大家抢起杠子镘头,把锅瓢盆罐砸了个稀巴烂,然后哈哈大笑着回到了工地,只用一个早上就告别了几千年单家独户做饭吃的旧生活。

这些事是不是太荒唐了?当时可没这样想过,每天都在紧张热烈新鲜中度过,每天都有一种神圣快乐的感觉。这时候我也不写小说了,写小说表达不了内心狂热的激情,天天写民歌,有时候一天能写几首,都是些云天雾地的顺口溜,现在找到的还有一首:

公社稻子长得强,

攀住谷穗上天堂。

地是竹篓天是仓,

打的粮食没处装。

如今说起当时的浮夸风,想想自己也不甘落后,脸红。

14

年好过,月好过,日子难过。啥叫过日子,有了柴米油盐酱醋茶这七样东西就能开开门过日子,还是地主老财的好日子。穷人不敢妄想这七样东西,只要两样:柴和米,有了这两样才能活命。现在看来这两样东西极平常,谁家不吃个白馍,可是几千年来为了柴米不知难坏了难死了多少老百姓。如今办起了食堂,过日子的事公家全包了,再也不用自己操心了,谁不高兴? 食堂初办,有的是东西,不仅叫吃饭还叫吃好,今天吃啥明天吃啥订有食谱,贴在墙上,天天不重样,比在自己家里吃得好多了。每到开饭时,全村的人都涌去吃大锅饭,说说笑笑敲着碗,好热闹好快活,都说上辈子积德好,这辈子进了天堂。谁也没想过细水长流,好像粮食大大的有。上级说,人有多大胆,地有多高产,只要胆子大,还怕没粮食? 赫赫有名的大科学家大专家马上说,对,对得很,不仅亩产可收几千斤,还能打万斤。又是实地调查研究,又是写论证文章,批判了过去广种薄收的旧耕做法,还献出了秘方,就是少种、高产、深翻、密植,一个村一个队只种几亩地就吃不完了。于是几百人围攻一块地,深翻,深翻,再深翻,翻几尺深,翻一丈多深,然后一亩地撒上几百斤种子。再然后就是算账,一斤种子有多少粒,乘上几百斤,等于多少粒,一粒种子出一棵苗,一棵苗上少说结一个穗,一个穗上少说有多重,再乘多少棵苗,一亩地能打上万斤几万斤粮食。为了表示科学,留点余地,打个七折八扣,一亩地能实产稳产几千斤。这么一算,算出了辉煌,今天好,明天更好,明天天上会下几尺厚的面粉。大家喜坏了也愁坏了,这么多粮食往哪里放呀! 盖仓库还盖不及哩,还愁吃吗?

当时大兵团作战,累不累? 累。苦不苦? 不苦,还乐。吃得好,吃得饱,还有提精神的活儿:除四害。什么叫四害? 就是消灭苍蝇、蚊子、臭虫、麻雀。要数消灭麻雀最轰轰烈烈。几百人几千人正在大干苦干拼命干,突然一只麻雀从头上飞过去,几百人几千人就立时放下手里活,呼喊着朝麻雀追去,千军万马奔腾的阵势,震撼天地的吆喝声,逢沟跳沟逢河跳河,天上一只麻雀在飞,地下黑压压人群在追,那个刺激比今天跳什么迪斯科还来劲,还乐。

肚子是饱的,活儿是紧张的,脑子是空白的,日子就这样无忧无虑地过着,这是我一生中最自在的时光了。

15

当时,吃住都在水库工地,虽说离家只有一里多路,轻易也不回家,忙,没空,看着工程一天一个样,干得有劲,玩得快乐,早把老婆娃子忘个干净。一天,回家拿稿纸,发觉箱子里锁了半斗白面,有十来斤的样子,头轰一下炸了,我说,家家的粮食都交公了,你怎么私藏粮食?老婆说,谁家不留一点?谁没个头疼脑热,不做碗面叶发发汗?我查问她,你说说,都谁家留的有?老婆嘴张了几张不敢指名道姓。我提起半斗白面去找到支书,说自己对老婆教育不够,要把这点白面交公。支书说,你是带病回乡军人,身体不好,这点面不要交了,拿回去万一病了想吃什么自己做一点。我不,我说,我是个回乡军人,不能嘴在食堂心在家。我把面交给支书走了,连斗也不要了。

现在偶尔提到这件事,老婆还说我穷积极,不留一点后路,也没见赏我个什么。说心里话,当时压根就没想叫赏什么,完全是发自内心,觉着当个人就应当那么做。为什么要留后路?只有不相信明天的人才留后路。我相信上级的话,相信科学家的论断,相信明天会比今天好一百倍,留那么一点面粉干什么?我拼命劳动,还诗兴大发,天天写民歌,写顺口溜,蘸着汗水写,歌颂三面红旗,有的写到了墙上,有的发到报上。《河南日报》发了我的长诗《我家住在干河旁》,占了大半个版面。顺便说一句,这一年,赵树理等老作家在《人民日报》发表联名倡议,说既然已经进了共产主义,就应该取消稿费。这时写东西是白尽义务,没有感到不满也没挫伤创作的积极性,整个身心都投进共产主义的热浪中了。

不久,我被选为西峡县烈军属、残退复员转业军人建设社会主义积极分子。先在县里开了会,又到地区开了会,又给戴奖章,又给戴红花,好荣光。后来,又到一个县里参观,到如今还记得清清楚楚,接待室门口放着洗脸盆架,架上放着新盆新毛巾还有香皂,洗了脸进入接待室里,桌上摆着切开的西瓜,刚刚落座,一群妙龄女郎就给每人捧上一块沙瓤西瓜。客人刚刚接住西瓜,女郎就退到身后,给每个人打扇子。瓜是甜的,风是凉的,我的心却涌起了一股热浪,差点热泪夺眶而出。这是我有生以来第一次被这么尊敬,第一次享受到人生,真好。一个人只要诚实劳动,只要真心对待社会,就不会被人抛弃,就不会被人歧视,我在心里嘱咐自己,回去了加油干。

但愿好光景地久天长。

16

人们沉浸在狂热之中,白天大干苦干加巧干,一天都等于二十年了还嫌少,还夜战,天上布满星,地下万盏灯,还要一天等于四十年。到处轰轰烈烈,人人匆匆忙忙。谁也不想自己,把自己全部交给公家了;谁也不想明天,明天不是天堂吗?只要填饱肚子,说叫干啥就猛干。我在村里比别人多识几个字,思想不比别人多一点,也是一片空白,只是到了初冬心里才有了一个很小的问号。

下霜了,坡上的红薯还没人出,村里有些老年人提了意见,大队干部找到了我们南岗的张队长,张队长说,不是我们队的,是新营队的。大队干部找到新营的刘队长,刘队长说,不是我们的,是坡根的。干部找了几个队，都说不是自己的，还招了很多牢骚，说啥年月了，为鸡巴点红薯还真当个事哩，划得着吗？下雪了，红薯还没人出，全冻烂在地里。人们天天从地里经过，没人可惜过，因为今天肚子是饱的，相信明天肚子不仅照样装饱，还会装得更好。

为了这事，我悄悄请教过工作队的老昝。老昝是县委干部，因为常写点新闻报道，和我有文字之交。他成分好，可是有点芝麻大的污点，差一点被打成右派，人变得很老实，说话很小心。当时，我很崇拜国家干部，看干部都是抬着头看的。我说了几个队推着不要地冻烂红薯的事，老昝像惊弓之鸟看见了射弹弓的人，审视了我许久，才说，几个队都争着不要好啊，还是争着要好？你想想看。过去，分红以队为单位，队与队有高低，人与人也有高低，因而，队与队之间常常争地边，为了三分二分地，你说是你的，他说是他的，本位主义大发作，争得面红耳赤拍桌子瞪眼睛闹不团结。我说，这不是一码小事。老昝说，怎么不是一码小事？看问题要一分为二，站在右面看，冻烂几块红薯，站在左面看，没有了私心没有了本位主义，公字当头了，有什么不好！不要只算经济账，要算政治账，哪值多哪值少？我想想他说的也有理，还是挺大的理，可不等于红薯不烂。他又问我有什么想法。我确实有想法，我想说是不是太公了，公得太狠了，公得对什么事都漠不关心了。我看他一本正经十分严肃，我便把到了嘴边的话又咽了下去。他又十分关心地问，你和别人说过这个事没有？我说没有，他才放心了，说，对任何人都不要再说这事了，对待新生事物要满腔热情充分肯定，千万不要怀疑。事情到此本来已经结束了，谁知临走时他又撂了一句：说话办事别忘了自己的身份！

这是一句救命的忠告，我却有点揭了疮疤的痛楚，心里闷气，回家对老婆说了，老婆一点也不同情，说，缺你吃了缺你喝了，才几天没叫你开地主会又急了，吃饱了撑的！就你能！

17

冻烂红薯的事，老爸说我的话，都很快忘记了。火红的年代没空思考，也没空背包袱，我很快又全身心地投入了战斗。

为了夺取来年小麦放卫星，当时没有化肥，为了扩大肥源，群众想了各种窍门，换墙土，挖堂土。据说，百年陈土胜过麻饼，就把村里老房子扒了，把墙土施进地里。还有挖塘泥，沤叶子肥，老人小孩在村里拾鸡屎，上山拾羊屎。本来一亩地只二三百斤产量，这一年每亩地下种都下二三百斤。水足肥足，麦苗出来了，一地嫩绿，一株紧挨一株，针插不进，大地像铺上了绿羊毛地毯，着实喜人迷人。干部划出一平方地，像数头发一样数出了多少棵苗，然后又是算账，说，有苗不愁长，没苗哪里想，不说分蘖发头了，一棵苗只结一个穗，一亩地也要产几千斤，算出了特大卫星。我像看到金浪翻滚的海洋，想到麦熟时的壮观景象，写了很多民歌，说麦穗长得像狼尾巴，密得结成了案板，小孩跳到上边跑步玩耍也掉不下来，给人们金色的梦幻又涂了一层光彩。转眼到了春末夏初，麦苗变得又细又瘦，这时候人们才急了愁了，才想到不好了，怕要减产了。别急！别愁！别怕！又有专家想出了起死回生的灵丹妙药，说，麦苗倒伏主要是缺肥缺光不透风，开了一个处方，肥施不进去就化成水从根部往里灌，好像给病人输血。又从县城工厂找来所有的鼓风机放在地头往地里吹风，好像给病人输氧。日夜抢救，血输了，氧输了，可惜救了病救不了命。亩产连种子都收不回来，还得放卫星，别处都放了，一个地方不放能行？上级不信,派人来监督,从收割进场进仓,每个环节都有人严格监视,监督人还签名盖章以示负责不假,结果卫星还是上天了,可见我们造的发动机神通无边了。这时候我也想过我写的吹牛民歌,脸红了一会儿,也只红了不大一会儿就又不红了,因为我读了别人写的民歌,说是站在麦垛上对着太阳吸袋烟,比起人家我写的算个屁,吹得还轻,只是小吹家吧。一个人能这样想,可见良心这玩意儿要是想扔了比什么都容易。

卫星上天了,食堂的饭却稀了。水库工地上的粮食是从各队调拨来的,原来两干一稀,早上馍中午馍,晚饭是面条,忽然间变成了一干两稀,又变成了三稀,原来还不限量。我还没什么,因为我不饿,我饭量小。不过,有人开始喊饿了。领导是不知道减产还是不敢说减产？只是给大家解释,说有些队有些人本位主义又发作了,调粮食不给。叫大家坚持,已经给公社反映了,公社会给解决的。

公社会采取什么措施呢？

18

卫星一颗颗上天了,食堂一个个告急了。粮食呢,到底有没有？没有等于放卫星是假的,承认弄虚作假事小,戴个否认"大跃进"的帽子可就罪该万死了。结论是粮食大大的有。既然有,粮食跑哪里了？一定是瞒产私分了。

公社召开了反瞒产大会,也就是当时名震西峡的北小河会议。

北小河的河床很亮,只有夏天山洪暴发才流几天大水,平常是条干河。还没有大办钢铁,河里长满槐柳树,浓荫遮天蔽日,时值八月,太阳还毒,正是开会的好场所。会议规模很大,全公社的男女老幼都参加了，要求家家锁门闭户，连婴儿也由母亲抱着来了。来了就走不了，会场四周由民兵站岗巡逻，任何人不准中途离开。会议先由公社刘书记做动员，讲了大好形势，表扬了高产放卫星的生产队，然后分生产队分大队讨论，查找粮食下落。为了鼓励人们检举，谁大胆揭发，就在谁胸前别上一个红布条，谁消极对抗一言不发，就在胸前别上一个白布条。别小看这两种颜色的布条，事关自己是红军还是白军的大是大非。这一手真灵，人人争戴红布条，马上掀起了揭发高潮，每个队都揭发了私藏粮食的人。当时比以后的"文化革命"文明多了，对揭发出来私藏粮食又不承认的人，不打，只推只搡。人们围成一圈，东边的人把你一搡推到西边，西边的人再猛一搡推到东边，河里全是乱石，被推者踉踉跄跄跌得头破血流。我看得心惊肉跳，想起那半斗白面多亏交了，要是没交，万一被别人揭发，我一定在劫难逃。主持会的人不知为什么把我例外了，没有给我白条，也没有给我红条，我成了旁观者，到处转游着看斗人者的凶猛，看被斗者的痛苦。整个会场响着怒吼声和呻吟声，我看得一阵一阵头皮发麻，浑身出鸡皮疙瘩，心里紧张得很怕得很，我怕下一秒钟厄运会突然降到我头上，因为人们红了眼，只要有一个人叫谁的名字，不待说叫谁干什么，愤怒的人们就会扑向谁。我吓得愣愣怔怔，公社的刘书记在会场里四下察看，经过我身边时呆着脸压低声音对我说，不这样弄真不行。我不置可否地听着，他每次看见我都重复这句话。我当时不明白他为什么要对我这么说，事后才想到他也心虚，怕我对这样做不满，会去县委告他的状，因为，当时我已经小有名气，和县委书记时有接触。他怎知道我比他还怕哩！

　　会还只是开头，接下去该怎么收场呢？

19

连续作战,会议开了整整四天,日夜不分。不知是真没粮食了,还是为了激起群众对瞒产私藏粮食者的愤怒,送的饭全是清水煮红薯叶或芝麻叶。时值夏天,再加这饭,使人们饥火变怒火,夜里顺河风呼呼叫,大家一点也不冷,还越斗劲越大,几天几夜不眨一眼,也没有人叫苦叫累叫受不了。

会议由揭发个人私藏粮食,谁家冒过炊烟,转到揭发生产队瞒产不上交。五里桥大队有个叫王鸿烈的生产队长,就是报产量时第一个戴火箭牌子的王队长,这时成了第一个瞒产对象。火箭坐了,光荣过了,不能只光荣不交粮食!光荣是有代价的,不是先付代价,就是后付代价。要光荣就要有牺牲。人们吼叫着问王队长粮食哪里去了,才开头他不说。不怕他不说,有办法叫他说。他终于说了,说粮食藏在麦秸垛里,藏了多少多少万斤。人心大快,马上就有白馍吃了。一群民兵奉命出发,兴冲冲跑步前去。离会场不远,只有二三里路,大家等着辉煌战果。民兵们很快转回,说扒开麦秸垛,只有麦秸没有粮食。大家上当受骗了,嗷嗷叫着扑向王队长。王队长吓瘫了,为了躲过眼前的灭顶之灾,就承认自己不老实,粮食没藏在麦秸垛里,是埋在保管室后边地里。人们被愚弄一次,怕他又是瞎话,就质问他这一回是不是又说谎话,他赌咒发誓,说这一次是真的,要是再假就不是人生父母养的。民兵们二次出征,又扑了个空,回来说挖地三尺不见一个粮食籽。这一回不仅群众火了,领导也火了,马上宣布集中开大会。这时我才发觉,主席台桌子上不知什么时候放了一捆指头粗的草绳,刘书记讲话,说王鸿烈瞒产私藏粮食抗拒不交,企图破坏"大跃进"破坏公共食堂,罪大恶极。在群众一片怒吼声中,刘书记宣布把王鸿烈逮捕法办。几个民兵冲上去,扭住王鸿烈双臂,绳捆索绑,押到县里去了。曾几何时,我亲眼看着他坐火箭上了天,又亲眼看着他摔下来进了地狱。当初号召向他学习,今天也应当号召向他学习,可学的东西太多了,用虚假换来的光荣,注定了早晚会成为耻辱。我可怜他,但不同情他,因为他被戴上火箭牌子时也曾得意地笑过,只可怜他当时忘了笑是哭的妈,怨谁?

走了带头坐火箭的王鸿烈,跟着坐火箭的人都怕了。下一个会轮着谁呢?

20

王鸿烈被逮捕,给人们浇了一盆冷水,大家心里都和明镜一样,卫星是嘴上说的,不是地上长出来的,真要有那么多粮食就是要命。会议的情绪一下子低落了。低了不怕,有办法叫再高起来。还是那布条,戴红布条的人稍有消极,马上给他换上白布条,戴白布条的人大胆揭发,立时给他换上红布条。当红军去斗人,谁不想当红军?当白军去挨斗,谁愿当白军?疲劳的人们又嗷嗷叫了。

我们北堂大队有个戴白条的人揭发乔太合,说他瞒产还私藏粮食,说得有鼻子有眼。按照惯例,被揭发的人听到说自己的名字,会主动飞跑去站到挨斗的地方,跑得慢一点后边就有人推推搡搡,不等上台就先受皮肉之苦。谁知有了例外,说了半天,还不见乔太合出场,人们就吆喝乔太合站出来,不听他答应也没见他的影子,这才发觉乔太合失踪了。有人说他跑了,防守的民兵说自己尽职尽责,防守严密,连老鸹麻雀也飞不出去。找了半天也没找到,突然有人叫道,啊,他吊死了!大家抬头一看,他吊死在会场上边的树上,就在大家的头顶。什么时间吊死的?开会开迷了,熬夜熬得昏了头花了眼,谁都不知道。

人命关天,县委知道了,马上派人来宣布散会,已经熬了几天的人们如获大赦都回家了。这个会议造成了极坏的恶果,县委派工作组进行了调查,宣布这是个严重错误的会,公社的主要领导都受了严肃处理,有的被撤职了,有的被开除党籍了。老百姓们感恩党都说还是上级英明,经是好经,都叫和尚娃们念歪了。

这四天四夜的会,我一言没发。是我有先见之明?是我正确正直?我没揭发别人是我不昧良心?直到如今我都怀疑,假如当时给我戴了红布条,我会不会为了表示积极去揭发别人?假如当时给我戴了白布条,我会不会为了立功去出卖别人?我想我可能也会,也可能比别人更积极,因为我也是一个极普通的人,也想生存,必须保护自己,何况我还是个不如人的弱者。这样想了,我就不责备群众不坚持实事求是,从不认为自己高明。不过,通过这个会议,我懂得了如何生存。制造火箭的人明知是假火箭偏要当成火箭卖的人,都因为不愿和别人一样站在地上,想上天才毁了自己。从此以后,在漫长的人生路上,我夜里没做过上天的梦,白天连上树也没想过,高人自然比我高一头,见了侏儒我也要蹲下去让他比我高一头。因为想比别人高一头的人,最后一定会比人低几头。

不久,我就调到西峡报社了。

21

北小河会议之后,算我命好,上级叫我去西峡报社工作了,才开始饿就吃上了商品粮，国家供应，一个月二十九斤，再也不愁吃的了。因而，我对三年灾害的体会不深。

我从部队回来，接触的第一个干部是老李，为了买我的手表，把我炮治得好苦，内心深处留下了怕干部的阴影，对干部敬而远之。到了报社，上至总编辑下至一般编辑对我都很关心，给我讲业务，帮我收拾房间，领我买饭票。原来，我把总编辑看成很大的官，把编辑们也看得很神圣，没想到他们都把我当成人看，我很感动。报社没有食堂，在县委伙上吃饭。每到开饭时，大家蹲在饭场里，有说有笑谈天说地，都非常平易近人，才知道干部们都是好人。天数长了，从干部们闲谈中知道县委书记老孙的生活也很清贫，孩子多，赘子大，一家人常常一天三顿清水煮南瓜吃，只有他一人偶尔吃个白馍。当时在我心目中，县委书记是党的化身，就是党。没想到党也吃苦，和老百姓一样吃苦，老百姓吃苦还有啥怨言？老百姓再苦也不算苦了，北小河会议在我心中结下的冰块一下子全融化了。

我的工作是编副刊，每期报纸只有半个版。当时的副刊好编，说为政治服务，其实就是为中心服务，配合中心工作，紧跟中心工作，歌颂三面红旗，歌颂群众的英雄精神，发些和季节农活相配的民歌和小故事。有好稿了，就改改编编，没有好稿了，就自己写点用个笔名冒充群众来稿发了。我除了编副刊，也写点通讯和消息。当时，新生事物层出不穷，多如牛毛，经常有成群结队的人敲锣打鼓，抬着成果来县委报喜，报社就要出个套红的号外，气可鼓不可泄，谁也不怀疑群众创造的奇迹。一天，酒厂来报喜，说做酒精不用粮食用大粪，因为食物中含的营养没有被人体全部吸收，有一部分被排泄出来了，有理。第二天，高中又来报喜，说做酒连大粪也不用，只用水，因为酵母兑入水中菌种会繁殖，会起化学作用，想想也有理。从农村到了县城,过去只看到农业"大跃进",现在看见了工业"大跃进",感到特别新鲜。我又被这种热烈气氛和群众敢想敢干的精神感染了,神经一天到晚处于兴奋状态,还是见啥信啥听啥信啥,可见人是轻易不会接受经验的。

22

报社的工作很有点军事化的味道,编稿发稿都打不得哈哈,少一篇或晚一点都会误了大事,大家忙得喘不过气。我编副刊,闲了也帮着抓点消息写写。

一天,总编叫我抓条种麦施肥的消息。当时没有化肥,种地全靠农家肥,不外是大粪和绿肥。我种过地,一亩施肥五六十担就不少了。我往各公社打电话要数字。有的报一亩施肥一百多担,最多的报三百多担。我怕其中有假,就把怀疑对总编讲了。总编说,不是假不假的问题,是你的思想还没解放。过去啥产量,一亩地二百来斤,现在一亩地几千斤,不施高于过去几倍几十倍的肥料能放出卫星? 要抓先进带动落后,不能抓落后埋没先进。这是我进报社后第一次挨批,不敢说什么就继续去找卫星苗子。我打电话到一个公社,找到了小张。我认识他,平时也爱写个稿子,对他印象不错。我说了意图,他报了数字,说一亩地施肥三百多担。又抓住落后了。他要往下细说,我打断了他的话,我说,那就算了,别的地方也是三百多担。小张忙说,别急,我再看看统计表,是不是我记错了。我没放电话,听见了对方翻书的声音。很快他就回话了,说,怕处有鬼,我怕记错了真是记错了,忘了个一,不是三百五十四担,是一千三百五十四担。我吓了一跳,也不便反驳。他滔滔不绝讲了措施和办法,说得头头是道。我把情况给总编讲了。不等我讲出自己的想法,总编就使劲表扬我,说我善于发现新鲜事物,表扬得我咽下了怀疑。我把稿子编了交上去,心里老不踏实,夜里给一位编辑讲了自己的看法,我说谁知道他翻看的是不是统计表,说不定是云天雾地的《西游记》,和孙悟空一样说变就变了。大家奇怪地看着我都笑而不语,好像我是天外来客。待人散了,好友昝申定正言正色地说我,只要有了人,什么人间奇迹都能创造出来。你不相信奇迹相信落后?你咋知道人家一亩没施肥一千三百五十四担?他不是说自己施了多少肥,他说的是群众施了多少肥,是公社施了多少肥,不相信群众不相信公社是啥性质?反罢右派才几天可忘了?相信自己绝没有好下场。说得我浑身汗毛都立起来了。

稿子发了,一颗施肥卫星上天了,小张不久就升成了秘书,我才明白添个"一"字的威力和妙处。作为他本人无可非议,一个"一"字添得不费吹灰之力,就换了个锦绣前程。虽然他可能不再一加一了,可我每次见了他总像吃了个蝇子,想呕。

23

农业"大跃进"还在跃进着,忽然间又来了个全民大炼钢铁运动,眨眼工夫就烧红了天烧红了地,烧得全国人民的心都沸腾了。

头天报纸发了大炼钢铁的号召,第二天县城外土门崖的炼铁工地就放了卫星。吃了晚饭,我们去现场采访,只见小土炉林立,运料的,上料的,拉风箱的,男男女女穿梭般的来来往往,匆忙,热烈,每个人都是那么忘我,那么奋发,从人们脸上读到了志在必胜的誓言。小土炉是泥巴垒砌的,烧的是木炭,炼的是从河里淘来的铁砂。每个小土炉旁边都有几条年轻力壮的好汉，呼喊着号子，轮换拉着巨大的风箱，小土炉便喷吐出熊熊火舌。如今想起来未免觉得荒唐可笑，当时可真心实意认为很神圣很伟大。帝国主义对新中国满怀仇视，经济上超英赶美不得不大炼钢铁。这种蚂蚁啃骨头、蚂蚁搬大山的方法虽有些落后，可是大炼钢铁的规模和声势肯定是空前绝后的，它展示了中国人民不可侮的志气和力量，是中国人民对帝修反的怒吼。当时听不到外电如何报道，我想帝国主义一定会吓了一大跳，再也不敢对中国轻举妄动了。

小土炉炼一次能出一吨铁就算放卫星了，还是个大卫星。不能小看一吨这个数字，县县乡乡村村小土炉林立，一个县少说也有几千个小土炉，全地区全省全国有多少小土炉，一天能出多少铁，一月能出多少铁，一年能出多少铁，这么一算就把英美帝国主义远远甩到十万八千里后面去了。这账也不是不可信，中国自古就用小土炉炼铁，也炼出了高质量的铁，造出了千古珍宝的钟、剑等。可惜，问题在于大轰大嗡，为了追求数量，便不讲质量。有个村嫌小土炉出铁少，就用房子炼，腾空三间瓦房，铺一层花栎木杠子，铺一层铁砂，再铺一层花栎木杠子，再铺一层铁砂，就这样一层一层把房子堆满，然后把房子点着火任其熊熊燃烧。结果烧秃了万架绿山，炼出了一堆堆烧结铁。当时人民群众才从旧社会过来不久，不要说没炼铁技术了，见过炼铁的人一个县也没几个，全凭满腔爱国热情，一夜之间都成了炼铁工人、炼铁技术员，成败功过自不待言了。

全民投入了大炼钢铁，农业生产没有几个劳动力了，种地怎么办？没关系，少种高产，种一百亩地，一亩地产二百斤，才两万斤。种好一点，一亩地就产二万斤，不是比种一百亩省很多劳力吗？多快好省何乐而不为？这账一算，大家心里亮堂了，便信心百倍，鼓足干劲投入大炼钢铁的战场了。

24

关于"大跃进"和大炼钢铁的是非功过,自有公论,我没资格也没水平说三道四。我只想说说自己是个什么东西,这个东西扮演了什么角色。

在"大跃进"的年代里,不论干什么都要争先,决不示弱,决不落后。当时,《南阳日报》发了《幸福老人游南阳》的连载游记,我就给总编说,他们能游,咱们也游。总编很高兴很支持,就叫我专门写游记,写全县大炼钢铁的英雄事迹。《南阳日报》是《幸福老人游南阳》,《西峡报》就弄了个《王老汉游西峡》的专栏,专写奇迹,期期登一篇,有一两千字。我走遍了全县,写了一篇又一篇如今看来稀奇古怪的事,不仅稀奇古怪,还造罪于子孙后代。文章中有这么一段,原文如下:

"老伯,是你不知,俺山区虽是林多地广,但劳力不足,烧炭总是跟不上冶炼需要……"没等这人说完,王老头急问:"那可咋办?"这人接着讲起了炼铁厂里的一段故事:

自从县委办公室主任张继春和监委会书记张阔宙二位同志十月上旬来厂以后,就给大家提出了能不能用木柴炼铁的问题。一次他们亲自在国营铁厂试炼,谁知正欢的炉子一上柴就不出铁了,这可急坏了原来的技术员李明义,他埋怨着:"这白白耽误了我们放卫星。"这时,他们俩就召开诸葛会,叫大家出主意,想办法,谁知第二天用木柴会炼出九百九十七斤铁来。现在各厂都用木柴炼铁,炉子再也不会因断炭停火了。

(《西峡游记》第 11 页)

山上的树木本来还可以多活几天,有的砍得晚了还可能逃条命。这篇游记一登,成了条宝贵经验,也成了树木森林的催命鬼,直接用木柴炼铁的结果是砍活树直接进炼铁炉,也就是树木的焚尸炉,加快了砍伐树木的速度,多少青山绿林,一夜之间便成了光秃秃的荒山。这经验不是我创造的,却是我用笔传播的,树木有灵也不会饶我。我走遍了全县,写了不少游记。说游记根本不是游记,不写风景风俗人文人情,写的全是"大跃进"中的荒唐人荒唐事,还自以为荣自鸣得意,寄给了河南人民出版社,结集出版了一个薄薄的册子,叫《西峡游记》。这是我出的第一个集子,今天翻翻看看脸就红了,好的是一九五八年以后取消了稿费,出这个吹牛集子没得到吹牛钱。"文化革命"中斗我,说我使了背良心钱,实在冤枉。背良心不假,背良心钱可真是没使到一分,官也没升半级,白吹了。白吹了也好,总算落个清白。当时要是吹发了吹上去了,现在老了,良心会更加不安的。

大炼钢铁没有持续多久就结束了,却显示了全民总动员的威力。现在想起那场轰轰烈烈的运动,心里还百感交集。

25

"大跃进"中最"跃进"的要算西坪公社了。西坪的食堂办得最大,万人食堂。西坪的卫星最大,亩产四十万斤。

一天,县委宋副书记去西坪视察,除了随员,我也跟着去采访。西坪是河南西部的重镇,和陕西商南相连,有公路直通西安,抗日时河南省政府曾流亡在这里。西坪公社设在大地主查家。查家的房子规模和旧时南阳府差不多,颇有点侯门深似海的气派,门窗都是雕花的,刻着前朝古代戏曲中的人物,非常精细逼真,艺术品位很高,称得上古建筑,可惜后来都当"四旧"破了。

我们在公社坐了一会儿,就去参观万人食堂。食堂设在西门下边,还没到开饭时间,只有炊事员,没有吃饭的人,万人挤在一起怎么吃和吃些什么都看不见,全凭口头介绍。公社书记姓庞,据说能力很棒,据说要不是因为点什么早就当县委书记县长了。庞书记讲得不卑不亢,说食堂开饭是坐桌化,吃水是自流化,做饭是机械化,吃菜是专业化,食堂全部实现了四化。宋书记听了连连点头,肯定了一番,表扬了一番,没有提出任何疑问,我们跟班的心里就是有疑问看宋书记没疑问也就自然没疑问了。看了食堂就去招待所休息,晌午的饭也是在招待所吃的,也是坐桌吃的,有肉有菜有馍。宋书记说,不要搞特殊化。庞书记说,万人食堂里也是吃的这些东西。庞书记这么一说,也就真不特殊化了,大家也就吃得心安理得了。吃了饭匆匆赶到万人食堂,想看看社员到底吃的什么,可惜万人食堂也开过饭了,人都散了,炊事员们已经打扫卫生了。嘴里没说心里想,吃这么快,大概吃饭也机械化电气化了。

万人食堂没看上,大家返回招待所休息。我不敢休息,我有任务,就出了西门去西岗村看丰产方了。丰产方在公路旁边,一展平地。真是深耕细作,地平如镜,土细如面,收拾得整整齐齐,干干净净,麦苗绿油油的,看了舒心悦目。地头插着丰产方牌子,写着丰产方的面积、负责人、丰产措施,也都令人振奋,只是看了最后亩产四十万斤的数字,心里不由升起了不可告人的阴暗思想。我在丰产方牌子下面,像个死人一样一动不动坐了整整一个下午。地边是公路,人来车往,络绎不绝,可能有不识字的,相信大多数是识字的,别人看了不想,自己看了就想,这是一种什么思想在作怪?到了天黑时，我才发觉自己又陷进了邪路，就自嘲地笑笑回公社去了。

26

一辈子吃过几顿饭记不清算不清，吃了也就忘了，唯有一顿饭吃得终生难忘，不是饭，是刀子，现在正吃饭时还会忽然想起那顿饭。

一天，我和编辑小庞去二百丈沟采访。据说那里生产、食堂办得都好，领导叫去写篇稿子宣扬宣扬。我和小庞下午去了，果然名不虚传，坡上沟里果树成林，食堂也干干净净。这里有个驻队干部，介绍了情况，说得头头是道。一个小山沟搞得这么出众，写篇通讯不会错了。说话间天黑了，离县城二十里路，我们要走，主人硬留，说是坡路不好走，还说饭已经准备好了。说实在话，要走是假意，想吃一顿才是真心。当时机关食堂硬碰硬，一顿三两就是三两，谁也别想多吃一钱，真正是童叟无欺。能在外边吃顿饱饭，是朝思暮想的头等大事，我和小庞虚心假意一番，还说，也好，吃了饭再往细处谈谈，再丰富点补充点材料，把稿子写得更好一点。在"更好"的幌子下就为革命留下了。

一间小屋里，当中摆了张桌子，饭端上来了，四个菜——鸡蛋、红白萝卜丝、白菜，还有碧绿酒。酒很次菜很淡，在小山沟里已经算得上贡品了，按当时标准看，也算得大吃大喝了。和酒久违了，一见如故，我们三个人喝着，谈着，乐着，好不容易轻松畅饮一回。忽然外边起了一阵吆喝声，我问，怎么了？驻队干部出去看了看回来说，没事。当我们又端起酒杯时，厮打声哭叫声更大了，驻队干部一脸愠色，我说，小庞，你去看看怎么了。小庞去去很快转回来了，一脸不安地说，逮住个小偷。我问，偷什么了？我要出去看看，驻队干部不让去,说,小事,喝咱们的。我没听他的话还是出去了,驻队干部也无奈地跟着出来了。惨淡的月光下,树上绑着一个人。旁边的人大声斥责着被绑的人,被绑的人在死命挣扎。见我来了,骂的人骂得更起劲了,说被绑的人坏透了,说他吃了天胆啥都敢偷,打死他也不亏。我问偷了什么,没人正面回答,从对小偷乱哄哄的责骂声中我听明白了,原来被绑者偷了一个馍,专门准备让我们吃的馍。我的心突然沉落到地狱里了,觉着自己比小偷还坏一百倍,应当绑起来的是自己这个明偷而不是那个小偷。我又羞又气,喝道,把他放了!把他放了!人们看我动怒了,不情愿地把他松了绑。我跑到食堂里看看,里面干干净净,只有三四个馍。炊事员说,食堂已经三天没开伙了。我拿了一个馍,走出去递给那个小偷,我没说什么,他也没说什么,拿着那个馍转身跑了。我回头对小庞说,咱们回吧!在众人默默的目光下,小庞和我就摸黑回县城了。一路上小庞和我一直默默无语,说什么呢?到报社已经半夜了。

我不觉悟,回来后没敢汇报,怕说给食堂抹黑和污蔑,我推故没写这篇通讯,总算多少还有点良心。

27

报社的工作又紧张又严肃,当时人们之间再好再朋友也不交谈对形势的看法。大家往往制造一些安全的乐趣,给紧张的心理一点松弛和欢快。

我一生没别的嗜好,就爱吸烟。一次,隔墙一个编辑屋里几个人在说闲话,喊我也去歇一会儿,我去了,那位编辑让我一支烟。当时纸烟凭票供应,给谁一支烟就是很大的自我牺牲,也是对对方的极大尊重。我接住烟吸着,别人看着我窃窃地笑,我不明白大家笑什么,问也不回话。我纳闷地吸着,突然那烟爆炸了,很响,炸了我一脸烟灰烟丝,吓得我心惊肉跳。大家爆发了哄堂大笑,一个个笑得弯腰弓脊流眼泪。原来,那位编辑把纸烟的烟丝掏空了,里面放了一个纸炮又把烟丝装上,叫我来吸烟是故意拿我取笑让大家乐乐的。看着大家乐得没了忧没了虑,我没发火,也跟着大家笑了,还有点为人民服了个务的良好感觉。

一天下午,一个女编辑喊我,叫我到她办公室,我刚进去,她就急急忙忙闩上了门,回头让我坐下。她是党员,看她挺神秘的样子,干什么?莫非我出了什么事,找我个别谈话?我有点紧张。她笑笑,从抽斗里拿出一个蒸红薯,说,我老家给我拿了几个红薯,没舍得吃完,给你拿了一个。食欲催得我连句感激话也没来得及说,就把红薯填到嘴里了。红薯不小,有一斤来重,解决了肚里的大问题。她看我吃得狼吞虎咽,吃得很香,她的脸上流淌出满足甜蜜的笑意。吃完了临走时,她嘱咐我,就给你拿了一个,不要给别人说。我说,你放心。我享受了特殊厚待,心里着实感恩。后来听说,别人也如此这般吃了。我一点也不怪她,她这样说这样叫吃,一个红薯起到了两个红薯的作用,对肚子对感情都起到双倍的效益,有啥不好?到如今我还记着这个红薯。

那个叫昝申定的编辑,在我家乡北堂驻过队,人老实得很,当年我受歧视时,他待我不薄,没把我当敌人看。我到了报社,历史上有一点点泥星,非常小心怕事,他常常悄悄教导我该注意什么。我们经常一块儿下乡,他也想学着写点文艺作品,又把我当作他写作上的老师,我们便成了知交。他写文章很下苦功,为了一句话,改来改去,经常熬得两只眼红茫茫的。功夫不负苦心人,终于在《奔流》上发表了《油桐花开》和《斑鸠潭的故事》两篇散文，很朴素很清新，直到现在还有不少人记着这两篇散文。可惜，他因太胆小，结果早早死在胆小上了。

28

字是什么？是最漂亮称心的情人，是升官发财的敲门砖，是人类进步的幸福的手段，也是杀人害命的刀子。玩字的人祸福无定，可能一篇文章做得好便飞黄腾达一切都拥有，也可能一字之差命丧黄泉，险！

这一年，农村里不少人得了浮肿病。这不怨食堂，食堂是巩固农村社会主义的坚强堡垒；也不怨人民公社，人民公社是走向天堂的桥梁。都怨三年灾害，怨帝修反的封锁。为了证明今比昔强，报纸上不断宣传旧社会遭灾后的悲惨景象。一次，报纸上转登了一组新华社发的照片，尸骨遍地，照片下边有文字说明：民国八年遭了大灾，这是当时饿死的人。报纸发下去半月之久，忽然有人揭发说报纸上出了重大反革命宣传事件。一查，原来是把"当时饿死的人"错排成"当前饿死的人"，"时"成了"前"，虽一字之差，却水火不相容。重大政治事故，公安局开进了报社，看样子要抓人了。

差错是怎么造成的？是反革命故意破坏？是丧失了政治责任心？一个个被找去谈话，叫坦白叫揭发，听说还审查了全部档案。人人自危，都在想着自己的历史问题和现时表现，想着自己被抓走的可能性。一张张脸成青柿子，见面不抬头不说话，一个个都似罪恶深重的因犯。查了很久，终于水落石出了。都怨老昝，就是那个和我知交又学着写文艺作品的昝申定，那天夜里他值班负责校对清样,他去看戏回来得很晚,看了几遍清样也没看出来就签印了。印刷厂也查了,原来字架上的字是按词组排列的,"当前""当时""当代"等等放在一起,拣字的人顺手拿了,看清样的人顺口念了,才造成了这起重大事故。大家松了口气,脸上有了人色,庆幸自己解脱了,昝申定却陷入了极度恐怖,自己历史上不清白,又出了这码子能和历史连得住的事,自知罪该万死了。这天晚饭后我散步回来,昝申定看看左右没人,把我喊到他住室里,把手表和几十块钱塞给我,说,看样子我不中了,我被抓走了,你把这给我老婆。我劝他几句劝不动,他说已经铁定了,说着可眼泪滚滚了,还催我快走,怕别人看见了表和钱就带不走了。

我回到自己住室里,看着老昝的表和钱不由为他悲哀,也明白了玩字的危险,想想浑身凉了,头皮麻了。

天天时时看着老昝,好像随时他都会被抓走,等着这一刻又怕这一刻真会到来。

29

"当时"印成"当前"的事件有了元凶,紧张气氛仍然笼罩着报社。

昝申定愁眉愁脸,大会小会哭声流泪检讨,说自己那天夜里不该去看戏了,脑子熬昏了,说自己罪该万死。大家气他马虎惹了大祸,看他可怜的样子也悄悄同情他,知道他不是故意的,可是怕惹火烧身,见了他远远躲开,谁也不敢站起来说句公道话。我一见他的面就不由摸摸口袋里他的手表和钱,就好像看见他老婆娃子哭死哭活的悲惨样子,不由心酸眼红。都说文人们干的活儿轻,笔尖绕绕都是钱,怎知道绕错了一撇一横就会要命。从此写文章格外小心,几乎笔笔都前思后想别留下后遗症,害怕万一出了差错送了一生前途。

终于这个事故有了结尾,总编张新志承担了责任,说自己把关不严,说自己平时对编辑教育不够,说麻痹大意政治责任感不强等,县委也分担了责任,昝申定才脱了险,原封不动叫他还当编辑。当我把手表和钱退给他时,他泪流满面,感激党的伟大英明,说党真是亲妈,比亲妈还亲,充满了感恩之情。

没几天,总编辑下放到大贵寺,我也去了,这不叫处理,叫劳动锻炼。大贵寺属丁河乡,是全县"跃进"的典范乡,通往县城的公路上,天天夜里千万盏灯笼火把齐明,照着人们夜战,照出了一条四十里长的蛟龙。我们不会做别的,专门担粪,从岗下往岗上担。出力吃苦倒也受得住,就是饿,每担到岗上一担,就在供销社买一两玫瑰酒喝了。这酒放到几十年后的今天,一斤也不值一块钱。当时号召同吃同住同劳动,虽然每天有几两粮票,可是群众食堂不开伙,我们也只好陪饿。天无绝人之路,大贵寺东边沟里有个国营猪场,在人们如此困难的情况下,国家仍供应猪场饲料,可能因为猪是国家的财产吧。和我们一块儿劳动的有个同志叫何凌洲,悄悄给我们说,我认识猪场的饲养员,他那里有吃的。我们跟他去了,果然看见大锅里煮着很稠的玉谷糁子糊汤。饲养员封建三大方热情,盛了几大碗,让我们蹲在灶火里吃个饱,吃得很香。从此,我们隔几天去吃一顿,当然,这事绝对保密,怕上级知道了不依,更怕别人知道了也去吃,我们就吃不成了。想想现在吃饭,看饭店档次高低,论座位上下,山珍海味,越吃越奇,其实还没当年蹲在灶火里吃猪食香。人啊,忘了过去苦,就不知道如今的甜。

劳动了几个月,上级说我们表现不错,又叫我们回报社了。

30

自从到了报社,虽然离家只有十华里远,却一直没有回过家。忙,天天都有新任务。也没家可想,当时实行家庭简单化,每家只留一张床,其余的东西全部交公了,木的全烧了,金属的全炼铁了。吃饭有食堂,家里不准冒烟,谁也没有置家立业的私心杂念。再说,回家也不定找到家人。一次,第二天要去南阳开会,夜里回家拿换洗衣服,到家一看门关着没人,打听了半天,说老婆调到红专农场了。跑到红专农场,说是去淘铁砂了。跑到老灌河里,说是去山里烧炭了。找了一夜也没见着老婆的面。老婆倒十天半月来报社看我一次,每次都揣点拳菜根刺角芽烙的馍,叫我填填肚子。夜里悄悄讲些村里的真情,说谁谁浮肿得走不动路了,谁谁年轻轻的不中了。我听了害怕,不叫她讲,说讲这些犯法。我说,你怎么光看见光记住这些事,就不能讲点好的,你是不是想叫我反对"大跃进"去住班房?看我生气她就哭。可是她不改,下次来了还讲,有几次睡到半夜,她又提起这种可怕的事,我气坏了,把她蹬下床叫她立时滚回去。现在想想,我也不是个人,不要说自己不敢为人民说话了,连听听人民的疾苦也不敢听。我总算还不错,没有检举揭发她讲的话,一辈子错过了大义灭亲的壮举。

不过,我也检举过别人。一次,收到了一封信,信皮上的寄信地址是内乡,拆开一看是攻击"大跃进"的反革命传单,下面没有写信人的姓名,只是叫我广为传播。我吓得差点晕过去,好像大祸临头。我想神不知鬼不觉地撕了,想想不妥,就惊慌不安地跑到县委会,直接找到县委书记孙立魁,把信给了他。孙书记看了信,又找来公安局的人,用放大镜把信皮看了又看。我在一边吓坏了,写反革命传单的犯法,收到反革命传单的会不会也犯法?为什么反革命传单不寄给别人寄给我?领导会不会怀疑我也不是个好东西?我在一边站了半天,领导们研究了好大一会儿,孙书记才对我笑了,说,这传单不仅寄给了你也寄给了别人,你能主动交上来是相信党的表现。我回去了还一直惴惴不安。过了一段时间,这个案件破了,寄信的人我根本不认识。听说,这个人被捕以后彻底交代了曾给谁发过信,其中就有我的名字,没有及时把信交出的都受到处理。我又后怕又庆幸,当时要是把信撕了不交,后果不堪设想,说不定我也会跟着这人进去了,这一辈子我就非现在的我了。一生都糊涂,老学不能,唯独这件事英明一回,值得终生庆幸。

31

我生性胆小软弱,连杀鸡都不忍看,这一年却打了人。一生中唯一一次打人,打的是老婆。

好久好久没回家了,这天下午我终于回去了,是下去采访顺路回去的。夏末秋初,天气还热着。我家在村后,没人来往,很偏僻冷落。走进院子,入眼就看见老婆坐在院里捶布石上,正吃着玉谷秆,一副狼吞虎咽吃不及的样子,咂着汁水。我像突然挨了一棒,脑袋嗡了一下。老婆抢先站起来迎接我,欢天喜地说,你可舍得回来一回。我质问她,你在哪里弄的玉谷秆?老婆没有意识到我变脸了,嘻嘻着指指房后玉谷地,说,在地里折的,公秆,可甜了,你吃不吃?还有。我顿时火气上来,喝道,你敢偷公社的庄稼吃,我看你是疯了！老婆大概才发觉我脸色不对，忙辩解说，别人偷掰玉谷穗偷扒红薯，我就掰根玉谷秆吃吃就算偷了？我气急败坏了，说，别人、别人，别人偷你也偷？别人不是我的老婆我管不着，我就是不许你偷！老婆不服继续犟嘴，我遏制不住心中怒气上去夺过她手里的玉谷秆，狠狠打她一个耳光，她侧歪着退回去靠到了墙上，只流泪不说话了，眼里射着哀怨和愤恨的光。我还在气，我说，你敢去地里再掰一根玉谷秆，咱们就离婚！我说完就气冲冲回头扬长走了。

为了吃一根玉谷秆发这么大脾气？因为玉谷秆是公社的庄稼。偷得也偷不得。成分好的人偷了属于小偷小摸，批判批判算了。成分不好的人偷了属于阶级敌人破坏，轻则斗争，重则法办。老婆分不清轻重，自己算啥人，敢动公社的一草一木，不是找死？还有，自己在报社干事，老婆成了小偷犯了王法，传到城里自己还怎么有脸见人。说不定连累自己也被撵回去。打她，完全是私心，并不是饿死不做贼的高风亮节。不过，在那个年代能坚持饿死不做贼，不论是公心私心也算个人了。

不叫老婆做贼，我却在做光明正大的贼。每天上午上了班就往各处打电话，打听中午是不是食堂里改善生活。所谓改善生活就是吃馍，不论玉谷面馍红薯面馍跃进馍菜团馍，只要听说有，不论十里二十里路，也要约上三两位编辑骑上自行车赶去。农民好客，听说我们去采访表扬他们，他们就端出本来分给别人的馍让我们饱餐一顿，还要说一些招待不周的话，好像叫我们吃了还对不起我们。

32

自己成分不好，一直心虚，常有一种大祸会突然临头的感觉，处处胆小怕事,怕狠了就事事积极。没想到积极过火了,会引火烧身。

当时反右倾,反得烧红了天烧红了心。我编副刊,在副刊编点稿子反反还嫌"左"得轻,又写个小言论《是是非非》,有二百字,发在别的版上,抢了别人的反右地盘。说是有两个人,一个在烈日下锄地,汗滴流到了眼里,眼一黑锄掉了一棵禾苗。一个人在树荫下摇着扇子乘凉,双眼盯着锄地的人。到了夜里,歇凉的人向锄地的人发难,说他冒进破坏集体生产,等等,人证物证俱在,锄地的人含冤难言。这个短文配合了形势,又写得生动形象,领导很高兴,夸奖我写得好。我面上谦虚了一声,心里很得意,得意什么也说不清,反正领导表扬了就得意,颇有点咱又跑在前边的自豪感,这大概是奴性的表现吧。

没得意几天,突然有人写文章批判了,说《是是非非》公开承认革命锄掉了禾苗,等于给右倾机会主义分子提供了攻击"大跃进"的炮弹,罪大恶极。天啊,我都积极过火了,还有人比我更积极,这真是革命大赛。《是是非非》不过二百字,批判文章几千字,发在《西峡报》内部通讯上,一期又一期连续讨论不断革命。我吓得心惊肉跳,找到县委孙书记,我说,我写这稿没有一点恶意。孙书记问,谁说你有恶意了? 我说,我真不是攻击"大跃进"。孙书记问,谁说你攻击"大跃进"了? 我表白什么他反问什么,问得我哑口无言,只有心里打鼓。孙书记笑笑,说,你写文章也准别人写文章嘛,你革命也准别人革命嘛。我问,讨论到底怎么处理? 孙书记说,相信党会正确处理。我不敢再追问下去,就畏畏缩缩往外走去。孙书记大概看我吓坏了,就叫住我,说,别急。我站了,以为他会说个决断话,谁知他什么也没说,只是给了我一盒纸烟,说,我知道发的烟票你不够吸。我揣着这盒烟像把蹦出来的心揣到肚里了,回去踏实多了,我想,真要事大真要处理他能还给我盒烟？这盒烟等于一盒定心丸，我怕得轻了，就又开始揣摸写批判稿的人为什么要拿我祭刀。

后来我才知道，拿我祭刀的同志出身比我更坏，我哑巴了。经过一段痛苦思索，我终于悟到了我写《是是非非》的根子，不单是无意识的积极，也不等同于民族共有的奴性，还有自己潜意识的作怪，有个性因素。自己出身不好，为了保护自己不被怀疑为反对革命，就时时事事都积极革命，天长日久形成了条件反射，碰上什么运动了就自自然然狠狠革命一家伙，以此向人们显示自己不仅也革命还革命得狠。批判我的同志，除了和我具有同样的革命原因外，还比我聪明了一个百分点，就是选择我作为批判对象。批判别人弄不好会落个向贫下中农反攻倒算的罪名，批判我这种成分不好的，批判对了、批判错了都没事，还有功。在运动吃人的年月里，要想不被人吃就要不断吃人，如果我是对方可能也会举起批判的大刀砍去。今天想起来我一点也不记怨对方。写到这里要强调一点，我这样猜想对方，完全是以小人之心度君子之腹，敬请原谅在下一二。

33

《是是非非》在县报内部通讯上讨论了半年，不知何时结束，不知如何结果，时时都觉着头顶上系着一把刀，是朽麻绳系着的，随时可能掉下来扎死自己。我很是后悔，想起前人的格言，事不关己，高高挂起，这话不知是多少人用生命总结出来的，不听古人言，吃亏在眼前。自己浪摆的啥，去写与己无关的文章，活该受批。过了半年才算有了结论，县委研究决定，不作结论，停止讨论。《是是非非》就这样没长没短没个是非就结束了。我高兴庆幸长出一口气之后，自己得了个结论：人不可去找别人的非，你去找别人的非，小心背后会有人找你的非，人还是老实本分一点好，让人忘了你才是活人的上策。

到了一九六〇年春天，报社来了个客人，很朴实的人，说是南阳报的总编辑，大家叫他老耿。他要去我的家乡北堂大队看看，叫我带路。当时没有小汽车，也没骑自行车，我们是走着去的。一路上我们天南地北地说着话，谈家庭，谈生活，谈学习，谈生产，谈得很投机很家常。他没有透露自己的目的，我也认为他是采访的，不怕他，也不献好。我们先到三里湾水库工地，做了一下午活儿，晚饭就在工地食堂吃。夜里住在我家，我家没住过这么大的官，老婆很紧张，我说这人很随和，不怕。当时生活很困难，也没想到要弄点什么招待他，他没喝我一口茶没吃我一口东西，除了谈话，还是谈话。第二天一早他就走了。

不久，领导通知我，说老耿考核了你，印象很好，决定调你去南阳日报工作。同志们很羡慕我，说从县里调到地区是升了，我也真认为自己升了。我很激动，想不出哪一点得到了老耿的赏识，现在想来，可能是没有故意表现，没有溜须拍马，才博得老耿的好感。去南阳的前一夜，老婆住在报社给我送行。我想到自己明天就要上地区工作了，也就是要进南阳府工作了，心里美得想笑。老婆却唠唠叨叨，说领着两个孩子，我走了没人依靠，不想叫我去。我想的前途，洋洋得意；她想的日子，哭哭啼啼。我想到了"拉后腿"这三个字，好像她要坏了我的江山，我一怒之下蹬了她一脚，把她蹬到了床下，她放声哭了，她越哭我越气，怕惊动了左邻右舍的同志，喝令她不准哭，她忍不住就抱着孩子半夜走了。几十年过去了，她还常拿这件事戏笑我，说我那么积极，也没混上一官半职，怪可惜的。

第二天一早,也没人送行,我背着大包袱独自一人去车站了。当时没有客车,全是货车,叫作代客车,人上去就蹲坐在车底,很是受罪。可我心里很高兴,幻想着新的生活会给我带来辉煌。

34

南阳日报社给了我一间房子,新的,里边放了一张床一张桌子一把椅子,除此之外再无他物了,显得分外宽敞明亮。我没住过这么好的房子,好像太阳与我同住。我的任务是编副刊。副刊隶属时事组,组长是赵振国,除了我还有一位编辑,名叫郑张。郑张很有学问,被抽到地直文化补习学校教语法修辞,真正编副刊的只有我一人。赵振国老师教我如何编副刊,说了很多原则,说要为工农兵服务,为无产阶级政治服务,为生产服务,说得很深奥很复杂。我理解得很简单,报纸为中心工作服务,副刊是正刊的影子,正刊登什么副刊把它变成曲儿再唱一遍,千万不能走样。我编了一段副刊,还算顺手,有时候来稿品种不全,缺个小故事或民歌什么,就自己写一篇,随便起个名字冒充下边作者来稿发了。当时没有稿费,没有名利双丰收的好事。有一段久旱不雨,抗旱要抗个天低头,男女老少齐上阵,誓与天公比高低。我编了一期抗旱内容的副刊,有小故事,有人物特写,有民歌,有唱词,品种齐全,已经送审了,已经送印刷厂了,清样也已经出来了。这时天低头了,低得很突然,眨眼工夫急风暴雨骤起,水像从天上倒了下来,一时三刻大地变成了汪洋。报社接到紧急指示,要把第二天的报纸内容由抗旱变成防洪,副刊也不例外。别的版面人多,还有电话能往下边要材料。副刊就我一个人,加上天旱得久了,下边来稿全是写抗旱的英雄和英雄的豪言壮语,防洪的稿子没一篇。怎么办? 要说满版总共才三千多字,完全可以包了。只是时间要求得很紧,只给一两个小时,又要品种齐全,心里一急就发毛了,越毛越急,急得流出了眼泪。一辈子为写稿还没哭过,这是空前绝后的一次。是对着清样哭的,哭着哭着不由笑了,真傻,把行文中的抗旱改成抗洪不就成了。像"抗旱抗得天低头",改成"抗洪抗得天低头"。我把清样改改抄抄,一版文字依旧内容全新的副刊很快编出来了。从此,我掌握了编副刊的窍门,平时抢种抢收旱天雨天的,各种情况稿子都编一点,啥时需要啥了掏出干粮就是馍,有备无患,不论再遇到什么情况都能抱住佛脚了。

当时南阳没有文艺刊物,《白河副刊》是南阳地区广大业余作者的唯一园地,常有作者来送稿谈稿。有天晚饭后和总编辑老耿一同散步,问起广大作者的情况,说起了李文元,我说李文元比我是一个在天上一个在地下,要是能把李文元弄来,南阳的文艺一定会繁荣起来。老耿没说什么就把话头转开了。隔了几天又散步时,老耿说派人去了唐河,县里和公社都同意李文元出来写稿,大队干部说群众坚决不同意,这事咱们也没办法。我当时想,往后千万不能得罪群众。到了"文化革命",我才懂得了群众这两个字怎么讲。

35

在文艺界庆祝建国十周年的筹备会上,决定曲剧团进京汇报演出拿两个节目,一个是传统戏《阎家滩》,讽刺喜剧,是已经在全省会演中获得好评的剧目;另一个是革命现代戏,没有现成的剧本,要自己新编。当时李準的小说《李双双小传》发表不久,写李双双如何办好食堂,塑造了一个刚正不阿的女英雄形象。食堂是事关人人生死存亡的焦点大事,会上决定把小说《李双双小传》改编成曲剧,作为进京演出的剧目。上级可能看我发表过几篇小说,又是当时南阳地区唯一的武汉作协会员,孙书记就指定叫我改编。我一听魂飞天外,因为对戏曲是门外汉,不要说写戏了,连看戏都不入门。怕的同时也喜出望外,想到领导这么看重自己,那种奴性就变成了士为知己者死的壮志,逞能的毛病又犯了,还不会爬就敢答应去奥运会夺取百米金牌了。这种初生牛犊不怕虎的晕胆大气概,使参加会议的老编剧们不明所以了。何时拿出剧本?我说半个月。领导说,太长了。我说,十天。领导还说,不像"大跃进"。我狠狠心说,一个星期。领导说,写戏也要"大跃进",给你五天时间,拿出初稿。看样子已经够宽大了,我不敢再争多嫌少了。我怀揣着《李双双小传》回报社了,一路上兴冲冲的,只想着一炮打响,叫人们刮目相看。没想到自从接受任务的这一分钟起,就注定要失败到底了。

我不编副刊了,成了专职编剧。人们说,艺高人胆大,实际上无知人才更胆大。南阳有许多老艺人老编剧,在戏剧艺术上都有过辉煌,称得起剧坛坛主。一个从小县城来的无名之辈,夺得了编剧重任,又不去请教他们,这本身就是对戏剧界前辈同辈的不尊重。只有无知的人才不尊重人。无知不可怕,可怕的是意识不到自己无知。我当成自己很有学问,独自坐在屋里写剧本,还写得满自信,满自我陶醉,多亏了当时年轻,没有本事却有劲气,不到五天就把剧本"跃"出来了。当我把剧本交给领导时,想着会一箭上垛,没有想到会马失前蹄。剧本交上去后,我就等着佳音,等了一天又一天没有下文,我才意识到完了。领导发觉我是个蠢材,指望我不中了,才想到另请高明,决定请一代戏剧大师杨兰春。

杨兰春是全国现代戏的名家,编过《小二黑结婚》《刘胡兰》《朝阳沟》，等等，家喻户晓。一九五八年在文艺界"大跃进"誓师会上，上级号召县县超鲁迅，村村出郭沫若。杨兰春一鸣惊人，说，别说县县超鲁迅了，能把鲁迅的文章抄完就不简单了。就凭这一句话，他又当了一次"名人"，他被下放到方城县农村劳动了。平时请他也请不到，这一回他把自己白白送到南阳了。

36

我见过杨兰春，在省文艺界一次聚会上，离老远看过他几眼。他是著名戏剧家，我是个学写小说的业余作者，和他说不上话。当领导决定叫我跟他当助手时，我有点怕。我不是名人却见过不少名人，他们都长着一颗高傲的头，他们的眼睛是为比他们更有名的人长的，他们的口很难为不如他们的人开一次。如何伺候他？如何和他合作？我怕当小老婆，会惹他生气。我请示了我的上级，我的上级说，你的任务三条：一是领导的意图意见不好当面给他说，你传达给他；二是剧本创作上，他动口你动手，他口述你记录；三是他生活上需要什么你办办，你办不了找领导解决。这任务不难，我没有话说就服从了。

杨兰春来了。中午给他接风，不像现在，来一个客陪喝的就几大桌，当时不，该陪的才陪。我没参加，我不够格，他们在餐厅里面，我在外面客厅里等。等得很自然，不像现在不叫参加喝就觉着吃了亏。他们吃罢喝罢出来了，我忙站起来，文化局符明义局长把我介绍给杨兰春，又对我说，好好跟杨导学习。不待我回话表态，杨兰春就抢先说，学什么，我是有错误的人，是下来劳动改造的，好好监督我。他说得很随便，一点也不难为情，看不出他对改造的满或不满；

大家笑起来了,我倒红了脸,好像犯错误的不是他是我了。

当时创作很讲究规范,据说李準的《李双双小传》原型是潦河公社的一个女炊事员,上级叫我去把她接来。没有汽车,我只好用自行车带,偏偏自行车就没有后面的货架,只好让她坐在前面的大梁上。她把食堂办得真好,她本人就吃得很胖,车大梁容下她显得很挤,等于坐在我怀里,一路上惹得人们拿眼看我们。虽然我坐怀不乱,也被看得脸红。她真是女中英雄,一点也不怯场,到南阳后给我们上了一课,把她的事迹讲得活灵活现,把食堂描绘得不能再好了。虽然我们都吃过食堂,知道是什么滋味,可是她讲的滋味压住了我们尝过的滋味,我们都恨没有活在她那个食堂。我们真信,从心里信她讲的,懂得了不是食堂不好,是像她这样的炊事员太少了。

这位李双双的原型给了我们生活,领导又讲了写好这个戏的重要性,全国都看了这个戏,每个食堂出一个这样的炊事员,全国人民就都吃好吃饱了,这是对国家对党对人民的巨大贡献。我们对编好这个戏也信心百倍,群众给了生活,领导给了思想,杨兰春是一流专家有一流的技巧,一定会写出一流的剧本。

万事齐备,只差往纸上写了。

37

杨兰春住在歌舞团里,应该我去他那里上班,他不,他说,还是在你那里吧,我这里不安静。恭敬不如从命,只好由他了。从此,每天三趟他步行去报社。我住室里只有一张藤椅和一个小方凳,我尊敬他,叫他坐到椅子上,他坚持不坐,他说,我是动嘴的,动手的是你,你坐吧。我不敢坐,要拉他时他已蹲到了小方凳上。原来我把他看成了高高在上的神,他这一蹲就把我心中的神蹲成了普通的人,一下子把我和他之间的距离蹲没了。

我打开笔记本传达了上级的具体要求,他说,好吧,上级叫咋改咱就咋改。我掂起笔来看他,他显得很轻松,一句一句把上级的指示变成了唱词,他说我记。不论什么意思什么政策只要我一说,他马上出口成曲,好像天下的词全在他嘴边舌尖上放着,不用思考就滑出来了。我匆匆记录,有时记不及就求他慢点,像印刷一样,一页一页很快印出来了。有时一个上午能印出来一场,不仅快,还准,上级要求的不仅一点也不走味,还添味,干巴巴的死条文指示经过他的嘴就活了,又生动又形象,得来全不费功夫。我佩服得五体投地,不愧是名家大家,就是不同我辈小作者。

剧本完完全全按照上级要求完成了,创作得太顺利了,顺利得叫人没一点点劲。剧本初稿送上去之前,杨兰春问我,你说说这像个戏吗?他盯着我看,眼里流露出怀疑的光。我不懂戏,又崇拜他,他编的能不是戏?况且戏词句句活蹦乱跳,充满浓厚的生活气息。我说,不是像不像戏,就是戏。他不满地说,像个球!我吃惊地看着他,问,啥才像戏?他摇头不说了。我又问,你说不像戏,为啥不编你认为是戏的戏?他自嘲地笑笑,自问自答说,我?不说了,你送上去吧,看看上级咋说。

对剧本的意见很快就下来了,很表扬了一番,杨兰春听到这个好消息彻底失望了,他说,完了,彻底完了,上级都基本肯定了。杨兰春说,他们肯定的是他们自己的意见都写上了,你以为肯定的是剧本?经过一段的相处,他看出我不是出卖朋友的人,他才说了良苦用心。他原想这样写了,上级会发觉按照他们指示写的不中,会全盘否定,然后就可以根据戏曲规律重新创作,现在看看只好一直遵命了。从此,这戏就落入了图解政策的套子再也跑不出来了。大的框子已经定了,余下的就是无休止的修改,说改不叫改,是加是减,反反复复地加加减减,今天说,食堂吃水得自流化,明天说,食堂做饭得机械化,新加一场做饭如何机械化。当然也有减的,哪一句话不积极就抹了。食堂该有的全有了,该没有的全没有了,写出了一个个标准化食堂。怨谁? 上级不是无能,当时的形势就是这样,谁想改变就会先没了自己。

38

《李双双》投入了排练,彩排一次请领导和有关同志审查一次,参加的人很多,很多的人要发很多的言,谁能不证明自己高明? 谁能不证明自己对党的戏剧事业的关心? 何况这戏还要进京,不能不高度负责,献计献策,多多益善。旁观者清,当事者迷。说的都有理,只有编剧没理,说的都要听,不听是不相信领导、不相信群众。现在想想,不在有多少意见,而是这些意见都是诠释领导的意见,谁也没有从根本上探讨这戏算不算戏。杨兰春已经看透了当时的气流风向,从不坚持什么,谁说的意见都采纳都包容进去,落了个大家喜欢。改到了七八月份,本来还要改下去,进京的时间到了,也就算大功告成了。离开南阳进京的前一天,领导们为杨兰春举行宴会,宴会上如何夸奖老杨的功劳,我不知道,因为我没参加。我想,老杨听了夸奖一定心里不好受。一个明明知道如何写才能成功的人,却不得不走明明知道会失败的路,失败了夸成胜利,心里会是什么滋味?

老杨走了,我没走脱,我作为编剧得跟着剧团进京。我没和剧团一起生活过,这是第一次。剧团没有直接进京,是一路演着往北京去的。别看演员们在台上帝王将相,一个个威风十足荣华富贵,过足了官瘾,下了台竟是无比之苦,一天换一个台子,自己支锅做饭,几十号人住到一个屋里睡地铺,铺下是麦秸稻草,潮湿燥热,任蚊蝇臭虫叮咬,皇帝如此,娘娘也如此,看着叫人可怜。再想想也不可怜,他们总算还当过帝王娘娘,虽说是假的,总还天天假一回,多少人一辈子连假的也没干过一回,不更可怜?

我跟着剧团的唯一任务就是改剧本。每演一场都要开座谈会,听取意见,认真修改。一路上的意见和在南阳时的意见差不多,都是如何办好食堂,连杨兰春这么个名家都百依百顺,我当然更加听话,谁说什么我都照加不误。剧团演到了石家庄,已经离北京不远了,剧本得加紧改,要改得十全十美,结果越加越多。食堂开饭总不能叫站着吃吧,加上吃饭坐桌化。食堂吃菜怎么办?再加上如何种好菜园。反正,李双双这个炊事员任劳任怨,想叫她干什么她就干什么。不是她主动要求干,是作者要她干。可能是任务太紧了,也可能是天太热了,李双双没累坏,我却累垮了。突然间我晕倒失去了知觉,剧团的领导把我送进医院抢救,从我口袋里搜出了很多药包,才找出得病的原因,原来是吃药过敏引起的,经过输液打针很快醒过来了。当时生活很紧张,物资奇缺,住在医院里也没什么吃,我就上街买鸡蛋,一个鸡蛋竟要一块钱。现在都吵吵物价涨得太高了,比比一九六〇年还便宜得多。在医院里住了几天,还晕,想起快进北京了剧本还没改好,我就不听医生劝告犟着出院了。只想着跟剧团进京,谁知报社打来电报,叫我火速返回南阳,进北京的梦破灭了。

39

从石家庄登上回南阳的火车时,我很难过,把眼泪闸在心里没让流出来。几个月的相处,我和剧团已结下了感情,从领导到演员都把我当成亲人,处处照顾我,主要演员都睡地铺,却叫我住旅社,说我身体不好,说我工作需要,其实他们演了一夜戏更需要个安静舒适的窝。现在,一封电报就把我们分开了,同志们送我上车时恋恋不舍,说,有啥关紧事叫你回去,太突然了。我苦笑不言,我早有预感,进北京可不是玩的,得四面净八面光才有资格,何况剧团还要进中南海演出,更不会让我混进去。领导为了不伤害我的感情,说叫我回去是工作需要,我为了保住自己的面子,也默认是工作需要。领导骗我,我也骗我,看起来有时骗也是一种爱,一直骗了四十年,今天脸皮厚了才有勇气捅破。

我回到报社还是编副刊。同志们都很厚道,没有人因为不准进京而歧视我。当时生活越来越紧张,肚子越来越如空谷,大家也没心思歧视谁,工作之余都在研讨如何才能吃顿饱饭。有一天太馋了,几个同志下决心去吃一顿阎天喜的饺子,阎天喜的饺子是南阳名吃,据说历史悠久,别有风味,远近驰名。没想到饺子里包的咸菜,连个油珠也没有,就这也吃得很香。到如今还记得这顿饺子,可见饿极了什么东西都好吃。还记得一次去采访,同行的白桂芬请我吃了一顿饭,她掏的粮票,粒米之恩,至今常常念诵。锦上添花容易忘,雪里送炭最入心。人啊,爱心还是给困难的人吧!

不久,干部要下放了,开会动员,说意义重大,叫人人表态。我也表了,说服从组织分配,嘴里这样说,心里却怕叫回家。机关苦是苦,一个月还有几十斤口粮,回去了拿什么度命?还有一张要面子的脸,下放了说明什么?说明自己不过是腊月三十逮的兔子,有咱也过年没咱也过年。还有,回去了别人会不会说是因为有问题才下放了?还有,这时候搞创作已经没有丝毫实际意思,不仅没有稿费,准写的东西也不多了。领导好像看透了我的心思,一天晚饭后老耿约我散步,在白河边谈了一阵闲话。老耿好像无意一样把话题扯到了下放,说我是搞创作的料,说下去对创作如何如何的有利,说得很婉转也很实在,就是不正面说要下放我,等着叫我提出来。我听出了组织的意见,也听出了他的为难,我想我就是不自己要求下放也要下放我,何苦敬酒不吃去吃罚酒?在自尊心的驱使下,也为了报答老耿对我的尊重,终于我做出了如愿以偿的得意样子,说我早就想回去搞创作了。老耿看答应了,反劝我再慎重考虑考虑。我说不用了,这是个机会,过了这个村就没了这个店,我不能错过这个机会。

领导挽留,本人谢绝,我就这样光荣下放了。

40

我命中注定要吃写作这碗饭。我从南阳回西峡,愁了一路,虽说口袋里装了几十元下放安置费,可我知道等着我的将是自然灾害,只要把城市户口变成农村户口,我的肚子就会马上失业。人失业了能活,肚子失业了可就难活了。我怀着满腹忧愁回到了西峡,县委书记孙立魁接见了我,问我打算怎么办。已经到了山穷水尽的地步,我仍然死要面子不愿低头求人,装出一副偏要虎山行的英雄模样,说回去和群众共渡难关,继续创作。可能我的豪言壮语打动了孙书记,更可能是出于党对知识分子的爱护,他好像看透了我,对我笑笑,说,你身体不好,户口就不要往乡下转了,先放到文化馆,别的问题以后再解决。就这样我成了一个没有职业而有口粮的市民,开始了漫长的漂流生活。

村里还在吃食堂,都是用盆打饭,量很大,一个人能吃四五碗,基本上都不用筷子,倒也省了一道工序。不少人患了浮肿病。去南阳时,老婆埋怨我不该去。可回来了,老婆又埋怨我不该回来。老婆从秧田回来,我看见她的腿吃得很胖,我说,你也浮肿了。老婆马上把裤腿抹下去,红着眼说,没事,比起有的人我这算啥,新志都不在了。新志是我的远房侄子,比我年轻几岁,在队里当队长,我们关系很好。问生了什么病,老婆说,没病,浮肿的天数长了。我心里一阵颤抖之后,想想他的官虽小但也算重如泰山,队长死了别人还活着,比别人死了只有队长活着要伟大得多。我没再说什么,老婆也没再说什么。老婆忙着给我做饭,墙角支着个破洗脸盆,就在这洗脸盆里给我烙了拳菜根馍。就是这个我难以下咽的拳菜根馍,也招来了几个孩子饥饿贪馋的眼光,我吃了几口就放下了。我想起了孙书记不叫我转户口的事,我真想喊句万岁。

不久,县委为了给我碗饭吃,叫我给县剧团编个戏,改编一个写什么风尘女子的古代小说。从此,我搬到县剧团住。不算编剧,是小工,一个月五十块钱。我这个人有点傻,没想到磨洋工,多磨几天可以多混几个工钱,我只想到县委对自己这么厚爱,知恩当报,日日夜夜拼命地改,不够三个月就写出来了也上演了。像泥巴匠给人盖房子,房子盖好了,泥巴匠总不能住进去不走呀。剧团给了我一百五十块钱,说声谢谢,就把我打发走了。往后,我该怎么糊口?不由想起了一句唱词:我往哪里去?我往哪里走?

41

我住进了文化馆,因为我的户口在这里。文化馆的同志有文化,没有因为我不是他们的人而歧视我。我白住房子,白用水电,就是不白给工资。有了粮票,没有钞票,看着是饭不得吃。过去只想着自己能掌握自己命运,只要勤奋写作稿费就会源源而来,谁知自己命运不归自己管,上级一道政策取消了稿费,自己就断了活路。开饭时,别人吆喝着敲着碗说说笑笑去食堂买饭。我怕看见这诱人的情景,每次开饭前我都借故出去,说谁谁叫我吃饭,装出很自豪很得意的样子,骗得别人两眼羡慕,说还是作家好,吃得开,香。脸保住了,肚子不依了,咕咕叫着吵我,我宽宏大量不和肚子计较,在大街上转几圈才装出洋洋得意的样子回去。多亏文化馆有个图书室,饿了就去借书读,以书当饭倒也能暂充一时之饥,两年工夫,我把图书室可读的书全读了。空了肚子,满了脑子。从小就听老人们讲,人笨是吃油多了糊住了心,饿饿才心灵。这话真是妙不可言,能叫人饿了不气还认为是得天独厚。可见中国人聪明绝顶,善于把坏事说成好事,把苦说成乐,把饿说成饱,有了这么大的能耐自然天下就歌舞升平了。只是到了这个地步,我才悟出一个真理,千万别依靠自己,今后如果再有机会当公家人,一定要牢牢揪住死也不放,说一千道一万,当公人比当私人好,只有那饭碗才是铁打铜铸的,旱涝双保险。

一个猪娃头上四斤糠。老天爷准我生出来,同时也生了四斤糠。不会光生我不生糠。属于我的糠在哪里?我努力去找就找到了。我没有公职了,可我是个带病回乡军人,和公家还有关系,有关系就要千方百计贴住。带病回乡军人可免费住医院,我就去检查,那年月谁没病?一查就有了,肺结核复发外加肝炎,双料的。民政局准我住院,吃药不要钱了。总不能叫我光吃药不吃饭吧,民政局又给了生活补助费。谢天谢地,天不灭曹,原来公家只给粮票,现在也给钞票,我又端上了公家的饭碗。

在医院住了一段,治疗效果不错,不错的结果引出了错。过去身体有病,病也能养人,食欲不振,好坏多少吃一点就行了。现在病轻了,特别想吃,成天嘴馋。当时为了填饱肚子,人们最充分地发挥了聪明才智,创造出各种稀世吃法。一把粮食做一大锅饭,里面全是家菜野菜,叫瓜菜代。一斤面粉掺上水和瓜菜蒸十来斤馍,叫"跃进"馍。红薯面轧成面条,泔水做成人造肉,等等,不说没粮食,说成是食堂优越,饭食品种齐全多样化。不像现在的人们,细米白面吃多了想吃粗粮,肉吃多了想吃野菜,说是能增加肠胃蠕动,能防止各种疾病。当时人们讨厌肠胃蠕动,越蠕动饿得越快。我在医院里住着,药物又促进我的肠胃蠕动,闲饥难忍,越想饿就饿得越狠,最大欲望就是啥时候才能饱饱吃一顿。想,想极了。古话说,望梅止渴,我可是想馍止饿,谁知更饿了。

42

想吃公家的饭,想吃公家的药,想着只要能吃上就心满意足了,再没有别的想头了。可吃上了又有了新的野心,还想吃饱还想吃好,看起来人的欲望真应当消灭在没有任何欲望之前,千万不能叫欲望得逞一次。

有一天一个文学爱好者来看我,恰逢我们几个病友在闲话,说自己的希望和理想。我这人素无大志，再加当时忧国忧民犯法，况且国泰民安何忧之有，我说我的希望很渺小理想也很庸俗，我最大的希望，就是吃不是瓜菜代的饭，吃不加"跃进"两个字的馍，也就是不掺瓜菜的纯饭纯馍。最大的理想是不只吃一顿至少吃个几天。人们笑我，说我是做梦接媳妇光想好事，野心还不小哩，还说胸无大志，这志还算小？这是狗吃日头痴心妄想，说了哈哈一笑也就算了，谁知说者无意听者有心。隔了几日，这位文学爱好者给我送来一碗白米饭，里边连一个菜叶也没有，我感谢了几句就吃不及了。又一日，给我送来了纯面烙馍，那香味引诱得我连句感谢话都没说就饿狼扑食了。从此，他三天两头给我送纯米饭和纯面馍。从哪里弄的？我再三追问，对方笑而不答，只说我身体不好需要营养。问急了，对方有点嗔怪，说，你是怀疑我偷谁抢谁了？说时委屈得要哭了。我不忍强人所难再盘问下去，可是心里老是不安，那年月弄这种吃食比今天吃山珍海味还难一百倍。一天开饭时，我去看这个文学爱好者，他单身过日子，住在单位里。我蹑手蹑脚走进去，像侦察兵一样要看个究竟。对方正在低头吃着从食堂打来的饭，专挑菜吃，从一碗黑乎乎的菜饭里挑出了半碗白米。我顿时明白了，对方也长年有病呀，我忍不住叫了一声眼就湿了。对方抬头看见我慌乱得脸都红了，无言地苦笑着。一切语言表达不出当时的心情，只有默默地相对站着。对方用瘦了自己的办法肥了我，短了自己的生命来延长我的生命。几十年过去了，和我同时住院的病友都一个个先作古去了，是那纯米饭纯面馍才使我还赖在世上。我常和妻子儿女讲述这件往事，他们个个动情。遗憾的是不久就分别了，天涯一方，再没见过面，连片言只语的信也没通过，今生是难报此恩了。涌泉之恩，滴水未报，每想及此就有一股强烈的负罪感压上心头，每想到此也就越发坚信人间还有真情在。有恩不报非君子,我算什么,肯定不是君子了,不是小人至少也有一点了。

农村食堂还在硬撑着,一个大报在头版头条发了社论:《公共食堂是巩固农村社会主义阵地的坚强堡垒》。这个堡垒全靠粮食来垒,没粮食堡垒就会倒塌。粮食哪里去了,一定是坏人藏起来了。上级派人下来了,都带着一长一短两支枪,说是封建主义复辟了,要救人民于水深火热之中。工作队把每个食堂管事的人,送到县里住集训班,有的还宣布了死刑,人们吃不饱都是他们的罪恶。人们很高兴,奔走相告,感谢上级为民除害。大家说,经是好经,都叫和尚娃念坏了。到了这般时候,和尚娃们能说什么呢?

43

不久,上级一道命令下来,食堂解散了。

我在县医院里先听到了这个消息,连夜回家给老婆说了,老婆吓坏了,说,你疯了?说这话可要命,食堂会散?别做梦了。老婆不信,我压不住内心的欢喜,又跑去给队长张俊昌说,张俊昌奇怪地看着我,说,你不会是造谣吧?我说是真的,他默默无言,半天才说,要是真的就好了。

第二天公开宣布食堂散伙,整个社会都笑了。我在村里转悠,看到人们鼻子眼都堆满了笑,一声一声说,这可好了,又冒烟了;这可好了,又准一家人一个锅里搅稀稠了;这可好了,不论稠稀都能由自己意了。这可好了,这可好了。听不见埋怨,更没秋后算账,连怪谁的话都没一个字,有的全是感恩感情,声声大呼万岁。中国的老百姓太好了好极了,只要把他们失去的东西再还给他们,他们就会忘了刚刚经历过的痛苦。我回家对老婆感慨了几句,说,当初要不吃食堂多好。老婆对我有这种想法很奇怪,说,你咋能这样想,你都不会想想上级不叫解散食堂不是还得吃下去? 这话有理。昨天是什么? 追究昨天是为了今天,只要今天叫活得像个人,再说昨天就不是君子了,君子是记恩不记仇的。这种宽厚,这种满足,使我对老百姓有了深一步的认识,老百姓面对的是现实,面对现实的人比咬住是非不放的识字人伟大,他们可能不知道达尔文是何许人,可是他们会用达尔文学说:适者生存。

为了迎接新生活,上级想得很周全,买炊具没钱的都允许贷款。往大路边一站就能看见新气象,不断头的人涌向城里,回来时每人头上都顶着大小不同的锅,手里都搋着铲子勺,一夜之间人类又进化到以家庭为单位的时代了。家家又有了锅,家家屋顶又冒起了炊烟。家家传出了笑声,这笑声使人想到了美好的明天,想到了幸福的生活。还是集体生产,只是以生产队为单位了,不大兵团作战了,不平调了,群众的积极性调动起来了。这年夏天,我们南岗生产队每人分了六十斤小麦,在全大队占第一。当时我家五口人,我的户口不在家,分了二百四十斤小麦,这是细粮,要吃一年,少是少了点,可是能自己支配。几年了,谁家屋里有过这么多能变成白面的小麦? 老婆娃子都欢天喜地,隔几天也能擀顿面条吃吃了。

有了家也有了饭,老婆说,你总可该放心了,可该回来了。我想想在外边寄人篱下也不是长策,再加病也轻了,就出院回家了。

44

我回家了,投入了新的生活。公社还是公社,群众还是公社社员,只是人们的心里除了公字也复活了私字。社员们在集体地里做活惜力,把力气省下来用到了自留地里。自留地太少,上级说要休养生息,又下来个救命政策:借地,把生产队的地拿出一部分借给社员种。借地还不解渴,又提倡开小片荒,一时三刻坡边河边坟边路边宅子边的每一寸荒地都被开垦了。饿怕了的人们一旦有了可以吃饱的条件,就生出无穷的力量,把自留地、借地、小片荒种成了粮食窝,相比之下集体地里的庄稼营养不良成了病夫。村里家家吃上面条吃上干饭了,只有我家没有开荒还得买红薯干填补粮食不足。因为我是个病号,三个女儿还小,队里活家里活全靠老婆一个人做。一天,县委书记孙立魁去看我,见我家生活比别家差多了,劝我也开点小片荒。我说,没那个力量。孙书记说,我叫队里去牮牛替你开一点。我谢绝了。我说,叫队里开荒我家种影响不好,算了,就这都行了。我说得挺自觉,实在是怕,觉着这样干有点资本主义嫌疑,危险,长不了。这不是事后诸葛,也不是自己有政治眼光看得远,是潜意识作怪,说白了是有点阴暗心理,认为过得太美了总是不中会有人不依。有了这种想法也就得过且过了。我每天坐在家里看书,看够了出去走走,看别人疯了一样的发家致富,心里就生出了各种滋味。

这一年集体小丰收,个人大丰收,到处歌颂党歌颂刘少奇。中国农民善于正话反说,编织出各种悲剧故事来表达自己的喜悦心情。说一个农民上街赶集,下国营食堂吃炒面,一吃就吃了几大碗,走到十字街就撑死了。说西坪公社有个人开的小片荒太多了,收了几万斤红薯没处放,又愁又急就上吊自尽了。用这些传言来证明农民们钱多了粮食多了,多得活不成了,大家听了就哈哈大笑。笑得过量了,乐极生悲,谁也没想到这笑声没几年就转化成了天摇地动震撼世界的怒吼——声讨刘少奇的怒吼。

人的欲望丰富多彩五花八门千奇百怪,只有饿才能压住所有欲望,使人只剩下一个欲望——吃,调动一切心思一切计谋用在吃上,除了吃一切都不足上心。现在有东西吃了,人的各种欲望又冒出来了,百草丛生了,有的想钱,有的想粮,有的想女人,有的想打击异己,有的想往上爬。我想起的是创作,我把稿纸又摊到了桌上,又拿起了笔,不是写稿,是给编辑部写信,得先问问精神,看上级叫写什么不叫写什么。虽然还不是创作,总算又动了创作的心思,又走上了文学创作这条小路。

45

正当我想写不知写什么时,省文联专业作家郑克西来了,把老师送上了门。郑作家是来深入生活的,县里很热情,派昝申定、马智侠和我陪同。昝申定是县委干事,马智侠是文化馆创作员,他两个都是标准国家干部,只有我是吃公粮不得拿公钱的业余作者。郑作家下乡不坐汽车,不骑自行车,不走大路走小路,深入到偏远农户家里。我们翻山蹚河,见人就谈,逢门就进,了解民情民俗。哪里饿了哪里吃,到哪儿黑了在哪里住,一天至多走三五十里,没有预定日程。白天翻山蹚水,就说山说水,说当地传说。山里人少见人特别好客,拿我们当远方来的亲戚,虽才从食堂里爬出来,自己还没喘过气来,却做捞面条油旋馍招待我们。晚饭后我们吃着房东端的柿饼核桃,在如豆的灯光下,根据当天的见闻每人编织一个故事。郑作家说,这叫白天深入生活掌握素材,夜里选择素材进行创作。这种方法很有意思,同样的见闻编出四个不同的故事。郑作家编得最好,是从对生活的感觉中联想出来的;他们二位次之,可以看到生活的影子;我最差,从生活出发又回到生活,简直是抄生活。四人都编出来后,郑作家进行评论指教。郑作家说,老乔,你当不了作家,没有想象力,编来编去还是生活中的话生活中的事,跳不出生活,没有自己的东西,太老实了。郑作家的评点一针见血,我一直记到今天,今天我还是照抄生活,没有长进,没有作家必备的丰富想象力。

我们到了红花坪,老灌河和蛇尾河在这里汇合,两河中间有一小山,山青水绿,颇有点世外桃源的味道。河里没有桥,只有长长的一溜踏石。当地群众讲,有一天县委书记孙立魁路过这里,蹚河而过,冰水刺骨。孙书记说,男人大人水冷点不要紧,妇女儿童会冻出病的。孙书记跳进冰水里,亲自搬石头搭起了踏石。大家听了很受感动,觉着党的领导干部和群众真是心连心。我们三个感动了也就过去了,郑作家却抓住不放,这天夜里编出了一篇小说,题名叫《踏石》。我们听他讲构思,都很佩服。小说后来发表了,这么一件简单的事,竟然写一万多字,可见他的思想长着翅膀。我除了自愧不如,还学会了动脑子,不论碰见什么小事,都要从四面八方去想。好比上山,不止一条路,东西南北都能上去,东西南北的路上一定有不同的景色和艰险,选一条最具色彩的路去攀登、去写,这就叫选择最佳的角度。跟郑作家走了几天,我发现当个作家不容易,得时时动脑子,得不断思考,热爱生活就得像热爱情人,不仅一见钟情,还一见永驻心中,有这样的心才能积累丰富的生活。

我们跟着郑作家继续走向深山。

46

我们翻过独阜岭,到了军马河公社。公社书记马玉良给我们介绍情况,说,这里有个高山猴上天,山顶上只住一户人家,当家人叫陈三迁,老两口外加两个闺女,大闺女叫大花,漂亮得仙女一般。当初别人都下山入社,他死不下山也不入社,一直在山顶开荒单干。前两年公社化吃食堂,他看下边群众饿得可怜,年年献给生产队几千斤粮食,救了大急,这个生产队靠住他才没人出去逃荒要饭。我们听了又惊讶又害怕,惊讶的是四个人竟能创造出这么多粮食,害怕的是这件事证明了集体不如单干,走独木桥的养活了走阳关大道的,这证明可是要犯大法的。马书记问我们想不想去看看,郑作家说,去。吃了早饭,马书记就领我们去了。

出公社往东,走进沟口,只见山陡如墙,茫茫老林遮天蔽日。路断了,面前全是齐腰深的茅草乱刺,没有下脚的地方。马书记走在前边,把荒草乱刺推向两边,闪出一条小径,人刚走过,身后的荒草乱刺又合得严严实实。上山了,山太陡,两只手揪住攀住树毛往上一步一步攀登。一会儿,一个个气喘吁吁大汗淋漓,我们奇怪,上山这么险这么累会有人上?马书记笑了,说,三天两头有人上,上去可以美美吃一顿,还能看看仙女大花。笑过了又沉重地说,要是平地咋能藏住这个救了几百口人的单干户?大家想想也挺沉重,当初说单干是下地狱,入公社是进天堂,没想到地狱里的人救了天堂里的人,令人难解。

好不容易到了猴上天,看看表走了四个多钟头。陈三迁的花园就在山顶,没有房子,只有三个茅草棚子,墙是木棍夹成的,外边都用泥巴糊得严不透风。一个棚子是住室,一个棚子是灶房,墙壁上挂着风干了的野猪肉。还有一个棚子是仓库,库里有几个很大很高的茓子,装满了各种杂粮,估计有几千斤。陈三迁长得高高大大,满脸是笑,快七十的人还健壮得像三四十岁。我们的到来使他全家进入了紧张状态,端洗脸水的,倒茶的,做饭的。陈三迁陪着我们说话,问他为啥叫陈三迁,他给讲了他的故事。他本是镇平人,算是小康之家,被当地豪绅欺压,相信官府就去打官司,县里府里告遍了,有理成了没理,一气之下迁到山里。只说山里人厚道,谁知天下乌鸦一般黑,地主们欺负他是外来户,敲诈得他无法度日,他再一气迁到没有人烟的深山老林里安家落户,算来已经五十年了。

说话间,端上来小米黄酒,几盆野猪肉果子狸肉草鹿肉,丰盛得很。我们大碗喝酒,大口吃肉,一边吃一边探问他当初为啥不入社。他哈哈大笑,说两条,一是把这山上的地扔了可惜,一是不想和人打交道。他指指盆子里的野味,笑道,我和这些野东西打交道,我可以吃它们,我和人打交道我会叫人吃了。我们又问,当初说入社是进天堂你就不动心?他说,动过心,楼上楼下,电灯电话,耕地不用牛,点灯不用油,咋不动心? 又想想自己生成的苦命穷命,入进去万一因为自己命坏连累得大家也进不了天堂,自己就太背良心了,还是认命在山上苦扒安生。这顿饭吃得很香,可是心里却生出了许多酸甜苦辣的滋味。

47

吃了午饭天色已经不早了,陈三迁要我们去看看他种的地。我们也想看看有多少地能出这么多的粮食。我们跟他走了,没走几步远就是悬崖,他指指崖下说,这就是。我们看去,几面大山的阳坡全是庄稼地。他说,这是熟荒,种上三年地劲完了就撂了,再开生荒,全凭人挖,撒上种子就等收成了。我们父女三个人冬天挖地,春天撒种,夏天巡护,别叫野牲口糟蹋,到秋天就一担一担往家担粮食了。他说得很轻松,可看那直上直下的陡坡,不要说挖挖种种了,就是白叫我们收获,我们也担不回去。时代到了今天,还保持着这种原始耕作方法,这勾引起我几分悲哀。

陈三迁有两个女儿,大女儿大花,二女儿二花。大花的确长得如花似玉,且性格温柔如水,用光彩夺人形容不贴切,说疑似仙女倒还准确,看了会脱口而出"真是深山出俊鸟"。二花命惨,开荒时从山崖上跌下去,毁了容貌,自惭形秽见人就躲。大花陪着她爹领我去看庄稼,我看看立陡山坡,再看看苗条的大花,心里感慨万千,这么美的女子做着这么苦的活儿,要是生在城里会是另一种命运。人的命天注定,老天爷也太不公道了。

陈三迁挽留我们住一宿,马书记也说天晚了跑不回去了,我们就客随主便了。夜里又是大碗喝酒大口吃肉,饭后我们围着熊熊大火闲话。陈三迁说了生产队如何求他,他如何慷慨相助,大家听得津津有味。忘了是谁说到了陈三迁和生产队哪个优越时,大家嘴上立时贴上了封条,虽在深山老林里,这个话题也不便触及。还是郑作家水平高,他说,这是反常现象偶然事件,中国之大无奇不有,个别并不能代表一般。反常、偶然、个别、一般,几个名词便把这个特殊又不特殊的现象日哄过去了。郑作家生性豪爽快人快语,豪爽的人说出曲里拐弯的话,可见这话题的不当了。郑作家转移话头,问花钱怎么办?陈三迁指指墙上的猎枪,笑道,靠它,打点野味,弄点麝香,下山换点火柴油盐穿戴。说到打猎,就毫无顾忌了,你一言我一语说了半夜。只有这天夜里例外,大家没编故事。没故事强编故事,真有了故事又怕这个故事,这就是选择生活的奥妙。

第二天早饭后下山,陈三迁要送我们每人一样东西,说,不论粮食、野味和山菜都行。我们坚持不收,说,又不是回家,还要往深山里走。陈三迁有点失望,说,凡是上山来他这里的人没有空手走过,都多少拿点什么,只有我们坏了他的规矩。陈三迁无奈,就和大花送我们下山,我们不让送。大花说她不是送我们,是下去找猫娃。她说,在山下逮了个猫娃,喂了几天又跑下山了。我说,咋没拴住?她说,只当它和我熟了,没想到它还会跑下去。不知为什么,她这句"没想到"竟使我记了几十年。

也没想到在以后的几十年里,陈三迁和我家结下了不解之缘,并在我最危难的时候救助了我。

48

我在家里不做活,老婆说我有病不叫我做,我乐得不做,就当了专职业余作者。省文联抓创作抓得很紧,经常召开创作会,我算个重点作者,也就经常去郑州开会。

参加会议的人不多,每次只十来人,有段荃法、冯金堂、耿振印、沙发来、周西海、樊俊智等,除文联领导和作家与会指点外,省委副书记和宣传部部长每次会议都参加,听介绍下边情况。樊俊智来自公社,在大队当干部,特别善谈,常常包场,一讲就是一个上午。她讲乡下的人和事生动形象,从她嘴里出来的不是话,而是一个个活蹦乱跳的活人,不用加工就是好小说。到如今我还记得她讲的一个细节。一天早饭后,她和哥哥一同下地,路过一个小桥,看见人们在河里捉鱼,她看了一会儿就走了,一上午不见哥哥下地,不知他干什么去了。晌午收工回家,见哥哥还呆呆站在桥上看捉鱼,她喊他一声,他才醒悟过来,说,俊智,鱼碍住人们啥事了,人们为啥要逮它?还不是因为它身上有肉!她说到这里眼里闪泪,我人到心里一阵冷战。樊俊智现在是大学教授了,当年可是我们的小伙计,我们几个都是烟鬼,发的烟票不够吸,瘾犯了就喊小樊。小樊就去招待所会议室里和大街上给我们拾烟头,回来剥剥烟丝让我们卷着吸。一个姑娘家一点也不害羞,不怕别人笑话,大家就夸她是劳动人民,不像我们这些小知识分子虚荣爱面子。说到吸烟还有件事,一天晚饭后,段荃法、周西海、冯金堂和我烟瘾上来了,急得坐立不安,想起大作家李準在紫荆山宾馆住着写东西,他享受特供,一定有烟,我们怀着很大希望去了。李準虽很热情就是不让烟,我们坐了一会儿无奈地走了,出了门就说些失望的话。后来我把这事对郑克西讲了,郑克西又去埋怨李準。李準笑了,说,我不知道他们会吸烟,烟在桌上放着,他们想吸为什么不随便拿!为一根烟心里不美,是因为我们太没出息了,还是因为太穷了,穷得连一根烟都会斤斤计较。可见人得有了起码的生活条件,才能有人的尊严。

当时我们都还年轻,白天开会,夜里加班写稿,每开一次会,每人都能交出一篇小说。记得在大石桥一个招待所开会,大雪飘飘,大风狂吼,方城一位作者怕影响大家休息,站在走廊里写了一夜。这位作者迷上了文学,想当作家,下决心当第二个鲁迅,竟然辞了教师工作专门写作。谁知碗空了,文思也空了,两头都空了,想起他的天真叫人可敬又可怜!

49

我们一路走一路探讨创作,通过对陈三迁的争论,我才明白了歌颂和暴露的真正目的。陈三迁虽然救了生产队,万万不能歌颂;生产队虽然挨饿,万万不能暴露。因为,陈三迁代表了没落,有粮食看似好事也能变成坏事;生产队代表着新生,没吃的看似坏事也能变成好事。从此,我对生活有了新的认识角度,学会了把坏事变成好事的秘方。虽然学会了,心里总还有点不通,如果好事不是坏事变的,如果扎根①就是好事,不是更好吗?坏事就是坏事,为什么要把它变成好事?如果允许把坏事变成好事,谁还去尽力防止坏事,谁还去尽心做好事?这牛角尖我钻了几十年,我常常批判自己这种想法,骂自己吃饱了撑的。

西峡县论人口是个小县,论面积是个大县,东西二百里,南北三百余里。我们一步一步走了一个多月,走了半个县,采访了各色人等。当时以为深入了生活认识了生活,现在回过头想想,既没深入也没认识,因为被采访的人知道面前的人是省里干部县里干部,干部想听什么,自己敢说什么,这点聪明群众还是有富余的。他们众口一词都是一个"好"字,心里的话藏而不露,我们了解的只是浮皮,来自浮皮的认识也只能是浮皮罢了。

不过,深入还是比不深入好,一个多月没白跑,我们都有很大的收获。郑作家在西峡转了一个多月,写了一本小说集,可谓大丰收。

昝申定写了篇《斑鸠潭的故事》,马智侠写了篇《脚印》,这两篇

---

① 扎根:预西南方言,指从根子上。

散文都清新如露,发表后给读者留下了长久的好感,前不久省作协的段荃法老师还夸奖了这两篇作品。

我最笨,直到旅行的最后一站才写出一篇小说。我们去采访西坪公社操场大队的支书老包,他是远近驰名的猎手。是个下午,我们去了,他让我们坐下后,说,你们先喝茶,我去找点菜。他出门走了不久,就听见了枪响,一杯茶没喝完,他提着一只草鹿回来了。我惊奇得睁大了眼,想到他的枪技超群,想到这里野兽之多。夜里野味下酒,谈他的打猎史。他说,我本不打猎,只因这里野兽日夜出没,吃牛羊猪鸡鸭还吃人,我是干部,不得不去打。问他有危险没有,他指指一脸疤瘌,说,有一次打豹子,豹子扑上来把我脸皮撕掉了,我把脸皮又捂上了。我很感动,为了人民生命财产不要自己的命。附带说一句,当时还没有保护稀有动物这一说,放到现在再打豹子可就犯法了。

我们离开老包家时,老包送给我一条鹿腿,我回家过了个肥年。我吃着鹿肉,把老包和陈三迁打猎的故事糅合一起,写了篇小说《山中之王》,在大报副刊上发了,还不短。县里领导很高兴,说我跟着郑老师没有白跑,拍拍我的肩膀说,不错嘛,加加油多写一点。

50

"三自一包"了两年,农村生活有了很大变化。平常有人吃馍了,过年有人杀猪了,也有人盖瓦房了,也有人出去做手艺活做小买卖了,还有人上坟祭祖了,还有些旧艺人利用农闲到处说书卖唱了,单一的社会生活变得多样化了。更可怕的是有人敬神,胆大妄为的人吃了豹子胆,正房当堂敬的毛主席像竟然换成了财神爷,换成了天地君亲师的牌位,让神仙让死人出来篡党夺权了。

一次,我在米坪公社野牛沟采访,去一个队干部家里吃饭,欢天喜地去了,一只脚刚踏进当堂,只见当中墙上财神爷富富态态坐着,我吓了一跳,凭直觉知道进入了是非之地,我二话没说扭头就走。主人摸不住头脑在后边连叫,怎么了?怎么了?我什么也没说就逃之夭夭,宁可饿一顿也不敢和财神爷同堂而餐。现在看好像有点神经不正常,当时可是正常的革命行动,足见我对毛主席的忠心了。

不久,上级号召发扬艰苦奋斗自力更生精神,这就是说社会上已经不艰苦奋斗了,才强调要发扬。根据这个新精神,我写了短篇小说《石青山》,说一个大队干部身先士卒领着群众建设山区的故事,在《奔流》发了头条,又被作家出版社收入《新人新作选》中。我很高兴,这是我第二篇作品被选入集子,离第一篇被选入集子的《送地》已经很久了。

这时候我在县里也算小有名气了。自我得意之余也发觉了名气不是个好东西,除了别人抬举还能招祸惹笑。一天,县长找我谈话,问我有什么困难没有,我说没有。县长又说,真有困难不要不好意思说,县里尽量帮助你解决。我说真没有。为什么突然关心我?我心里犯病。县委孙书记又找我谈话,又是有什么困难没有这一类关心话,反反复复教育我有困难要依靠党解决,不要做出对集体对自己有害的事。我被关心得耐不住性子了,就有点发火,说,我到底怎么了?孙书记才直说了,有人偷生产队棉花去卖,收购站问他名字,他说叫乔典运。我受了莫大的侮辱,十分委屈,要求县委查个水落石出。孙书记就派个干部和我一块儿去收购站,指着我问收购员,那个卖棉花的人是不是他?收购员把我看个够说不是的,又说了那个人的长相。和我同来的干部才说,他就是乔典运,一定是别人冒他的名了。我很气，下决心要找出这个冒名的人不依他。后来我终于找到了，我没告他，忍了。因为这个人子女多家里很困难，当时偷集体是犯法的，他要被抓走了，就会妻离子散。这个人很感激我，到如今他的小女儿对我还很好。我说这个事是为了歌颂党的领导，不像以后的年代，只要有人说你有问题就信以为真，也不找你调查就先把你抓起来再说。上级没有冤枉我，我把感激之情化作力量，写作得更下劲了。

51

才吃了几天饱饭，我的预感就不幸兑现了，农村开始反黑风了。社会主义是红色政权，岂容黑风乱刮！啥叫黑风？借地、小片荒、小买卖、搞副业、上坟、敬神、说书，都属黑风，都在消灭之列。黑风的根子在哪里？除了老牌的地富反坏右，还有中农，中农是农村资本主义的代表。平常不抓看不见，一抓就抓出了一大堆阶级斗争。中国人爱斗，只要斗就有人起来揭发批判斗争。这个运动我可以置身事外，我的户口在城里，大队管不了；再说我家也没开小片荒，虽出身不好可是表现好，小片荒送到门上都不要，足可证明我对社会主义的忠诚无二了。

生活中确有人损害集体利益，比方有人把开小片荒挖出的石头扔到集体地里。干这种事的人不论是贫农还是中农，要写都得写成中农干的，因为根据典型论的解释，写一个贫农有缺点就等于全体贫农都有毛病。打击贫农等于打击革命。何况从本质上讲，个别贫农干了坏事也不是贫农的本意，是受了中农思想的影响。乡下人没大事，为了鸡子尿湿柴也能吵个你死我活，事虽小，但放到阶级斗争的放大镜里一照就变成了大事。我积累了很多这种生活素材,写了中篇小说《贫农代表》。写了一稿,河南人民出版社的顾仕鹏老师叫我去改,顾仕鹏老师对业余作者倾尽了心血,帮我改好了,出版了,这是我出的第一个小册子。

《贫农代表》出版后,获得了出乎意料的好评,周鸿俊同志写了评论《贫农代表鸣锣开道》,长春电影制片厂要拍电影,我从没这样高兴过,天天巴着盼着快把电影拍出来。有一天,突然接到省文联的电报,叫我马上去省文联。我匆匆赶去,领导告诉我,说珠江电影制片厂领导来了,河南属中南局管,和长影协商好了,本子交给珠影拍。文联同志把我领到国际旅行社交给珠影来人。从此我和珠影结下了不解之缘,一直合作了将近二十年,尝尽了搞电影的酸甜苦辣。当时搞电影很吃香,享受高级待遇,到了国际旅行社,我没见过这么好的房子床铺,没有吃过这么好的饭菜。我住了吃了,很有点受宠若惊。珠影的洪遒厂长,还有蒋锐、李克异等同志很平易近人,和我谈了改编意见。我没有搞过电影,把他们的意见奉若圣旨,他们咋说我咋改。就在国际旅行社住着改,我激动出了不少激情,一个星期就改出了一遍,打印好后专门派人送回广州珠影厂审查。闲着没事我就写小说,没几天写了一篇《石家新史》,《奔流》很快发表了。

没想到这篇小说惹了大祸,把我和大连黑会挂上了钩,差一点完蛋了。

52

《石家新史》写了农村一对年轻夫妻,男的憨厚,黑白不分,女的精能,自私自利。女的装了一箱子中草药,说是衣物,哄骗男人送到娘家倒卖。半路上被民兵查获,男的恍然大悟,和老婆进行了坚决斗争。这篇小说我没感觉到好到哪里或坏到哪里,只是写得比较接近真实生活罢了。

一天下午,省文联召开会议,传达中国作家协会大连创作会议精神。我去得早,会议室里只有于黑丁主席和李準两个人在谈着什么,见我进去,李準就兴奋地大叫:"老乔,《石家新史》写活写绝了!写得好极了!"于黑丁主席也连声说好,说是近年来河南的好作品。一个是名家权威,一个是省文联领导,两个人把这篇小说夸成了一朵花。我没有受过这么大人物的表扬,不只是受宠若惊,简直有点飘飘欲仙了。我昏头昏脑地瞎想,我怎么一家伙就成了人物?我没有修行怎么就成了神仙?会议开始了,李準传达了大连会议精神,我才明白了一二。大连会议认为原来的创作路子太窄,可写的人物局限的范围太小,只能写英雄和敌人,写来写去老是敌人破坏,英雄消灭敌人,万变不离其宗。大连会议提出了新精神,认为英雄和敌人虽然是主要矛盾,应当大写特写,可这两种人在社会上终究是少数,人民的文学在写好这两种人的同时,应当反映大多数人的生活。大多数是什么人?是不好不坏、亦好亦坏的中间人物,正确反映这些人的生活,提高这些人的素质,社会才能前进。细细想想,这些新精神也有理,因为芸芸众生也是人民,拒绝这些人进入文艺作品,这种文学还算人民的文学吗?我写的《石家新史》恰好和芸芸众生对上了号,算是瞎猫碰上了死老鼠,李準才用劲夸奖,并不是我真会写小说了。

陪我住在郑州等剧本意见的珠影厂同志,看了《石家新史》,听了李準和领导对《石家新史》的评价,好像发现了一颗新星,比我还激动,认为比《贫农代表》好多了,叫我迅速改成电影剧本。我热血沸腾,只用三五天工夫就改出了初稿,珠影厂同志看了连声叫好,说是近年来难得的轻喜剧,改名为《左邻右舍》,打印后马上送厂里审批。

不久,珠影厂的意见来了,肯定了两个剧本的基础,说改好了是两个很好的剧本,叫我马上去珠影厂修改。我连家都没回,从郑州直接去了广州。厂里很热情,派了两个编辑专门陪我修改,我自己也得意扬扬,改了这个改那个,只想着马到成功,做梦也没想到过失败,信心十足。谁知想到的跑了,没想到的来了。这就是生活。

53

到了广州,我没有看花花世界一眼,就全身心投入了修改剧本。成功和胜利在向我招手,再有一步就要拥抱我了。厂里上上下下都说这两个本子基础好,个别地方小改一下就行了。同时开拍两个剧本,想想就热血沸腾。我决心创造这个辉煌,来弥补昔日的屈辱。于是,日日夜夜处于极度亢奋之中,不停地修改剧本。就在这时,西峡县委给珠影厂打来了长途电话,说河南文艺界开始批判《石家新史》了,请珠影厂做好我的思想工作,别背太重的包袱,县委希望我继续把剧本改好。老天爷,《石家新史》刚刚被捧上天,眨眨眼就又被打下了地狱,快得叫人笑不及哭不及。厂领导给我谈了话,我才知道根子在大连会议。大连会议被中央定为黑会,主持会议的人被点名批判了,全国各地都要肃清流毒,河南便拿我开刀了。据说西峡县委很不以为然,曾和省文联交涉,据理力争反对批判我,说,一个农民业余作者写了小说寄给你们,你们审查认可了才发表,出了问题怎么能把责任都推到老乔身上?同时,你们刊物上发表了那么多作品,类似《石家新史》的也不少,作者还都是著名作家,为什么都没有事,拿个农民业余作者开刀有什么意思? 省文联如何回答的,我不得而知,反正是照批不误。又过了多少年,我才明白为什么批我,是为了舍卒保车。多亏当时运动不断头,批了我一阵子又转到别的运动了,我算是为河南文艺界当了一回挡箭牌。从此,我知道文责自负的意义,靠天靠地靠山都靠不住,何况表扬我写得好的只是两棵大树,运动来了,天塌地陷,两棵树都自身难保,哪还顾得上过去自己曾经说过的话?

《石家新史》挨批是个悲剧,也算是个闹剧。小说中的石三是个没性子的人,下大雨了,他还不紧不慢地走着,别人问他咋不快一点,他说,走恁快干啥,前头也在下嘛。批判文章中说,这样写贫下中农是对贫下中农的极大丑化和攻击。读了文章,心想以后再写贫下中农,就写下大雨,贫下中农拼命跑,跑得越快越革命。可怜的文学!

根据《石家新史》改编的《左邻右舍》就这样死了,大家背地里都惋惜。珠影厂不错,没有因为《左邻右舍》株连《贫农代表》,叫我集中力量把《贫农代表》改好。我再也看不见成功和胜利招手了,看见的全是危险了。下雨走慢点坏住社会主义啥了,怎么说声批就成毒草了? 同时,对珠影厂感恩戴德,河南批我时,我怕把我当成罪人看待,开销我叫我回家去,我还怎样活人? 没想到珠影厂这么宽大。我决心改好《贫农代表》来报答珠影厂,只是每写几句话就不由想起《石家新史》的悲惨结果,便生出了能叫平安过别叫闯了祸的想法,再也不敢该怎么写就怎么写了。

54

　　知识分子往往事情想得简单化,上级说什么相信什么。上级说《贫农代表》问题不大,我就相信问题不大。上级说好改,我就相信好改。可是,很小的问题改起来就成了很大的问题。剧本里有个细节,中农刘财把自己小片荒地里的石头扔到集体地里,贫农王祥看见了不依,把石头又扔回到刘财的小片荒地里,两个人发生了争斗。就这几块石头的事,分析来分析去分析成了事关革命成败的大事。有的说这是资本主义道路向社会主义道路的猖狂进攻,应该坚决斗争,要斗倒斗臭,不能温情;有的说,中农是团结的对象,是朋友,打击中农就是把中农推向敌人,就是对敌人的多情。公说公有理,婆说婆有理,只有我没理了。明明说的是王祥和刘财两个具体的人,一写到纸上便变成了两个阶级的大是大非生死斗争,这就是当时流行的典型论。我束手无策,珠影厂的领导也不敢自作主张,往往为了一个很小的细节就得请示中南局。剧本修改遇到了重大困难,每个字都是一座难以翻越的山。为了改好本子,厂里不惜花费重金,组织二十多人的修改班子,由厂领导带队深入河南农村,边生活边修改。我这人没写过电影,没有写电影的水平,却有改电影的德行,叫咋改就咋改,听话得很。不是真心想听,是不听不中,写电影不仅别人抬举,还有碗不错的饭可吃,不改就什么都没有了。

　　经过两年多的反复修改,到了一九六六年夏天剧本终于通过了。厂里正式成立了摄制组,下河南选了外景地,借调了演员,万事齐备,只等买车票出发了。谁知"文化革命"开始了,一切都停了。电影厂是知识分子成堆的地方,是运动的重点,中南局宣传部葛部长坐镇领导。葛部长很随和，我们一同在食堂排队买饭，饭后一同散步。他说，你别急，这运动也就一个月，请你也参加，给厂里提提意见，等运动结束了和摄制组一同回去。我高兴地答应了，因为能和摄制组一路回家，不仅路上有人给买车票，也算得荣归故里了。

我在厂里参加了"文化革命"，才开头学习有关文件，虽说革命并不轰轰烈烈，只是批判什么修正主义和资本主义情调，听听也挺有理，厂里放映了许多电影片子，组织大家讨论批判。大家都不右，发言都革命得很。我虽不是厂里正式干部，却比正式干部还正式，积极觉悟得很，写了一篇批判《舞台姐妹》的文章，有两千多字，送到《羊城晚报》很快就发表了。工作队表扬了我，我也认为自己用实际行动批判了资产阶级文艺路线，捍卫了无产阶级文艺路线。每天和厂里的同志一道学习，不久，就不再空对空了，而是针对具体人开展斗争了。葛部长说过不了一个月运动就结束了，谁知一个月还不够，葛部长自己也被火烧了炮轰了，厂里乱了套，乱得没人管我吃饭了，我只好回家了。

55

我在珠影厂又写大字报，又给报纸写批判文章，又参加批斗会，义愤过怒吼过，很革命了一阵。不过都是革别人的命，从心眼里认为这革命好得很，再不革命就要亡党亡国亡自己了。盖三间草房还得几个月，革命容易得很快得很，不过一二十天就把旧秩序打乱了。珠影厂的花名册上没有我的名字，不在编，我在珠影厂一个月领六十块钱，是领导批的，现在领导不得领导了，我领不来六十块钱了，只得开路回家了。

我告别了广州,坐上北去的火车,虽然下个月没钱了,心里却没一丝一毫怨言,只想着这运动如何如何的好,不运动如何如何不得了。回想写电影这几年的生活,住高级宾馆,顿顿吃细米白面还有肉,出出进进坐小车,还吸带锡纸的纸烟,自己变成了啥人?标标准准成了跑在资本主义路上的资产阶级。这样一想,就把自己吓得头皮发麻。又想党真好,真英明,及时挽救了国家也挽救了自己。无心看沿路的风光,一心想着回家后如何改造自己,重新做人,重新和群众打成一片,做一个无产阶级的文艺战士。在火车上汽车上只想着如何脱胎换骨,唯独没有想过革命叫不叫准不准自己脱胎换骨。

这天上午到家,村里人都来看我,打听城里的情况,这时乡里才宣传还没有动作。我讲了城里的情况,讲了为啥要"文化革命",大家听了对别的都不感兴趣,唯独对城里人天天吃白馍感到莫大愤慨,说,天天吃白馍还不算资产阶级?划个地主都不亏,再不革命革命,他们还敢顿顿吃肉哩!群众的义愤更坚定了我彻底改造自己的决心。

下午,我叫老婆给我理发,把留的分头推成了平头。我家买有理发推子,原来我在家时,除了给孩子推头,也给邻居理发。乡下的男人都是光头,我没给珠影厂写剧本时也是光头。当时,城里人有地位的至少是老师学生才留头,叫分头,也叫洋头,还叫洋楼。老婆不想叫我推光,好像留着比别人多少高贵一点。我给她讲了推光的好处,我说,我回来要改造自己,群众都是光头,咱也推成光头才能和群众打成一片。老婆答应了,在南山墙头推的,也没院墙,有的人来看稀罕,大惊小怪地说,嘿,咋把洋楼扒了,一扒不和我们一样了?我笑道,就是要和你们一样。

万万没有想到,头上的洋楼一扒扒出了大祸,从此交了厄运,受尽了人间的折磨。

"文化革命"就这样开始了。

56

我们北堂大队解放以来都是县委的重点,我们生产队又是大队的重点,算得上全县第一队了。全县第一队,阶级斗争自然抓得紧,十几年培养了不少火眼金睛。有人见我把洋头推成了光头,就绷紧了阶级斗争这根弦。洋头是比老百姓泥巴腿高贵的标志,绝不会放着排场不排场无缘无故扒了洋楼,内中一定有鬼,说没鬼是你麻痹,警惕一下就能看见鬼了。第一天,说,广州到底是广州,城市大,人能,"文化革命"一革命就查出乔典运是个地主,不叫他写稿了。第二天升了一级,说,乔典运写的东西犯了大法,被广州公安抓起来关到监里了。第三天更玄乎了,说,广州好下雨,这天夜里风大雨急,站岗的兵淋得睁不开眼,乔典运就翻墙头偷跑回来了。这故事越编越圆,在村里悄悄流传。

当时我还不知道这些有关我的敌情,还在跟着村里革命群众闹革命。那时我才三十多岁,我的同龄人都待我很好,他们说我识字多,又见过大世面,知道革命咋搞,一定叫我参加他们的革命队伍。才开始是破"四旧",几十个人的队伍敲锣打鼓挨家挨户找"四旧",谁家房顶上安有脊兽,就搬梯子上去砸了;谁家椅子上刻有花纹也砸了。后来没啥砸了,谁家的盆上碗上有图案也砸,被子上有印花也撕。无产阶级是严肃的,不允许花里胡哨,凡是有多种颜色拼成的东西都要破。好好的东西把它砸了,心里老不是味。我跟在队伍后边越想越不对,想劝劝别这样干,不敢,因为到处都这样干,我要说这不对,等于宣布自己反对革命。我想不参加溜了,也不敢,怕说自己不识抬举逃避革命。我也深知参加破"四旧"对自己不利,破住谁谁都不满。革命群众不怕,自己成分不好,搞不好会迁怒到自己头上。果然不出所料,没有几天,我又跟革命队伍去破"四旧",村里有人去县城请来了革命派,从后面抄了我的家,把我家翻了个底朝天,把屋里所有的书和稿子全当作"四旧"用车拉跑了。"文化革命"前我爱买书,还多是精装。我破完别人回家一看片纸没留,顿时傻脸了。城里革命派不仅抄了家拉走了书,还在门口墙上贴了一张勒令,一令我老老实实,二令我老婆退出草袋厂。草袋厂是队里办的,很苦很累,每天鸡叫起来半夜才睡,不叫干正好。问题是被这一革命,我便威信扫地了。人家是城里的人啥不知道,人家来抄乔典运的家,肯定他问题大得很,看起来说他是从广州偷跑回来的一点也不假。这种断定一家传一家,马上人们见我就绕着走了,再也不叫我跟着革命了。

<h2 style="text-align:center">57</h2>

是福不是祸,是祸躲不过。顾名思义,"文化革命"是革文化的命,我在村里算得上文化人,不革我的命革谁的命?何况我的成分不好,破"四旧"时又得罪过人,论公论私都轻饶不了我。当运动进入批斗时,村里就拿我祭神了。不过,革命才开始,几千年养成的人性还没有彻底消灭,人们的良知还在时不时挣扎,因而对我的批判就有点假,有点应付公事。大队支书事前还给我做了思想工作,说,这是运动,不批一下不好交代。意思是叫我配合,演出戏叫上级看看。支书这话我信,因为支书对我特别好,平日县里来了领导在他

家吃饭,总是叫我去陪,很是高看我。我在珠影厂写剧本时,他天天去我家问冷问暖,关怀得无微不至。人有恩于我不可或忘,我成年想报答没有机会,现在可有了,为了他当好红脸忠臣这个角色,我心甘情愿扮演个白脸奸臣,让群众批一场。我想,反正是假批,只当玩一个下午有啥了不起。不过,心底深处还是不服,我怎么了? 我没当官,又没做坏事,我步步紧跟党,连小片荒都没开过一巴掌,骨头砸碎也没有资产阶级,为啥非批我不中? 委屈是委屈,胳膊扭不过大腿,还是响应党的号召走上了挨批的台子。

批判会在学校教室里举行。群众先集中,支书动员好了才喊我去。我走近教室时,只听里面群情激愤,口号声不断,我不由瘫了。我硬着头皮走进教室,人们马上闭上了嘴,低下了头,静得像深山古庙。看得出来,人们都不好意思了,平常抬头不见低头见,背地里说说可以,面对面确实难以撕破脸皮。支书让大家发言,没有人响应。支书点名让讲,还是都推却了。会议冷场了很长时间,我站在台上颇有点暗自得意,心想,相信群众相信党这话一点也不错,我没干什么坏事,上级叫批群众也不批。我正在想着,有人站起来发言了。这个人姓董,是从湖北请来的水稻技术员,都喊他老董。老董虽是请来的,却一点也不像客,做活比本队社员还吃苦耐劳,算得上一个真正的共产党员,大家都很尊重他。到如今我都不清楚老董带头批我的动机,他的发言却叫我终生难忘。他站起来说,大家都看过戏,关公是啥胡子? 刘备是啥胡子? 张飞是啥胡子? 老黄忠是啥胡子? 他自问自答了一大串胡子问题,突然把话锋一转,又问,大家看看乔典运啥胡子? 黄的。大家想想,戏上戴黄胡子的有几个好人? 这一年我三十五岁,下巴上有了不少胡子,只想着和群众打成一片,除了理发平常不刮胡子,我对胡子宽大,让它随便长,没想到胡子竟然忘恩负义,证明我是坏人。这一场批判围绕着胡子的颜色问题,展开了争论,好像和我无关,也没打倒之类的口号,倒也文明,我只是站了一个下午,心里还挺阿Q,为了革命需要批一下算啥?

58

从批判会上下来,我又好气又好笑,胡子能说明什么问题?为什么大做胡子的文章?再一想宽心了,没有实质性问题,只好在形式上玩花样子,这算什么批判会,不伤筋动骨,连恶眉瞪眼都没有,演一场闹剧罢了。很快我就发觉我看错了秤,有些事形式比内容还重要。虽然这场批判会没有实质内容,重要的是开了个头,有了初一自然就有初二初三初四……这场批判会告诉人们一个信息,乔典运可以批,批了也没事。于是,各种有关我的谣言、大字报铺天盖地压过来。我从广州回来是真心诚意想改造自己的,没想到会成为斗争的对象,我委屈冤枉得要命。我认为这违背政策,也不符合"文化革命"十六条,我去找支书,支书说,这是造反派的事,他管不了。我知道得清清楚楚,大队几个造反派头头都是支书的亲信,都受他操纵,他说管不了是假,想拿我开刀是真。到了这个时候,我还不知道自己哪一点得罪了支书。

这时候,县委已经被打倒了,军队开始介入了。万般无奈,我给兵役局马局长写了封信,说了我的情况,以带病回乡军人身份向他求助,求他把我从危难中解救出来。还真灵,没几天马局长亲自到我们大队来了,给支书和造反派头头说,你们是怎么搞的,好像揪住乔典运不放就是"文化革命"了,大方向错了,你们不要再批斗他了,我们了解他,没有问题。大队支书和造反派头头这时还不敢反对军队，便不再找我的事了，把我交给生产队长处理。队长还是我告过密的那位远房姑父，他一点也不记前仇，给我说，你去小沟放牛吧。小沟是一条人烟稀少的深山小沟，离我们村十来里远，路上杂草丛生，一步能踏出几条蛇，人迹罕至。我想这是条避风沟，就高兴地答应了。队里还派了个小青年，叫王光有，和我做伴，赶着十几头牛去了。在小沟深处有家姓张的，队里租他两间草房做牛圈，在草屋的梁上搭了个棚铺，牛住下面，我们住上面，吃饭自己做，偶尔家里也送点好吃的。

　　每天一早，我们就起床了，把牛赶到房后的山上放牧，我和王光有坐在山尖上，看牛吃着青草随意走去，好不自在。一坐一晌，实在无味，我就放礌石，就是把一个大石头从山顶推下去。大石头越滚动威力越大，小草被压睡下了，小树被砸断了，一路哐哐当当地响着，到了沟底一声轰鸣之后才安生了。我们搬了一大堆石头，放了一个再放一个，很是开心。当时没有书看，也不能随便说话，只有以此为乐了。放了几天礌石之后，不知为什么又想到了被压倒的小草砸断的小树，它们为什么会突然遭此大难，不就是因为我要寻开心吗？再想到自己和千千万万被批斗者的不幸，是不是也有人为的寻开心？想到这里就再也不放礌石了。

59

　　为了自己开心一笑，就放礌石砸死了无数小草，砸断了许多小树，它们被无辜伤害了又无力抗争，我不由想到自己和它们相同的命运，就再也不放礌石了。每天把牛赶到山上就再也没事了，坐到山尖上看蓝天白云，看莽莽林海，听百鸟唱歌，听山风呼号，日子里满是诗情画意。一天又一天,天天诗情画意就不诗情画意了。没书读,没报看,没人谈心,才开头还想想山下的革命斗争,天长日久也不想了,脑子里一片空白,这时候才明白什么叫流放。有时也阿Q一下,安慰自己说,这多好,回归自然了。再一想,回归说明了不在自然中,偶尔回一下挺新鲜,要是天天在自然中心里必然会老不自然。我闲不住老想干点什么,充实空白日子。能干什么呢?想来想去终于想出了一件事,给沟里的人理发。

小沟有十里长,住着五六户人家,户与户之间相隔一里多路。说是个生产组,实际上各种各人门前屋后巴掌大几块地,日子过得都很清苦,头发长长了互相换着剃,每剃一次头上都少不了长道短道流血,看着叫人怪可怜的。我回家把推子拿来,每天把牛赶上山以后,就下山跑到各家各户给他们推头。才开头他们不让推,问推一个头多少钱,我说不要钱,他们才让我推了。推头比剃头舒服,不疼。当时是夏天,我十天半月就给他们每人推一次。天数长了,我们之间便有了感情。山里人开会少,离革命远,只讲良心,不讲觉悟,我给他们理了一段发,他们就说我是个好人,不应当批我,不应当叫我来放牛。听他们这样讲我就害怕,他们这样是反对造反派,反对造反派就是反革命,我可担不起这个罪名。我就求他们别说我是个好人,我说我该批,我该上山放牛。他们怕我吓坏了,就不再说我好了,却用行动来关心我,谁家偶尔吃点好的,就来拉我去吃一顿。山里人日子苦,所谓好吃的,就是烙馍面条。我吃了这一份,他们就少吃几口,我这样想着就吃得很不是味。这几户人家人都很朴实,很重情分,多少年过去了我们还有来往。只有一家我没去过,也没给他的家人理过发。他住在沟口,是个护林员,我上山放牛的第一天,他就专门找到我,劈头就说,你给我小心点,别认为山里就没有人管你了,这里也是革命的天下。训得我不知所以。住的天数长了,沟里的群众给我说,这人成年想革命,革命了才能使厉害,也很大义灭亲,连他亲妹夫也不轻饶,被他整得死去活来。我听了就更加怕他,每次看见他离老远我就藏了。谁知是福不是祸,是祸躲不过,后来,这人真是在我身上很革命了一家伙。

60

小沟有大山,有小溪,山是青的,水是绿的,蛇在脚下游,松鼠在头上飞,多见树木少见人。我就是在这世外桃源里,指望能躲过是非福祸,谁知革命也不放过我,很快就从山下追上来了。

先是来了几位外调的,调查薛天炳。他当过文化馆长和剧团团长,出身好,又是党员,正宗的革命干部。当时没有文联,抓创作是文化馆的事,我们便有了业务往来。他是个很正派的人,对人忠厚,很讲友情。我不知道他犯了哪条革命的王法,调查组逼着叫我揭发他,说包庇他的人绝没有好下场。我想来想去也想不出薛天炳哪一点坏了革命的事,我说我没啥揭发。调查组从上午一直盘问到下午,一时哄我一时整我,我看不多少说几句过不了关,就说薛天炳太听上级的话,上级说什么他就听什么,一点也不打折扣。调查组气得嗷嗷叫,说我美化走资派。我说,我不是美化,是揭发是批判。调查组说,这能算是罪恶?我说,可是的,他这是标标准准的奴隶主义,听修正主义的话,能不算罪恶?调查组没文化,听我说的也有理,只好悻悻地走了。我上山几个月了,山下什么样子一点也不知道,调查组来了,我才知道山下的世界已经不成世界了,薛天炳出身历史四面净八面光,对党忠诚,工作积极,这样的好人都罪该万死了,我心里不由升起了一股怒气,再想想自己就更加悲哀了。

外调的人是一种革命,还有一种革命更怕人。一天,有人给我捎信,说乔思中第二天要来找我,商量革命的事。我一听吓得头皮都麻了。乔思中是炉上生产队的社员,才下学的高中毕业生,读书读愚了,他认为这样乱打乱砸国家非毁了不中,写了个国策,说怎样才能把国家治好,寄给了毛主席。一直没有收到回信,他又抄了一份寄给了刘少奇。不久,刘少奇被打倒了,抄出了这封信。从刘少奇办公室里抄出的信当然是反革命的了。这信就一级一级传下来,要抓这个和刘少奇勾结的反革命分子。公安局派人到大队了解他的情况,大队支书看他年轻,家庭成分又好,就想保他过关。公安局的人把他叫到大队审问,支书说他是神经病。他一听勃然大怒,说自己不是神经病,说支书才是神经病。人们喝酒,不醉的才说自己醉了,醉了的人才坚持说自己不醉。公安局的人根据这个推理,认为他真是神经病,便饶了这个钦犯。他不思悔改,还到处说天下兴亡,匹夫有责,他说他还要继续给中央写信,人们都说他是疯子。听说他要找我,我就害怕。他能当神经病,我可没当神经病这个福分,沾住他定有杀身之祸。第二天,我把牛赶到山顶上,我躲在山林里,一天没下山,乔思中没找着我走了,我暗自庆幸自己又躲过了这个灾星。

61

好景不长,转眼到了冬初,西北风起了,刮得树叶落,青草枯了,放牧的季节结束了。牛得入圈了,我也该入笼了。想到山下的火红斗争,我好像不是要回家了,而是要奔赴刑场了,颇有点视归如死的悲凉味道。几个月来与牛为友，与蛇同行，树木不和我斗，百鸟不对我凶，我对这近似原始社会的生活生发出无限留恋，恋也无济于事，终于硬着头皮赶着膘肥体壮的牛群下山了。走在弯弯曲曲的蜿蜒小路上，大蛇小蛇在我脚下游来游去，我小心翼翼地避开它们。我不伤害它们，它们也不伤害我，各走各的路，相安无事。我不由想到了人，人和人相处会互不伤害吗？人为什么不能这样？为什么人和人相处比和蛇相处难得多险得多？人啊，为什么不能多点善心！

老婆娃子竟然用笑脸迎接我，我感到奇怪，这年月怎么还会笑？有什么值得笑的？老婆看我一脸害怕，就说别怕，没事，兵役局马局长的话还灵着，没人再敢找咱的事。我放心了，这天夜里我就知道了详情，从城里到乡里两派斗得很欢，党和政府都叫夺了权，解放军当家了，两派都争取解放军的支持，因而，马局长给我定的调子没人反抗，我算贴了一张护身符，暂得一时平安。

不断传来武斗枪战的消息，形势越来越紧张，我担心有一天解放军也会不灵了。我该怎么办？我给老婆说，咱们得赶紧把草房换成瓦房。我家住的草房，年代太久了，已经不挡风遮雨了，逢到连阴天，外面大下，屋里小下。老婆老早都吵着叫扒了草房换瓦房。我对这事没一点点兴趣，想着对付着住了就行了，村里多数群众住着草房，自己成分不好，自己要先住上瓦房，别人会不会说地主还是地主。怕影响不好，一直拖着没换瓦房。房子漏了就插补插补。这是个技术活，自己不会，一年到头要请邻居帮忙。老婆听我说要换瓦房，不解地反问，早点没事时不换，现在正是多事的时候要换了？我说，你懂个屁，以前早晚漏了能找来人修补，要是整住了咱去找谁修补？一家六口人连个避雨处都没有了。老婆想想也是这个理，于是，我们就扒了草房盖瓦房。当时物价便宜，一百八十元就能把三间草房换成瓦房。乡里起梁盖屋全村人都会来看热闹,我家也不例外。来的人都说我这几年美了发了,说了许多恭维话,还咂咂嘴,说还是识字人有福,新旧社会都能住瓦房。听了这话,我心里像喝了碗醋外加一碗黄连。别人是发了盖房子,我是走到穷途末路了才盖房子,盖好了一家人总算有个哭的地方。这话又说不出口,苦在心里还要陪着看热闹的人干笑几声,活人真难!

<h1 style="text-align:center">62</h1>

面对三间新瓦房,不由想起了《最后的晚餐》。一辈子只能干这么一件事了。这时自己被剥夺了斗争的资格,却能天天夜夜听斗争看斗争。在自己送命之前,先看看别人如何送命,也算是学习吧。上级一直号召,活到老,学到老,现在学什么?不学知识,知识越多越反动。不学技术,那是白专道路。天下只有两种人,斗争人的人,被斗争的人。斗争人的人学如何残酷斗争,如何心狠手毒,咱不学这,学这没益,学会也没处用。我得学会受迫害,只有把这门专业学会了才能活下去。

村里斗争范明泽,他是贫下中农,干部的宅基地宽了,他也想多要,要不来就发牢骚说坏话,说坏话就是反党,群众怒吼:打倒范明泽!范明泽响应党和群众的号召,高声叫道:不用劳动革命的大驾,不用打,我自己倒!说完自己扑通一声平躺到地上。这一躺把革命的愤怒也躺倒了,博得了一阵革命的大笑,这是得来全不费功夫的大笑。看起来范明泽没有付出任何代价,可我却想,不打就倒付尽了人的尊严!唉,当人难,学着当哈巴狗更难!我自叹太笨了,不想学,也学不会!

　　不久,那个给北京写信的乔思中被逮捕法办了。当时我不知道,他的逮捕也注定了我的厄运。原来就要法办他的,大队的老天说他是神经病,军管会才饶了他。后来,有人在县里贴了一张大字报,攻击老天的品德有问题。直到如今我还反对这种搞人身攻击的大字报。老天很恼火,就查笔迹,一个个地查,分析来分析去,终于把怀疑对象定到了乔思中身上。老天就找到县里军管会,只字不提那张写他的大字报,一副大公无私一心为革命的样子,说乔思中一点也不神经,是装的,自己被他蒙蔽了,现在才擦亮了革命的眼睛,他攻击红色司令部,攻击毛主席,攻击得恶毒至极。这样的人不逮捕法办,革命群众坚决不依!一千个不依,一万个不依!既然革命群众坚决不依,乔思中就进去了,判了十五年徒刑。革命没有成功,同志仍需努力。那张大字报到底是谁写的?说是乔思中也只是怀疑,并没有真凭实据。乔思中被法办后,老天冷静下来想想,又好像不是乔思中了,越想越不像了,冤了乔思中不可惜,可不能跑了真凶实犯。过去讲一箭之仇,这年代讲一字之仇。能错捕十个,不能放跑一个。于是,老天又开始新一轮排队了,怀疑一个又一个,整了一个又一个。我这人脑子太笨,到了这时竟然忘了我也识字还会写字,没有想到会怀疑到我头上。古训说,害人之心不可有,防人之心不可无。我自认为心里没鬼,连防人之心也没有了,还和没事人一样,天天看老虎斗猫玩。

63

　　我目睹了法办乔思中的全过程,大开眼界。明明是为了那张人身攻击的大字报,却隐去真相,硬说是为了他给中央写信之事,法办他是为了捍卫党,是革命群众的强烈要求,连神经病都可有可无了。翻手为云,覆手为雨。我明白了,革命是什么?群众是什么?是一面光辉耀眼的旗帜,打起这个旗帜,不但所向无敌能达到任何目的,还显得自己很高尚很人民很真理。这是学习受迫害的第一课。从此,我见了署名革命群众的大字报,就油然而生强烈的反感,谁知道是哪个乌龟王八蛋写的,也可能是反革命写的,他写上革命群众就成了革命的大字报,你就不能反抗了,你若不同意你就是反对革命群众的反革命了,这就是挺怕人挺生动的教材。老百姓说他是傻屌,革命派说他是反动透顶。十五年徒刑,他这一生彻底毁了,可在逮捕他的这一刻,他总算闪了一下辉煌,比起不打自倒的人多了一点点伟大。

在革命群众还没顾上收拾我的日子里,我接连犯了几个错误,自己把自己一步一步推向了断头台。前边说过,我们这个大队的"文化革命"很有点北京味,不论多少派都誓死拥护毛主席,我们大队也有不少战斗队,都标榜自己是革命派。表面上也互相攻击互相战斗,但或明或暗都拥护老天,都是老天的兵,不过在老天的分派下有的唱红脸有的唱白脸罢了。有一天夜里,老天把我们生产队战斗队的头头叫他家里,指名道姓叫我也参加了,我很是受宠若惊,因为老天把我当外人看已经很久了,忽然间又受到待见,那心情可真够激动了。老天客气了几句,说,阎××没到年龄就结婚了,违背政策,群众意见很大,应当受到批判和处理。大家齐声附和,都说该批判该处理。那就批判吧处理吧,没人反对呀。老天说,是这,叫你们来,是叫你们给我施加点压力,我才好出头整整他。我们就问,我们该怎么压?老天说,为了革命你们回去写张大字报,说我心慈手软,对阎××的违法行为视而不见,是资产阶级的温情主义,勒令我从速从严处理,要再宽大无边就打烂我的狗头。我们听了有点不敢接受,舍不得打烂他的狗头。老天说,这是为了革命,叫你们写你们就写,说得越狠,我处理起来越顺手。我们想想也对,回去由我起草另外一人抄了,半夜贴到了老天家门口。第二天,老天就召开群众大会,在会上念了那张大字报,声色俱厉地批判处理了阎××。事后老天对阎××说,你也听了那大字报,我是被逼到崖棱上!这戏演得很有点挥泪斩马谡的味道。老天扮演了诸葛亮,我们呢,是小丑。至今回想起来还脸红,总觉着这事办得有点阴谋诡计的味道,还有点自己被人玩弄和又去玩弄人的遗恨。

64

没有不透风的墙,对阎××的批判,内情很快就走漏了,说大字报是我写的。村里除了乔典运谁能编那么圆?大字报的文采就是铁证。我有口难辩,也不想辩,当时颇有几分天真,不仅不认为是被利用了,还认为受命于老天,是为党效力。党还用自己,就足以证明自己没被打入另册,小人得志,平添了几分自得自乐。

又几日一个夜里,县高中一位回乡学生,据说是县里造反派中的人物,在大队小学操场上召开大会,批判大队一个群众组织的女头头,说她是保守派。这位女头领,是我的远房侄女,"文化革命"前我们常来常往,关系很好。后来,老天不止一次对我说,这位女头头三番五次警告他,说他不该对我太好,立场有问题,要叫他斗我,等等。我相信老天的话。当时天天学语录,相信群众相信党,这是两条根本的原理,我不相信老天信谁?于是,我就对我这位侄女产生了反感。这天夜里批判她我也去了,不仅去了,还很高兴,故作轻松之状,和人们说说笑笑。我发觉她不断看我,眼睛里传出的哀怨似在争取我的同情。我却一点也不同情她,心里还说,你不是叫老天批斗我吗?你先试试批斗的味道吧!我故意爆出轻松的大笑,报复情绪淹没了我的良心良知,狠狠刺伤了她。就在这一刻,我在她心里埋下了复仇的种子,也创造了我自己明日的痛苦。

"文化革命"越演越烈,处处有杀声,想不到的事情常常发生。县里有位姓夏的副书记,今天被打倒了,明天站出来了,后来又被打倒了。一会儿是革命领导干部,一会儿是走资派,变得叫人不敢眨眼,眨眨眼就不知道他是党还是敌人了。他的手下有位干部,也情不自禁地跟着他变,一会儿给他写效忠信,说,夏书记啊,亲爱的党,你好比我的父母;一会儿又写大字报批判他,说,万恶的夏 × ×,想叫我跟着你反党反社会主义,狗吃日头——妄想。一会儿是爱得要命,一会儿是恨得要命,爱和恨他都会泪如泉涌。可怜这个小干部,为了捞个革命的官,紧跑慢跑,跑得再快也撵不上闪电般的革命形势,他变来变去变成了县城的一大笑料。他们机关的马同志说都是邻居朋友,得找个人给他的哥哥老天讲讲,叫老天劝劝他,叫他别变得太快了,让人们笑话。谁来告诉老天?得找一个和老天说得来的人,才不会引起副作用。找谁呢?

65

有句古话,劝赌不劝色。赌徒们嗜赌如命尚且能够劝醒,唯有色不可劝也劝不动,食色,性也,男女之情一旦入心,不仅色胆包天,上刀山下火海也在所不惜,万把钢刀也难斩断其情。到了现在,这句古话也该改为劝色不劝权。色固然至亲至爱,但得之也易,有了权便有一切,何愁没色,一旦权到手,美色多矣,不用去争去猎,一个个会争相投入怀抱。人只要有了争权之心,其心比铁还硬比钢还坚,别说肉嘴劝不动,就是钢嘴铁舌头也难动一丝一毫,劝不好还会被视为拦路石把你一脚踢滚,这一滚可能就滚到石灰窑里被烧得粉身碎骨了。万没想到,我自觉地又扮演了飞蛾扑火的角色。

这天,一位姓马的和姓昝的朋友讲了老天的弟弟一日数变的趣事,只因老天才让我起草过阎××的大字报,我就认为老天和我知己了。士为知己者死,我自告奋勇地去给老天讲了,说得很贴气贴心。我说,你劝劝他,不要为了一官半职先把整个人格尊严扔了,何况还不定能弄来一官半职! 老天的脸阴了,忽然反问我,官,什么官? 新社会有官吗? 只有封建社会才有官,现在只有为人民服务的勤务员,争取为人民多服务、服点大务有啥不好? 这话挺是有理,在那个年月以前从来没人说过干部是官员。我被问住了,老天又质问,你听谁说的? 我无言答对,我不愿说是姓马的和姓昝的讲的,他们二位同志的家都在这个大队。老天训导我道,啥阶级讲啥话,现在革命派保守派反动派都在登台表演,都在制造舆论,你说的这些话是哪一派讲的? 你不说我也猜个差不多,是不是老马和老昝讲的? 我闭口了,当我走出老天的家我后悔死了,我知道我闯了大祸。从此,老天再也没有让我进过他家的大门。

当时人人关心国家大事,特别是干部们人人都参加个组织,不是什么战斗队就是什么兵团。不知老马和老昝参加的组织在县城算什么性质,可在我们大队却被宣布成反动组织了,参加反动组织的人当然也反动了。老天的弟弟在单位管档案,这是标标准准的生死簿,不久,老马老昝还有我老乔的档案公布于众了,真真假假分不清了。我总结了经验,祸都来自自作多情。我这人死不悔改,一点也不吸取教训,三十年过去了,还是一回又一回自作多情,虽仍是一回又一回碰得头破血流,却事到临头还要自作多情,这一生已经不可救药了。

66

学会受迫害,这是我给自己定的课程。实际上,我并没学,而是继续创造受迫害的条件。参与写阎××的大字报,对批判侄女的幸灾乐祸,攻击老天弟弟的善变,这一切都证明了一条真理,人是绝不甘心失败的,绝不会自动退出历史舞台。我一步一步走向死亡。

从郑州来了个逃难的客人,姓王,原来是珠影厂的演员,曾在西峡帮我改过电影剧本,后来调到河南了。他告诉我,他参加了二七造反派,是真正的革命"左"派组织,在郑州受到了解放军的镇压。真假是非我不感兴趣,也激不起我对解放军的不满,因为我的暂时平安来源于武装部的保佑。我只是把他当成落难的朋友保护起来,尽我所有款待他。他看我没有落井下石的意思,就在我家住了几日。听他讲了,我才知道外边的天下好可怕,打砸抢抄,真刀真炮真杀,我听得一惊一乍的。为啥放着好好的世界不要?为啥非要弄个天下大乱?他说这是路线斗争。我不懂啥叫路线斗争,我庆幸自己没住在城里,没有天天冒着敌人的枪林弹雨前进!在对待打砸抢上,我们观点基本相同,一说到解放军上就有了分歧,他说解放军不该支持老保,不该镇压造反派。在我心里没有保守派和造反派之分,他们都斗人批人,都以斗人批人证明自己革命自己正确。只有解放军武装部不叫批我斗我,我就认为解放军好。他认为我这种观点是从小我出发,没以大局为重。两个搞文艺的人,碰到一起只字不谈文艺,尽谈些云天雾地的国家大事,皆因这大事都连着自己的命运。他希望解放军输了,他的二七派就可以耀武扬威了。我害怕解放军败了,我就要成任人宰割的猪狗了。幽暗的小屋里只有我们两个人,两个落了难的人,不是同病相怜,偏是针锋相对,日日夜夜朝朝夕夕辩论得面红耳赤,把朋友辩成路人,把同志辩成志不同道不合的敌人,这大概就是"文化革命"要达到的目的。一次,两个人都恼火了,都赌气不言不语,他忽然说他要走了,好像怕我去告密,把他当作厚礼献了忠心。我不让他走,我说,放心,我们可能成为敌人,但我绝对不会成为小人。然后我们就吃饭就喝酒,再然后不由得再辩论,没有了共同语言,开口就交火。没有几日,风声日紧,到处捉拿二七派逃犯,他怕在这里住长了不安全,我也怕他万一被人捉去,我会落下出卖朋友的嫌疑,跳到黄河也洗不清,我便赠他几文路费送他上路。他说,日后我们胜利了……他的眼睛泛红了。苍茫大地,他何处可以安身?本来国泰民安,为什么要弄得人们有家难归?

67

这天吃了午饭,在我家院里召开学习毛主席著作比赛大会。当时,已经人人学毛著了。人人学,人人都不新鲜了,正常人就更不为奇了。为了显示出新水平,这天比赛只有三种人参加,一是六十岁以上的老太婆,二是六岁以下的儿童,三是痴呆憨傻。我的小女儿也光荣参加,老三篇背得一字不差,博得了阵阵喝彩。古话说,前三十年看父敬子,后三十年看子敬父。我的女儿才六岁,就挣得了人们对我的尊敬。人们争相夸我。不愧是作家的女儿,毛主席著作学到家了。这表扬不仅说明我女儿聪明,聪明和愚笨我不在乎,我在乎的是政治态度,学得好是因为对毛主席有一颗忠心红心,女儿是学毛主席著作积极分子,她的老子理所当然也是热爱毛主席的人。我希望人们能这样认识,这样的认识对我能起到保护作用。我总是觉着自己随时都有被揪斗的危险,所以时时都想表明自己对党的忠诚。

没有多久,传来了最新最高指示:大局已定,二七必胜。既然定二七派胜,二七派的对立面便一败涂地了。我在乡里,不知道省里的胜利如何狂欢,也不知道败者如何落魄,我只知道坏事了。省军区政委何运洪倒了,下边便要揪出千百个小何运洪。西峡的造反派揪住了武装部长马定荣,说他是西峡的何运洪。何运洪打倒了,马定荣是小何运洪当然也打倒了。这消息像霹雷闪电往我耳朵里硬塞,我去担水,有人挤眉弄眼地问我,知道不知道马定荣叫打倒了?我去供销社买东西,有人得意扬扬地问我,马定荣完蛋了,知道了吧?我听出了言外之意,马定荣是资反路线,马定荣保过的人能是好东西?马定荣都倒了,马定荣保的人当然也得打倒!我知道末日到了,可我不知道是我连累了马定荣,还是马定荣连累了我。不管风怎么吹,我心里对马定荣很是感念感激,不仅因为他保过我,主要是他对老百姓太好了。

打倒了马定荣,再也没人保我了。我不是英雄,我很害怕,成天吃不下饭,一直在床上躺着,等待死亡比死亡还痛苦。

68

用刀杀你之前,先用舌头杀你,这是流传几千年的杀人术。我的谣言越来越多了，全是些不批斗不足以平民愤的罪恶。前边说过，贴在县城里攻击老天的大字报，原来认定是乔思中写的，用反对领袖的名义把他法办了。现在想想不对，乔思中不会写这么生动深刻，一定是乔典运写的。有一天在队里锄地，老天的夫人忍不住扑哧一下笑了，人们问她笑啥，她说乔典运熬到了快美了。人们又问，啥到了？会咋美？老天夫人说，乔典运快去住不掏钱的房子了，再也不用自己操心盖房子了，人家还不美呀？我老婆当时吓成啥样我不知道，放工回到家里就哭了。咋能不哭？四个孩子还小，我要叫抓走了，她怎么活下去呀！她哭着对我复述了老天夫人的话，我也吓傻了。老婆说还有一线希望，女人家的话或许不一定。我没理她，我心里说，女人家也要看看是谁的女人，江青的话半句都顶一万句，老天夫人的话就是老天的话，比老天的话还算话。我想去找老天表表心迹，那张大字报真不是我写的，求他网开一面。再一想没敢去，他要发火不认人了咋办？他要反问，咋了，我是为那张大字报打击报复你哩？我能说些什么。这只能把脸皮撕破，把小事激成大事，本来明天才抓我，会加快到今天抓我。想到这里，我就听天由命了。

这时候不断有人贴我的大字报，要求大队革委会揪斗我，署名都是广大革命群众。好像包括所有的人了，即使有几个人不同意，也减轻不了大字报的分量。因为署名是革命群众，只代表革命群众，你不同意，只能证明你是群众而不是革命群众。况且，不同意的人谁敢出来说一句？我不出门，孩子小不识字，只有老婆出工在村头偷偷看看大字报，回来给我说说内容。大字报多数是假的，我气得憋破肚子，可是也只能干气硬鼓。因为上边说过，说大字报是革命的，反对大字报就是反对革命，不论真假你都得认了忍了。按大字报上加给我的罪名,我得长十个头叫杀十回,才能解恨才能抵罪。老婆问我怎么办,我有什么办法?我睡在床上看着房顶不言不语,想想也就阿Q了,城里揪了那么多人,上至国家主席,下到脖子里挂破鞋的女人,人家能当反革命为啥自己不能?说革命群众是汪洋大海,如今反革命多得也成汪洋大海了,党需要我跳到哪个汪洋大海里就跳到那个汪洋大海,淹死算了,也算为党献身了。这样一想,心里就坦然一些了。

69

深夜,村子睡着了。突然间锣鼓声鞭炮声口号声大作,如同天崩地裂,摇撼了千山万水,叫人胆战心惊。下了最新最高指示,两报一刊发了社论,都要这么山摇地动一番。这天夜里又来一回,是两报一刊发了社论:横扫一切残渣余孽。不仅扫,还是横扫,横字多义,可做各种解释,横成了行动其威力可想而知。

听了社论,我知道该来的终于来了,我要被扫了,只看是竹扫帚还是铁扫帚或是柔软的高粱毛扫帚了。我想起了一句古话,黄巢杀人八百万,在劫难逃。我还想起一个逃难的故事:一个人想和劫数作对,藏到了一棵古树洞里,以为逃过劫数了,谁知黄巢从此路过,一时兴起,要试试大刀,一刀下去,树断了滚出个人头。想到这里,我就不和命运抗争了,任其自然了。

吃了午饭,我在床上躺着胡思乱想,忽然来了三个朋友,都是本村的朋友,算至交。一个是外来户,迁来时虫没虫笼没笼,住我家三间厢房,不仅房子免费,还常常补助他家吃的烧的。人很和善,真心待我,常帮我家做些小活。一个是我侄孙,在小学教书,谈得投机。

一个是复员兵，性子刚烈，有股浩然正气。平日我们几个常来常往，互相视为知己，至少我把他们视为知己。已经多天不见他们了，今日见了分外亲热，多少心事想对他们吐露，我从床上下来，忙让座拿烟倒茶。他们不坐，他们互相看看，他们同时说，走吧，乔典运。我这才发觉气氛情绪都反常，抬头看时，三张脸都冷若冰霜。我愣了片刻反问，怎么了？三个人互相看看异口同声道，乔典运，别装没事人，走吧！我说，干啥？三个人哼了一声，说，到地方你就知道了。我说，你们不说地方我不去！我坐下去板住了脸。三个人说，别敬酒不吃要吃罚酒，我们请不动你是不是？说着走到门口，冲外边招招手，很快跑进来几个人，都是些年轻力壮的人，憨不憨奸不奸一喊就上的二百五，他们进门就咋呼，咋，真是还叫动手哩！说时就伸手抢胳膊了。我的三个朋友拦住他们，劝我，就是去参加参加会，给大家坦白坦白嘛！说得好轻松。我看着一张张狰狞的脸，腿先软了，耷拉下头，跟他们往批斗会场走去。

批斗大会在大队，我家离大队仅一里多路，我却走了个万里长征，好似经历了一生。想到三个叫我的朋友，不免生出了几多恨，也不透个信儿就反戈一击了？朋友？天下真有朋友吗？若干年后我终于悟到一点，朋友也得自己先活了才讲朋友。又想到批斗会不知是个什么阵势，会把我怎样处置？

70

还没走进会场，会场就响起炸雷，打倒"三反分子"乔典运！乔典运不投降就叫他灭亡！一人领头，全场轰鸣。一串一串的口号此起彼落，我心惊肉跳。我不知道我的正式罪名是什么，估摸不透犯多大王法。本来我就很害怕,这时被震耳的口号吓迷糊了。我不知所措,不知该往哪里走或是往哪里站。台上有人大声喊叫,把乔典运揪上来!不等我反应过来,就被几条铁棍般的胳膊架到了台上,不等看清台上有谁,头就被人狠狠摁了下去,我的腰折成了一张弯弓。我本来害怕批斗丢人,没脸见人,谁知这害怕是多余的,虽有脸,却只能面对黄土,向裤裆看齐,有脸而不能看人,想丢人也丢不成了。

这是初斗,也叫开斗,看样子是精心设计好了的,要给我个下马威,要用大棒重砸。我这个人出身不好一贯自卑,一直认为自己是路边的小草,甘心迎接任何人的脚掌和任何禽兽的蹄子,谁踏都欢迎,无力反抗,也没长反抗的心。当然,阳光雨露也没外待我,也没少滋润我。故而倒了趴下了,经过一场雨和几个日头,又能长出来供人再踏。我这样认识我了几十年,没想老天的主题揭批使我重新认识了自己。他说,池小王八大,我们要擦亮革命的眼睛,不要小看了乔典运,他反动得很,罪恶大得很,比约翰逊还约翰逊,比赫鲁晓夫还赫鲁晓夫,比蒋介石还蒋介石……忽然间我被封为全世界帝修反的总头目,我也忽然间联想到了亩产一百万斤小麦的卫星。我来时曾想大家说啥我认啥,最多用杀鸡的刀杀我就有余了,没想到杀我连牛刀都嫌小,竟然用关老爷的大刀来杀我,我心里有点为老天的大材小用感到委屈了。山里人可怜,新中国成立十八年了,本来能吃白馍了,可是叫帝修反捣乱破坏得没有吃上,帝修反坏极了,早就恨得咬碎钢牙,早就想咬帝修反几口了,就是看不见摸不着帝修反。今天听老天一说,原来帝修反的总头目就是乔典运,老百姓的怒火烧红了天,打倒乔典运的口号震聋了耳朵。我真想对大家说,如果我真是帝修反的大成,如果把我消灭了,世界上就没有帝修反了,世界就进入了天堂般的共产主义,我真心愿意为大家去死,临死再觉悟一回。可我不敢,我弯着腰看不见人们的脸,可我想起了北小河会议,听说谁藏了粮食,不说用牙齿咬了,一张张饿极了的脸都会吃人。点火的人看见熊熊燃烧了,一定很开心。老天大声疾呼,问对乔典运该怎么处理,台子底下乱声回答,狠斗他,叫他跪下,送他住法院,揍他。各种各样的答案,样样都是对革命的仁慈。老天倒很大度,说,结果肯定要从严处理,在处理之前得把他斗倒斗臭斗透。我听懂了老天的话:猫捉住老鼠了,吃是肯定要吃的,吃之前先逗逗玩玩,何乐而不为呢?

太阳落山了,才叫我滚下去。

71

低头弯腰了一下午,在滚回家的路上,才初次发现伸直腰也是一种天大的享受,不亚于升官发财桃花运。想起了读的古书,有位大文人陶渊明不为五斗米折腰。过去对这句话似懂非懂,只理解成了五斗米划不着弯腰弓脊低三下四做人,现在通过实践才明白不仅说的是气节,还有真的折腰。走到没人的地方,我偷偷挺起胸膛美美地直了一会儿腰,这活得,想哭!

当时到处都争着打反革命,打的越大功越大,升的官也越大。我从没想过自己是完人,我承认自己有各种各样的错误,从珠影厂回家就想着彻底改造自己,就是打我反革命最多也是个小爬虫之类,来点劳动改造也就够了,没想到老天把我打成了反革命卫星,按他给定的罪恶,可是不杀不足以平民愤了。老天对我为什么这样刻骨仇恨?为什么非要置我于死地而后快?从斗争会上下来我一直想不透,很有点死不瞑目的委屈。后来我才听说,以前地区和县里领导下乡到我们大队,总是先到我家坐坐,然后才去找老天谈公事。当时,我没有入党,又是个文化人,领导可能是把我当成统战对象或民主人士看待,多了点礼遇。老天心里吃醋没敢说,后来才说,大队里究竟谁是大婆,谁是小婆? 好像乔典运是大婆我成小婆了。时至今日,我也从没想过和认为过我是谁的老婆,当然就不曾有过小婆大婆争宠之心。老天认为自己是明媒正娶的大婆,堂前容不得另一个女人有立足之地,也是情有可原的。老天把自己堂堂的神圣庄严的身份化作大婆,真是妙不可言,也一语道破了天机。不过,这样的看法是光荣是耻辱就见仁见智了。我只吸取了一个教训,对领导的关爱要小心要退避,因为自认为是大婆的绝不是老天一人,为争风吃醋杀人者多了。这是后话,当时我不知内情。

老婆看我回到家里,没顾上问我受了什么苦,就慌乱地告诉我,张××来了,说叫我快跑,再不跑就没命了。张××是个交游很广的人,常给大队跑腿,我给他介绍过外地的一些关系,他办成了一些事。他在老天那里吃得很开,他说的不会假了。

跑,老婆力主我跑,我有点犹豫,到处都是斗争人的战场,你往哪里躲你往哪里藏? 再说躲了初一躲不过十五。老婆劝我,说多活一天是一天,光棍不吃眼前亏。也不假,下午的折腰都受不了,要是再加上别的弄法更受不了。逃亡流浪总是有个自由身,总是不受皮肉之苦。跑吧! 除了跑再无路可走了。

半夜里人静了,我亲了亲四个熟睡的孩子,看着老婆的泪眼,难舍难分地逃出了温暖的家,走进了夜茫茫的山野。

72

要逃出西峡,本该往南走,我想,大队要发觉我跑了,一定会派人往南追。我出门就往北跑,一直往北。不敢走路,怕碰见夜行人。我从山上树林里穿行,一气跑了十几里,到分水岭只剩下一口幽幽气了,看清了听清了后边没有追兵,体力和心力都瘫成了一堆泥,跌坐到一墩树丛上又不由躺下去了。

夜是什么?正常人的概念是家,是灯火,是妻小,是床,是安乐窝。我尝到了夜的另一种滋味,漆黑,鸣叫的风,冰冷的石头,扎人的野刺,还有无边际的恐怖,这里那里忽然哗啦一声,汗毛头发都立了起来。喊又不敢喊,跑又跑不动,想到明日这里只剩下一摊污血几根白骨,悲凉不由涌满了胸腔。还好,接连几次响声之后,心里不怎么害怕了,却不由想起了白毛女,深山老林活白了头发还活,自己是个堂堂男子汉一夜没过就怕了!再想想,把自己比白毛女太反动了,白毛女是反抗封建主义的压迫才逃进深山里,自己是逃避大革命溜进了大山,相提并论太大逆不道了。这样自我批判之后思想还不安生,又把自己比作鲁滨孙,胡思乱想中睡着了。

第二天,醒来时太阳已经升起老高了,我坐起来,看看身下全是大大小小高低不平的乱石,竟然一夜没感到硌垫,铺地盖天比在席梦思床上睡得还要香甜。席梦思床上一粒沙子都会感觉硌人,睡在乱石乱草上全然不觉,看起来不是肌体皮肤有贵贱之分,全是境遇而已。谁能吃苦谁不能吃苦?皇帝老子落难了也一样会当孙子会当瘪三。看看天色不早,害怕割柴人进山看见,慌慌穿过大路翻过一座山,从五眼泉顺沟往南走去。跑了一夜又一上午没吃饭,鼻子冒火,两条腿乱抖。想找户人家讨点吃的又不敢,只好趴到河边喝水,喝得饱饱的却不管用,少时鼻子又冒火。路边有一块豌豆地,刚刚开过花,结了很少几个嫩角,我看看前后左右没人,就不顾"屈死不告状,饿死不做贼"的古训,跳到地里慌乱地薅了几把豆秧,跑到一个小石峡里连秧带角吃起来,吃得鼻子不冒火了,吃得两腿不抖了,才继续往前走去。到哪里去?先去老婆娘家。她娘家也是个小地主,为了站稳立场划清界限,结婚十几年了我没去过她娘家一次,大队干部也都知道我很革命没走过这门亲戚,不会怀疑我会跑到那里。她家房后边是山林,白天不敢去,我就在林子里藏着。我真不愿走进她家,平日里嫌人家是地主从不来往,没情没义,如今落难了投靠人家,人家即便不说,自己脸上也没趣。我是要和地主割断关系的,可是,革命硬逼着我把这关系又接上了,又不是我自愿的。这样一想,就少了几分尴尬多了几分心安理得,天黑以后我就溜进了老婆娘家。

73

妻弟是老实人,被我的突然到来吓得木呆,他半天说不出话。我说明了来意,他不敢收留也不忍拒绝,先让吃了饭,才为难地说,我的出身也不好,这里也不保险,我给你找个安全地方。我问他找谁,他吞吞吐吐说找他们队长郭银。我的头炸了,心跳也停了。郭银、郭金、郭祥三兄弟,全县妇幼皆知,他们苦大仇深,解放时和剿匪中,出生入死立过赫赫战功,胜利后不愿出外为官,留在农村当基层干部。这样的人一定很革命,去求他们保护,等于把老鼠送给猫。我听了立时变色要走,妻弟求我不要误会,说,郭银他们认得好坏人,他们对坏人很凶,对好人可是很好,你又没做背良心事,他也不是出卖人的人,他会帮你的。我看他说得诚恳说得万无一失便由他去了。不过我心里仍很不踏实,当今年月人们都炼红了心,谁不爱革命?不论对错逢革命就上,还有几个没变性?

一会儿,郭银来了,人很随和,我对逃难之事看得很重很大,他却一副轻描淡写的样子,说,到处都是反革命,反革命成堆成串,这说明土改剿匪反霸镇反肃反都白搞了,胡球来!接着他邀请我去他家住,他戏笑道,住我家里保险,谁也不会想到专门和反革命拼命的人家里会藏个反革命!他说得轻松自信,我被他的情绪感染了,就跟他去了。他们夫妻对我很热情,郭银说他早就认识我,在县里人代会上听我讲过话。在他家住了几天,天天要喝次酒,一个劳动日只值两三角钱,如此厚待我这个逃犯,我又感激又不安。每次喝酒,他都要感叹一番,说,为啥现在都要革命都争着革命,因为现在革个命太容易了,不用枪不用炮不用流血不用牺牲,嘴一张一合把手无寸铁的人打成反革命,自己就成了响当当的革命派;不费吹灰之力,也伤不了自己一根汗毛,连担惊受怕都不用,就能立功受奖当官,都是好处,谁不愿革命谁不想革命?不操好心的革命分子就多了。他说着说着眼光暗淡了,口气有点悲凉。当初为他参加剿匪反霸,他的三哥叫土匪一刀一刀割了,还上了钢铡。他的革命是付出了血与肉而没有丝毫收入的革命,当他看到升官发财得来全不费功夫的革命时,他怎能不伤感不悲凉?每天他下地走时都把我锁在屋里,我睡觉我乱想。我跑了,老天们会把满腔怒气发泄到我老婆身上。我感到了自己的自私和可耻,灾祸降临了,男人把灾祸从自己头上推到女人头上,然后自己跑了,跑得远远的,看不到女人受的折磨,听不到女人的啼哭,这个男人一定只有一身臭肉没有一根骨头,我羞愧!

74

没几日就有消息了，是我大女儿来说的。郭银家离我家二十里，全是翻坡越岭的山路。女儿才十二岁，还在上小学，怕人发觉跟踪，是从学校偷跑来的。果然不出所料，老天发觉我跑了就大动干戈，调动全大队民兵捉拿我，兵分两路，一路奔赴全县各个车站路口堵捕，一路搜山搜家挖地三尺搜捕，两路人马都扑了空，老天气极败坏就拿我老婆问罪，召开斗争会逼她交代我的行踪，老婆誓死不招。老天无计可施，就往我在各地的朋友处散发通缉令。一个大队随便发通缉令，可见当时没有政府又有很多政府了。女儿又说了一件可笑的事，自我跑后对我家看得可紧了，一天半夜，我家门前有萤火虫飞过，埋伏的民兵警觉得草木皆兵，当成是我回来打的手电或是吸烟火明，从四面八方包围上来，嗷嗷乱叫，抓住乔典运，抓住他，别让他跑了，结局又是一场虚惊。想起了一九五八年千军万马追打一个麻雀的情景，竟然又用到了阶级斗争上，也算活学活用吧！

这天黑里，郭银又叫喝酒，一边对饮一边商量下一步我何处落脚。他说，住他家怕日久天长不安全，因他家离我妻弟家太近。要找一个四面净八面光的人家，这样才绝对保险。我不由想起反映抗日战争的电影，日本鬼子突袭来了，八路军在危急关头走投无路时，只好藏到汉奸家；今天被打成反革命被穷追不舍时，只好藏到共产党员贫下中农家里。这惊人的相似仅仅是历史开的一个玩笑吗？这玩笑叫人欲笑又哭，是比哭还难受的笑。

次日早早起来，天还灰蒙蒙的看不见人影，我就告别郭银上路了。郭银的妻弟送我去一个藏身的新点。他在大队当团支书，才下学不久,言谈之中还带着文化味。他上学时听说过我,还读过我写的小说。我问他怕不怕我,他说他不怕,他说如今的反革命都是打出来的,没有几个真的。他说他进城赶集,看见成群结队的反革命在游街,都是大小干部。他说老百姓对这运动不理解,打的粮食多了能吃饱肚子,打的反革命多了又不好吃不好喝,不知道要那么多反革命有啥用处?这问题挺有意思,也挺难回答,其实也简单得不能再简单了。把别人都打成了反革命,才能证明自己是革命的,才能把别人所有的一切夺过来归自己所有。普天下的人要是都成了反革命,只有自己是革命的,那该多么伟大多么正确呀!

翻过一座土岭,又过了一条小河,进入一道小沟,沟里有一户孤零零的人家,房后是山,房前是树。送我的团支书说,这里叫郑家沟,这户人家姓郑,我的同学好友,他们世代都是贫农,谁也想不到你会住在这里。我们还没走到,屋里就出来个青年人,跑着迎了上来,热情地自我介绍道,我叫家献,欢迎你来我家,就是又穷又脏,只要你不嫌弃,愿住多长时间就住多长时间。我这个落难人能说什么呢?

75

郑家大人口,上有老母,下有弟兄三人,老二已婚。听说我要来他家避难,专门腾了一间房子,打扫得干干净净,床上被褥也拆洗了。我到屋里刚坐下,一位五六十岁高高大大的大娘就进来了,郑家献赶忙介绍,指着我对她说,这就是我乔哥,又指着她对我说,这是我妈。我马上站起来要说感激的话,她却抢先说,你可是稀客,要不是搞运动你会跑到这里?只怕用八抬轿也请不来。说得我直想流眼泪。本大队的人相处了几十年,平日交往甚密不是亲人胜似亲人,不想眨眼工夫成了不共戴天的敌人。而异乡作客,从不相识,不想竟成了一见如故的亲人。郑家人待我恩重如山。当时怕富了会变修,农村的日子特别苦,刮上整整一年牙齿到春节才能吃一顿馍。平日吃饭从来不用盘子碟子,不是没菜,有,还很多,都是野菜山菜,都煮在锅里当饭吃了。郑家自己吃粗茶淡饭,却顿顿给我烙点馍还加个盘子。每天吃饭时我就心里不安,再三再四谢绝,郑大婶还是不改,无功受禄,我吃得亏心。我忍不住想,亲人为何变敌人?路人为何变亲人?多年后我才认识了这个别人早已认识的真理,对身边的人千万不能交心,千万不能以诚相待,一旦有了风吹草动,首先号召窝里斗,身边的人便会抢先反戈一击,送别人的命来保自己的命。故而远交多君子,近交多小人。君子和小人有天生的,但多数是被人造就的。

郑家住在山边子,户与户较远,鸡犬之声不闻,分外清静。郑大婶见我整天钻在屋里不敢出门,就开导我,说,这里的人不像你们那里的人觉悟,没人害践人,你不用害怕,可以出来走走转转,别窝在屋里憋下病了。我信她的话,相信她家的邻居也像她家的人一样宽厚,我就早早晚晚在门前小河边在房后山林中走走,不由想起了《桃花源记》,好像此时不是现在,此地不是中国了,多少天没有了的轻松又回来了。只是到了天黑才回归到现实中。郑家献在县城里打小工,早出晚归,天黑回来总是先到我住的屋里坐一会儿,说说当天在城里的见闻。他说,天天两派大辩论,都说自己忠于毛主席,都说对方反对毛主席,吵着吵着打起来了。双方无冤无仇,只是想叫毛主席只亲自己,怕毛主席也亲对方,双方争着叫亲,都想把毛主席的亲承包了,承包不住才打斗起来。听他说了,我不由想起了老天的大婆小婆理论,他要不是有入骨入心的体会,任他是稀世天才也想不出这绝妙的比喻。

郑家对我的款待,郑家沟的幽静,看不到恶眉瞪眼,听不见恶声恶气,世间如翠绿的山林,人间如百鸟唱歌,天底下还留有一片净土,犹如来到了世外桃源,使我忘了今朝是何时!

76

小时读《三字经》,第一句就是"人之初,性本善"。"初"字,初到什么时限?几天几月几岁?几十年后才懂得,"性本善"说明人只要离了娘肚几天就"性都恶"了。心善的人相信别人的心也善,郑大婶对她这一方的人心看得太好了,结果招来了大祸,都是为了收留我。当然,也为了她不愿作恶。她的小儿子郑家献中学毕业,凭他的本事,凭他的口才,又有几代贫下中农的金字招牌,要是立个山头拉一伙人成立个什么战斗队或什么兵团,自封个司令,成为一方霸主,还能混上顶红彤彤的纱帽……可是,郑家献不干,郑大婶也不叫他干。郑大婶说,俺们是正经人,不干伤天害理的事。那个年代,革命就是一切,不革命就是反革命,没有中间道路可走。郑家献见外于革命,等于自己把自己打入了另册。郑家献要是混个什么司令或战斗队长,藏我一介草民肯定会没事,可惜他家什么也不是。革命是天罗地网,很快就网住我了。郑家沟口有个人混子,平日好吃懒做,游手好闲,邻居们从不把他放在眼里。运动使他摇身一变成了革命动力,很是耀武扬威。这人颇有包打听的天才,很快打听清我的来龙去脉,就跑到我们大队去领功了。向水的向水,向火的向火,郑家人缘好,有人给他们透了信。包打听领着我们大队的造反派雄赳赳气昂昂地开到郑家沟时,我已经先他们一步逃跑了。

后来我才知道,造反派本来想着十拿九稳逮住我,扑空后十分恼火。他们威逼郑大婶,叫她交代我的去处。她没交代,她也真不知道我又跑哪里了,连我自己都不知道下一步往何处去。造反派红了眼,推搡打斗郑大婶,并且对她疯狗般的号叫。可怜一个农村老大娘,从来没有经见过这种阵势,被他们吓得拉了一裤裆稀。二十多年过去了,"文化革命"的余悸还在折磨摧残着郑大婶,只要听到呼喊口号她马上就拉稀。郑大婶何罪?只是不愿跟着恶人行恶,只是给有家难归的人一个住处一碗饭,就被恶人侮辱打斗,至今想起这事还觉得对不起郑大婶,深重的负罪感一直压迫着我,我永远也报答不完这恩情!

77

匆匆逃离郑家之后,大路不敢走,小路也不敢走,只因为是路都有人,原来只想着无处可躲,现在才知道无路可走。我躲到山沟深处一块挡子田下面麦地里,等待天黑。山沟里很幽静,我躺在地中央,看着蓝天白云,看着在蓝天白云中飞翔的鸟儿,看着在梯田挡子上互相逗着玩的松鼠,它们好自在,大自然真好,可惜自己没有好心情,想想好伤心。自己如今成了什么东西?丧家之犬?不,连丧家之犬都不如。丧家之犬还可以随意走动,不论有路没路,不论大路小路,也不论黑夜白天,它想怎么走就怎么走,一个活人却不得享受这个自由,可悲。整整一天都死了一样躺在麦地里,又渴又饿,不由想起了一九五八年。过去说望梅止渴,想想五八年能止饿止渴,饿一半天算啥,那时饿了几年不也过来了,自己侥幸没饿死,说明自己当时没饿够,现在应当补上这一课,再饿。胡思乱想了一天,直到天黑才翻坡溜到红石桥我老表家里。

这是我姑家老表,姓袁,我叫袁大哥。他家原先也是个小地主,后来姑父吸大烟把一份家业吸干了,再后来就解放了,划成了贫农,响当当的正牌贫农。看起来天下的事天下的理没有一定之规。姑父当年吸大烟,亲戚朋友都不抬举,站不到人前,都骂他是大烟鬼子。谁能知道原来他眼光远大,吸出了一个辉煌后代。他要是个守财奴,当年不吸,他的子孙后代能闪光吗?能挺胸做人吗?他是个老鬼,子孙后代当然是小鬼了。他这一吸,鬼变成了人,还是大写的人。他这一吸,不仅造福他的后代,对国家也是一件大好事,使革命多了几个依靠对象少了几个敌人。想想我家的情况和他家差不多,我父亲临死前几年也吸上了大烟,家境败落,我父亲要把地都卖了,我妈坚决反对,成年累月打打闹闹哭哭啼啼,说要给我们弟兄几个留个学费,才保住了十几亩岗坡地。由于我妈是个妇道人家看不远,一念之差使我们都变成了鬼。在这逃难的路上,我找我受苦受难的根子,一找就找到了她身上,都怨她,要不是她和我爹进行了艰苦卓绝的斗争,我也会有个光辉耀眼的金字招牌,光光荣荣地做人,怎会沦落到这个悲惨的地步!

天黑定了,我到了老表家门口,我抬手拍门,抬了几次都没拍下去,我这不是送祸上门吗?老表会接受我吗?这个年代人人都争着革命,老表会不会拿我去换个功劳?我又渴又饿,实在难以坚持了,眼一闭心一横,终于拍响了老表的门。

78

敲开了门,表哥见了我又惊又喜,我说了详情,表哥忙叫表嫂子做饭,饿了整整一天,吃得格外香甜。表哥劝我不要怕,说在他们这个大队,他虽没干一官半职,却和大小干部都是朋友,他干的事还没人拦过他的马头。表哥给大队看水库,算个水官。他性情豪爽,为人仗义,乐于助人,再加他的弟弟在陕西省当县委书记,给他添了不少光彩,在村上也算是个人头。听他说得万无一失,我心里格外不安,怕他是言过其实,如今何处没革命?何人不革命?想起郑家沟有人告密的事还心有余悸。第二天上午,表哥为我接风,请来支书作陪,表哥介绍了我落难的情况,支书哈哈大笑,说他了解我们大队,也认识我们大队支书,却不加只字评论,只是说他自己没有往上爬的心,也不想见风使舵,更不肯卖人求荣,只求本大队老百姓过上平安日子就行了。说到这里,我表哥趁势将了一军,说,我表弟来这里避难你同意了?支书略一愣怔,哈哈笑道,不但同意还欢迎,日后有人说个不字我负责。我表哥又问,要是他们大队找上门闹事咋办?支书思索了一下,说,铁路巡警,各管一段,他们想来咱们这里闹事,咱们大队的红卫兵也不是吃素的。饭后,支书走了,我表哥说,咋样?支书发话了,你只管安心在这里住吧。我佩服表哥做事的机智稳妥,也相信支书会说到做到,可我还是企望我们大队的造反派找不到我。

每天,陪着表哥去看水库。水库在一个深山沟里,两边青山,当中绿水,风景如画,没有人迹,静得出奇。一阵夏风轻吹,平展如镜的水面便皱起一阵波纹。一眼看见这水,似曾相识,不知为什么会突然萌发了死的念头,死在这里多么干净多么惬意!我整晌坐在库边,看着水库呆想,想昨天想明天。昨天虽如猪狗,总还有个昨天,明天就茫然不知了,明天还有自己吗?说不定下一分钟造反派就来捉拿自己了。如果这时我们大队的革命造反派突然出现在我身后,如果突然一声大吼,我会毫不犹豫地跳进面前水库里。

表哥给了我抚慰,可我天天还是提心吊胆。没有不透风的墙。果然,一天下午,我们大队的一个干部找来了。表哥没让他进门,他俩在院里展开了一场唇枪舌剑的论战。来的干部要进屋搜查,表哥严词拒绝。表哥说,我们这里也有革委会,也有造反派,别说乔典运不在这里,就是在这里也轮不上你们管!你说你是搜反革命,你是不是反革命我都怀疑,你要不是台湾来的,怎么不懂共产党的规矩,不先找我们大队支书,找我们革委会,直接来老百姓家,这不是偷偷摸摸的特务活动是什么?!我藏在屋里吓得满身出汗,来人看我表哥不是好欺侮的人,气咻咻地说,咱们回头见!

来人怒冲冲走了,表哥笑着说,他今天要是敢进我屋一步,我就敢把他抓起来,交给我们大队红卫兵收拾他。我并不轻松,我想,如果为我引发了两个大队造反派的武斗,我可真是罪该万死了。我说,我要走,这里躲躲那里藏藏也不是长策,我要去省里问个明白,看该斗不该斗我。表哥想想说,也好,听听上级的心里踏实些。

这天夜里,我就远走郑州了。

79

吃了晚饭,待到夜深人静时,表哥送我上路,不敢从西峡搭车,得多跑六十里从淅川搭车。夜,漆黑漆黑,表哥领着我翻山越岭,从小路直奔淅川,深一步浅一步,跌跌撞撞走到后半夜才进入淅川。表哥给我指指路就拐回去了。荒坡野岭,说不怕是假的,怕是怕,还得往前走路。这时我才明白"铤而走险"的意义,被逼得走投无路的人,再软弱也会胆比天大了。

天明到淅川车站,做贼一样东看看西瞧瞧,没见我们大队派来守候抓我的人,才放下了心。当时没有直达郑州的客车,只能坐到许昌。过去常去郑州开会,每次都要经过许昌,许昌在我心中是繁华的,车站更是人群如流,热闹非凡。这次街上冷冷清清,火车站售票处门可罗雀,除了火车鸣笛再没声音了。我坐在候车室里,问身边的一个壮年人,许昌怎么了?他四下瞅瞅,说,打仗了,昨天还在打,真枪真炮还打死人哩。他指指车站对面隔街相望的两座楼,说一派占一座打得可欢了。我问为什么,他愤慨地悄声说,为什么?都说自己最亲毛主席是真亲,对方亲毛主席是假亲。唉!他摇头叹息不已。又是只准自己亲毛主席,不准别人亲毛主席。庙里的神还准都敬哩,为什么有人硬要承包对领袖的爱,见别人也爱,就认为侵犯了自己的专利,便视为血海深仇不共戴天非斗个你死我活不可?从许昌到郑州,每个车厢里没坐几个人,一个个形如泥胎,一路上大家都不言不语,没有往日的闹嚷,好像突然都变得深刻,都心事重重,都成思想家了,天知道都在想什么!

到了郑州,投奔那位曾在我家避难的二七战士老王,可能是旧情不忘,可能是还我当初收留他的人情债,他们夫妻两个待我如亲人。等我吃了饭,他说,我知道你最近要来。我好奇怪,问他怎么知道,他说,全省贫下中农代表会正在召开,会址就在他们这个学校,昨天去拿信,发现有一封打给你们大队代表的电报,说是估计你来郑州了,叫这位代表小心查访,发现了你就立即提拿归案。我听了一阵冷惊，一颗心顿时落到了万丈深渊，真是冤家路窄，怎么跑也逃脱不了魔掌！难道他们真是老佛爷的手心？老王看我面生惧色，便说，放心，你住我这里算住到了保险柜里，一个小小的大队，谅他们也不敢在省城里兴风作浪，收拾他们像杀个小鸡。这话我信。

80

在老王家受到款待，至今难忘。为少找麻烦，我窝到老王家没出门，我们大队那位火眼金睛的女代表，做梦也想不到我和她同住一个大院内。有朋友去看我，愤愤地说，我们修理修理她吧。我问怎么修理，朋友说，整治个山老愚还不容易？她逛大街时随便找个借口就行了。我想到要是把她弄个缺胳膊少腿也怪残忍的，力劝朋友算了。朋友说我心太善了。没有修理她，几个月后她却把我修理了，一次斗争下来身上七处流血。看起来善有善报，只是一句自我安慰的话。

省贫代会散了，老王领我去省革委，信访处的人非常热情友好，我讲了详情，要求也不高，只是叫他们表个态，我算不算个人民？该不该斗争我？听我申诉的人叫我等等，说和有关单位联系一下。过了好大一阵，这人才出来，说，你讲的情况基本属实，根据政策，你不属于斗争对象，斗你是不对的，我给你写封信你回去吧。他很快给西峡县革委写了封公文，还让我看看。我很感激，表示同意。他说，别人的回函都是寄去的，你可以自己带上。当我拿到这封信时，心里那个激动感动一言难尽。出了信访处的大门，老王说，你哭了？我才发觉我真是流下了热泪。

我像领到了圣旨，急不可耐地赶回了西峡。我还怕什么，怀里揣着省革委的信——不是信是护身符,是我可以大摇大摆的通行证。我走进了县革委的大门,这里原先是县政府,我曾在这里受到过尊重,受到过款待,因为我是人民委员,到人民政府是到了家。自"文化革命"开始,没有了人民政府,更没有了人民委员这一说,对这个地方久违了。大门没有了人民政府的牌子,换成了革命委员会,人民选的政府没影了,人民也跟着没有自己了,只剩下了革命,造反派的革命。我穿过院子,有不少熟人,他们虽然换了旗号,却换不了面孔,他们看见我就远远躲开,好像我是妖魔鬼怪。我真想掏出省革委的信高高举起,向他们大喊一声:省革委说了,我也是个革命人!

81

县革委的院子很长,在众目睽睽之下我终于走进了接待室。负责的是老熟人,姓李,像多年不见的亲人突然又相逢了,我叫了声"老李",不待让座,我就坐了下去。老李冷冷地叫道:"起来!"我茫然了,还以为椅子坏了,站起来看看椅子,没坏呀! 正要再坐下去,老李露出了本性,像呼喊口号般吼道:"给我老老实实站着! 啥东西嘛,也想坐到革命委员会里!"我被镇住了,愣怔半天才想起应该不怕,我说:"省革委有信,你看看就知道我是人还是东西。"我把信掏出来给他,他接过去哼了一声,把信随便扔到了桌上,连看一眼也不看。我说,你看看! 他说,有啥看! 就凭你往上边告状,就证明你不是个好东西! 你告谁? 告革命委员会就是告革命! 只有反革命才告革命的状。他边说边往公社革委会打电话,叫火速派人捉拿我。我傻眼了,不过还存一线希望,我说,你看看信,咋处理我都行。他说,我不看,他不写这信你会回来? 我说,你不看也行,你把信给我! 他说,你想得可美,这信是写给县革委的,凭啥给你?! 你没有别的出路,回家老老实实接受群众批斗才是唯一出路。

事后我才听说,这位李同志是西峡的四大金刚之一,赫赫有名。后来想起这件事,我对李同志不怨不恨,要不是"文化革命",他一定像以前一样老老实实。可悲的是他变得太快变得太彻底,说变就变得绝情绝义。当然,革命不是请客吃饭,不怨绝情绝义,都怨我,到啥年代了,还一个心眼相信上级,都没想想,千千万万人挨斗挨打,哪一宗不是上级叫干的? 到如今我还不明白,到底是省革委信访处玩我的,还是县革委不买省革委的账? 其实,也无须明白,明白了就会更糊涂!

我逃难了几个月,到底又回家了,到底没有逃出老佛爷的手心。这是个下午,大场里已经聚满了人,一看见我就呼喊打倒我声讨我的口号。我明白了,斗争会早准备好了,只等我到场了。这是夏天,快割麦了,热燥得很,我的嗓子冒火,多想喝口凉水呀,大场边就是大渠,渠里清清的流水,看着是水咱不能喝,更增加几分干渴。主持会的是大队治安主任,姓乔,我叫九哥。过去,他曾表扬过我千百次,每次开地富青年会,他就说,看看乔典运,出身不由己,道路可选择。这一次不比以前了,他叫我站到斗争对象应站的位置,我不站,我说不该斗我。他说,对了,就凭你这句话,就凭你逃避斗争就该斗你。今天不斗你别的,先斗你的态度! 不叫革命群众斗争你,就这一条也该把你斗倒斗臭!

82

我的九哥是很革命的,不认识字,却精通革命道理。他负责石门水泵站的工程,曾对民工讲过,毛主席是磨盘大的红太阳,我在这里就是碟子大的红太阳。他说话有根有据,都是绝对真理。他在大场里要斗我,我不服,他说,你现在讲什么都是反革命言论。他面向群众,大声问,乔典运该不该斗争? 一片回应的吼声,该斗! 九哥又对准了我,说,群众是真正的英雄,英雄们都说该斗,你还有什么话说! 接着上来几个人,把我拉到该站的位置,把我的头摁了下去,斗争开始了。我在心里还不服。什么群众是真正的英雄? 英雄到底是谁? 群众到底是什么? 几十年过去了,我认为这场斗争的真正英雄是我的儿子小泉。当时,村里人没一个人敢给我说话,妻子和三个女儿也只能远远地用泪眼看我。儿子小泉只有三岁,他天不怕地不怕跑到我身边,双手抱住我的腿,仰起头睁大怒眼看着众人,就这样一直到斗争会结束。一个三岁的孩子,面对着一个疯狂了的世界,毫无惧色地搂着我的腿。在歇斯底里的吼声中,这是一个巨大的力量,我好像靠着泰山站着。有了这个三岁的小人儿支持,我胜利地度过了这场斗争。太阳落山了,女人们要回家做饭,男人们要回家吃饭,斗争会也散了。

我回家了,跑了几个月,终于一家人又团圆了。团圆本是喜剧,可我家的团圆却是悲剧。老婆和三个女儿围着我哭哭啼啼,我没什么话劝她们,只能说饿了渴了,她们才止住泪分头给我烧茶做饭。斗争刚刚开始,我不知道下一场斗争在何时何地进行。这天夜里,孩子们都睡之后,老婆给我讲了我走后的种种遭遇。老天的夫人劝她给我离婚,劝不动又发动我的女儿劝她,说为她好,给她找个革命家庭革命男人,老婆都一一谢绝了。又说家被抄了几次,凡是有字的东西全抄走了,还到街上银行查封我的存款,可惜我没有存款。说老天下了命令,任何人不准和我家的人接触说话。我听了只有长

叹,无话可说,因为这社会不需要任何道理,任何有情有理的话都是
无用的。

从此,我变成了真正的靶子。我们大队是县里学大寨的重点,过
去是大搞生产,现在是大搞斗争,上级号召年年斗、月月斗、天天斗,
我们大队嫌不够,又提出要时时斗、分分斗,一天斗到晚。因为斗得
欢斗得狠,全县所有的生产队都来参观。每来一次参观的,不论三
五十人,还是三五人,都要把我拉去斗争示众。介绍经验之前,让我
站到众人面前,先是念语录,然后斗我,斗我之后才是给参观的人介
绍经验。有时参观的人少了,一天斗一场,有时参观的人多了,一天
斗十场八场,我成了必不可少的红人,离开我就开不成会了。

83

有了参观的人就斗我,这不可怕,不外是例行的弯腰低头,为了
保持北堂大队的良好形象,从没有在参观的人面前打过我。可怕的
是专场,如今有专车,是只准某个人坐的车,专场和专车一样,是某
个人承包的一场斗争,这种斗争最可怕了,不死也叫你脱层皮。

我回来的第二天,本生产队说,咱们得先斗一场,也好给大队交
代。这天上午在河洲割麦,到了正午,太阳比炭火还热还毒,有人建
议说,斗乔典运,歇也歇了,人也斗了,屙屎逮虱一举两得。大家正
累得很热得很,一片说好声。于是,在树荫凉处斗争会开始了,老天
的亲信提议说,乔典运得站到日头底下,要是和我们一样也站到荫
凉处,革命和反革命有啥区别? 这是革命建议,谁敢不从,一片叫
好。我只好站到火红的太阳底下,弯腰低头,听着革命人的革命话,
不外是反革命罪大恶极,等等。这时,从村里来了个年轻人,姓程叫

家囤,是队里油匠。他家赤贫,三代农民,父母双亡,弟兄两个,弟弟参军去了,家里只剩下他一个,贫农加军属,算得上又光荣又响当当硬邦邦。他到斗争会场坐下看看,便说,这算啥话,斗争乔典运的思想,不是斗争乔典运的身子,为啥叫他硬晒。他又冲着我招手,过来,过来,来荫凉处站。大家还没反应过来,我也没有明白该怎么办,人丛里突然响起了一声惊呼:打倒程家囤!包庇阶级敌人绝没好下场!接着一片稀稀落落的口号声。会场上的矛头对准了程家囤,逼他坦白谁是他的黑后台。程家囤不吃这一壶,辩驳了几句,看看寡不敌众,一怒之下拂袖而去,人们也不敢奈何他。接下来仍继续斗我,只是话题变了,问我如何策反程家囤,我回答不出,便又是一阵阵口号声。

这场斗争持续到学校放上午学,我偶尔抬头偷偷看了几眼,只见会场的人不分男女都很欢乐,并没满怀仇恨的表情,女的做针线,男的吸着烟小声说话,三三五五一堆取笑,只有三五个人挥舞着拳头在呼喊,就是这三五人也没有阶级仇路线恨,他们喊罢口号,回头抓过别人的烟头哈哈笑着吸起来,完全是一副无赖的形象。到了正午,生产队长说声散会收工,大家便一哄而散了。

这个上午的斗争会,没有触及一点灵魂,触及的全是皮肉,我要是个胖子准会晒出油。下一场斗争会如何?

84

没想到,供销社老王要斗我个专场。

当时,供销社很吃香,肥皂、火柴、布匹、煤油、化肥等,都凭证供应,或凭脸供应,可以说是掌握着社员的经济命脉。大队供销社的负责人姓王,已经四五十岁了,是县城的人,平常和他没有交往,甚至连话都没说过。他的长相十分憨厚实诚,谁知道他竟然有这么个雅兴。他斗的这个专场在坡根生产队举行,像是小提琴独奏,得有配乐的。他斗我,群众造声势、造气势。坡根生产队只有两三个人配合,又是打我的头,又是推搡我,很是卖力。这两三个人我都熟,平日无冤无仇,他们这样做自有他们的原因。不过我想,老王一定给了他们方便,或许多卖给他们一盒纸烟一盒火柴,或许他们走亲戚买不来糖,老王卖给他们了。真要如我想的这样,他们比我还可怜几分,为了一盒火柴一斤糖卖了灵魂,价钱也太低贱了。

这个老王,斗我本想落个革命名誉。当时在西峡,我也算小有名气,连南阳来的大员叶××在几万人大会上都点我的名,只要斗我就算大方向对了,就算真革命了。他大概看准了这一点,想凭此弄个革命身份混混。可惜,他没看清革命的复杂性。他在北堂斗我,只能说他在北堂革命了,换个地方就不一定革命了。他家乡的人比他还革命,后来的一天,他回去探家,不知为什么被家乡人揪住,把他绑住,用绳子系在汽车后面,汽车前面跑,他在后面追不上,跌倒在地,被汽车拖了几里,待汽车再停住时,他早已血肉模糊一命归西了。死信传到北堂,北堂人也不承认他革命了,说他有很大很大问题,斗乔典运这个专场,是他伪装革命企图掩盖自己的罪恶。斗我算白斗了,可惜他的良苦用心!

斗我的专场也有真是专场的。三里湾的老张要斗个专场,他当了几十年支书,对开会很有研究,在我到之前,就进行了认真的排练,严丝合缝,滴水不漏。我到之后,老张支书先发言,滔滔不绝,说了我许多罪状,按这罪状该杀一百回一千回。我说没有。他说人证俱在,就叫李光富起来做证。李光富站起来说,你说这事,我刚才才听你说,我一点也不知道。然后他又叫张三李四起来做证。两人都说,你是老支书,你说了就算数,何必要证人,多这一道子干啥?这场斗争会自始至终就他一个人发言,就他一个人喊口号,可怜他了。末了,他叫我滚蛋,说,群众总有觉悟的那一天,等群众觉悟了老子再收拾你!这也是宣告解放的命令,我听了赶紧滚回家。

85

斗争会千奇百怪,有吓死人的,有笑死人的。社员都愿开斗争会,歇歇还记工分,多美!只有被斗的人不愿开斗争会,挨斗还不记工,再傻的人也不愿干。我们生产队有四十四户,斗了四十二户,还有两户没斗,一户是老天,一户是老天的弟弟,算是小天吧。明天斗谁?不得而知,都想幸免,便都积极。被斗过的人想立功赎罪别再被斗了,因而斗争别人积极;还没挨斗的人,想主动表现表现别斗自己,斗争别人也积极。这种思想支配下,没有斗争人不积极的。当然,也有不怕斗争的,还利用斗争进行反斗争的。

范明泽就是巧用斗争的高手。这人是贫下中农,长得又高又壮,大法不犯,小错不断,都拿他没办法。要说他不是斗争对象,老天说是就是,不是也是。这天在牛屋里斗争我们,范明泽叫看守我们的小子去买了盒烟,他说,和老乔一块儿挨斗,高兴。烟买回来了,当然得先给看守小子一支,我们也吸个痛快。斗完了,叫游街,在大大小小的村子转,走着吆喝着自己的罪恶。范明泽悄悄给我们说,你们别吆喝,听我的。时值深秋,正在割稻谷,他大声吆喝道:我叫范明泽,我不是人,不知道自己是啥人,大队干部多占了宅基地,自己也不尿泡尿照照自己的影子,也学着大队干部多占,罪大恶极!满地割稻谷的人都跑来听，一地哈哈大笑，一地骂爹骂娘。领我们游街的是老天的侄子，他听出话味不对，命令道：范明泽，你敢继续攻击革命领导干部，你是活够了！不许你这样喊，再这样喊打烂你的狗头！范明泽不恼不笑地说：是，是，我改，我改，毛主席教导我们说，犯了错误不怕，改了就好。接着他又粗嗓大声吆喝道：我叫范明泽，我有罪，罪该万死，我不该说大队干部多占宅基地我也占，这是攻击革命领导干部。老天的侄子又气又恨，说：不准你说大队干部多占宅基地的事，再说斗死你！范明泽连声应允，又大声吆喝道：我叫范明泽，我罪该万死，我从今往后坚决不说大队干部多占宅基地我也跟着占的事，这对革命不利，我要再说大队干部多占宅基地的事，把我斗臭斗死我也拥护！老天的侄子气得嘴脸乌青，说：你咋光说大队干部多占宅基地的事？你不想活了？范明泽嘿嘿笑道：我不是在不断检讨吗？

游街得游，不能老停留一个地方。我们往河洲走去，这时是深秋，河水已冰凉了，我和几个被游者都脱鞋过河，监督我们的老天侄子不想脱鞋，怕冷，喊：范明泽，把我背过去！范明泽应声过来蹲下，老天的侄子趴到了他的背上，范明泽背着他走到河当中，把老天的侄子扔到了水里。老天的侄子浑身湿透了，骂天骂地骂范明泽不是人，范明泽呼哧着说：别气，别气，对不起，真是背不动了，咱们歇歇再背。

86

和范明泽一同游斗了一下午，回来后罪加一等，说我们继续向革命疯狂反攻，绝没好下场。不久下场真是越来越不好了。

这时候刘少奇被彻底打倒了,咋打倒的? 我们不得而知,都说文件上说刘少奇坏透了。上级啥不知道,上级能说错? 打倒刘少奇的口号原来是嘴里喊出来的,喊着喊着从心底喊出来了,假的说多了便成了真的,可见宣传的威力了。被批斗对象一夜之间全成了刘少奇的孝子贤孙,我同样在劫难逃,斗争会一场接一场,还花样百出。

翻来覆去写这些斗争,我也烦。对挨过的斗争,我早就哈哈一笑了,更没有和具体人记仇之心。写它,只是觉着那是一段生活,曾经存在过的真真切切的生活,不是空白。

除了正常的斗争,我还挨过三次特殊的斗争,别出心裁的斗争。

有一天,通知我夜里去五里桥公社接受斗争,当时,挨斗已成了家常便饭,像如今工人上班一样自觉。我早早吃了晚饭,也没民兵督促,就自觉去了。五六里地,很快就到了。斗争会场设在五里桥小学操场上,操场很大,上万人参加,几盏大汽灯照白了夜空。公社很大,方圆几十里,山里人来公社就像县里人上北京一样新鲜,何况是斗争大会,男女老少都来了。看斗争人是人生最大的乐趣,因为看到了比自己还不如的猪狗,发现了自己比一些人还高一头两头,心里比喝糖水还甜。我们一群牛鬼蛇神靠墙坐在地下,等候传唤。一些革命群众在我们面前走来走去,像在牛绳上品论牛羊一样评论着我们。有人手里拿了根小树枝,戳戳我的脸,我抬起了头,这人端详了一阵,说,就他叫乔典运,瘦成这个鬼样,杀了剥剥也没几斤肉,就这个龟形还反革命哩! 一个走了又来了一个,踢踢我,我又抬起了头,这个说,你就是乔典运? 我不答。这人不屑地哼了一声,你真是瞎眼了,就你个人毛毛,还想翻天哩,也不尿泡尿照照自己影子! 川流不息的山里人看稀罕一样看我,我已经不会生气了,也没感到什么人格什么自尊受到伤害。因为我经过的太多了,人们像对待猪狗一样待我,悲哀的是他们。

大会开始了,主持会的人讲话了。这时,我们大队的造反派把我叫到主席台后边,声色俱厉地问我,你老实不老实? 老实。你想死呀想活? 想活。想活了你就老老实实听话,你敢别扭一下,今天夜里就打死你。我听话。听话了就告诉你,我们今天夜里同台演出,我们是革命群众,你当反革命。我心里一沉,我这一辈子还没有登台唱过戏,要配合不好演不好,惹革命群众恼了可不得了。我沉默不语。斗争会开始了,我要主动上台,他们说,你弯着腰上,偷偷摸摸四下看看再上。我很听话,就从幕布后溜到前台,弯腰弓脊四下看着。这时,从那边幕布后跑出来几个男女民兵,手持钢枪,猫着腰蹿上来抓住了我的领子,说,这不是反革命分子乔典运吗? 你半夜三更跑出来干啥? 剧情就开始了,这个问我是不是想偷,那个问我是不是想抢;这个说我想放火,那个说我想下毒。我的台词只有一个字:是。革命民兵很说了很唱了很控诉了一阵子,然后几个民兵端着枪押着我下了台。原来这叫艺术斗争,我出了几身冷汗。

87

不久,县里要斗我。一早,一个民兵押着我去县城,这个民兵二十岁不到,是我的近邻,我和他当兵的哥哥很要好。这孩子在村里对我恶眉瞪眼,斗起来大声大气。我想他是为了叫人看的,因为老天在大会上说过,谁想入党入团就看敢不敢在乔典运身上刺刀见红。我想他大概是想入团吧,并不是真觉悟。走到北小河,我走累了,就站住了,我说,少歇一会儿吧。我想他会同意的,因为大路上前后没人,他会露出点本性给我点照顾。谁知他竟踢我一脚,破口大骂，还扇我一巴掌，使我跟跟跄跄差点跌倒。我才知道我错了，他积极不是让人看的，是真革命。一个年轻娃子，平日无冤无仇，天天见面，又是他哥的朋友，他竟然不念一点情分，叫人心寒。

好不容易到了县城，从背街走，经过粮食局后边的工地，突然有人高喊，站住！站住！我站住了，抬头看去，一个干部从脚手架上下来，咚咚咚地朝我跑过来。我不认识他，不知他叫我干什么，只好呆呆地等着。他跑到了我面前，我以为他要说什么，谁知他什么也没说，伸腿踢了我几脚，又转身跑回脚手架，来也匆匆，去也匆匆，叫人难解。想想也好解，展示一下自己的革命形象罢了。此人姓啥名谁？不知道。若干年后在街上又偶然遇到此君，本想问问尊姓大名，再一想问这何益？至今只能说这个人，姓名仍然不知。

县里的斗争会在戏院开，把我押上台时，我偷偷扫了一眼，同台斗争的还有县委书记、文化馆何馆长、广播站梁站长，每人胸前都挂着大牌子，压得抬不起头。大会开得十分热闹，口号声阵阵，除了打倒还是打倒，满怀阶级仇民族恨的控诉，激昂慷慨。声讨我的是我们大队的一员女将。斗争会最精彩最惊心动魄的最后一幕，大会主持人歇斯底里狂叫：反革命分子夏国祥等罪大恶极！罪该万死！死有余辜！把他们拉出去！天啊，拉出去不是枪毙吗？没来得及往下想，就冲上来几条彪形大汉。顾不上看别人，只觉有两个大汉架着我的两条胳膊，冲下主席台，冲出戏院大门，往西冲去。西边历来是枪毙人的刑场，那声势那气氛都是枪毙人的样子。我失去了知觉，双腿也失去了作用，两个大汉把我顺地拖着飞快跑去。不知跑了多远，只觉身子腾空而去，又狠狠落在地上，头疼嘴疼，睁开眼定睛一看，被抛扔在十字街心，跌了个嘴啃泥。冷静想想，原来还活着，万幸万幸！

这天中午不错,说是下午还要斗争,没让回去。我的侄女为了下午还斗我,给我买了饭,我很感激她,滴水之恩,当涌泉相报!

88

我真正懂得"革命不是请客吃饭",是在下营的一场斗争之后。

我到下营队时,天已经黑了,打麦场里已经人山人海了。这里的人都认识,没人像看猴一样看我。玉谷才起身,天还热,穿着单衣,斗争会开始了。老天参加了,我远远看见他,他没主持这天的会,自始到终一言没发,可凭我的感觉,这会是他筹划的,至少是他批准的。喊我上场了,我跑着上去,几个人捉住了我,五花大绑,肩头和手脖都勒出血印,痛得钻心。接着又强摁我跪下,跪之前还特意挽起我的裤腿,让我跪在石尖上。后来听说是派一个姓刘的老汉专门砸了一个下午的尖利石子。膝盖的鲜血染红了新砸的石子,这时才开始批斗。第一个控诉我的是民兵营的马营长,马营长是高中毕业生,人很温顺,我老婆把她娘家的堂妹郭月文介绍给他,他们结婚后感情很好,常来我家做客。自从斗我开始,他再也不敢去我家了,他的斗全是为了证明和我断绝了关系,或许还有几分仇恨,恨我误了他的锦绣前程。他还没发言就狠狠踢了我一脚,我毫无防备,一头栽了下去,恰好碰在一块尖利的石头上,脸上顿时血流如注。有个好心人大慈大悲,撕了一块写着打倒乔典运的大字报纸,粘住我的伤口。我疼痛难忍,头昏脑涨,马营长揭发我什么,我一句也没听见。

散会前,主持人当着群众的面,命令我大声说:没有武斗!没有打我!

人们嘻嘻哈哈散了,我也往家走去,大路两边是玉谷林,要过一道沟,还有一条河,我双眼被血糊住什么也看不见,摸索着艰难地走着,忽然后边追上来一个人,对我说,可别想不开,现在这个时光是不要脸的时光,千万想开一点,别胡思乱想,丢下婆娘娃子才可怜哩!他扶着我过了沟过了河,才让我独自一人回去。他当时是个社员,二十多年后的今天,是北堂的村支书,天下还有好人。

我回到家里,老婆看我成了血人,就放声痛哭。这天夜里,伤口疼心也疼,想死,想得很,死了才能使灵魂和皮肉获得解救。老婆才三十岁,长得不算太丑,又是个好劳力,竖起招兵旗,自有吃粮人,带着孩子再嫁一处,也都能逃个活命。想了一夜,疼了一夜,一夜没睡着。

第二天一早我没出工,老天派人命令我马上到大场里。在大场保管室门口,老天厉声呵斥道:你为啥不出工?昨天夜里斗你一下,你就寻死觅活碰得头破血流,想用这来反咬革命群众一口,想用这来逃避劳动改造,你这个阴谋诡计别想得逞!我愣住了。我无话可说,我说什么都是无理取闹!

老天接着给我指明了出路,他说,你别想拿自己碰出血来威胁革命群众别再斗你,只要你活着,革命就不会停止。他说这话时完全一副狰狞的面孔。我觉得脚下的土地下沉,绝望使我眼前一片漆黑。我踉踉跄跄回到家里,坐在床上想了好久好久。我为什么叫他如愿以偿?想叫我死,我偏不死。

二十九年后,老天给县人大常委会杨主任说,听说乔典运对我还有意见哩!他没想想,当时我要歪歪嘴或使个眼色,人们把他打死了不也是白死?我感激他的救命之恩,至少也是饶命之恩。所以"文化革命"后期清查几种人时,清查办主任几次登门叫我写点什么,我一字未写。这是后话了。

89

我不死了,我要活着,就不能把挨斗看成奇耻大辱。一天几次斗争,我把这看成正常劳动,担大粪抬石头是劳动,挨斗争是换一种不同形式的劳动,心平气和地从事这种劳动。我的任务是担大粪,过去三个棒劳力担,还常常担不及,户下吵着粪缸满了往外流了,这时我一个人担,不敢磨洋工,担得满满跑得又快,各家各户的粪缸早晚都干干净净。担大粪对挨斗争的我来说是天大的恩惠,大粪很臭,人们躲之不及,我一个人担早早晚晚独来独往,周围没有一个比我高一头的人,我就是我,不用自卑,又有了一点自尊,心情也就好了许多。一天还要挨几次斗,挨斗和担大粪相比,挨斗好比旧社会,担大粪好比新社会,我常常忆苦思甜,就更加热爱担大粪了。几年工夫下来,我练就了担大粪的绝技。一担大粪一百多斤,担起来不用扶,双手甩得比扭秧歌还脆,钩担和两只桶闪闪悠悠,桶里满满的粪却闪不出一滴,我走的姿态轻松自如,大概很是潇洒优美,常常引得人们的赞许:"这货担大粪真是练到家了。"如果世界上有担大粪比赛,我相信我可以代表国家参赛,一定会为国家争光捧回一个金杯。

担大粪和以后的抬石头,使我才认识了自己认识了人。这时,我三十多岁了,三十多年白活了,不认识自己为何物。"文革"前,乡里乡亲对我恭维亲热,吃个蚂蚱也不忘喊我去吃条腿,看到的是笑脸,听到的是好话。对这些厚爱,我认为是我写文章写来的。这时才明白错了,完全错了,人们对我的态度不是因为我本人的高低决定的,是社会的反光,过去领导对我好,大家才跟着对我好,"领导都对老乔好咱们也好",可惜我没听见人们的心声,当成是真对自己好了,现在我还是我,为啥没人对我好了? 只因对我好的领导一个个被打倒了,"对老乔好的领导都打倒了,老乔也要打倒",这一回我可听见了他们的心声。中国的老百姓最善于根据当官的沉浮行事了。

一次,往菜园里担大粪,休息时几个种菜的人商量如何偷生产队,他们不时四下瞟一眼,说,可别叫人听见了。我就在他们的身边坐着,他们怕人听见不怕我听见,好像我不是个人,是块石头是根枯草。如此无视我的存在,在感情上我很受不了,好像当着我的面商量如何整治我,我羞愤难忍站起来走了。事后我想了很久很多,有一种说不清楚的滋味放在我心头。这几个人平时都是正人君子,对我也从没有落井下石过,斗我斗得再凶他们也没有说三道四过,他们相信我不会去告密,或者认为我不敢去告密? 或是根本不把我当个人看了。想来想去,我才明白我在人们心中早就不是人了。再想想,这多好,有些红火的人,被红火烦了,老想叫人们忘记自己,人们是不会忘记的,也忘不了,何如我在人们面前站着,在人们眼里塞着,人们硬是看不见我,看见了也好像没有我。活在世上而这世上却无我,这个境界多妙呀!

90

人,不论达官贵人或庶民百姓,到了穷途末路什么罪都能受,不能受的罪也能受也会受也得受。

这年冬天,我家断了火,过上了燧人氏钻木取火之前的生活。凭良心说话,不论老天二天,没人命令过我不准生火,是没有火种。当时遍地是"怒火""战火""火烧",唯独没有火柴,不是没一点,是很少,供不应求,凭脸供应,偏偏当时我已没一点点脸了,供销社的人斗我专场,他们绝不会卖给我一根火柴。要做饭就得上邻居家点火,问题就出在这里,前后左右邻居家都受到郑重警告,也是前途教育,要和乔典运家划清界限、断绝来往,和反革命来往的人只能也是反革命,肯定也会享受反革命的待遇。去谁家点火?才开始叫大女儿去点火,人家也不是不叫点火,是她要到门前了马上关门闭户,女儿哭了几次再也不去点火了。十冬腊月,下着大雪,滴水成冰,一家人只好吃生红薯吃生红薯干,我老婆还能忍耐,几个孩子饿了就哭,要吃顿熟食,哭得揪心还得吃生食。人类文明从有火开始,我生为现代人,却要退回过几万年以前没火的日子,也照样过了,看起来人的生活没有标准可言,什么福都能享,什么罪都能受。这种没火的日子过了一个月,或许多几天或许少几天。有一天,我担大粪走在路上,迎面碰见了同队社员王铁林,他专职给供销社进货。我们从没来往过,连话都很少说过。以前我过得像个人时,逢年过节请客时没请过他,我也没有进过他的家门。当我们擦身而过时,他忽然塞给我一盒火柴,我眼睛一亮,像在寒冬里看到了灿烂的阳光,我惊呆了,我想说谢谢你……他说声走你的,我没走他可扬长走了。还没收工,我继续担着大粪,可我激动得直想狂呼,因为我口袋里装着巨大的喜悦,王铁林一下子把我从几万年几十万年以前又拉了回来,我又能吃熟食了,今天夜里就能吃了。一盒火柴两分钱,两分钱就能使原始人飞跃成现代人。这一盒火柴的价值绝不能用金钱衡量,这是人类的同情,是人类的善良,是人还没有变成动物的证明。

这天收工,我三步两步跑回家,我给老婆娃子说,咱们又有火了,今天夜里就吃熟食了。我的狂喜大概比范进中举的狂喜不差多少,只是没疯,不敢疯;我老婆也没像范进岳父一样打我耳光,不敢打。

火带来了温暖,带来了熟食,带来了人的生活。这盒火柴用了几个月,每天做了饭都在锅底下埋个火炭,为的是下顿尽量不用火柴。

直到今天,我们一家还感念王铁林的恩情,常常念诵。我常常想到如何为人待人,村里本来有很多朋友,到危难时能助一把的往往不是朋友而是路人。我绝不是埋怨朋友们不伸手拉我一把,埋怨是不道德的,是想叫朋友们受株连,也像我一样挨打受气吃生食。自己不想过的日子,为什么要拉别人和自己一样去过?我没有埋怨和责怪的意思,只是长了一点见识,对朋友要待之以诚,竭诚相待,对不是朋友的路人也要像对朋友一样待之以诚,竭诚相待,来日难测啊!

91

得了一盒火柴,喜从天降,老天爷看我笑了,马上又叫我哭。

这天夜里去上营打米,队里交公粮用的。上营离我们队五里多路,当中要经过一条河。稻谷早送去了,我们是空手去加工的。我吃了顿熟食,肚里热乎乎的,只是天上下着小雪,刮着西北风,虽说穿着棉袄棉裤,也冻得人直发抖。我们一行十来个人,别人都在骂爹骂娘骂队长不该大冷天派他们出工,说他们没面子不会拍马屁,几千公斤谷子得打一夜,想把他们活活冻死。就我一个没骂,因为就我一个是批斗对象,不敢骂。我一边听着,一边把他们想了一遍,果真不错,这十来个人中没一个和干部沾亲带故的,清一色都是队里最底层的社员。我从心底同情他们,因为他们过得不比我强多少,如果按顺序排号的话,我紧挨着他们的号。他们并不这样想,有人骂娘,说,日他妈,把咱们看成啥人?把咱们看成了和乔典运一类的人。这话使我心疼，可这不怨我，不是我想高攀他们。当然也不怨他们，是他们在队里的地位仅仅在我之上，除了我没有比他们再低的人了。

我心里不服，和我一类怎么了？你们不是在骂队长不能平等对待你们吗？你们为什么不能平等待我？这时正在过河，没有桥，是踏石，心里愤愤不平，脚下一不小心跌了一跤，跌到了水里。人们听见响声，一齐惊呼：谁？当回头看见是我时都闭上了嘴。我从水里站起来，浑身上下棉袄棉裤都湿透了。不是夏天，是滴水成冰的冬天，我只觉着冷气刺骨扎心，我抬起头乞求地看着他们，我相信他们会发了慈悲，因为他们也是人，也是低等人。领队的副队长开口了，吞吞吐吐地说，叫他回去吧，回去换换衣服再赶快去。这人是个外来户，平常胆小怕事，说得理不直气不壮，说时还看着众人的眼色。一个姓李的年轻人马上驳斥道，为啥叫他回去?! 又不是谁把他推到河里的，他跌跤他愿跌，他回去他那份活儿谁替他干？对个反革命分子比对个妈还关心，我们也冷得很咋办？副队长不敢吭了，再也没人说话了。我只得跟着走去，没有多远，棉衣外边就结冰了，走动时互相摩擦发出了刺刺啦啦的响声。可能是因为我浑身上下结了冰，一路上再没人喊冷了。

到了上营，发觉来早了，别的队还没打完，叫我们先等着。我们队里的人在外边拿了几捆玉谷秆，钻进机房里生着大火，围着烤火取暖。他们不让我进去，说机房是重地，反革命不能进。我只好在机房外边靠墙蹲着，承受着风雪的袭击，结了冰的棉衣快把我冻成一块了。他们在屋里烤着火，说着笑着，那种愤愤不平一扫而净了。偶尔有人出来解小手，乜斜我一眼就匆匆进去了。他们好高兴，大概和我比比，发觉自己比别人还强，有的人还不如自己，此时此地虽是万人之下却是一人之上，便有几分自我得意了，便笑得开心了。

这一夜我好冷啊，一辈子受过的冷加在一起也没这一夜冷，身子冷，心更冷。

92

转眼到了第二年春天，日子越发难过了。我在队里担大粪，虽说一人干了过去三个棒劳力才能干完的活儿，却不给记工分。工分工分，社员命根，吃喝花钱全靠工分。会上，次次不给我评，我冒死问了一次，挨了当头一棒，当权者说，你是劳动改造，不问你要改造费都便宜你了，要是给你评工记分，你不就和大家一样了，劳动光荣和劳动改造还有啥区别？我不敢往下争辩了，细想想也有理，我劳动没工分，大家劳动起来才光荣才有劲，别看同是做活又做的同样活，要是同工同酬，还指望啥膨胀革命群众的优越感？可怜我一家六口人，全指老婆的七分度日，不仅分的粮食少，连盐也吃不起了。当时想，一个月要能弄五块钱就算进天堂了。一次实在憋不过去了，剪下大女儿的头发辫卖了称盐吃，才吃了几天咸饭。

天无绝人之路，就在我贫困交加之时，军马河公社猴上天的陈三迁老汉来了。前边说过，他是深山里的一个单干户，吃食堂时曾捐给生产队食堂几万公斤粮食，也曾接济附近的干部群众。我和省里的郑作家采访过他。没想到他会来了。已经很久很久没人进过我家的门了，他的到来我又怕又喜，怕的是犯了禁，我家是不准和外人接触的，喜的是家里竟然也有了客，还是几代贫农，使我家也沾了点革命味。我说，我现在是分子，别给你带了灾。陈三迁七十多岁了，身体硬朗，哈哈一笑说，你要还在台上我还不来哩！就是听说你遭难了,才专门来看看你,到底是咋了。我给他说了情况,说被打成刘少奇的孝子贤孙。陈三迁又一阵笑,说,你连刘少奇都没有见过,咋成了小刘少奇?胡扯淡!我们旧社会给地主种田做活,把地主养活得白白胖胖,我们就成小地主了?我来看看你,我就成了你?天下哪有这号理!他不怕就住下了。他给我家添了几年来没有过的欢乐,孩子们都围着他叫陈爷爷,好像他是来自天堂的使者。

陈三迁送给我一个还没开包的麝香包子,也就是獐子蛋。这东西能治很多病,是一种珍贵值钱的中药。他再三嘱咐我,现在这玩意儿不多了,你千万保管好,以后用时割开了要包好,千万别叫跑气了。我如获至宝,千谢万谢收拾到墙洞里,洞外边糊上了纸。他又掏出一个割开了的獐子蛋,给我掰了一小块,顿时满屋香气扑鼻,他说,你现在有用的着地方先用这一点,那个囫囵的别开包。我一一答应了。他在我家住了三天,听说前一段吃生食,就去供销社给我买了一包火柴。我很纳闷,他不是本地人,没有面子,怎么能买来火柴?老汉笑笑,拍拍口袋,神秘地说,不怕他不卖,给他掰一块麝香,两毛钱的火柴,我给他十块钱的东西,他笑眯眯地干了。这个人就是斗我专场的营业员,原来如此!

没多久,实在需要钱,叫大女儿把麝香包子拿到县城去卖,药材店给二十元没卖。停了几天,一天都憋不过去了,又叫大女儿拿去卖,还是那个药材店,只给了十二元。十二元也卖了。多少年过去了,常后悔不该把麝香包子卖了,事后的后悔解不了当时的燃眉之急。到了今天,还觉着有负陈老汉的美意。

93

吃了早饭,担粪经过打麦场时,听说老耷死了,死在县委大厕所里,是上吊死的。老耷我们同住一个村子,他是县委通讯干事,勤奋、胆小,除了写新闻报道,还写过一点小说和散文,有点名气。听说了他死的经过,我的双腿乱抖,赶快跑到僻静处放下担子,才敢坐下来想想,兔死狐悲,凄凉伤情。老耷一辈子没敢说过一句自己的话,说的话都是文件上有的,早早晚晚和党一个声音。可他死了。据说有几条人命,是罪该万死的罪人。那年月,说你有几十条人命是家常便饭,只要有人说你杀过一个人,马上有人说你杀过一百个人。这不是主要死因,主要是老耷的思想没改造好,自从解放后就批判知识分子虚荣爱面子,可他顽固不化还是死要面子。当时,要是来个突然袭击,把他揪出来游斗一番,把他的脸撕破了抓扔了,他没脸可要了,也就不会为保脸去死了。可惜,当时天天吵着要斗他游他,就是干打雷不下雨,不斗不游,单为吓他。想到随时都会被揪出来示众,想到在千人万人面前没了面子,他想想就要面子不要命了。他聪明一世,糊涂一时,没有睁开眼看看,多大的大人物都照斗照游照打,照样往头上浇大粪,何况一个小干事?还要脸何用?"大跃进"不要肚子,"文化革命"不要脸,这是两条根本经验,可惜他没总结出来就白白死了。这一点我比他强,我是被突然揪出来的,不等我想到脸,就把我的脸撕扔了,扔在地上踩几脚,又扔到大粪池里泡几泡,使我失去了耻辱感,连平时狗都不抬举的破鞋,也朝我吐口水,我照样呼气出气,不要脸也能活,这也是一个时代的风尚。

老耷死了,也不泰山。那年月没有泰山死的,死的都是鸿毛,鸿毛多得满天飞,遮住日月。死人的事是经常发生的,一点也不奇怪,奇怪的是死了人不准哭。老天下了死命令,桌子拍得啪啪响,说老昝罪大恶极,死有余辜,反革命死亡之日就是人民大众开心之时,家属应当笑不应当哭,哭了就把自己推到了反革命之列。丈夫死了妻子要笑,父亲死了儿女要笑,这就是新文化?老昝家里到底没敢痛哭一声,可见革命威力无比。不过,人也得凭良心说话,老天也是大慈大悲,没有组织全大队几千群众对着老昝的尸体放声大笑,算得上仁德之君了。若干年后,老昝早已骨化清风肉化泥了,不想经过平反又成了革命干部,家属得到了妥善安排。老昝,你为了个脸就去死了,太不值了。士可杀而不可侮,这是旧社会的话,新社会的人岂能信旧社会的话?

94

挨斗久了,挨斗便成了家常便饭,一天不挨斗就觉得日头少了一大块。群众斗我的日子久了,没有了新鲜感,天天看玩猴也懒得看了,不过,斗还是天天要斗的,因为不斗天下就会修得和苏联一样了,就要受吃土豆烧牛肉的大苦大难了。斗争成了一种单纯的形式,有时就成了童话。

一天,大人们有任务没空斗我,就叫放暑假的低年级小学生斗我,没有大人带队,稚嫩的娃子们押着我在大路上游斗。到了北小河,因夏季水深水浅不定,没桥也没踏石,娃子们犯难了,就问我,过河不过?我说不过。娃子们高兴得嗷嗷乱叫。他们又问,拐回去?我说,不,就在这里树荫下边斗我。我叫他们站好了队,又教他们如何斗,我说,你们使劲高喊打倒乔典运。娃子们听话,瞪着双眼,憋足了气，一声连一声喊着打倒我的口号。我坐在树荫下边悠闲地吸着烟，看看花朵般的孩子们，一个个涨红了脸张大着嘴，听着他们呼喊得嗓子嘶哑，心里忽然一阵扎疼。我指挥他们斗争我，我却稳坐一旁，这不是欺侮了他们吗？要是有一个大人在场，我敢这样做吗？我为自己的怕硬欺弱感到了羞耻，继而又感到了莫名的悲伤，小小的年纪，祖国的明天，本来应该在他们心里埋下爱的种子，却不，却偏要在他们心里种植仇恨。他们长大了，对人对社会对国家能爱得起来吗？到如今已经几十年过去了，我常常想起这场斗争，也常常想起那些花朵般的孩子，他们如今也都三十多岁了，每个人的身上心里都或多或少留着当年的烙印。

村里人对我的态度也悄悄在变。当着众人的面还是怒目相待，背过人就说几句好话，他们是在向我表明心迹。其实，我也知道他们的难处，不跟着呐喊行吗？我担大粪，路上不能走慢，走慢了是故意压自己，但到了地里泼大粪时我就故意放慢速度，这样就可以少跑几趟少担几担，反正不给工分，能多歇一会儿是一会儿。这时候我就想着一年多挨斗的情景，一家一户地想，这一想就消解了对群众的怨气。挨了几百场斗争，扳着指头算算，传我去开斗争会的不外两个人，一个姓彭，一个姓代，这两个人都性子不全，两个人加在一起至多二百六，比一个二百五多一点点。这两个人能磨开脸，每次去传我都是恶狠狠的，都是不容回话的。我前边走着，他们后边推着，显示出一副押解犯人的威风。除了这两个人，前前后后几年中再没别的人去喊过我，就是这两个人平日对我也不错，"文革"前"文革"后见我都亲亲热热，一句一个乔二叔，不叫乔二叔不说话，只因为"文革"才使他们变了性子。这两个人，我能对他们含冤记仇吗？他们不过是别人驱使的工具罢了。这个别人就是老天，在这一点上老天也顶可怜的,全大队几百人只能使唤两个二百五,你说可怜不?再想想,多亏每个村都有几个二百五,要不,来了运动靠谁去演黑脸?天生我材必有用,二百五自有二百五的用处,也是天下少不得的有用之材。

95

我的处境得到真正好转,得益于老天夫妻想让我升级,不是升到大学,是升入天堂。这天又斗我,会场在饲养室里,我被传去,却不叫进会场,让我在饲养室外边前墙根蹲着。人们进进出出匆匆忙忙,看一个个神色都很紧张,也很神秘。一会儿,大队治安主任也来了,手里还掂着一根绑人的绳子,从我身边经过时乜斜了我一眼,从他的眼神里我看到了凶相。我一阵冷惊,怎么了?难道今天要逮捕我了?我又有了什么大罪大恶?我想了许久也没想出新的罪恶,只好听天由命了。屋里不知是在商议如何斗我,还是在进行斗我的预演,只听见嗡嗡的吵叫声。过了很长时间,突然传来一声尖厉的嘶叫:把杀人犯乔典运揪上来!不等我反应过来,就从屋里蹿出两条汉子,把我架进了饲养室。

斗争会开始了,照例是震得山摇地动的口号声,接着是大家读语录,不外"你不打他就不倒"等等。接着叫我背语录,我和我的同类人只准背一条语录:坦白从宽,抗拒从严。下边接着叫我坦白杀人的经过,说是为我好,先不揭发,再给我一个坦白从宽的机会。我说我没杀人,也不敢杀人,平日里杀个鸡还得请别人杀。老天夫人批驳道,蒋介石也不杀鸡,不杀鸡的人不等于不杀人,省下杀鸡的劲专门杀人。这话不无道理,也是实话,蒋介石是不会亲自杀鸡的,可他确确实实杀了不少人。我偷偷看了老天夫人一眼,见她满面含笑,笑容里溢出了轻易取胜的信心。她的信心使我有点害怕了,难道我真的杀过人? 是不是自己梦中杀的人? 不会的,不管醒着还是梦中杀人都是大事,都是人命关天的大事,我怎么会没留下一点印象? 忘性再大也不会忘记杀人呀! 我低头不语,治安主任说我是不见棺材不流泪,自己断送了宽大处理的良机,也证明了"你不打他就不倒"的理。既然杀人犯不要从宽要从严,那就大家揭发送他上西天吧。我等着揭发,心里仍不踏实,是不是别人的事牵连着我,我自己丝毫不知? 还是他人用我的名义杀了人,和前些年那个偷棉花的人用我的名字去卖一样? 揭发了,第一个发言的是副队长。他从内乡迁来才四五年,他知道什么? 可是他跟得紧,听话得很。他是主讲,老天夫人在一边插话补充,两个人一唱一和,讲得生动具体。何时何地用何手段杀的,人证物证铁证如山,好似眼前就是杀人现场,不仅能看见尸体,还能闻到血腥臭味,讲到我的残酷时,把群情也充分地调动起来,整个会场嗷嗷乱叫,"血债要用血来还"的口号声一浪高过一浪,然后七言八语地纷纷指责我,说平时看他怪文气的,没想到他这么狠毒,杀人和喝凉水一样。听了揭发没几句我就放心了,想笑不敢笑,还是露出了笑意,有人说我不老实服罪,要先打击我的气焰。眼看又要触及皮肉,我才壮着胆子反问一句,大家算算,杀人那一年我几岁? 智者千虑,必有一失。算了算,那一年我才六岁。顿时,会场里傻了眼,一个个都愣愣怔怔,有一种被耍弄的感觉。这时,治安主任大喝一声,令我先滚下去。我滚了,我感到脊梁上盯着成百双迷惑不解的眼光。

96

物极必反。关于我杀人的案子没有编圆，露了马脚，人们背地里窃窃私语，说，人命关天的事都敢胡编乱造，看起来平常说人家咋坏咋好也不会真了。从此，人们对我少了许多恶眉瞪眼。

这时，知识青年下乡了。他们在城里是红卫兵，被当成神一样敬。他们说个一别人不敢说个二，因为他们是革命的动力，专门斗人的，斗老师斗专家斗大大小小的当权派，斗形形色色的牛鬼蛇神，把需要斗的人都斗倒了斗臭了斗死了，斗出了一个红彤彤的天下，功不可没，可该他们坐天下了，没想到打了个炸雷，叫他们统统下乡接受贫下中农再教育。就是说，他们都是没教育好的娃子，需要受受二次教育。他们在城里教训的都是些比他们有知识有学问的人，从今往后要叫比他们识字少的人教育他们了。何谓先生？何谓学生？眨眼工夫打了几个颠倒，人间事原来是场戏！

知识青年下乡，给农村注入了鲜活的力量，这群天真的青年原来充满了幻想，下乡使他们从梦中醒来，"文化革命"原来如此。乡下的老百姓还在敬神，知识青年帮他们破除了迷信，遇事不再五体投地了。我们大队也来了三十多个知青，我们生产队分了七八个，他们天不怕地不怕敢把皇帝拉下马的天数长了，养成一种对人对事不在话下的习惯，大队干部虽想收拾他们可又怕他们，遇事便有了几分顾忌。按照常规，队里来了外人一定要先斗我一场，以展示革命的威力。这次也不例外。斗我已有了一定的程式，连语言也定了格，又说我比蒋介石还蒋介石，比约翰逊还约翰逊，比赫鲁晓夫还赫鲁晓夫，天下坏人加到一块儿也没我坏。老天只当这话一说，就会调动起知识青年对我的仇恨,一定会怒火满腔,谁知博得的却是窃窃耻笑,散了会不待人散,他们就嬉笑,说,一个乔典运就比蒋介石还坏? 真要比蒋介石还蒋介石,早弄到北京保护起来了,还轮着一群山老愚斗? 笑话。老天听了气得白瞪眼也不敢说什么。从此,斗我再也不拿我比帝修反的头头了。

知识青年和我发生直接关系,是在一次劳动中。当时,个人的猪圈粪也是公家的,一天,队里派几个知青去我家出猪圈,劳动中他们嘻嘻哈哈,一个姓李的知青一镢头下去,先是削掉了大白猪一个耳朵,再下去又砸烂了石头猪槽。他们几个都怔了,姓李的知青更是愣了。当时很穷,猪和猪槽是一家人的家产,不是全部至少也是大部分。这时我担大粪回家,看了正流血的猪,看了已经破烂的猪槽,一阵心疼。他们自知理亏,问我怎么办,还吞吞吐吐问咋赔。他们的神态弄得我好感动,我算个什么东西,竟在我面前表示理亏,久违了,这种情况多年不见了。我原想着他们会无理取闹,杀了我的猪还叫我拿柴拿盐煮了叫他们吃,他们竟没有,还要赔,我真真被打动了。我淡淡地说,赔啥,你们又不是故意的,谁没个失手的时候。他们没再说什么就收工了,我透过他们的背看到了他们的尴尬,我想,良知还在,他们会有作为的。

97

自从出猪圈的事发生以后,队里几个知青和我近了许多,在外边遇上了总要给我打个招呼,还经常到我家坐坐,说说闲话。村里人可不敢这样待我。我也害怕,要是扣我个拉拢腐蚀知识青年的罪名,那又罪该万死了。我不敢明说叫他们别理我,就拐弯抹角地说了利害关系。他们全不当回事,说,怕啥!革命和反革命说句话,革命就变成了反革命,这革命也太不革命了。后来听说,老天批评了他们不该没立场和反革命来往,他们顶了几句,反说,不来往咋知道他干了什么反革命勾当?咋斗争他?堂堂革命派为啥惩怕个反革命?为啥把他包住盖住?难道他这反革命是假的不成?大队革委会无可奈何,看他们不思悔改继续和我来往,怕天长日久坏了知青的革命性,就来个釜底抽薪,把我派到石龙堰水泵站工地劳改去了。

石龙堰水泵站原来叫别公堰,别廷芳修的。别廷芳是宛西十三县的民团司令,统治了西峡几十年,除了剥削压迫老百姓外,还杀过共产党员。这个人搞地方自治,治河改地、植树造林、兴办教育,做了不少收买民心的事。他在石门修了拦河坝把水拦住,又修了一条直通县城的大渠,引水入城,沿途浇了上万亩良田,有名的九月寒大米就产在这里。水到县城后又发了电,除了供他的造枪厂打米厂用电外,还供县城照明。当时南阳府都没有电,唯独西峡有电。南阳专员为了表扬别廷芳,就把这个坝这个渠命名为别公堰。

解放后这条渠还在浇地还在发电,造成了很坏的影响。虽然不断进行阶级教育,控诉揭发别廷芳的累累罪恶,可是有些落后群众仍不觉悟,和基层干部一吵架就说,烧球你烧,到现在还是吃人家老别一碗饭。"文化革命"开始后,有人提出要长人民志气,要扫敌人威风。具体到石龙堰,就是要重修一条大渠,水要往高处走,要比原来高走二十米;渠要远处开,要浇内乡镇平南阳,誓与老别一比高低。这个雄伟设想立马得到了各级革命派的认同,于是拨款拨物,调动全县劳力投入了这场压倒别廷芳的人民战争。打了几年人民战争,千军万马不声不响撤走了,沿高山峻岭修的转山渠不知费了多少工投了多少钱,一场大雨之后,所有的渠道不是被冲垮就是被淤平了。当政者还不死心,仍要打持久战,只是调不动全县民工了。我们大队为了显示自己比全县觉悟高,揽下了这个千秋大业。大队在工地上盖上草棚,成立了民工连,抽调一百多人在这里苦战。我家离工地十五华里,我吃住都在工地。这里管理很严格,一切都军事化。大队治安主任乔九运在这里当头头。他曾说,毛主席是全国的红太阳,我就是水轮泵站小红太阳。这里伙食不错,除了自带口粮,生产队一天还补助一斤粮食,一顿能吃一个白馍。我很高兴,因为和白馍分别的日子太久了,久别如新婚,吃第一顿饭我就认为我跳到福窝里了。

98

水轮泵站的劳力来自各生产队,多数我不认识。这些人大致分两类,一类是憨傻二百五,在队里没有用;一类是能说会道能踢能咬的人,使着不顺心不顺手,才派他们出官差。我在工地和别人不同,属于专政对象,只能老老实实劳动改造,不准乱说乱动。给我分的工是抬石头。有两牛石头,有四牛石头,有八牛石头,也就是两个人抬的,四个人抬的,八个人抬的。这种活儿一个人做不成,起码是两个人,治安主任宣布,和我一根杠子的就是我的领导,监督我的一举一动。我自知身份低下卑贱,早早晚晚绝对服从,绝不反抗对抗。领导们爱歇,抬一个石头能坐下歇半晌,我也不敢催,想积极也积极不成,只好陪着领导。领导坐我也坐,领导吸烟我也吸,吃白馍又得歇,歇也不用自己负责,这日子挺不错的。我托了领导的福,我感激领导,抬杠中心有个良心印,圈套应放在印上,这样两个人的负重才平等,可是每次起抬时,我都把套绳往我这头拉拉,叫领导负重轻一点,作为对领导的报答。一次,两次,工地上的人都知道我爱多抬一点,都想和我抬一根杠子,争着当我的领导。

工地上的人来自各队,互相不了解,没有多少新仇旧恨,相处倒也平安。工棚盖在河边沙滩上,附近没有居民,每天收了工不是三三五五一堆说闲话,就是在一起打扑克,有的人则去附近坡上割点草柴。有个乔春运,我叫他四哥,他爱下象棋,又没对手,我一到工地,他就看上了我,工间休息或饭前饭后就喊我和他下棋。他成分好,我不敢不听他的,每喊必到。下棋也能成瘾,我们两个较上了劲,除了上工就是下棋,有时还挑灯夜战。有人看了心里老不美气,就找治安主任告了一状。治安主任是工地上的最高领导,我叫他九哥,他把我喊去,很严厉很关心地责问我,你说说,你来工地以后和贫下中农有啥不同? 我不明白这话的意思,我想了半天没想出自己干了什么坏事,一举一动都和贫下中农社员一样,我说,没啥不同呀! 他火了,训斥我道,你想想你是啥人,贫下中农休息你也休息,你竟然敢和贫下中农平起平坐,还分阶级不分? 还分革命和反革命不分? 我想想也真是的,自来工地没有批斗了,吃的干的玩的和革命群众没有区别了,没有区别就显示不出革命群众的优越了。治安主任关怀备至地又说,你也该想想自己的出路才是,以后别人休息你就扫扫地,地扫完了帮着厨房烧烧锅,眼里要有活儿才行,革命群众眼光雪亮雪亮,你干得多了也好立功赎罪,争取早一天摘了帽子。谈话之后,乔春运喊我下棋我不敢下了。爱下棋的断了对手会怒气冲天的,乔春运在北堂也是有名人物,能说会道谁都不敢惹,他找到乔九运气冲冲质问道,你说说我是啥人? 乔九运说,贫下中农革命群众呀。乔春运说,你知道这就好说,革命群众劳动了一天,找个反革命玩玩解解心焦,你为啥反对? 是想把革命群众憋死? 乔九运自

知不是乔春运对手,也就嘿嘿笑笑罢了。乔春运再喊我下棋我只好
下了,有时候乔春运还偏偏在乔九运面前下,还说,老九,晚点喊上
工,等我们这一盘棋下完了再上工。乔九运气个白瞪眼只好一走了
之。

99

隔了几天,治安主任召开会议,说要加强革命性,要提高工效,不
指名地批判了我,号召向王××学习。王××外号叫"十来里",跑
得特别快,走路像草上飞。他家离县城十几里,刚才还在家里,眨眼
工夫就溜到了县城,好像分身有术。这人原来当兵,因偷盗被开除
军籍,服刑期间又偷劳改场的东西,几次加刑。释放回来后不思悔
改,照偷不误。他到水轮泵站后,在治安主任亲自领导下劳动,表现
得特别积极,常常为主任分忧。头天夜里主任说,十来里,抬杠断
了。十来里说知道了,第二天天不明就扛回了几条抬杠,一色新砍
的泡桐树。这种树没有野的,都是住家户栽的。治安主任心里和明
镜一样,知道他是偷砍人家的,却当着众人的面问,是不是偷的? 十
来里说,不是的。主任说,不是偷的就好,当着大家的面我把话说前
头,要是偷的叫人家找上门我可不依。十来里说,你放心。果真没
人找上门,下次抬杠断了,主任还告诉他,叫他解决。抬杠得又光又
直又轻又硬的木料才行,一根能卖几块钱,工地上又没有一分钱设
备费,十来里为工地立了功,要不抬不成石头就得窝工。

工地离指挥部有五六里远,没有大路,连小路也没有。不说通汽
车了,连架子车也不通,工地上需要的水泥全靠人抬肩扛。因没正
路,不是蹦石尖,就是穿巨石缝,不要说抬东西,空手走也不容易。

治安主任考虑路途艰险,规定了一个指标,两个人抬一袋水泥,一上午一趟,完成了算半天工。来回十里路,一上午确实不紧,大家怕回工地早了以后加码,就在半路使劲歇,到快吃午饭时才回工地。十来里受了主任表扬,不知天高地厚,想起自己是个专政对象就狠劲立功。都是两个人抬一包,他一个人扛一包,比大家工效高了一倍。治安主任很欣赏他的积极性,又开会表扬,说,十来里能做到的大家一定也能做到。于是改了定额,两个人一上午抬两包,一次抬一包,抬两趟也行,一次抬两包也行,反正平均一包,和十来里拉平。任务加了一倍,大家都怪罪十来里,十来里一点也不灵醒,他看大家追上了他,他就一上午跑两趟,每趟扛一包,又比大家多了一倍。治安主任问他,一上午跑两趟紧不紧,他嘻嘻一笑,说不紧不紧,我走到半路还歇一会儿哩。人们对这个工程本来就憋一肚子气,认为多用一包水泥等于多浪费一包,一直磨洋工软抗。现在十来里为了落好,竟然一再加码,人们忍无可忍,竟然对他采取了非革命的行动。这天一早吃饭时不见十来里,就派人去工棚里喊他,去的人匆匆回来,说,他起不来床了,他说昨天半夜里,有人用被子捂住他的头,把他狠揍了一顿。治安主任听了大怒,说反天了,谁干的赶快坦白,坦白从宽,若不说查出来一定从严惩办。没人回话。十来里做不成活儿了,工地上不养闲人,便打发他回家了。走那一天,我看见他瘸着腿扭着腰一步一步艰难地走去,心里生出一种难言的滋味。治安主任又说过几回要查的话,有人便刺他说,乔主任,可要站稳立场,小心把脚插到劳改释放犯的裤腿里了。从此,治安主任再不提这个事了。

100

十来里被打致伤了,咎由自取没人同情他,我想起了治安主任叫我立功赎罪的事,暗自庆幸没有听话没有立功。人活个本分,在任何情况下都不要露能,比大家高一分,大家就比你低一分,低一分的大家心里能舒服吗? 能不群起而攻之吗? 我还是做活下棋、不争前不争后,日子过得挺逍遥,比比几年批斗,今日赛过神仙。

过了几个月,工地上评工分了。这是件大事,工分工分,社员命根。生产队凭工地开的劳动日和每日工分,参加队里分配。这天上午没做活,集中在工棚里评分,先自报,后公议。在生产队劳动时,说我是劳动改造,不给工分,这一次叫我也参加评分了,说明我的劳动也有价值了,我很激动也很感激。大家都评完了才评我,因为抬石头是重劳动,都评的十分,我自知低人几等,自报七分。谁知竟然引起了多数人的不满,质问我报七分是啥意思,说和你抬一根杠子的都是十分,是不是你对别人的十分不服,想把别人的工分拉下来? 我没想到这一层,听了吓得浑身出冷汗,我赶紧解释,说我原来做活不给工分,现在能多少给一点都是革命的恩典,我不敢和大家平起平坐。有人不同意我的观点还要批驳,这时候治安主任乔九运发言,支持我自报的工分,说,乔典运今天表现还不错,还有点自知之明,能站到自己应站的位置。然后就叫大家评定。第一个发言的是后庄生产队的王姓青年社员,至今我还不知道他叫什么名字,只知道他有点文气,来工地带着一把琴,休息时别人闲玩,他一个人弹琴,弹得很专心很有感情。他说,乔典运应当评十分,他劳动不比大家少,大家十分他也十分。多数人赞成。应当说会议到此该结束了,乔主任却不赞成,说,评工分也应当突出政治,革命和反革命一样了,贫下中农还有啥优越性? 这话有理,少数人很赞成,嗷嗷叫着说,就不能一样嘛,一般高一般粗了谁还去改造监督他们? 王姓青年却坚决不同意,问,乔主任,你的意思是不是说我们应当比乔典运这号人高一头? 乔主任说,是的,专政的应当比被专政的高一头高几头。王姓青年突然朗朗大笑,说,好,我坚决赞成! 咋高一头? 现在,我们一样劳动,合抬一根杠子,只是把别人的工分往下压压,咋算我们高一头了? 大家听了叫好,说,我们还站在原地,一指都没高,靠压别人能算提高我们了? 七言八语,吵得乔主任火了,对我喝道,这是人民内部的事,你出去! 我离开会场,到伙房和炊事员说闲话。每天十二点开午饭,这天到下午两点争论得还没散会,炊事员对我说,解铃还得系铃人,你去表个态,叫会散了吃饭吧。我只好硬着头皮去了,我说,我感谢大家对我的关心,现在已经两点了,大家的肚子都饿了,看样子不解决我的工分别想吃饭,我自己愿意少拿点工分就别争了。最后总算达成妥协,给我评成九分,比大家还少一分,这一分算是给革命争脸了。

101

我的处境越来越宽松,心情也越来越好,大概脸上也出现过笑容,至少出现过笑意,这便大大刺伤了一些人的优越感。工地上建制仿效解放军,有连有排有班。一次休息时,闫排长乜斜了我一眼,冷不丁地说,看你得意的! 我正坐在石头上歇歇,看着河里的水鸟在游弋,那么富有诗情画意,听他这么一说,立时我愣了。我赶紧看我自己,没有和谁说话呀,我手里一杆旱烟袋在吸着,哪一点表现得得意了？难道是大腿不该跷在二腿上？我赶紧放下腿。难道是不该喷云吐雾了？我赶紧从嘴里拔出烟袋。闫排长又乜斜了我一眼，冷冷地哼一声走了，哼得我出了一身鸡皮疙瘩。事后多天我都小心又小心，不论顺心不顺心我都苦着脸，做出一副夹着尾巴的样子。有些人确实没有值得欢乐的东西，衣食住行都很穷困，更不要说升官发财桃花运了，自己也创造不出一点欢乐，唯一的欢乐就是看比自己强的人不如自己，倒霉了，痛苦了，挨打受气了，只有这一点点欢乐。我想，人家就这么一点点欢乐，不能让人家失去，我得想办法满足人家，只有这样才能平安，于是不痛苦也得痛苦万状。

可能是我痛苦得晚了，可能来工地后轻松得早了，损伤了大家的欢乐，伤了人就得付出代价。这天一早起来，工地上的气氛忽然紧张起来，人们的脸色也都绷成青色了。有人前后跟着我，我悄悄问为什么，对方悄悄回答，说怕我跑了。我被监视起来了，为了什么事不知道，准备怎么处置我不知道，反正事情不会小了。我怕，但我不想再跑了，跑到哪里跑到何时？听天由命算了。早饭时，宣布上午不出工在工棚里开大会，人们都拿眼瞅我，平时对我不错的人摇头叹气，平时阶级立场坚定的人对我冷笑。我装作没事人的样子，听任人们用各种各样的眼光看我。

早饭后，指挥部来了一群人，有公社和县里干部，有公安局的干警，最入我眼的是拿着一盘绳子，我第一反应就是要绑人了，这个人肯定是我了。我想起在下营挨斗时被捆绑的痛苦，我好像听见了骨头被勒得咔咔嚓嚓的响声，事到如今我横下了心，想，今天再难过今天也总要过去，太阳不会为我而留住不落山。

开会了，在工棚里集合，我不知道该不该进去，在工棚外犹豫。有人告诉我，叫我先在外边等着，并且领我到离工棚较远的地方。

这是怕我听见战前动员,不外是要无情不要温情,对敌人心慈手软就是对人民的犯罪。我知道这一套,我顺从地跟着领我的人往河边走去。我害怕即将发生的事,又企盼早点发生,早发生能早过去,是福不是祸,是祸躲不过。与其提心吊胆,还不如早点大祸临头。一会儿,来人喊我进去,我颤抖着走向工棚,里面的口号如雷横滚天空,震得人心惊胆战,把我的害怕都震跑了。我忽然明白,大海有避风港,人间是没有避风港的。

102

我走进工棚,站到了指定的地方。口号声连续响了一阵就停了,先让我读了我们这种人必读的语录,坦白从宽,抗拒从严,等等,然后开始揭发。闫排长气冲冲站了起来。他四十多岁,我们邻队,我和他没有丝毫私人瓜葛,更无任何恩怨,我幼年时和他弟弟是同学好朋友,曾在他家吃过一顿南瓜干饭,又黄又面的南瓜,又黏又白的大米,做得又香又甜,这顿饭给我留下了一生难忘的记忆。不知为了什么,自从"文化革命"开始他一见我就红眼,我百思不解。他的揭发一开始就充满火药味,他说,乔典运磨刀霍霍,对革命充满了刻骨仇恨,对斗争他的人怀恨在心,阴谋杀害革命领导干部治安主任乔九运。吓得我头皮一乍一乍,杀治安主任,我连这样的梦也没做过,我为啥要杀他? 他怎么我了?"文化革命"前每次开地富青年会,他都拿我做好典型,号召大家向我学习。"文化革命"后他说我反动,说我反革命,他不识字,人云亦云,你说天上有两个日头,现在只用一个,还有一个备用的在美国大银行存着,这样的话都相信的人,不说我反革命那才反常哩! 闫排长又开始说具体的杀法了。那天上午,乔典运和王宝子抬石头,抬到机房的界墙上,乔典运站在东边界墙上,王宝子站在西边界墙上,乔九运站在王宝子后边,放下石头时,乔典运把抬杠狠劲往西边一推,王宝子要是后退一步跌倒了,肯定会把乔九运也砸倒。界墙下边是尖刀般的乱石,跌下去必死无疑,多亏王宝子松了手里杠子,乔典运白使了劲,反革命报复杀人的阴谋才没得逞。会场里嗷嗷叫,声声叫我坦白,我只有三个字,我没有。人们说,死到临头了,还顽抗到底。又问了我几遍,我还是说没有。我想说,是真是假,叫王宝子说。可我没有,我想,既然闫排长说王宝子和我合抬石头,事前一定和王宝子串通好了。闫排长说有,我说没有。僵持了一会儿,有人说,争什么,叫王宝子证明一下不就行了。王宝子没开会,在灶厨里烤火,派人把他喊来了。王宝子正害红眼,两只眼红肿着,来了不等发问就冲闫排长说,这几天我害红眼都没出工,灶里人可以证明,我给你说过我啥也不知道。主持会的人叫王宝子再想想,王宝子说,没啥想,反正我没出工,还能是我的魂灵和乔典运合抬石头了?会场哗然。主持会的人面有愠色,问闫排长怎么搞的。闫排长急了,说,我记错了,是胡石头和乔典运抬石头时出的事。胡石头在场,他很憨厚也很左,腾地站起来吼道,你别血口喷人,你打听打听,我啥时候和反革命乔典运说过话,还合抬石头哩,羞死了!他像受到了天大的污辱还要说下去,公社来的人看捂不住了,叫我先滚出去。事后我才听说,闫排长想变成闫连长才千方百计要立一功,谁知弄巧成拙。不知是领导嫌他无能,还是自觉无趣,没几日,他就回生产队了。

103

　　闫排长在工地威信扫了地，不得不卷铺盖回家了。这件事使我万分感动，工地上一百多人，左中右都有，虽说再三重复亲不亲阶级分，领导还是找不到一个愿做伪证的人，就连胡石头这样的左迷子，也只是认为和我合抬一根杠子丢人，也不肯诬赖我，可见人心的善良。再想想，这事要放在一个生产队就不一定了，生产队掌握工分，叫谁说什么谁也不敢不说，在队里斗我，事前抽几个积极分子读词排练，都是给工分的。水轮泵站的劳力是来自各队的社员，轮派一月俩月就各回各队了，属于没笼头的马，谁也不管谁，谁也不怕谁，可以按照自己的良心行事了，只要良心有了自由，良心就恢复了本来面目，就不愿背良心了。

　　这次斗我，原来说的五花大绑，公社和县里都来了人，还带着逮捕证，没想到当众出丑，公社和县里来的人很是恼火，叫治安主任给大队捎信，你们以后不要搞乔典运了，都是些假家伙，好像搞了乔典运才显得自己革命，也不遮遮活人眼！也真灵，从此再也没有正式斗我了。当时算算，大斗小斗已斗有二百多场了，也算久经斗争了，如果是上斗争专科学校也该毕业了。不挨斗了，还算敌人，还属于专政对象，大会小会断不了敲打，敲打只是耳朵不受用，别的和社员们没多少不同。狂风暴雨过去了，我又活成个平常人，多少有点自由了。

　　工地上没有电，没灯照明。下午早早收工吃饭，吃了饭不少人就回家。十来里路，做活人跑惯了不算什么。摸黑回去，第二天一早再赶回工地吃早饭。原来我也想回，不敢，现在也敢了，也天天夜里跑回去。晚饭工地上每人分个白馍,这东西过年才能吃几顿,我舍不得吃,天天夜里拿回去叫孩子吃,来回跑二三十里路,就为了用馍换碗稀饭喝。

生产队长对我不错,问我在工地上怎么样,我说美得很。队长说,美了就不换你了。我就在工地上长期干了。

仔细想想,我已经五年没有接触过文字。不准订报刊,连语录书都没资格拥有,家里的旧书旧报被抄走了。除了看标语上的字,没权利看别的字,我常想我会变成文盲吗?一个偶然的机会,发觉民工小刘拿了一本书,是《契诃夫短篇小说选》。我打开一看,原来是抄我家时抄走的书,不知怎么流落到他手里。我不敢追回。我们不是一个生产队的,原来不认识,我求他把这本书借给我看看,他倒干脆,说,叫你看看也行,你得借给我十块钱。十块钱当时对我来说可不是个小数目,盐一角多钱一斤,我家经常十天半月不吃盐,没钱买。可是为了这本书我咬牙认了,我说通老婆,把家里能变卖的东西都卖了,才把这本书买回来。从此,饭前饭后,早晨黄昏,我都藏身在灌河边大石头背后读这本书,一遍又一遍反复读。我不觉得花十块钱吃亏,还很高兴,因为我又有书读了。

104

契诃夫是俄国的小说大师,也是世界的小说大师,大师不写天书,写的都是人间事,人人都能读懂。我以前也读过,不求甚解,只是看故事罢了。现在只有这一本书,只好翻来覆去地读,读的遍数多了,反而读不懂了。像《一个公务员之死》,两千来字,写了一个将军和一个小公务员的故事。在戏园里,小公务员坐在将军的后排,小公务员打了个喷嚏,唾沫星子喷到将军脖子上。这本是小事一桩,将军没有发火,也没有不依,小公务员却吓坏了,主动去向将军道歉。将军态度很好,说没有事,人都打喷嚏,打喷嚏都有唾沫星子。按说小公务员该放心了,可他还不放心,再次道歉,又追到将军家里道歉。将军烦了,说,就为个唾沫星子,你这人怎么了? 小公务员回来就吓死了。故事不复杂,很简单,又是白描,语言又十分朴素,没有故作深奥之笔,只要识几个字都读得懂。这只是表面,骨子里就难说了。

我背靠巨石,面对滔滔河水,月光泻地一片银白,明亮得阴森森,这色彩这寂静都使人想到冥冥想到死,我被小公务员折磨得头疼。小公务员和将军一个剧场看戏可能吗? 小公务员在将军身后可能吗? 小公务员进入将军府里可能吗? 以我的经历我的阅读来看,这都是绝对不可能的;可是可能了,说明了俄国这个社会还有几分麻痹,才使将军脖子里落了个唾沫星子,才有发生这个故事的可能;将军的态度出人意料的好,竟然和下人搭话,通情达理,对下人不像对下人,只是小公务员三番五次揪住唾沫星子不放之后,将军才烦了才恼了;其实也没咋恼,就是说了句重话,其实这句重话也不咋重,叫谁碰上这事都会说,你咋了,为啥揪住这个事没完没了? 将军这么好,还像将军吗? 这不是歌颂将军吗? 沙皇的将军不是都张着血盆大口吗? 这难道是真的吗? 大概是的,契诃夫不会美化旧俄的;剩下的疑问就是小公务员了,你喷在将军脖子上的只是一个唾沫星子,又不是一把刀子一颗子弹,你怕的什么? 你怕也情有可原,可是你道过一次歉后,将军已经说了没有事,你为什么还怕? 将军又不知道你姓啥名谁,散了戏一散了之,你为什么还怕个没完没了? 将军又没不依你,又没问你个不敬之罪,又没暗示下级整你,对你恶了你怕,对你不恶呀,你为什么能怕得吓死了? 能吓死人的怕一定有个大来头,你为什么怕到这个程度? 你的怕来自哪里?

我的不解太多了,一个接一个而来,像面前的河水滔滔流去,流个不断,百思不得其解,是契诃夫错了,还是我没读懂? 我信契诃夫没错,是我太无知了才不懂。这个问题折磨了我多年,一直到一九八〇年在北京文学讲习所才恍然了。

105

吃罢晚饭,工地上大多数人晃着回家了,我没回,独自坐在河滩上看《契诃夫短篇小说选》中的《变色龙》。我的一颗心专注在小说里,看了一遍不满足,又看一遍,再看一遍,不知不觉中,晚霞沉没了,月亮已经升起,周围的一切朦胧成了一片灰白,唯有山的倒影映在水中,显得黑森森的。我放下书本,大脑里满是警官和狗的形象,一只三条腿一颠一颠到处乱跑的狗咬伤了商人,警官听了商人的哭诉,决定要好好教训一下这条狗的主人,因为狗的主人没有遵守法令。当有人说那是将军家的狗时,警官马上换副面孔,斥责被狗咬伤的人异想天开,想得到一笔什么赔偿损失费。众人议论着,狗的主人变换着,警官也反复变换着口气。我低头沉思,到底谁是变色龙呢? 是警官? 是狗? 我想谁都不是,是俄国的社会才使狗随着主人的身份而贵贱。

再想想自己,连一只狗都不如,狗投靠在将军门下,三条腿也能在警官眼里成了宝贝。我呢? 我从来没为自己找过主子,可"文化革命"来了,我不找主子,有人给我安个主子,起初,批判赫鲁晓夫、蒋介石,说我是他们的孝子贤孙。谁都知道我没见过赫鲁晓夫、蒋介石,可人家硬说他们是我的主子,我有口难辩,况且根本不允许你辩。后来批判刘少奇,我的主子成了刘少奇,我又变成了刘少奇的孝子贤孙,我照样没见过刘少奇。最让人吃不透的是近一段时间,人们三三两两背着人咕咕叽叽,我心里瘆得慌,想着国家是不是有什么大事,但又不敢问,一旦涉及国家机密,咱担当不起,每逢人们挤鼻子弄眼要说什么时,我只好远远躲开,生怕招惹麻烦。自己赔着一万个小心,好事没我的份儿,坏事想躲却没躲掉。一天,治安主任找到我,说,乔典运,你别能,你想叛国没门,你的主子林彪想叛党叛国,飞机坠毁让摔死了,你也早点收起美梦,老老实实接受改造,要不,你这个林彪的孝子贤孙绝没有好下场!原来人们议论的是这回事,没想到我的主人又换人了,而且换的人也被摔死了,我再也不用祝林副统帅永远健康了。

我的主子一茬一茬地换,可他们荣耀时我没荣耀过,因为他们荣耀时不是我的主子,他们倒霉时才把我的命运联系起来,还联系得那么紧,也不知是他们连累了我,还是我连累了他们。可我至今不明白,为什么每次揪出一个"大反革命",都要给他们安排一大批孝子贤孙,难道怕他们的势力太小?但愿以后多分钱粮,再不要给人分主子了。当然,主子仍会不断找狗,狗也会不断找主子,各有所求。我只求别再给我分配主子了,让我当几年自己,我就谢天谢地了。

106

一天,生产队派人通知我回去,不知道为了何事,我战战兢兢到家后,才知道是为了抬榨鼓。我们队里有个土油房,用的还是几千年老祖宗传下来的榨油工具，很大很笨。

第二天一早，全队的棒劳力摸着黑去十几里路外的红堰沟，赶到时太阳还没有出来。来到放榨鼓的地方一看，刚放倒的一棵黄楝树很粗，两个人都抱不住，看样子有四五千斤，让人望而生畏，大家咂了一阵舌后，忙着上去绑抬杠，四十八人，还剩下十来个人空手，预备着随时换班。领头的喊一声起，大家哼嗨着抬了起来，一步挪四指，顺河而下，没有路，在乱石滩上跟跟跄跄。四十八个人在这时候才真正是一个整体，说迈哪只脚都得迈哪只脚，错了不行，别着脚乱窜谁也走不成。刚抬起来走有十来步，就有人吆喝不得了，不得了，要求替换，于是一声令下，整支队伍停住，把吆喝的人换下来。接下来不断有人呼爹叫娘要求替换，我没敢吆喝，不是我能受得住，是我知道我就是哭也不会有人替换我。一次次地抬起，我咬着牙憋足气移动着脚步，一次次地停住换人，我也向空手的人们投以乞求的目光，可没有人正眼看我一下，更没有人替换我。我不由想到了人情。"文化革命"前，上级说我是革命作家，村上的人像敬神一样敬我，写小说《贫农代表》时，我得过严重的神经衰弱病，十天半月一眼不眨，成天头晕眼花，走路都得扶着墙，在人们眼里我几乎是个弱不禁风的人。要是那时候抬榨鼓，生产队一定会照顾我，不叫我去，即使去了，我也只是跟着看看热闹。如今我仍是我，别的男劳力都是十分，我七分，按工分论，我不算棒劳力之列，可抬榨鼓这样的重活却忘不了我，公认的棒劳力都压哭了，我只能咬牙咧嘴，连眼珠子都压得要鼓出来，还忍着不吭一声。歇歇儿时，人们还说，没想到乔典运现在真棒。我嘴里不说心里在说，不是我棒，是一个人完全没有指望时，自身会爆发出来超越正常人的能量，这就是人们常说的人是个鳖，憋到哪儿是哪儿。

我终于强撑着走完了十几里的路,人们都累狠了饿狠了,都下食堂吃饭去了,肯定是生产队出钱管饭,我没有权利享这份福,一人走着回家。抬榨鼓的时候,一心想着到地方可好好歇,没想到不再抬就是最大的歇,连走路都感到非常轻快,从来没有过的轻快。人只有大苦大难之后,才知道什么是幸福。

107

抬榨鼓的第二天,生产队放假叫休息。一大早,老郭上地做活了,我在床上睡着没起,忽然有人进院子就喊,乔典运,乔典运。我听不出声音是谁,心里吓了一跳。当时我家早已成了禁地,除专政我的人可以来,亲戚朋友熟人都不准接触。正在纳闷,来人已经喊着喊着进了屋。屋里很黑,他也看不见我,我也看不见他,我摸着起来找到火柴,点亮了墨水瓶做的煤油灯,借着昏黄的灯光,我努力睁大眼看看,根本不认识。来的人很是家常,坐到床帮上,我不敢说不认识,也不敢问人家姓啥名谁,找我何干,想着一定是个革命派是个动力。来人大约知道我害怕,先开了尊口,说,你别怕,我是贫农,我来找你绝对没事。我说,我这儿不兴来人,来人要报告的。他说,我是个四面净八面光的人,没事,没事。说着,他从口袋里掏出证明递给我,我不要,我说,我没有资格审查人。那人不依,非要我看看,证明上写着:"米坪公社×××,贫农出身,四面净八面光,批准他出去为革命阉猪,特此证明。"下边盖着米坪公社红堂堂的大印。原来是个阉猪,我就松了一口气说,我家喂的猪都八十斤了,阉过了。他说,我找你不是阉猪,我听说你现在可怜,叫人们斗来斗去,挨打受气,还没啥吃,想来搭救你的。我不信,还怕他是造反派派来刺探情报的，又不敢说什么，低着头没吭声。来人看我不说话，便说，我有个好方，能叫你不挨打不受苦。你不是会写吗？这个手艺丢了怪可惜，你为啥不写？我说，我现在是反革命，不让写。他说，从今往后你赡写了，不用你的名字发稿，可以用我的名字，要是发上了，给多少稿费我一个不留还给你。我说，现在写稿没有稿费。他说，你才迷哩，没有稿费也不要紧，只要稿能登出去，我都出名了。姚文元不是会写稿才当上大官的？如果我出名后当上大官，我歪歪嘴说你是革命的，你不就是革命的了吗？我说，我写不好，万一写出了问题，你不怕人家找你的事？到时候找你的事，你不又供出我了吗？那人说，现在的稿好写得很，你光批判刘少奇还能犯个啥事？我说，反正我是改造对象，老老实实接受改造，稿是不能写的。无论咋说，那个人硬缠着不走，我也不敢硬撵。到老郭放工回来，知道此人是来劝我写稿的，就没好气地说，就这罪孽都不小了，再扒豁子呀！你看谁会写叫谁写，俺们坚决不写，你说到天黑也不写，打死也不写！那人看没指望，才怏怏离去。

以前我认为我的肉体不归我，人家想咋打想咋骂任人处置，反抗只能是罪加一等，但灵魂还是自己的，现在竟有人想把我的灵魂掏出来扔到粪池里，我感到气愤和可悲。再想也可笑，一个山老愚阄猪匠，大字不识几个，竟然也想走姚文元的路，要当姚文元，不知姚文元知道了做何感想。

108

憋了一肚子气，我回到工地。第二天，领工的头头抽了六个人，叫大家上山拾柴，我也是其中之一。我高兴极了，我最喜欢上山拾柴,因为山林里有飞鸟,有蛇,还有爬地虎,不等到跟前,飞鸟飞了,蛇虎逃了,这时我觉得我在它们眼里还是个人,还有人的尊严。我拿着伙上给每人发的一个大白蒸馍当干粮,和大家一起出发,没走多远,一个五十多岁的社员说,咱们的馍都别吃,拿去给团长,叫团长给咱们擀面条吃。我一听心里就犯嘀咕,问是个啥团长,这个社员板着脸说你别管。我说可得管,要是国民党的团长,去了又罪加一等,说我们互相勾结;要是个革命团长,人家要划清界限,会撵我走。那个社员哈哈大笑,说,这个人不是革命团长,也不是反革命团长。我问到底是啥团长,他看我非要打破砂锅问到底,才说,是睡过一个团男人的团长。我噢了一声,原来是个荡妇。

山上的干柴很多,大家分头去拾,很快就拾够一挑柴。这时候送馍的社员才回到山上,我们帮他拾一挑,他便领着我们往团长家走去。来到团长家后,放下柴担一看,三间草屋,院子扫得很干净,走进屋里,屋里也很干净。这时候,从厨房里走出一个很干净的女人,满脸堆笑,很热情地迎接我们,招呼坐下,又端了二花茶和一盘柿饼。我看了一眼这个女人,虽然五十来岁,但容貌尚好,想她年轻时一定很漂亮,肯定是深山里的一只俊鸟。

说话间,饭端上来了,是很稠的面条,出乎意料里面还有腊肉。这个女人也和我们同坐一桌吃饭,和大家又说又笑的,一点也不惧生。由于对她印象不好,一顿饭我没说一句话,其他的人你一言我一语和她调笑,那个女人也不怪,很健谈,说到当地新旧社会一任一任、一茬一茬大小官员都很熟悉,都进行了品评,说谁谁好谁谁坏,说有权的有钱的别看红火是红火,不一定是好东西;有些人穷是穷,穷得有良心,活得干净。我边吃边听她议论,从她的话里我好像听出了学问,至少她人生阅历很深。她说,我这辈子没有啥本事,只有一点,能分清人和鬼。

那个社员见我对那个女人冷淡,回家的路上有意识靠近我,说,其实这个女人不错,只因为长得好,不少有钱有势的人就打她的主意,想占她便宜,想娶她当小老婆,都被她拒绝了,一直到现在还保持着一个农家女子的朴实和善良。也因为她独居山村,过去还救助过不少可怜的人,人们说她是干那事的团长,鬼知道是真是假,说不定是那些没吃上葡萄的人,才说葡萄酸哩!我是第一次接触这样的女人,了解她的身世,有高不攀,有福不享,生为山里人,死为山里鬼,我才觉得这个女人不仅不卑下,她的灵魂可能比有的权贵更高洁。

109

我和大伙在工地相处了很长时间,互相之间建立了感情,劳动,吃饭,休息,谈天说地,大家不敢明着平等,却也少了许多戒心,没有再挨斗争,仅这一条,工地就成了我的避风港。一天,队里派人来传我回去,我虽不情愿,也不能牛犟,只好恋恋不舍地离开工地。

回队后几天,有人通知说工作组组长找我。工作组驻在生产队的保管室里,我一路走一路想,工作组长找我干啥?我头上有着生产队、大队两重天,为什么隔过他们直接找我?战战兢兢走进保管室,工作组长半躺在床上,高跷着二郎腿一晃一晃,看见我就像没看见。我低着头站在床前,低声下气地问,你找我?工作组长嗯了一声,照样不抬眼皮,我闷在那里一动不敢动,心像驴踢。等了好一阵,工作组长才开腔,说,清理阶级队伍办公室来人审查后,初步意见打算解放你。我一听猛一惊,还没敢喜出来,工作组长接着说,解放你不等于你没有问题,你也不要想着自己解放了就翘尾巴,解放还得有个程序,你要写出深刻检查,要让广大群众通过,如果你检查不深刻,群众通不过,责任可得你自己负。

我心里充满了对党的感激。党要解放我,要把我由鬼变人,忍不住极度兴奋,回家的路上,整个人像在云里雾里飘着。当了几年鬼当够了,一天都不想当了,想到当人的美劲,巴不得立时就当人。可白天要参加生产,只好点上煤油灯熬个通宵,写出一万多字的检讨,自认为写到骨头缝里了,才交给工作组长。组长见了不冷不热地说,先放那儿。我放下走了。隔了一天,不知组长看了没看,他又把检讨退给我,说,不行,你得往深处挖挖。于是,又熬了两个大半夜,几乎粉身碎骨般查问题找根源,总算过了组长这一关。组长交代,让我在第二天夜里的群众会上检讨。

这天夜里,我早早拿着检讨跑到指定的大场里。大场里死静,没一个人影,想着自己太激动来得太早,就蹲到场角吧嗒、吧嗒抽旱烟,也为平静自己过于紧张的心。旱烟灰都磕了一堆,还不见一个人影,这才感到不像开会的样,忙去找老天。老天冷冷地说,今儿个有事,改天再开!一腔热情,一瓢冷水,浑身上下都凉个透,只好转身回家。随后,每隔几天都要说一次开解放我的会,可到开会的时间,又说有事不开了。一次次地激动,一次次地失望,折磨了一年多,检讨在口袋里装来装去都揉成了碎片。这时,我才灵醒了,当年由人变鬼时容易得很,一个人一句话我就成鬼了,如今解放我一年多还没解放了,原来由鬼再变成人比十月怀胎还难。如果让我顺顺当当变成人,和别人一样平起平坐,过去比我高的人不高了,心里能美?

天天要解放,天天又解放不了,看是人不是人,开牛鬼蛇神会我还得去参加,心里窝一肚子气,连句牢骚话都不敢说。

110

一年多过去了,我仍没解放,早晚去问,人家不是说不得闲,就是说急个啥,我有一种胎死腹中的感觉。十月怀胎,一朝分娩,十几个月过去,我为啥不能托生成人?鬼青面獠牙,还能煽阴风点鬼火吓吓人,我这个鬼是夹着尾巴的鬼,心里再急再气,见了老天还得低三下四。

世上还是好人多,有人看我长期解放不了,给我出主意说,你这事给谁说都不中,非得给刘俊章说。刘俊章当时是县革委会主任,我没见过,听说是从社旗县调来的,"文化革命"正凶时,他和孙立魁是对立面,两个人闹得很僵,水火不相容。西峡人也贴过孙立魁的大字报,说孙立魁网罗牛鬼蛇神,我列在其中。因为这层关系,我想现在去找刘俊章,那不是往老虎屁股上挠,自投罗网吗?有人看我不动作,知道我当鬼当的时间长了,怕见人,更怕见官,又来劝我,反复说刘俊章人品不错,批评我的顾虑是小人之心度君子之腹。说的次数多了,我才动了心,何况自己早已没了脸,说成了高兴,说不成也不怕丢人。可怎么敲开天堂之门呢?让人犯难。咱成天劳动改造,别想队上准假,何况即使准了假,县革委会主任能成天坐在屋里等咱?

老天有眼,机会终于来了。我们队正好来了一群新知青,其中一个叫李东晓,爱好文学,听说我当过作家,有事没事常到我家里扯闲话。当时怕他和我来往多了连累他,劝他少与我来往或不来往,他满不在乎,反而来往得更勤了。李东晓的父亲是县革委委员,他知道我正为找刘俊章犯难,主动说他知道刘俊章住在哪儿,劝我给刘俊章写封信,由他转交刘俊章好了。我把李东晓当成上天堂的天梯,高兴得很,连夜写了一封长信,诉说了冤屈。李东晓拿着信,找了几次没找到刘俊章,只好把信塞到刘俊章办公室的门缝里,又找个棍子往里边戳戳,回来后把实情讲给我,我心里反而跳了起来,生怕刘俊章把对孙立魁的怒气再发泄到我身上咋办。万一如此,自己不就死路一条?每日里后悔加着希望,希望自己是小人,刘俊章是君子。战战兢兢地过了没几天,公社来人找我,说刘俊章在我的信上批了字,限三天解放乔典运,并把解放的情况上报。

霹雷一声震天响,我一听激动得哭了,一个不相识的领导,能这么快这么坚决地解决纯属我个人的问题,让我重返人间,不由让我想到了再生父母。

那天晚上,我一眼没眨,想得很多很多,"文化革命"中说走资派挑动群众斗群众,这时候我想到了也有人会挑动领导斗领导,不是有"二桃杀三士"吗?这一想,刘俊章和孙立魁的对立就不需多加解释了。

111

第二天夜里,解放我的会终于在大队院里开始,会场和往日一样,两盏汽灯白亮亮的耀眼,不同的是稀稀落落只有一百多人,不像过去斗我时一千多人热闹。

我进了院,眼四下轮了一圈,不知该往哪里坐合适,一个干部指着一群牛鬼蛇神对我说,去坐他们跟儿。这种安排证明我还没有解放,只要你一分钟没解放,就别想早一分钟脱离鬼群。其实和牛鬼蛇神坐一起几年了,我和他们也有点感情,我也知道这也许是最后一次和他们坐一起,他们也知道我以后不和他们坐一起了,都争着和我打招呼,显得格外亲热。

会议开始了,工作组长主持会议,宣布解放我,还讲了话,说我这几年表现不错,老实守法,等等,然后喊我上台表态。说是台,实际是个土疙瘩,人站上去,可以比下边听会的人高一头。我心里很激动,庆幸总算熬到了这一天,党英明伟大没有忘记我。但心里也有不满,不满的是一年多前就该解放我,让老天拖拖拉拉到如今。所以,我没有按准备的两三万字的讲稿清算自己,口头表态也只讲了三百来字,无非是些感激感谢的话。我说完了,工作组长又向大家宣布说,乔典运从今往后和大家一样,是革命队伍、人民队伍的人啦。

直到散会,我没有发现老天的影子,按照规矩,宣布解放我应当是老天的事,县官不如现管嘛!我心里好纳闷,老天今天怎么啦?外出开会啦?喝酒喝醉啦?还是病得起不了床啦?要不,解放我好赖也算个人情,他舍得推给别人?这样想只是一闪念,管他老天二天来不来,我还不是解放了吗?还是上级来的共产党解放的我,共产党不是有个下级服从上级的规矩吗?

回家的路上,我很高兴,很轻松,一边走一边摸头,觉着头轻得不像自己的头了,摸到的是光头,头顶已经没有帽子啦!我摸一阵头摇一阵头,摸着摇着高兴得笑了,是发自内心的笑,好多年没有这样笑了。可笑的又是眼嘴笑,不是狂笑,怕别人听见认为我是高兴疯了。本来都是人,我又不比别人差,只是人家没有大起也没有大落,活得自在惯了,没受过咱那份苦难,体会不了咱这份心情,该说咱没咋哩可又烧起来了。

　　到了家里,家里人在等着我,我说这一回可好了,咱们由鬼变成人了,从现在起咱们都成人了。过去孩子们出门,别的娃们撵着欺负,喊他们鬼娃,孩子们听说自己以后是人娃了,都高兴得乱蹦。这天夜里,一家人都睡得很香,好像都在做着好梦,个个脸上溢满笑容。唯独我激动得睡不着,老婆的鼾声也没有影响我的思索。我想现在想将来,设计着明天过美好的生活。

112

　　第二天早上,上工的钟声响时,我的大脑还在兴奋中,虽然一个通宵一眼没眨,也没有困的感觉,浑身照样自在受用,回想起"文化革命"中受恁些皮肉之苦,可劳动改造锻炼了我的筋骨,我变得强壮了,要不搁先前失眠一夜,会让我头重脚轻几天。

　　我拿起家具跑到活儿场,人们先后都到齐了,到齐后的第一件事是先搞"三忠于",人人举手向毛主席献红心,献了红心再读毛主席语录。这天早上读的语录是"敌人是不会自行灭亡的……"

　　读了之后可该做活了,谁知老天要讲话。老天像平时开大会时一样,一手叉着腰,一手上下舞动,像指挥千军万马奔赴战场,声如洪钟地说,听说有的人解放了,是县里解放的。县里是县里,大队是大队,有些人也别高兴得太早了,实给你说,革命群众眼睛是雪亮的,想逃出老佛爷的手心,没门! 帽子没给你扔,还掂在人民手中,装在人民口袋里,啥时需要,啥时还给你再戴上!

　　在场的人都一眼一眼挖勾我,其实不用挖勾,我也知道是说我的。我听时头皮一多一多,浑身跟浇了凉水似的凉到心里,强打精神撑着没叫两条腿发软,两眼不自主瞭了一下老天。老天的脸黑得像锅底,盯着我的那双眼像冒着熊熊烈火,毒劲好像要把我烧化。我才知道我高兴得太早了,高兴过了头,才知道啥叫上级,上级是指挨着自己的那一级,我的上级只有老天,老天的上级和我不沾边,就像火神爷管不了土地爷一样。

从这天起,我的思想包袱更重了。从前熬煎,怕从牛鬼蛇神队伍里出不来,如今人出来了,魂似乎还在里面。老天的话像在我心里扎了根,想拔都拔不出来。想想咱是谁?咱没有超人的聪明,尾巴夹得再紧,只要老天想整咱,难保没有把柄让他抓住。和他打了几十年交道,啥事都经验过了,很佩服老天的手腕,他手里不仅有帽子,还有刀子,刀子还不是一种,有快刀,有钝刀,有不快不钝的刀。刀子搁到头上不怕,大不了就那一颗脑袋,不搬家还长着,搬了家就一了百了啦。和帽子比,我更怕帽子,老天手里的帽子看不大可大,少说也有百斤,压不死人也能把人压扁,"文化革命"中我戴了几年帽子,把一个好端端的人戴成了鬼。人人都怕鬼,因为人在地上走,鬼在地下驮,鬼比人可怜。我怕再戴帽子,怕再走进牛鬼蛇神的队伍,一天到晚提心吊胆,怕帽子想帽子,怕得狠了想得多了,便神经质了,睁开眼就见头顶飘着帽子,晃着晃着要落到自己头上,就想到了躲帽子,家里人冷了想戴帽子,我就斥责他们戴帽子没戴够?!自己带头不戴帽子,夏天再热,我能顶着光头让太阳晒,冬天再冷也能顶着光头让寒风吹大雪落。有人问我为啥不买个帽子,我心里说不用买,老天已经给我准备了大大小小各种各样的帽子,可是不敢说出口。

113

老天总想再把我打到十八层地狱里,让我永世当鬼,可是亲朋好友和过去的领导都想把我拉向人间,千方百计给我创造各种条件,恢复我人的面目。

我们生产队买了打稻机、打米机、粉碎机、铡草机……各种机器堆满了保管室,就是买不来电动机,没有电动机,其他的机子就不能转圈,就是一堆废铁。当时革命有余,物资不足,生产队曾到处磕头求情也没买来。后来听说黄石庵林场有几台电动机闲着,黄石庵林场是大场,好多紧缺物资国家都保证供应他们。林场的二把手叫陈宗富,曾经在我们队待过十年,当时叫蹲点驻队,大队干部都认识他,群众也有好多认识他的。这时生产队想找陈宗富,还怕面子小,想着老天的面子大得很,就找老天写封信才去,人去了几天,哀求的话说了一大堆,人家硬是不卖,临回来时,陈宗富给去的人说,你们一家伙要买几个电动机,我没怎大权,真想要了,得叫乔典运来给我们的一把手说才行。生产队的人回来按原话掏给了老天,老天很奇怪,队里老百姓也觉奇怪。老天越品越不是味,气得脸红脖子粗,说,不买了,干脆不买了! 群众瞪着疑惑的眼说,就不信非得乔典运去,难道他乔典运比老天的面子还大? 隔了一晌,群众吵得嗷嗷叫,队长坐不住了,急等着打米打面,队长无计可施,背着老天悄悄派我去黄石庵。我怕老天知道了整我,队长说,怕啥,有我哩! 我只好去找陈宗富。陈宗富见我去了,非要叫我住几天,还对我说,就是想叫你出来跑跑,叫他们看看的。我住了两天,顿顿好烟好酒招待,走时不仅给了几台电动机,还派了专车连我带机器一块儿拉到家。社员们像看热闹一样围着机子转,大家都很高兴,也很奇怪,说,看起来老天只能管住巴掌大一块天,走出这块天就没他的戏了;说,人家乔典运是个鬼,也只是咱们这巴掌大一块地方的鬼,出了门人家还是个人。老天在场听着,也无可奈何。不久队里想买化肥,叫我上淅川,当时化肥紧张得很,淅川有个化肥厂,化肥厂和我没关系,可淅川的张成柱、杨西珍、马才范都是我的老熟人老朋友,当时都掌着权,人们知道我和他们几个好,想试试我的脸。生产队派个姓袁的副队长和我一块儿去,去时还没有西峡到淅川的汽车,我们俩一路步行,还带着干粮。谁知一到淅川,人家又是稀罕得很,安排我们住在招待所,每人又设一桌家宴招待,听说和我一起去的是副队长,对他也格外热情。书记们听说是弄化肥,慷慨地说,再紧张,老乔来了也得给他们批一点。走时县委派车送我们回来。袁队长到家后,说淅川县恁大的官对老乔咋好咋好,说人家那官比老天大,还对老乔恁好,可不像老天说人家老乔是个坏人。从此,群众才不信老天的话,对我慢慢好起来了。

114

不久,公社召开三级干部会,通知我也参加。老天怒气冲冲地说,三级干部指公社干部、大队干部、生产队干部,他乔典运算哪路干部?为啥叫他参加?他有啥资格和干部坐一条板凳?还拿这话质问革委会主任贾清海。贾清海说,他啥都不算个啥,算个作家,帮我们搞搞宣传,有啥不好,叫他参加。

贾清海是谁,什么样子,我当时见都没见过,只知道他是公社革委会主任,老天原来拗得很,造舆论说如果乔典运参加了,北堂大队的其他干部都不参加,结果拗不过去,我到底还是去了。

会议在县礼堂召开,时间三天,吃住都在那里,近千人的大会很是热闹。我掩饰不住内心的喜悦,和干部们一块儿开会、一块儿吃饭、一块儿睡觉,这说明了什么?说明了我当了几年鬼,如今不仅熬成人了,还是人上人。心里这么想,面上装得很平常。出出进进每碰上老天,老天恶眉瞪眼挖勾我,往我沸腾的心上浇水。好在生产队的干部不看老天眼色,大家见我又如以前那样亲热,外大队有的干部不认识我,他们还热情地介绍,指着我说是乔典运乔作家,我除了感激,心里还有一种莫名其妙的滋味。以前斗人时吼天吼地指手画脚,恨不得让我粉身碎骨,打入十八层地狱也不解气,现在好像从没有发生过啥事,好像过去的一切都正常。对人对社会的这种态度,我感到悲哀和百思不得其解,错了不说错了,连脸都不红一下,这种人与人之间的关系叫人越想越怕,说变就变,变好也行,变坏也行,正常的人际关系荡然无存。被斗人平反了,上级教育叫往前看,不叫记仇。斗人斗错了,我不知道上级咋教育,是不是也不叫脸红,还叫勇往直前。想想几十年斗人斗惯了,被斗的人惯了,斗家也惯了,已经习以为常了。啥时红脸,啥时青脸,上级需要什么就变什么脸,不由想到人活在世上,活到这个份儿上,活得没有自己,处处以别人的脸色行事,该是多大悲哀。反过来再看看社会,终究还是好人多,好人占主导地位,一个堂堂的公社革委会主任贾清海,为我这个刚摘了帽子的平头百姓,不怕得罪老天,力主叫我来开会,就是为了伸张正义,说明人间处处有正义,说明只要敢于坚持正义,邪恶也会向正义低头。

这个会上,我面上没有扬眉吐气,心里可是扬眉吐气了,我终于看到了人们对我回报的笑脸,尤其是人们知道老天阻挠我参加会的事后,背地里议论老天说,别看是老天爷,老天爷也有人管得住了。散会后,老天从此不再理我了,他大概感觉到了自己还不是最高一层天。

<h1 style="text-align:center">115</h1>

买电动机,买化肥,参加三级干部会,都是为了造成一种气氛,希望我能继续创作,对大家这种关怀,我从内心里很感激。可丢了几年没写稿,该不该写?写什么?脑子里经常为此盘算,解放是解放了,这仅仅说明我是个社员,还有没有其他意思?没有人给我在明白处讲,靠自己去悟。我这人悟性差,不敢往好处悟,也不想往坏处悟。冥冥之中总有一种命运仍操纵在别人手里的感觉。

还没等我动笔,南阳地区召开宣传工作会,军分区政治部主任传达省宣传会议精神,讲到文艺创作时,也不知是报告稿上有,还是他随口大言,说:"西峡可以叫乔典运继续创作。"他这句话刚落拍,会场上有人立即拍案而起,愤愤地说,乔典运不中,他是纲上线上的人,准许他写东西,那天下算是谁的了?!此话像一颗重型炸弹,不仅惊动了四座,而且惊动了整个会场,使讲话的人愣了神,参加会议的人都愣了神,台上台下的目光不由都往此人身上集中。如此效应,此人也会为自己的语破天惊而得意万分吧!

此人姓袁,是西峡县宣传组的组长。那时的宣传组相当于如今的宣传部,何况革命年代更看重意识形态舆论工具,组长这个重要位置肯定要安置个最革命的人。袁组长原来是工厂工人,因为根红苗正,"文化革命"中立过大功,建立革委会时被"掺沙子"掺进了革委会,才当上宣传组长的。我不认识沙子,和沙子没怨没仇,沙子的举动肯定是一种革命觉悟。革命又不亏待人，给他顶乌纱帽，他不好好觉悟，不好好革命，不处处表现表现政治立场，别人不说什么，自己心里也会有愧。所以，对他这种胆量勇气我不仅佩服，还能理解一二。如果我俩换一下位置，我会不会像他那样？也许会！因为当时的社会需要的是那种人，造就的也是那种人。

可我也有不明白的地方，国家机器转得好好的，为什么要掺进去沙子，沙子放进机器里，难道不怕损坏机器？虽说是个沙子，威力却那么惊人，那么可怕，使那么多人的命运掌握在沙子手里，这种创造也算得上千古奇迹。

沙子最后的官位是个副局长，不知道他对这个副局长有何感想。几十年过去了，偶然和沙子在大街上相遇，双方互相看了一眼，我对他笑笑，他对我笑笑，双方都没说话，双方都明白在心里，都有一种说不出的味道。沙子当年的所作所为，我相信恐怕到如今他自己也弄不明白吧！

116

没隔多久，省里来了通知，让我继续写稿，也算我时没来运没转劫数未尽，这通知让一个和我不曾相识的县革委副主任知道了，惹得他勃然大怒，在县革委主任会议上，这位副主任也慷了慨，敲着桌子说，为啥叫他乔典运写稿？叫他写稿，等于斗他这些年斗错了！就不信离了他这个杀猪头可连毛吃猪啦，想找写稿的，在西峡要多少我都能找来！

沙子抗议不让我写稿的壮举，虽使我悲哀，还没有绝望，因为沙子还不是县大爷、县二爷，没想到县二爷动怒，拿我祭刀。俗话说，君主口里没戏言,加上中国的传统观念,下边看上级眼色行事,百姓看当官的眼色行事惯了,这话传到老天耳朵里,老天很是高兴,几次在会上敲打,说,当初我看就不应该解放他,试试咋样。好像他百分之百正确了,还说解放我是给"文化革命"抹黑。

通过这个事,使我看清了,不光是老天想整我,整我也是一股潮流,原以为解放我就会看到光明,谁知光明与我无缘,自己像只小虫捏在别人手心里,又像只老鼠,钻在黑洞里黑天雾地。想再找刘俊章,刘俊章也调走了,我才真正陷入了绝望,绝望中脑子常常翻云腾雾,自己问自己这是为什么。一个堂堂的县革委副主任,不说原因,不说政策,也不讲道理,只说离开他这个杀猪头不能连毛吃猪,这算啥话,这话完全像杀猪头语言,蛮不讲理。这话让我品了几十年,真想反问他一句,离了你这个杀猪头的,可连毛吃猪了?说明他这个杀猪头搞垄断,只准自己杀,不准别人杀罢了。就是他这一句莫名其妙的话,使我再次陷入半人半鬼的状态。老天大声小叫在社会上讲,×主任讲了,不要他这个杀猪头了,从今往后你趴那儿老老实实做活,再想别的也是枉然。

我有一个要好的朋友在县革委工作,是个中层领导,明里没有敢来往,暗中常给我通风报信。县革委副主任的话在大院里传来传去,那个朋友听多了,也觉得我没盼头了,又怕我心里窝气,或者不服气惹祸端,专门跑到我家里给我说,典运呀,我看你真不中了,下头有老天,上头有×主任,有唱主角,也有唱配角,把你挤到墙角,躲都没有地方躲。这年月只要有人反对你,你又披着地主皮,谁敢为你说话?看来你这辈子就这样了,也别再踢跳了,再踢跳也是白踢跳。我理解朋友的苦心,可我想不通,作为一个知识分子,想写点东西为什么这样艰难,难道知识分子的命运,就这样掌握在杀猪头手里?

117

　　除参加一次公社三级干部会外,在大队我算个局外人。那时候会多,分两种,一种是群众会,是贫下中农参加的,一种是五类分子会,是地富反坏右参加的。我想参加贫下中农会,奋斗了几十年想当革命动力,却不敢去,怕人家说想混进革命队伍破坏革命,把咱轰出来。当然也不想当革命对象,因为革命不光改思想,还改皮肉,这革命叫咱领教了几年,深知革命的厉害。不过也不想得罪革命对象,和他们在一块儿共同劳动过几年,对他们中有些人也深表同情,知道他们也不该是对象,莫名其妙把他们弄成了对象,对象中有些才十几岁,还是娃娃,因为他们的爹妈是对象,也因为他们的爹妈有病,开始时是替爹妈开的,结果替的次数多了,自然而然也成了对象。

　　我身处动力和对象之间,又不会左右逢迎,我知道动力也罢,对象也罢,他们的存在都是革命需要。试想一个队里没有革命对象,那动力就像一个机器,闲的时间长了也会生锈,为了充分发挥动力的作用,找几个对象不费举手之劳。有了对象可以随便批斗随便整,斗他们整他们就像玩猴一样,敲锣的敲锣,上杆的上杆,鼓掌的鼓掌,农村又穷又苦又没文化生活,这种斗人整人的场面就像文化生活,有的哭,有的笑,有的还嫌不热闹,还能生出很多新招,想方设法使这些对象地位低下,只有低下了别人才能看到自己的高贵和生存的优越,这是政治上的高贵和优越,还有经济方面的优越,少干活,干轻活,休息多,挣工分多,分钱分粮多,等等,还可以任意指使对象干脏活重活,出义务工,派远工长差……无论怎么挨整,对象们还不能反抗。

我夹在动力和对象之间,外表看自己钻在空里,心里却被两下挤压着,常常为靠近谁疏远谁而矛盾。那年月,阶级斗争年年讲月月讲天天讲,老天还发展为时时讲分分讲一天讲到晚,贫下中农不少人也被培养成了火眼金睛,革命警惕性很高,想靠近动力,还怕动力不叫靠,光是不叫靠还好,还怕人家说咱拉拢动力别有用心。有时候也想和对象们说几句话,但不敢,怕老天知道了说我和对象有感情,掺水和泥再把我弄进对象队伍。唯一能做的事仍是挑大粪,把家家户户的粪缸出得干干净净。担的时间长了,我也深爱这份职业,因为担大粪自由,不往人场钻,少了不少是非,歇歇时还能偷偷看会儿书。但担大粪也能维持人,也能得罪人,给谁家担时,挑子别装恁满,自己轻一点,还能给谁家多记一挑两挑粪的工分。这点利人利己的简单事我也不敢,怕人家揭发我偷懒耍滑或上纲为腐蚀拉拢,因此我不管给谁家挑粪,都挑得满满的,这也叫办事公道吧。

118

毕竟还是解放了,人身多少有点自由,只要把各家各户的粪缸出净,偶尔也到外边走动走动,和外边的消息慢慢沟通了。有一天,突然听说我哥在上海住院,腿被造反派打断两截,肋骨打断四根。我哥一九四八年参加工作,参加工作前一直在北堂教学,"文化革命"时担任洛阳矿山机械厂纪检书记,相当于正处级,在洛阳被打残后,厂里为了安全治疗,把他送到上海治了几年,花了四五万元还没有治好。挨打的原因是我们大队革委会给厂里去了封信,说我哥是大地主,家里几百亩地,在县城开了几家大生意,还说他当过保长,横行乡里欺压百姓。我听了非常生气,我想老天对我有意见,有天大的怨愤,也不外乎上级领导来了先到我家坐坐,降低了他的身份。你不是老大了,你气,气得有理,打也打了,斗也斗了,咋炮治我都忍了,你还不解恨,还想斩草除根,连和我无瓜葛的人也不放过,难道非灭我九族不行? 越想越觉欺人太甚,一怒之下想着就这了,至多再给我打死,气冲冲找到老天家里。

已经有几年没登过老天的门槛,不等老天吃惊,我先质问他。我说,我家里有多少地,在街上有过生意没有,你当这么多年支书都清清楚楚,我哥在北堂教学,你是他学生,他啥时当过保长?不说你们师生关系,师生关系也该有点情吧,你写这样的信根据是啥?老天黑着脸说,你别的还有啥事? 就为这事,我可以告诉你,几百亩地、几家生意、当过保长都是群众反映! 我说,群众反映? 你该知道群众反映是真是假! 他嘿嘿一笑,说,毛主席教导我们说,要相信群众相信党,没说叫相信你,你是不是想和群众算账,想反对毛主席的教导? 没门! 还撵我走,边撵边说,有意见你可以找群众说。找了一趟,落顶大帽子,无奈何走出他家大门。

我气得两腿打战,干脆停下来不走了,双手抱住头在路边蹲了半天,自言自语道,又是群众,哪个群众? 用群众杀人,这是他惯用的伎俩,在他手里举着两张挡箭牌,需要党就打出党的招牌,需要群众就打出群众的招牌,谁知有这个群众没有! 一切坏事都以群众的名义进行,这算什么天下? 谁的天下? 我回到家里,再也振作不起精神,我知道老天手里的法宝厉害,想给你加啥罪,前面都会加上"群众"二字,只要以群众名义出现,没理也有理,到处可以通行。即使群众知道自己被利用,每个人也会认为这个群众指的不是自己是别人,所以谁都不会起来抗争,群众这俩字实在可敬可怕。

119

带着满肚子气回到家里,脸色大约很难看,老婆问咋了,我没好气地说,和老天吵架了! 老婆一副哭腔道,你吃了豹子胆了? 解放你几天,你可不知姓啥了,你不想过太平日子,也不想叫我们娘儿们过太平日子? 我翻了老婆几眼,老婆不说了,哭着往门外走,我猜到她要上老天家替我赔罪,喝问,你上哪儿? 老婆边走边答,果然是要上老天家。我说你敢去,去了以后别再登这个门! 老婆止住步,落了一阵泪后才拐回来。

夜里躺在床上,白天和老天的对话、老天的脸色像电影一幕一幕交替上映,弄得我大脑像灌了铅似的,几乎一夜一眼没眨。第二天起来担粪,眼肿着没一点精神,恰好和范明泽碰了个对面,看我气色不好,问我是不是病了,我说了原因,范明泽哈哈一笑,说了斗他的真正原因。他说,有一天老天把我叫去,好好整了顿后叫他滚,刚走出老天的门,就听老天在屋里说,叫你娃子试试,骑你一下老水牛你都把我推下来,你想不到还有今天吧! 我才灵醒原来为这整我。我们小时候常在一起放牛,他放的是牛娃,我放的是老水牛,我们常常骑在老水牛背上,有一次玩翻了脸,我不让他再骑我家的老水牛,他不下来,我就把他推了下来。几十年前的事,又都是娃子家,我早把它忘光了,人家还不忘报复哩,你得罪人家恁狠,就这都轻对了你。

范明泽说后走了,我担着大粪边走边想,是啊,朱元璋不是当年的和尚娃了,可是和尚娃时的账一定得算,朱元璋要算账,不需要道理,因为朱元璋的舌头就是一把钢刀。我还想起同村一个叫乔万昌的人,是个特等残废军人,在朝鲜战场上双目失明,有一天我和老天同在地里锄玉谷，乔万昌让老婆搀着打地头过，手里还掂着一块刚从集上割的肉。那时乔万昌好赶集，每次赶集都要割块肉，乡里人那时不吃肉，只有过年才吃回肉，乔万昌天天吃肉，等于天天过年。有个社员挨着老天锄地，对老天说，你看看人家乔万昌，比你还美！说者无心，听者有意，老天夫妇为这话醋心大发，隔了几天，老天跑到县民政局，反映乔万昌双目失明是假的，民政局通知让乔万昌重新做了检查，把特等残废改成一等残废，这一改不打紧，每月的补助少了许多。事后老天的老婆说，可叫他少过几回年。

想想范明泽、乔万昌，相比之下，上级领导来了先到咱屋里坐坐，在大庭广众面前降低了他的身份，这事关个人尊严的大事，人家没叫咱死，叫咱还活着，咱当高呼万岁、谢主隆恩才对，所以气也无可奈何暂时消了。

<h1 style="text-align:center">120</h1>

老天、沙子和县革委某个副主任的话，在社会上传开后，造成一股强大的舆论压力，上头都说了，说明乔典运就这了，别想再像"文化革命"前那样子，再想出去跑，再想写稿出风头，没门！加上自己又找到老天屋里质问，等于主动往老天的枪口上撞，更觉着自己没奔头。老天手里握着群众这把利剑，随时都会落到头上，能让咱脑袋搬家，还能美其名曰是群众要求。自量生路只有一条，老老实实趴屋里做活，还经常告诫自己，担大粪之外的事都别想，连梦都不做才好。人也怪，越不想想的事越容易往外冒，总觉得老天为啥代表群众？为啥可以用群众的名义打我压我？不过这种念头要么是一闪而过，要么自生自灭，没敢再往外发泄。

没过多久，我质问老天的话传到了朋友田永久耳朵里。当时老田在五里桥公社工作，有事来到北堂，他打发人把我从家里叫到大场里，两人靠到稻田草垛边立着，我知道他不敢到我家里，也不敢背着人，为了向人们表明是光明正大才有意识坐到大场里，在光天化日之下给我说，你的脾气也得好好改改，你怪聪明的人，难道不明白胳膊扭不过大腿？人家老天的江山可是铁打的、铜铸的，你不要不服气，你这几年吃的亏还能算小？如今这年月，不是朋友不帮你一把，是朋友无力帮你，弄不好连朋友也会栽进去。我看了，你的事就这号劲①了，也别想再变变，只要能平平安安做一辈子活儿都是天大的福气。老田说一阵，还怕有人窃听，眼不时四下轮轮，确认没有外人时又说，你何必惹他，你惹得起他吗？他想整你，磨道圈查驴蹄，一天二十四小时都能整你。不说为自己，为了婆娘娃子该低头也得低头，不该低头也得低头。说实在话，这个世道他又干着这个事，站在这个位置上，浑身上下都是理，你这个身份，浑身上下都没理。这是朋友的意见，大家不便来找你，叫我代表大家给你说说，希望你眼皮活点，最起码别再栽进去，你惹他恼了，随便捏一下，能再给你扣个反革命帽子，再解放可没那么容易了。人嘛，低个头坏啥了？低头是为抬头，吃小亏占大便宜，合算。你就给广播站写个稿，表扬他一下，他高兴了，你日子也好过了，婆娘娃子的日子跟着好过了，也省得让朋友们为你提心吊胆。

老田说了一大通，我没发一句言，他的好心使我无法辩驳。作为朋友，设身处地为我着想，这情我领了，还很感动，那年月能有这样推心置腹的朋友，少见得很。但一想到让我低三下四讨好老天，我

---

① 这号劲：豫西南方言，这样了。

没生这副媚骨,做不出来。我没有打虎的本领,总还是个人,总还有做人的尊严吧!老天有理,不打我也会服;老天没理,打死我也不服。

121

有一天,老天叫我去,我去了,一踏进门老天就问,乔典运,你到底算个啥人?我说,我是个啥人?是个带病回乡军人!他说,你是个带病回乡军人,我咋都不知道?你把证件拿给我看看。我说,抄家时证件被抄走了。他说,抄走不抄走我不知道,谁知你说的是真是假,我怀疑你根本没有这个证件!我说,咋现在忽然怀疑有没有证件、证件是真是假来了?他说,你要真是带病回乡军人我能没见过?我说,我回来时你没当支书,那时不但有证件,还有介绍信,当时上级也没有说换一个支书我得把证件给他看一回。他说,你也别强词夺理,反正我没见,过去没见,现在还没见,所以我不承认你是带病回乡军人。说完,他甩手走了。

这事可大了,我回家儿天,熬煎得吃不下饭,睡不着觉,看样子又要把我划成反革命了,后来实在憋不下去了,才下决心上县里开证明。这是解放后我第二次进县城,五黄六月,我怕见人,戴个烂草帽,把草帽拉低盖住脸,走到城边又不知该往哪儿去。自从"文化革命"革到我头上后,只进过一次县城,还是民兵押着,也就是前边说过的那次假枪毙,如今革了这么几年命,机构人员都变来变去,不认得人,找谁?哪个单位管?人家给咱开证明吗?问得自己没了主意,只好抱着头蹲路边想了半天,想起张应军。我不认识张应军,光听说张应军怪同情我,坚持住叫解放我,只好先去找他。张应军在县革委,怕县革委不叫进,就打听张应军家住哪里,快晌午时摸到他家,没想到对我那么热情,非要留我吃饭,还劝我说,别熬煎,吃了饭,我领你一块儿去,复员军人的档案都在民政局。

午饭后日头正毒,张应军没睡午觉,领着我走到县革委门口,恰好碰见吕鸿章,说了原委,吕鸿章对张应军说,咱俩去,叫老乔坐你办公室等着。他们去了不大一会儿又回来了,说,唉,老天真坏,你还没来,电话可打来了,交代不让给你开证明。我一听心里凉个净,大约变脸失色了,他们赶紧又说,你别怕,真个他成老天爷了,一手遮天了?他说一句算一句,还要县革委干啥?俺们交代叫民政局给查。

民政局的档案室是密封的,闷热闷热,两个人查了半天,我在办公室等不着便跑去看,还没有查出来,汗水把两人的衣服都湿透了。为了让查档案的人仔细查,张应军到街上买个大西瓜让他们解渴。火热天,张应军为我这个第一次见面的人跑前跑后,还花钱买西瓜,感动得我差点掉泪,到如今这份情我也没报答一二,很是惭愧。一直查到天快黑时,总算查出来,给我开了证明。民政局的人说,证明给你开了,你回家只能叫他看看,可不能交给他,再丢了我们可不给你开了。我揣着证明出了县革委,出了一口长气,庆幸又躲了一次大灾难,浑身轻快了许多。

回村后先到老天家里,我说证明开来了,他说拿来叫我看看,他看后顺手把证明放到桌子上,问我谁给开的,我说上边不是盖有章吗?他又问,谁跟你一块儿去开的?我没敢说张应军、吕鸿章,怕他报复人家,我说没人跟我一块儿,自己找去的。他闷了半天说,那你回去吧!临走时趁他不注意,我出溜一下把桌子上的证明装到口袋里。老天看见了说,咋,咋,这是文件,要交大队的。我说,这是证明,不是介绍信,你看看知道了就行。他说你得留这儿,要叫大队干部都看。我说啥时叫大队干部看了再拿来。我拿着证明回家了,一路上说不清是紧张还是兴奋,心脏跳得格外快,脚步也跑得格外快,生怕老天追要证明似的。好在老天从此没再追问过。

<h1 style="text-align:center">122</h1>

命运的真正转机是在一九七三年。珠影厂搞几年"文化革命",没拍成一部电影,上级催着叫他们拍,一时又弄不到剧本,就翻腾过去的老本子,结果把我六十年代初写的小说《贫农代表》翻了出来。一千多人的大厂,就翻出这个认为有修改价值的剧本,便打定主意让我去改,先来了两封信,大队收到后,回信不同意让我去。珠影厂看直接找大队不行,便派人先到河南省委,拿着河南省委让我去珠影厂的信,找南阳地区,找西峡县委,虽然没先见我,但我听说了,心里很高兴,高兴这回可有盼头了,又非常害怕,害怕又以广大革命群众的名义卡住不放,断了我的生路。幸好,县里的那个副主任调南阳了,沙子挪了窝到另一个局当局长,宣传组张应军负个小责。来人找到张应军,张应军极力主张我去,说,人家也解放了,为啥不叫写,并派黄天祥到公社,叫公社派人和黄天祥一块儿到大队。公社派谁很关键,当时公社的革委主任还是叫我参加三级干部会的贾清海,贾清海一听说是珠影厂要我去改剧本,坚决支持,怕黄天祥一人拿不住老天,便叫革委会副主任贾洪范一起去大队办这件事。

贾、黄二人吃了早饭到大队,先开大队干部会,讲了省、地、县、公社的意见,大队干部看来头大,也不敢反撺,只是拿眼盯住老天,说,听党的,党咋说咋来! 实际是说听老天的。老天的发言更精彩,从革命大局讲起,讲到文艺对革命的重要性,再讲他自己坚决同意省、地、县、公社的意见,叫乔典运为革命写剧本,坚决拥护上级决定,可是……话锋一转,他又接着说,广大革命群众想不通,中国这么大,为啥非叫他写稿?他都能上广州住高楼大厦,广大贫下中农该干啥?置广大贫下中农于何地?我们做了几次工作,广大革命群众坚决不同意。

老天已经下了结论,把话说到了死处,眼看会议就要不欢而散,贾洪范站起来说,我们相信党支部的话,为了回去好给公社和县里汇报,我们想开个群众会,直接听听群众意见,也好加深印象,把支部意见更好地反映给上级。老天傻眼了,心里一百个不愿意也不好拒绝。吃了中午饭,贾洪范找了一部分贫下中农代表开会,贾洪范讲了上级的意见,讲了老天说群众不同意的意见,想听听群众不同意的原因。贾洪范的话一落拍,代表们发了火,说,从前说乔典运好也是上级讲的,后来斗人家,说人家咋咋坏也是上级讲的,现在叫写稿也是上级讲的,他好他坏俺们成天做活知道啥?他写稿坏了我们啥事,与我们啥相干?我们值啥①不同意?谁征求过我们意见?咋忽然成了我们不同意?!你们想咋着就咋着,自己做的事为啥把我们拉出来当招牌,叫我们当替死鬼。调查组把会议记录念了一遍,叫每个参加会议的代表签上名,摁了指印。反过身又去找老天说,群众没意见,大家都同意他去。老天脸寒了半天说,只要革命群众没意见,我有啥!

我终于被通知上广州改剧本,那时好激动,比孙权得荆州还高兴,三步并作两步跑到县招待所,见到了珠影厂的人,拉着他们的手

---

① 值啥:豫西南方言,为什么。

说,多亏你们,把我救出了北堂这个三尺禁地。

123

临上广州时,我很高兴,村里的亲戚邻居也为我高兴,大家争着为我送行,还给钱叫捎买东西。当时布匹紧张,凭布票供应,城市里开始有了的确良,是化纤布,不要布票,还结实耐用,省城以下没有卖的,要我捎的主要是的确良。除了实用以外,乡里人能穿上个的确良衣服,就好似有了些身份或者面子。

想到咱毕竟还是个社员,还是老天手心里的人,走前去给老天说说,也算是请个长假。老天说,上级叫你去,那你去吧,至于按啥名义去,将来再说。

我欢天喜地到广州,相隔八年之后的珠影厂,面目依旧,只是多些萧条。厂里的领导被斗了几年之后,大部分又官复原职,朋友、领导见了我,久别重逢格外亲热。经过好多年"文化革命",当时广州看不到莺歌燕舞的气象,恰好我碰上了广交会,厂领导特别关照,让我去参观开眼界,还派了专车,派一个同志陪我。到了广交会门口,陪我的同志说,你进去参观,我们在停车场等你。我说,别等,好不容易来了,想好好看看,你们先走,我啥时看完坐公共汽车回好了。

广交会真是花花世界,起码和当时全国物资匮乏的情形比是花花世界,不仅有中国人,外国人也不少,我看足看够才回到厂里。夜里脱衣服时,忽然发现钱丢了,一百九十八元,都是给人家捎东西的钱。我再想也想不出钱是咋丢的,外头穿的中山服,扣子扣得严严的,钱都装在内衣口袋呀,咋会丢呢? 我急得浑身冒汗,这么大的数叫我咋赔得起。丢钱的事让住隔壁的作家孟献章知道了,他看我像没魂似的,就说别急,我跟你一块儿上公安局,叫他们给你找。孟献章当过广东民航局局长,后来又当湖南民航局局长,和广州市公安局局长是朋友。老孟要辆车带我直接找到公安局局长,局长看我一眼说,凭你穿这身衣服,就知道你是北方人。北方人不是来看病,就是来买东西,肯定带有钱,小偷不偷你偷谁!局长让我填个登记表,说我们查出来了通知你。到现在几十年过去了,也没有接到通知。

回到厂里心焦得很,十几家叫捎的东西,回去咋给人家交代?农村挣个钱不容易,咱就是能说清道明,也没有不赔的理。赔,咋赔?指望我写稿,一个月五六十元,吃吃花花能剩几个?整日里为丢钱没精打采。有天上午到厂部看电影,走到大门口,有人把我丢钱的事给前来看电影的省委宣传部领导说了,几个人一听,都说这可得解决,要不老乔可没办法处理,当即交代管事的人给我补助二百元。我得到了解救,感受到广东的人情味,尝到了人间的温暖,感到四面八方对我都伸出了温暖的手,我暗暗下决心,一定要把剧本改好。

1994 年 8 月—1996 年 12 月

华艺出版社 1998 年 9 月出版